Bibliotheek Bijlmer
Bijlmerplein 93
1102 DA Amsterdam
Tel.: 020 - 697.99.16

afgeschreven

D1379934

De casanova

Van Danielle Steel zijn verschenen:

Hartslag*
Geen groter liefde*
Door liefde gedreven*
Juwelen*
Palomino*
Kinderzegen*
Spoorloos verdwenen*
Ongeluk*
Het geschenk*
De ring van de hartstocht*
Gravin Zoya*
Prijs der liefde*
Kaleidoscoop*
Souvenir van een liefde*
Vaders en kinderen*
Ster*
Bliksem*
Het einde van een zomer*
Vijf dagen in Parijs*
Vleugels*
Stille eer*
Boze opzet*
De ranch*
Bericht uit Vietnam*
De volmaakte vreemdeling*
De geest*
De lange weg naar huis*
Een zonnestraal*
De kloon en ik*
Liefde*
Het geluk tegemoet*
Spiegelbeeld*
Bitterzoet*
Oma Danina*
De bruiloft*

Onweerstaanbare krachten*
De reis*
Hoop*
De vliegenier*
Sprong in het diepe*
Thuiskomst*
De belofte*
De kus*
Voor nu en altijd*
De overwinning*
De Villa*
Zonsondergang in St.Tropez
Eens in je leven*
Vervulde wensen*
Het grote huis*
Verleiding
Veranderingen*
Beschermengel
Als de cirkel rond is*
Omzwervingen*
Veilige haven*
Losprijs*
Tweede kans*
Echo*
(On)mogelijk*
Het wonder*
Vrijgezellen*
Het huis*
Het debuut*
De kroonprinses
Zussen
Hollywood hotel
Roeping
Trouw aan jezelf
De casanova

*In POEMA-POCKET verschenen

DANIELLE STEEL

De casanova

Bibliotheek Bijlmer
Bijlmerplein 93
1102 DA Amsterdam
Tel.: 020 - 697.99.16

SIJTHOFF

© 2008 Danielle Steel
All rights reserved
© 2009 Nederlandse vertaling
Uitgeverij Luitingh - Sijthoff B.V., Amsterdam
Alle rechten voorbehouden
Oorspronkelijke titel: *Rogue*
Vertaling: Jet Matla
Omslagontwerp: Anton Feddema
Omslagfotografie: SOS Creative LLC

ISBN 978 90 218 0194 0
NUR 343

www.boekenwereld.com
www.uitgeverijsijthoff.nl

Voor mijn buitengewoon geliefde kinderen,
Beatie, Trevor, Todd, Nick, Sam,
Victoria, Vanessa, Maxx en Zara,
die zorgen voor de liefde en het gelach in mijn leven,
me oprecht laten zijn, me hoop schenken, en
me stimuleren om mijn uiterste best te doen.
Jullie negen zijn mijn helden!
Ik houd zo ontzettend veel van jullie,

Mam/D.S.

casanova (de (m.); -'s) man met vele liefdesverhoudingen, syn. *vrouwenversierder* • (1949) naar de Venetiaanse avonturier Giacomo Casanova (1725–1798)

naar *Van Dale, Groot woordenboek van de Nederlandse taal*

Hoofdstuk 1

*D*e kleine eenmotorige Cessna Caravan steigerde en slingerde onrustbarend boven de moerassen ten westen van Miami. Het vliegtuigje vloog net hoog genoeg om het landschap de aanblik van een ansichtkaart te geven, maar de jonge vrouw die zich vastklemde aan de veiligheidslus werd zo afgeleid door de wind die door het open luik naar binnen joeg, dat ze niets anders zag dan de uitgestrekte hemel onder zich. De man die achter haar stond, moedigde haar aan om te springen.

'En als mijn parachute nou niet opengaat?' vroeg ze, bang over haar schouder kijkend. Ze was een lange, knappe blondine, met een fantastisch figuurtje en een fijn gezichtje. Ze sperde haar ogen angstig open.

'Geloof me nou maar, Belinda, hij gaat heus wel open,' beloofde Blake Williams haar, met een blik vol vertrouwen. Parachutespringen met vrije val was al jaren een van zijn vele passies. En hij vond het altijd heerlijk om het plezier van zo'n ervaring met iemand te delen.

Onder het genot van een drankje in een hoogst exclusieve nachtclub in South Beach had Belinda er een week geleden mee ingestemd het te proberen. De volgende dag regelde Blake direct acht lessen van een uur voor haar en een proefsprong met de instructeurs. Nu was Belinda klaar voor de sprong met hem. Het was nog maar hun derde afspraakje, maar Blake had zo enthousiast over parachutespringen verteld, dat ze zich al na haar tweede cosmopolitan lachend had laten overhalen om met hem een skydive te wagen. Ze had niet beseft waar ze aan begonnen was en zag er nu toch behoorlijk tegen op. Hoe was het hem gelukt haar om te praten? De eerste keer dat ze gesprongen had met die twee instructeurs was ze als de dood geweest, maar het was tegelijkertijd ontzettend spannend. Een sprong met Blake zou echter het absolute einde zijn. Daar had ze steeds naar uitgekeken, want hij was zo charmant, zo knap, zo waanzinnig en je kon zoveel lol met hem hebben. Al kende ze hem nog maar net, ze was onmiddellijk bereid om hem te volgen in alles wat hij deed, zelfs als ze met hem een vliegtuig uit moest stappen. Nu de schrik haar toch weer om het hart was geslagen, draaide hij haar gezicht naar zich toe en kuste haar. En alleen al het idee dat zij hier bij hem was, maakte het springen makkelijker voor haar. Precies zoals ze geleerd had, stapte ze het vliegtuig uit.

Blake volgde haar na een paar tellen. Ze kneep haar ogen dicht en gilde het uit, terwijl ze een paar minuten in vrije val verkeerden. Toen ze haar ogen opendeed, zag ze hem gebaren dat ze aan het ripcord van haar parachute moest trekken, zoals de instructeurs haar voorgedaan hadden. Plotseling zweefden ze langzaam naar de aarde, terwijl hij haar een glimlach zond en beide duimen trots de lucht in stak. Ze kon maar niet geloven dat ze dit twee keer in één week had gedaan, maar Blake was ook zo'n charismatisch persoon. Hij kon mensen overhalen de gekste dingen te doen.

Belinda was tweeëntwintig jaar en werkte als topmodel in Parijs, Londen en New York. Tijdens een bezoek bij vrienden in Miami had ze met Blake kennisgemaakt. Hij was in zijn nieuwe 737 langsgekomen vanuit zijn huis op het West-Indische eiland St. Bart's om een van zijn vrienden te ontmoeten. Voor hun sprong had hij echter een kleiner vliegtuigje en een piloot gehuurd.

Blake Williams bleek een kei te zijn in alles wat hij ondernam. Hij was sinds de middelbare school een skiër van olympisch niveau en had geleerd zijn eigen jet te besturen, weliswaar met een copiloot vanwege de grootte en complexiteit, maar toch. En skydiven deed hij al sinds jaar en dag. Van kunst had hij buitengewoon veel verstand en hij had een van de beroemdste verzamelingen van contemporaine en precolumbiaanse kunst ter wereld. Hij wist alles van wijn, architectuur, zeilen en vrouwen. Hij hield van de goede dingen van het leven en deelde die het liefst met de meiden met wie hij uitging. Hij had een MBA van Harvard en een kandidaats van Princeton. Hij was zesenveertig jaar oud, was met zijn vijfendertigste met pensioen gegaan en zijn hele leven stond in het teken van doen waar hij zin in had en ervan te genieten, samen met de mensen met wie hij omging. Hij was ongelooflijk royaal, zoals Belinda's vriendinnen haar hadden verteld. Hij was zo'n man van wie elke vrouw droomde – rijk, slim, knap en gek op leuke dingen doen. En ondanks zijn enorme succes voor hij ging rentenieren, stak er geen greintje kwaad in hem. Hij was de vangst van de eeuw en hoewel hij de afgelopen vijf jaar ontelbare korte en oppervlakkige relaties had gehad, eindigden die nooit op een vervelende manier. Zelfs wanneer hun luchtige affaires met hem voorbij waren, bleven vrouwen dol op hem. En terwijl ze langzaam naar een uitgekiend, vrijwel leeg strandje zweefden, keek Belinda hem vol bewondering aan. Het was eigenlijk te mooi om waar te zijn dat ze zojuist met hem uit een vliegtuig was gesprongen, maar ze moest toegeven dat het wel het opwindendste was dat ze ooit had meegemaakt. Ze dacht niet dat ze het nog een keer zou doen, maar toen ze daar hand in hand midden in de blauwe lucht dreven, wist ze wel dat ze de gedachte aan Blake en dit moment de rest van haar leven zou koesteren.

'Te gek, hè?' schreeuwde hij en ze knikte. De overweldigende ervaring bezorgde haar een brok in de keel. Deze sprong was veel sensationeler geweest dan die met haar instructeurs een paar dagen geleden. En ze brandde van verlangen om iedereen in geuren en kleuren te vertellen wat ze had gedaan, en vooral met wie. Er was geen woord gelogen van wat de mensen over Blake Williams zeiden. Hij had genoeg charme om president van een heel land te worden, en het geld om dat te bekostigen. Ondanks haar aanvankelijke vrees moest Belinda lachen toen haar voeten de grond raakten en de twee wachtende instructeurs haar parachute afhaakten, net toen Blake een paar passen achter haar landde. En zodra ze bevrijd waren van hun parachute nam hij haar in zijn armen en kuste haar nogmaals. Zijn kussen waren al net zo bedwelmend als de rest van zijn persoonlijkheid.

'Je was geweldig!' zei hij en terwijl ze giechelde in zijn armen, tilde hij haar van de grond. Hij was de aantrekkelijkste man die ze kende.

'Nee, jíj was geweldig! Ik had nooit gedacht dat ik ooit zoiets engs zou doen. Maar het was echt waanzinnig!'

Al had ze hem pas een week geleden leren kennen, haar vriendinnen hadden haar direct gewaarschuwd niet te hopen op een serieuze verhouding met hem. Blake Williams had in elk land wel een stel mooie vrouwen die graag met hem uitgingen. Vastigheid was niets voor hem, al had hij dat lang geleden wel geprobeerd. Hij had drie kinderen, een ex op wie hij naar eigen zeggen nog steeds dol was, een vliegtuig, een zeiljacht en een stuk of vijf onvoorstelbare huizen. Hij wilde alleen maar genieten van het leven en zag er sinds zijn scheiding de noodzaak niet van in zich ergens te settelen. Voorlopig wilde hij zich alleen maar op allerlei manieren vermaken. Zijn successen in de hightech internetwereld waren legendarisch, net als de bedrijven waarin hij al vroeg zijn geld gestoken had. Blake Williams had alles wat zijn hartje begeerde, en al zijn dromen waren nu al waargemaakt. En terwijl ze van het strand waarop ze geland waren naar een wachtende jeep slenterden, sloeg Blake een arm om Belinda, trok haar tegen zich aan en gaf haar een lange, zinderende zoen. Nooit zou Belinda deze dag vergeten. Hoeveel vrouwen konden er prat op gaan met Blake Williams uit een vliegtuig te zijn gesprongen? Misschien wel meer dan ze vermoedde, al was niet elke vrouw met wie hij omging zo dapper geweest als Belinda.

De regen kletterde tegen de ramen van de praktijk van Maxine Williams aan East 79th Street in New York. Het was vijftig jaar geleden dat er in november zoveel neerslag in de stad was gevallen. Maar hoe nat, koud, winderig en troosteloos het buiten ook was, in de ruimte waar Maxine tien à twaalf uur doorbracht was het warm en gezellig. De muren waren licht botergeel geverfd en ze had rustige abstracte schilderijen in zachte tinten aan de muren gehangen. De kamer was rustgevend en aangenaam, en de grote, zachte stoelen met beige bekleding waarin ze met haar patiënten sprak waren gemakkelijk en uitnodigend. Het bureau was strak, modern en functioneel en zo onberispelijk ingericht dat het wel een operatietafel leek. Maxines hele kantoor was netjes en smetteloos en ook zijzelf had een perfect kapsel, waarin geen haartje verkeerd zat. Ze had haar hele wereldje onder controle. Felicia, haar even efficiënte als betrouwbare secretaresse, werkte al bijna negen jaar voor haar. Maxine had een hekel aan verandering, rommel en ordeloosheid. Zij en haar leven waren gelijkmatig, ordelijk en consequent.

Het ingelijste diploma aan haar muur liet weten dat ze magna cum laude aan de medische universiteit van Harvard was afgestudeerd. Ze was psychiater en een van de bekendste die gespecialiseerd was in psychische trauma's van zowel kinderen als adolescenten. Ze had uitgebreide ervaring met schizofrene en manisch-depressieve tieners en ze had diepgaande kennis van suïcidale jongeren. Ze nam hen en hun gezin in therapie, vaak met schitterende resultaten. Ze had twee uitstekend besproken boeken voor leken geschreven over het effect van traumatische ervaringen op kleine kinderen. Regelmatig werd ze door andere steden en landen uitgenodigd om hulp te verlenen bij natuurrampen of tragedies die de mens veroorzaakt had. Ze had deel uitgemaakt van het team van slachtofferhulp voor de kinderen na het schietincident op de Columbine-school, had enige essays geschreven over de effecten van 9/11, en zat in de adviesraad van openbare basisscholen. Ze was nu tweeënveertig en een expert op haar vakgebied, terecht bewonderd en geprezen door haar vakgenoten. Ze wees meer lezingen af dan ze aannam en tussen haar patiënten door gaf ze advies aan lokale, nationale en internationale instanties. Daarnaast droeg ze ook de zorg voor haar eigen gezin, dus haar dagen en agenda waren overvol. Ze was ongelooflijk toegewijd aan de uren die ze doorbracht met haar kinderen: Daphne van dertien, Jack van twaalf, en Sam, die net zes geworden was. Als alleenstaande moeder zag ze zich voor dezelfde problemen gesteld als elke andere werkende moeder, want hoe verdeel je je tijd evenwichtig tussen werk en gezin? Van haar ex hoefde ze geen hulp te verwachten. Die dook meestal op als een regenboog, onaangekondigd en adembenemend, om net zo onverwacht weer te verdwijnen. De kinderen vielen helemaal onder haar verantwoording; zij voedde ze op.

Terwijl ze op de volgende patiënt wachtte, staarde ze uit het raam en dacht juist aan hen. De zoemer op haar bureau klonk. Maxine verwachtte dat Felicia zou melden dat haar volgende patiënt, een vijftienjarige jongen, binnen was gekomen. Ze liet echter weten dat Maxines man aan de telefoon was. Maxine fronste haar voorhoofd.

'Mijn éx-man,' corrigeerde ze. Maxine en de kinderen leefden nu al vijf jaar zonder hem, en wat haar betrof liep alles op rolletjes.

'Sorry, hij zegt altijd dat hij uw man is... En dan vergeet ik het...' Hij was zo vriendelijk en charmant, en hij vroeg haar altijd naar haar vriendje en haar hond. Hij was gewoon een van die mensen die je wel aardig móést vinden.

'Maak je geen zorgen, hij vergeet het ook steeds,' zei Maxine droog en ze glimlachte toen ze de telefoon opnam. Ze vroeg zich af waar hij zich nu weer bevond. Met Blake wist je het maar nooit. Het was nu vier maanden geleden dat hij de kinderen voor het laatst gezien had. Hij had ze in juli meegenomen naar vrienden in Griekenland, en Maxine en de kinderen mochten 's zomers altijd zijn zeiljacht lenen. De kinderen waren dol op hun vader, maar ze wisten ook dat ze alleen op hun moeder konden rekenen, en dat hun vader kwam en ging als de wind. Maxine was zich er maar al te bewust van dat ze hem zijn grillen altijd weer vergaven. En dat had zij ook gedaan, een jaar of tien lang. Maar uiteindelijk woog zijn charme niet meer op tegen zijn eeuwige zucht naar pleziertjes en zijn gebrek aan verantwoordelijkheid. 'Hallo, Blake,' begon ze het telefoongesprek en ze ging er eens goed voor zitten. Haar professionele afstandelijkheid smolt altijd als sneeuw voor de zon wanneer ze met hem praatte. Ondanks de scheiding waren ze altijd goede vrienden gebleven en ze vertelden elkaar alles als dat zo uitkwam. 'Waar ben je nu?' 'Washington D.C. Ik kom net terug uit Miami. Ben een paar weken op St. Bart's geweest.' Meteen kreeg ze het beeld van hun gemeenschappelijke huis voor ogen. Ze had het in geen vijf jaar gezien. Het was een van de vele bezittingen die ze aan hem had afgestaan bij de scheiding.

'Kom je naar New York voor de kinderen?' Ze wilde niet zeggen dat het weer eens tijd werd. Hij wist dat net zo goed als zij, maar hij scheen altijd iets anders te doen te hebben. Meestal dan. Hoeveel hij ook van hen hield, en altijd had gehouden, ze trokken vaak aan het kortste eind. En dat wisten ze. En toch bleven de kinderen gek op hem, en op haar manier bleef zij dat ook. Eigenlijk scheen er niemand op de hele wereld te zijn die niet dol op hem was, of hem in elk geval mocht. Blake had geen vijanden, alleen maar vrienden. En vooral vriendinnen.

'Ik zou ze heel graag weer eens zien,' begon hij verontschuldigend. 'Maar ik vertrek vanavond naar Londen. Morgenochtend vroeg heb ik een afspraak met een architect. Ik wil het huis verbouwen.' En hij voegde er als een ondeugend kind aan toe: 'Ik heb trouwens een fantastisch huis in Marrakech gekocht. Ik ga er volgende week heen. Het is een waanzinnig schitterend, maar bouwvallig paleisje.'

'Zeker net wat je nodig had, hè,' zei ze hoofdschuddend. Hij was onmogelijk. Waar hij ook kwam, kocht hij huizen. Hij restaureerde en verbouwde ze met bekende architecten en richtte ze in met stylisten, alleen maar voor de show. Want hij kocht meteen weer wat anders. Blake vond het project zelf altijd spannender dan het eindresultaat.

Hij had een huis in Londen, een op St. Bart's, een ander in Aspen, de bovenverdieping van een palazzo in Venetië, een penthouse in New York, en nu kennelijk een paleis in Marokko. Maxine had geen idee wat hij daar in vredesnaam mee moest. Maar wat hij er ook van maakte, ze ging ervan uit dat het net zo fabelachtig mooi zou worden als al het andere waarmee hij zich bemoeide. Hij had een fantastische smaak en hoogst verrassende ideeën wat design betrof. Zodoende waren al zijn huizen ware kunstwerkjes. Daarnaast bezat hij nog een van de grootste zeiljachten van de wereld, al gebruikte hij het maar een paar weken per jaar, maar hij leende het uit aan vrienden wanneer ze maar wilden. De rest van de tijd vloog hij de wereld over, ging hij op safari in Afrika of was hij op jacht naar Aziatische kunst. Hij was twee keer naar Antarctica geweest en kwam terug met verbluffende foto's van ijsbergen en pinguïns. Hun wereldjes waren inmiddels totaal verschillend. Ze was intens tevreden met haar voorspelbare, georganiseerde leventje in New York, op en neer tussen haar praktijk en haar comfortabele appartement op Park Avenue en East 84th Street, waar ze met hun drie kinderen woonde. Ze liep altijd van kantoor naar huis, zelfs op zo'n dag als deze. Tijdens de korte wandeling kwam ze weer bij na alle vreselijke dingen die ze had moeten aanhoren, en de verwarde kinderen die ze behandelde. Andere psychiaters verwezen hun zelfmoordkandidaten vaak naar haar. En het behandelen van moeilijke gevallen was haar manier om de wereld wat terug te geven. Ze hield van haar werk.

'En met jou, Max, hoe gaat het ermee? En met de jongens?' vroeg Blake relaxed.

'Het gaat prima met ze. Jack zit dit jaar weer op voetbal, hij doet het eigenlijk lang niet slecht,' zei ze trots. Het voelde wel eens alsof ze het over andermans kinderen had. Blake had eigenlijk meer weg van een lievelingsoom dan van een vader. Het lastige was dat hij zich als echtgenoot ook zo gedroeg. Onweerstaanbaar op elk vlak, maar nooit thuis als er problemen waren.

In het begin bouwde Blake zijn zaak op, en nadat het een enorm succes was geworden, was hij gewoon altijd ergens op de wereld waar hij zich vermaakte. Hij wilde eigenlijk dat ze haar praktijk opzegde, maar daar piekerde Maxine gewoonweg niet over. Ze had te hard gewerkt om het nu zomaar op te geven. Ze kon zich niet voorstellen dat ze haar patiëntjes ooit in de steek zou laten, hoe rijk haar man ook plotseling geworden was. Ze kon zich niet eens voorstellen hoeveel geld hij eigenlijk had binnengehaald. En uiteindelijk was er iets geknapt vanbinnen, hoeveel ze ook van hem hield. Ze waren lijnrecht tegenover elkaar komen te staan. Haar onberispelijkheid stond in scherpe tegenstelling tot de rotzooi die hij altijd maakte. Waar hij ook zat, hij liet altijd een berg van tijdschriften, boeken, kranten, half opgegeten maaltijden, omgegooide bekers, pindadoppen, bananenschillen, halve glazen frisdrank en verpakkingen van afgehaalde hamburgers achter. Hij liep altijd te slepen met de bouwtekeningen van zijn nieuwste huis, zijn zakken zaten vol briefjes met namen van mensen die hij terug moest bellen, wat hij altijd vergat. En vervolgens raakte hij de briefjes kwijt. Mensen begonnen zich af te vragen waar hij nu weer uithing. Hij was een geniaal zakenman, maar wat de rest betrof was zijn leven een bende. Hij was een schattige, charmante, beminnelijke schavuit. En zij was het beu altijd maar weer de enige volwassene in huis te zijn, vooral toen ze kinderen kregen. Want omdat hij naar een filmpremière in Los Angeles was gevlogen waar hij zo nodig bij wilde zijn, had hij Sams geboorte gemist. En toen een babysitter de kleine Sam acht maanden later van de commode liet vallen en hij behalve een sleutelbeen ook een armpje brak en een flinke klap op zijn hoofdje maakte, was Blake nergens te bekennen. Hij had niemand laten weten dat hij 'even' naar Cabo San Lucas was gevlogen voor de eventuele aankoop van een landhuis van een Mexicaanse architect die hij bewonderde. Onderweg was hij zijn mobieltje verloren en het had twee dagen gekost om hem te vinden. Met Sam kwam het allemaal wel goed, maar toen Blake terugkeerde naar New York had Maxine de scheidingspapieren al op tafel liggen.

Het liep gewoon niet meer lekker sinds Blake zwom in het geld. Max had een man nodig die niet naar de sterren reikte maar die gewoon in de buurt bleef, ten minste voor een tijdje. Blake was nooit thuis. Max had besloten dat ze dan net zo goed alleenstaand kon zijn, dan zou ze verlost zijn van haar eigen bitse gedrag als hij eens een keer belde, en van al die verloren uren waarin ze probeerde hem te traceren wanneer er iets mis was met de kinderen. Toen ze hem vertelde dat ze wilde scheiden, was hij volkomen verbijsterd. En ze hadden allebei gehuild. Hij probeerde haar over te halen het allemaal terug te draaien, maar haar besluit stond vast. Ze hielden van elkaar, maar Maxine bleef erbij dat het niet werkte. Niet voor haar. Niet meer. Ze wilden niet langer allebei hetzelfde. Hij wilde alleen plezier maken, en zij was verknocht aan het zorgen voor de kinderen en haar werk. Ze verschilden te veel van elkaar. Toen ze jong waren was dat geen probleem geweest, maar zij was volwassen geworden, en hij was blijven steken.

'Ik ga wel een keer naar een voetbalwedstrijd van hem kijken als ik terug ben,' beloofde Blake, terwijl Maxine de stortregen tegen de ramen van haar praktijk zag slaan. En wanneer dacht je terug te zijn, dacht ze, want ze wilde de woorden niet uitspreken. Hij beantwoordde haar stille vraag. Hij kende haar te goed, beter dan wie ook. Dat was het moeilijkste geweest toen ze hem zijn vrijheid gaf. Ze klikten zo goed en ze hielden zoveel van el-kaar. En eigenlijk was dat nog altijd zo. Blake was familie van haar en de vader van haar kinderen, dat ging niet over. Dat was heilig voor haar. 'Ik kom thuis met Thanksgiving, over een paar weken dus,' zei hij en Maxine zuchtte.

'Kan ik dat de kinderen vertellen, of beter van niet?' Ze wilde ze niet voor de zoveelste keer teleurstellen. Hij veranderde zijn plan-nen bij de minste aanleiding en liet hen in de steek, net zoals hij met haar gedaan had. Hij was zo snel afgeleid. Dat was het eni-ge waarom ze hem af en toe niet kon uitstaan, zeker als het de kinderen betrof. Hij hoefde nooit die blik in hun ogen te zien als ze vertelde dat papa toch niet kon komen.

Sam had geen herinneringen aan de tijd dat hun vader bij hen gewoond had, maar hij was toch dol op hem. Hij was pas één geweest toen ze scheidden. Hij was gewend aan het leven zoals het was, met zijn moeder die alles voor hem deed. Jack en Daf-fy kenden hun vader beter, al waren de herinneringen aan vroe-ger wat vervaagd.

'Vertel ze maar dat ik erbij zal zijn, Max. Ik wil het niet missen,' beloofde hij met zachte stem. 'En hoe is het met jou? Alles goed? Is de prins op het witte paard al langsgekomen?' Ze glimlachte bij de vragen die hij altijd stelde. Hij was een ware casanova, met een leven vol vrouwen, vrijwel allemaal piepjong. Maar met geen van hen was het serieus. In haar leven kwamen daarentegen geen mannen meer voor. Het interesseerde haar niet en ze had er trou-wens de tijd niet voor.

'Ik heb in geen jaren een date gehad,' zei ze. Ze was altijd eer-lijk tegen hem. Hij was een soort broer voor haar geworden. Voor Blake had ze geen geheimen. En hij had geen geheimen tegenover wie dan ook, want vrijwel alles wat hij deed kwam toch wel in de bladen. In elke roddelrubriek was hij wel present, inclusief zijn modellen, actrices, popsterretjes, erfgenames en welke beroemdheid er maar voorhanden was. Hij had een tijd-je een affaire gehad met een bekende prinses, wat alleen maar bevestigde wat Max al jaren vermoedde. Ze zou hem nooit kunnen bereiken, want hij woonde op een totaal andere planeet dan zij. Zij was aarde, hij was vuur.

'Zo schiet het niet op,' foeterde hij. 'Je werkt te hard, dat heb je altijd gedaan.'

'Ik hou nou eenmaal van mijn werk,' zei ze eenvoudig. Dat was geen nieuws voor hem. Dat was altijd al zo geweest. Ook vroeger had hij haar nooit kunnen overhalen een dagje vrij te nemen, en tegenwoordig was het er niet beter op geworden, al bracht ze al haar weekenden met de kinderen door en had ze uitstekende invallers op wie ze kon terugvallen. Dat was al een hele verbetering. Zo konden ze vaker naar het huis in Southampton waarin zij en Blake gewoond hadden toen ze getrouwd waren. Hij had het haar geschonken bij de scheiding. Het was een prachthuis, maar veel te burgerlijk naar zijn huidige smaak. En voor Max en de kinderen was het gewoon perfect. Het was een groot, rommelig en ouderwets gezinshuis, vlak bij het strand.

'Kan ik met de kinderen 's avonds Thanksgiving vieren?' vroeg hij voorzichtig. Hij hield altijd rekening met haar plannen, hij verscheen nooit onverwachts als hij de kinderen een paar dagen wilde meenemen. Hij wist best hoeveel moeite ze ervoor deed ze een stabiel leven te bezorgen. En Maxine hield er nu eenmaal van de dingen vooruit te plannen.

'Dat kan denk ik wel. 's Middags lunchen we bij mijn ouders.' Maxines vader was ook arts, een orthopedisch chirurg, en net zo precies en onberispelijk als zij. Hij was haar grote voorbeeld geweest en hij was apetrots op haar werk. Maxine was enig kind en haar moeder was altijd thuisgebleven. Haar jeugd was zo anders verlopen dan die van Blake. Van jongs af aan was hij een geluksvogel geweest.

Als baby was hij geadopteerd door een ouder echtpaar. Later had hij uitgezocht dat zijn biologische moeder een meisje van vijftien uit Iowa was geweest. Ze was getrouwd met een politieagent en had na Blake nog vier kinderen gekregen. Ze was nogal uit haar doen geweest toen zij Blake ontmoette. Hij en zijn moeder hadden niets gemeen, en hij had eigenlijk een beetje medelijden met haar. Ze had een zwaar leven gehad, altijd geldgebrek en een man die dronk. Ze vertelde dat zijn biologische vader een knappe, charmante, maar losgeslagen jongen was geweest, pas zeventien jaar toen Blake geboren werd. Hij was twee maanden na zijn examen omgekomen bij een auto-ongeluk, maar hij was toch nooit van plan geweest met haar te trouwen. Blakes zeer katholieke grootouders hadden haar gedwongen de baby af te staan nadat ze tijdens haar zwangerschap in een andere stad was ondergebracht. Zijn adoptiefouders waren welgesteld en hadden hem goed opgevoed. Zijn vader was een belastingadviseur op Wall Street, die Blake de beginselen van verstandig beleggen bijbracht. Ze stonden erop dat hij naar Princeton en later Harvard ging voor zijn MBA in bedrijfskunde. Zijn moeder had bijna haar hele leven vrijwilligerswerk gedaan en had hem voorgehouden om altijd 'iets terug te doen' voor de wereld. Hij had die lessen ter harte genomen, want zijn bedrijf ondersteunde veel liefdadigheidsinstellingen. Blake ondertekende de cheques, al had hij van de meeste instellingen nooit gehoord.

Zijn ouders hadden pal achter hem gestaan, maar waren kort nadat hij met Maxine was getrouwd overleden. Het speet Blake dat ze zijn kinderen nooit hadden gekend. Het waren schatten van mensen geweest en liefhebbende, toegewijde ouders. Ze hadden ook zijn bliksemsnelle opgang naar succes niet meegemaakt. Hij vroeg zich wel eens af hoe ze zouden hebben gereageerd op zijn huidige levensstijl, en af en toe, vooral 's nachts, was hij bang dat ze er niet echt blij mee zouden zijn. Hij wist maar al te goed hoeveel geluk hij had gehad en hoe hij zichzelf verwende, maar hij genoot ook zo enorm van alles wat hij deed, dat het haast onmogelijk was het allemaal over te doen. Hij had een levensstijl ontwikkeld die hem immens veel plezier en genoegen verschafte, en hij deed er niemand kwaad mee. Hij wilde zijn kinderen wel vaker zien, maar op de een of andere manier had hij er nooit tijd voor. Hoe dan ook, hij maakte het altijd goed als hij ze wel zag. Op zijn manier was hij hun droomvader die werkelijkheid was geworden. Ze kregen alles wat ze wilden, want hij kon toegeven aan elke gril, en hij verwende ze schandalig. Maxine stond voor de stabiliteit en de regelmaat waarop ze konden vertrouwen, en hij was er voor de magie en het plezier in hun leven. Op de een of andere manier was hij dat ook voor Maxine geweest, toen ze nog jong waren. Maar alles veranderde toen ze volwassen werden. Of eigenlijk, toen zij volwassen werd, en hij niet.

Blake informeerde hoe het met haar ouders ging. Hij had haar vader altijd graag gemogen. Hij was een hardwerkende, serieuze man met vaste normen en waarden, al ontbrak het hem een beetje aan verbeelding. Hij leek op een striktere, nog serieuzere versie van Maxine. En ondanks de zeer verschillende levensstijlen en levensfilosofieën konden hij en Blake het goed met elkaar vinden. Haar vader had Blake altijd plagerig 'schavuit' genoemd. Blake vond het geweldig als hij hem zo noemde; het klonk sexy en opwindend. De laatste jaren vond Max' vader het jammer dat Blake zijn kinderen niet wat vaker zag, al wist hij dat zijn dochter alle tekortkomingen van Blake meer dan goedmaakte. Maar het zat hem wel dwars dat ze alles alleen moest opvangen.

'Nou, dan zie ik je op Thanksgivingavond,' maakte hij een eind aan zijn telefoontje. 'Ik bel je 's ochtends wel hoe laat je me kunt verwachten. Ik bestel wel een cateraar die het diner kan regelen. Jij bent natuurlijk ook meer dan welkom,' zei hij hartelijk en hij hoopte dat ze mee wilde komen. Hij genoot nog elke keer van haar gezelschap. Daaraan was niets veranderd, hij vond haar nog steeds een fantastische vrouw. Hij had alleen gewild dat ze wat vaker kon ontspannen en meer plezier in haar leven toeliet, in plaats van haar puriteinse arbeidsethos tot in het extreme door te drijven.

Haar intercom zoemde terwijl ze afscheid nam. Haar patiënt van vier uur, een tengere jongen van vijftien, zat in de wachtkamer. Ze hing op, deed de deur van haar kamer open en gebaarde hem binnen te komen. Hij ging in een van de twee grote leunstoelen zitten voor hij haar aankeek en begroette.

'Hallo, Ted,' zei ze warm. 'Hoe gaat het ermee?' Hij haalde zijn schouders op terwijl zij de deur dichtdeed en de sessie begon. Hij had tweemaal geprobeerd zichzelf op te hangen. Ze had hem drie maanden in het ziekenhuis gehouden, en het ging iets beter nu hij twee weken thuis was. Toen hij dertien was, waren er aanwijzingen geweest dat hij manisch-depressief was. Ze sprak hem drie keer per week, en eenmaal per week had hij groepstherapie met andere pubers die vroeger suïcidaal waren geweest. Het ging redelijk goed en Maxine had een prima relatie met hem. Haar patiënten mochten haar graag. Ze kon goed met jonge mensen omgaan en gaf veel om ze. Ze was een bekwame arts en een goed mens.

De sessie duurde vijftig minuten, waarna ze tien minuten pauze had, waarin ze twee telefoontjes beantwoordde. Toen begon ze aan haar laatste sessie van de dag, met een zestienjarig meisje met anorexia. Zoals gewoonlijk was het een lange, zware en interessante dag geweest, waarvoor veel concentratie nodig was. Tot slot belde ze nog wat mensen terug en om halfzeven liep ze in de stromende regen terug naar huis, met Blake in haar gedachten. Ze was blij dat hij langskwam met Thanksgiving, en de kinderen zouden beslist door het dolle heen zijn. Ze vroeg zich echter af of het misschien betekende dat hij niet met Kerstmis zou langskomen. Als hij al iets wilde doen, zou hij hen waarschijnlijk in Aspen willen zien. Meestal vierde hij oudjaar in dat wintersportparadijs. Met al zijn interessante bezigheden en huizen wist je maar nooit waar hij nu weer uithing. En nu Marokko aan dat lijstje was toegevoegd, zou het nog moeilijker worden hem te bereiken. Ze verweet het hem niet, zo was hij nu eenmaal, al was het voor haar af en toe wel frustrerend. Hij bedoelde het allemaal zo goed, maar verantwoordelijkheid was hem vreemd. Op veel vlakken weigerde Blake gewoon volwassen te worden. En daardoor was het een feest bij hem te zijn, als je maar niet te veel verwachtte. Zo af en toe verraste hij ze en deed hij iets heel attents en fantastisch, maar daarna was hij weer gevlogen. Ze dacht er wel eens over na of alles anders zou zijn gelopen als hij niet al vlak na zijn dertigste miljonair was geworden. Het had zijn en hun leven voorgoed veranderd. Soms wou ze dat hij niet zoveel geld had verdiend met zijn bliksemcarrière in de internetbusiness. Voor die tijd hadden ze een fijn leventje gehad. Maar dat was snel veranderd.

Maxine had Blake ontmoet toen ze intern was in Stanford Hospital. Hij werkte in Silicon Valley, de bakermat van hightechbedrijven. Hij had wat plannen met een eigen bedrijfje, daar had ze het fijne nooit van begrepen, maar ze viel voor zijn ongelooflijke energie en passie voor de ideeën die hij had. Ze waren elkaar tegengekomen op een feestje waar ze niet heen had gewild, maar een vriendin had haar meegesleurd. Ze had net twee onafgebroken dagen op de trauma-afdeling achter de rug en stond half te slapen op de avond van hun ontmoeting. Blake had haar met een knal wakker geschud. De volgende dag had hij haar meegenomen op een helikoptertochtje. Ze hadden over de baai gevlogen en waren onder de Golden Gate-brug door gegaan. Hij was zulk spannend gezelschap en hun relatie was al snel als een bosbrand in de storm opgelaaid. Binnen het jaar waren ze getrouwd. Ze was zevenentwintig toen ze trouwde en alles gebeurde tegelijk dat jaar. Tien maanden na hun huwelijk verkocht Blake zijn bedrijf voor een godsvermogen. De rest was geschiedenis. Op het oog zonder enige moeite liet hij zijn fortuin groeien als kool. Hij durfde risico's te nemen door alles in te zetten en was echt een genie in hoe hij het speelde. Maxine was overdonderd door zijn inzicht, handigheid en fenomenale intelligentie.

Toen ze twee jaar na hun huwelijk zwanger was van Daphne, was Blakes kapitaal zo ongehoord toegenomen, dat hij Maxine vroeg haar carrière op te geven. In plaats daarvan promoveerde ze tot hoofd van de afdeling Psychiatrie voor adolescenten, werd ze moeder van Daphne en was ze de vrouw geworden van een van de rijkste mannen op aarde. Het was nogal wat om te verwerken en het vereiste veel aanpassingsvermogen. En of het nu door zelfverloochening kwam of door een te groot vertrouwen in borstvoeding als voorbehoedmiddel, bleek ze bovendien al zes weken na de geboorte van Daphne zwanger te zijn van Jack. Tegen de tijd dat de tweede baby geboren moest worden, had Blake het huis in Londen en dat in Aspen gekocht, een droomjacht besteld, en waren ze weer naar New York verhuisd. Kort daarop ging hij rentenieren. En ook nadat Jack ter wereld was gekomen gaf Maxine haar carrière niet op. Haar zwangerschapsverlof duurde korter dan een van Blakes reizen, want hij trok de hele wereld over. Ze namen een kindermeisje aan, dat haar eigen kamer bij hen kreeg, en Maxine ging weer aan het werk.

Eenvoudig was het niet om te werken, terwijl Blake dat niet meer deed. Bovendien maakte ze zich zorgen om het leven dat hij leidde. Het was allemaal een beetje te makkelijk en weelderig naar haar zin en al die jetsetparty's waren sowieso niets voor haar. Toen Maxine haar eigen praktijk opende en tekende voor een belangrijk researchproject op het gebied van jeugdtrauma's, huurde Blake de beroemdste binnenhuisarchitect van Londen in om zijn huis in te richten, een andere grootheid om het huis in Aspen op te knappen, kocht hij het huis op St. Bart's als kerstcadeautje voor haar en een vliegtuig voor hemzelf. Voor Maxine ging dat allemaal veel te snel, en wat erger was, het hield nooit op. Ze bezaten huizen, kinderen en een ongelooflijke hoeveelheid geld en Blake stond op de omslagen van zowel *Newsweek* als *TIME*. Hij ging maar door met beleggen en daardoor verdubbelde of verdrievoudigde hij zijn fortuin, maar formeel gesproken werkte hij niet meer. Wat hij deed, deed hij wel per e-mail of telefoon. En langzamerhand werd ook hun huwelijk een telefonisch onderonsje. Blake was net zo liefhebbend als anders als hij thuis was, maar meestal was hij net niet in de buurt. Maxine had zelfs op het punt gestaan te stoppen met werken vanwege haar huwelijk, ze had dat uitgebreid met haar vader besproken. Maar uiteindelijk kwam ze tot het besluit dat het weinig nut had. Wat zou ze dan moeten doen? Met hem de wereld rond vliegen van het ene huis naar het andere? In hotels leven in steden waar ze nog geen huis hadden? Of alleen maar fantastische vakanties vieren: op safari in Afrika, bergbeklimmen in de Himalaya, geld schenken aan archeologische opgravingen of raceboten besturen? Er was niets wat Blake niet voor elkaar kreeg, en nog minder waar hij zich niet op stortte. Hij moest het allemaal doen, meemaken, proberen, proeven en bezitten. Ze kon zich bovendien niet voorstellen hoe ze twee peuters van hot naar her moest slepen, dus bleef ze voornamelijk bij de kinderen thuis in New York. En haar praktijk kon ze met geen mogelijkheid opgeven. Want elk suïcidaal kind dat ze sprak, elk kind met een huizenhoog psychisch trauma, overtuigde haar ervan dat er behoefte was aan wat ze deed. Ze had twee belangrijke prijzen voor haar onderzoeksprojecten gewonnen, maar af en toe voelde ze zich half schizofreen als ze moest proberen haar echtgenoot in zijn weelderige leventje in Venetië, Sardinië of Sankt Moritz te ontmoeten, haar kinderen van de kleuterschool moest halen, haar werk aan psychiatrische onderzoeken moest voltooien en lezingen moest geven. Ze leefde drie levens tegelijk. Uiteindelijk gaf Blake het op haar te vragen mee te komen en reisde hij voortaan alleen. Hij kon het niet opbrengen stil te zitten, de wereld lag aan zijn voeten en was nooit groot genoeg voor hem. Van de ene dag op de andere werd hij een afwezige man en vader, terwijl Maxine er alles aan deed om een positieve bijdrage te leveren aan de levens van wanhopige en getraumatiseerde kinderen, en die van haar eigen kids. Haar leven en dat van Blake hadden niet verder uiteen kunnen liggen. Hoeveel ze ook van elkaar hielden, hun kinderen waren op het laatst de enige brug tussen hen. De volgende vijf jaar leidden ze gescheiden levens. Wel ontmoetten ze elkaar dan hier, dan daar, zoals het Blake uitkwam. En toen werd ze zwanger van Sam. Het was een ongelukje toen ze voor een weekendje Hongkong bij elkaar waren, nadat Blake met vrienden in Nepal een trektocht had gemaakt. Maxine had net een nieuwe researchbeurs gewonnen voor anorexia bij meisjes. Ze merkte dat ze zwanger was, en in tegenstelling tot de eerste twee keer was ze er niet zo blij mee. Het was weer een bal die ze in de lucht moest houden, weer een kind dat ze in haar eentje moest opvoeden, weer een stukje in de puzzel die nu al te groot en ingewikkeld was. Blake daarentegen was in de wolken. Hij zei dat hij wel zes kinderen wilde, waar Maxine maar niks op zei. Hij zag de kinderen die hij had al bijna nooit. Jack was zes en Daphne zeven toen Sam geboren werd. Hij was niet bij de bevalling geweest en vloog pas de volgende dag naar haar toe met een juweliersdoosje in de hand. Hij schonk Maxine een ring met een smaragd van dertig karaat, een spectaculair ding, maar het was niet wat Maxine van hem wilde. Ze had liever wat tijd samen gehad. Ze miste hun jonge dagen in Californië, allebei aan het werk, allebei gelukkig – de tijd voor hij de hoofdprijs in de internetloterij gewonnen had.

En toen Sam acht maanden later van de commode rolde, zijn armpje brak en zijn hoofd stootte, kon ze de vader pas na twee dagen bereiken. Toen ze hem eindelijk te pakken kreeg, was hij op weg naar Venetië om wat palazzo's te bekijken en er een als verrassing te kopen. Maar zij had het gehad met verrassingen, paleizen, binnenhuisarchitecten en meer huizen dan ze ooit kon bezoeken. Blake moest altijd nieuwe mensen ontmoeten, nieuwe plaatsen ontdekken, nieuwe zaken opkopen, nieuwe beleggingen sluiten, nieuwe huizen inrichten, nieuwe avonturen beleven. Hun levens hadden niets meer gemeen, dus toen Blake terug was gevlogen nadat ze hem van Sams ongeluk had verteld, barstte ze in tranen uit en zei dat ze wilde scheiden. Het was haar allemaal te veel geworden. Snikkend in zijn armen vertelde ze dat ze het niet meer trok.

'Waarom zet je geen punt achter je praktijk?' had hij doodkalm gezegd. 'Je werkt je gewoon over de kop. Concentreer je nu maar op mij en de kinderen. En als we meer hulp in huis nemen, kun je gezellig overal mee naartoe.' Hij had haar verzoek tot scheiding niet serieus genomen. Ze hielden toch van elkaar, waarom zouden ze dan scheiden?

'Als ik dat zou doen,' zei ze verdrietig, dicht tegen zijn borst gedrukt, 'zou ik mijn kinderen nooit meer zien, net zoals jij. Wanneer ben je voor het laatst langer dan twee weken thuis geweest?' Hij dacht erover na en keek beteuterd voor zich uit. Ze had natuurlijk gelijk, maar hij voelde zich te ongemakkelijk om het toe te geven.

'Goh, Max, ik weet het ook niet. Ik heb er nooit op die manier over gedacht.'

'Dat weet ik.' Ze begon weer te huilen en snoot haar neus. 'Ik weet nooit waar je uithangt. Ik heb dagen geprobeerd je te bereiken toen Sam dat ongeluk had gehad. Als hij nu eens doodgegaan was? Of ik? Je zou het niet eens geweten hebben.'

'Het spijt me, schatje, ik zal proberen contact met jullie te houden. Ik dacht alleen dat je het allemaal prima in de hand had.' Hij vond het wel makkelijk dat ze alles regelde, zodat hij zijn gang kon gaan.

'Dat heb ik ook. Maar het hangt me de keel uit het allemaal alleen te doen. Je zegt steeds dat ik moet stoppen met werken, maar waarom stop jij niet met je wereldreisjes zodat je wat vaker thuis kunt zijn?' Ze had weinig hoop dat het lukte, maar ze moest het proberen.

'Maar we hebben zulke schitterende huizen, en er is zoveel wat ik nog wil doen.' Hij had net een hoop geld gestoken in een toneelstuk in Londen, geschreven door een jonge schrijver die hij sinds twee jaar sponsorde. Hij was graag een mecenas voor kunstenaars, dat was veel boeiender dan thuis op de bank hangen. Hij was stapelgek op zijn vrouw en zijn kinderen, maar in New York sloeg de verveling bij hem al snel toe. Maxine had de kracht gehad om acht jaar vol verandering aan te kunnen, maar was nu toe aan stabiliteit, voorspelbaarheid en een leventje waar Blake een hekel aan had. Hij wilde alles uit het leven halen, in alle vrijheid, zonder plichtplegingen, en dat had Maxine niet kunnen voorzien. En aangezien hij er toch nooit was, en meestal nog onbereikbaar ook, vond ze dat ze het net zo goed zelf kon doen. Het werd steeds moeilijker voor haar om net te doen of ze een man had op wie ze in alles kon rekenen. Het had lang geduurd eer ze toegaf dat ze dat niet kon. Blake hield van haar, maar bijna honderd procent van de tijd was hij niet in de buurt. Hij had zijn eigen leven, interesses en doelen, waar zij eigenlijk niets meer mee te maken had.

Dus met tranen en spijt, maar uiterst beschaafd, hadden zij en Blake er vijf jaar geleden een punt achter gezet. Hij schonk haar het appartement in New York en het huis in Southampton, en wilde haar alle huizen geven die ze maar wilde, maar dat had ze afgeslagen. Ook bood hij haar een financiële regeling aan waarvan iedereen steil achterover was geslagen. Hij voelde zich schuldig over zijn afwezigheid als echtgenoot en vader al die jaren, maar hij moest toegeven dat het hem wel zo goed uitkwam. Zo nu en dan had hij het toch een tikkeltje benauwend gevonden om rekening te moeten houden met Maxines beperkte leventje in New York.

Ze weigerde de alimentatie, maar nam de toelage voor de kinderen wel aan. Maxine verdiende meer dan genoeg met haar praktijk om zichzelf te bedruipen, dus wilde ze voor haarzelf niets van hem aannemen. En trouwens, het geld was Blakes meevaller geweest, ze had er niets mee te maken. Blakes vrienden konden hun oren niet geloven dat ze zo schappelijk was. Weliswaar waren ze niet op huwelijkse voorwaarden getrouwd – in die tijd had hij immers nog geen vermogen – maar ze hoefde geen cent van hem te hebben. Ze hield van hem en wenste hem het beste en alle geluk van de wereld toe. Van de weeromstuit werden zijn liefde en respect voor haar alleen nog maar groter, en dus waren ze goede vrienden gebleven. Maxine zei altijd dat hij net haar wilde broertje was, en na de eerste schokken over al de meiden met wie hij uitging, had ze zich daarbij neergelegd. Als ze maar aardig tegen haar kinderen waren, kon het haar verder niets schelen.

Maxine had zelf geen vriendjes meer gehad sinds de scheiding. De meeste artsen en psychiaters met wie ze omging waren getrouwd en haar sociale leven beperkte zich tot de kinderen. Ze had haar handen vol gehad aan haar gezin en praktijk. Heel af en toe had ze een afspraakje gehad, maar van vlinders in haar buik was nooit sprake geweest. Wie kon er ook tegen Blake op? Hij was onverantwoordelijk, onbetrouwbaar, chaotisch ondanks alle goede bedoelingen, een ongeschikte vader en een hopeloze echtgenoot op de koop toe, maar er was wat haar betrof geen man ter wereld die liever, sympathieker en goedhartiger was, en met wie je zo kon lachen. Ze had vaak gewenst dat ze net zo los en vrij kon zijn als hij. Maar ze had nu eenmaal een structuur nodig, vaste grond onder de voeten, een ordelijk leven, en ze had niet dezelfde neiging als Blake om haar stoutste dromen in daden om te zetten. Af en toe benijdde ze hem wel.

Er was geen zee te hoog voor Blake, in zaken en het leven in het algemeen, daarom was hij zo succesvol geweest. Je had een behoorlijke dosis lef nodig voor zoiets, en Blake Williams had lef bij de vleet. Maxine was maar een bang muisje vergeleken bij hem. Hoewel ze redelijk veel had bereikt, behield het allemaal een menselijke maat. Het was domme pech geweest dat het huwelijk niet had gewerkt. En Maxine mocht haar handen dichtknijpen met hun kinderen. Ze hield met hart en ziel van ze en haar leventje draaide dan ook om hen. Ze was tweeënveertig jaar en niet wanhopig op zoek naar een andere man. Ze had dankbaar werk, patiënten waar ze oprecht om gaf, en een geweldig stel kinderen. Het was voorlopig genoeg, meer dan genoeg zelfs.

De portier tikte beleefd tegen zijn pet toen Maxine het gebouw op Park Avenue betrad, vijf straten van haar praktijk. De appartementen waren gebouwd voor de Tweede Wereldoorlog; ze hadden een voorname uitstraling en grote kamers. Ze was klets-nat van de regen. De wind had haar paraplu binnenstebuiten ge-blazen en tien stappen nadat ze haar kantoor verlaten had, was hij ook nog gescheurd. Ze had hem maar weggegooid. Haar re-genjas was doorweekt en haar lange blonde haar, dat op werk-dagen in een paardenstaart zat, kleefde tegen haar hoofd. Ze had die dag geen make-up opgehad zodat haar gezicht er fris en schoon uitzag. Lang en slank als ze was, zag ze er jonger uit dan haar leeftijd, en Blake had veelvuldig op haar spectaculaire be-nen gewezen, al droeg ze niet vaak een korte rok zodat hij ze kon bewonderen. Naar haar werk droeg ze meestal een nette broek en het weekend bracht ze door in jeans. Ze was niet het type vrouw dat seks gebruikte om zichzelf te verkopen, ze was dis-creet en bescheiden. Blake had haar vaak geplaagd door haar te vergelijken met Lois Lane. Dan nam hij haar leesbril af die ze voor de computer gebruikte, maakte haar weelderige koren-blonde haar los, en hoewel ze er eigenlijk niets van wilde weten, zag ze er meteen sexy uit. Blakes haar was zo zwart als het hare blond was, maar ze hadden allebei blauwe ogen, en hoewel zij lang was, was hij met zijn een meter negentig een kop groter dan zij. Ze waren een schitterend stel geweest, met drie knappe kin-deren. Daphne en Jack hadden Blakes gitzwarte haar en de blau-we ogen van hun ouders. Sam had net zulk blond haar als zijn moeder en hij had de groene ogen van zijn grootvader. Het was een mooi joch, dat nog graag met zijn moeder knuffelde.

Maxine ging met de lift omhoog. Het water vormde plasjes aan haar voeten. Op haar verdieping waren maar twee appartemen-ten. De gepensioneerde buren waren jaren geleden naar Florida verkast, dus waren ze er zelden. Maxine en haar kinderen hoef-den zich dus nooit in te houden, en dat was maar goed ook, want de twee jongens in huis brachten meestal lawaai met zich mee. Ze hoorde luide muziek toen ze binnenkwam. In de hal trok ze haar jas uit en hing hem over de parablubak. Ze deed haar schoe-nen van haar druipnatte voeten en bekeek zichzelf in de spiegel.

Lachend constateerde ze dat ze eruitzag als een verzopen kat, met roze wangen van de kou.

'Wat heb jij gedaan? Ben je naar huis gezwommen?' informeerde Zelda, haar oppas en hulp in de huishouding, die de hal in was komen lopen. Ze droeg een stapel schone was. Sinds Jacks geboorte was ze bij hen in huis komen wonen en ze was een godsgeschenk gebleken. 'Waarom heb je geen taxi genomen?'

'Ik moest even een frisse neus halen.' Maxine glimlachte naar haar. Zelda was een forse vrouw met een rond gezicht, ze droeg haar haar in een dikke vlecht en was even oud als Maxine. Ze was nooit getrouwd en was kindermeisje sinds haar achttiende. Maxine liep achter haar aan de keuken in, waar Sam, net uit bad en in een schoon pyjamaatje, aan de tafel zat te tekenen. Zelda gaf haar werkgeefster snel een kop thee. Het was altijd een genoegen thuis te komen bij Zelda, in de wetenschap dat alles onder controle was. Ze was net als Max netjes op het obsessieve af en stelde haar leven in dienst van het opruimen van de rommel van de kinderen, kookte voor hen en reed hen overal heen wanneer hun moeder op haar werk was. Maxine nam het alleen in de weekenden over. Officieel had Zelda dan vrij, en ze ging dan graag naar het theater, maar meestal bleef ze in haar kamer achter de keuken om wat te lezen en zich te ontspannen. Ze gaf al haar loyaliteit aan de kinderen en hun moeder. Ze was al twaalf jaar hun kindermeisje en was al snel deel van de familie gaan uitmaken. Van Blake had ze geen hoge pet op. Ze vond hem knap, maar verwend en een onmogelijke vader voor de kinderen. Ze bleef erbij dat ze beter verdienden en het lukte Maxine maar niet om haar dat uit het hoofd te praten. Zij hield van hem. Zelda niet.

De woonkeuken was ingericht met blank grenen, een aanrecht van beige graniet en een lichte hardhouten vloer. Het was een gezellige ruimte, waar ze allemaal graag rondhingen. Er stonden zelfs een bank en een tv in, waar Zelda haar soaps en talkshows keek. Ze citeerde ze graag wanneer ze de kans had.

'Hoi, mam,' zei Sam, die druk bezig was met een paars krijtje, maar opkeek toen zijn moeder binnenkwam.

'Hoi, lieverd. Leuke dag gehad?' Ze kuste zijn kruin en woelde door zijn haar.

'Best. Stevie heeft overgegeven in de klas,' zei hij zakelijk, terwijl hij het paarse krijtje voor het groene verwisselde. Hij tekende een huis, een cowboy en een regenboog. Maxine zag daar niets verontrustends in, hij was een normaal, gelukkig kind. Hij miste zijn vader minder dan de andere twee, aangezien hij nooit met hem in één huis gewoond had. Zijn broer en zus beseften soms wel wat ze misten.

'Wat zielig voor hem,' merkte Maxine op over de ongelukkige Stevie. Ze hoopte maar dat hij iets verkeerds gegeten had en dat de school niet door een griepvirus getroffen was. 'Maar jij voelt je wel goed?'

'Yep.' Sam knikte, terwijl Zelda een blik in de oven wierp om te zien hoe het met het eten stond en Daphne de keuken in kwam lopen. Nu ze dertien was kreeg haar lichaam nieuwe rondingen. Ze zat in de achtste groep van het Dalton, een school die Maxine erg prettig vond.

'Mag ik jouw zwarte trui lenen?' vroeg Daphne en ze nam een partje van de appel die Sam aan het eten was.

'Welke?' vroeg Maxine behoedzaam.

'Die met dat witte bont erop. Emma geeft vanavond een feestje,' zei Daphne nonchalant, met een gezicht alsof het haar niets kon schelen, maar haar moeder wist wel beter. Het was vrijdag en de laatste tijd was er vrijwel elk weekend ergens een feestje.

'Dat is nogal een opzichtig truitje voor een feestje bij Emma. Wat voor feestje? Met jongens erbij?'

'Mmm... Mja... misschien...' zei Daphne en Maxine glimlachte. Misschien, mijn neus, dacht ze. Ze wist zeker dat Daphne donders goed op de hoogte was van alle details. En in Maxines nieuwe Valentino-trui wilde ze natuurlijk indruk maken op iemand, waarschijnlijk een oudere jongen.

'Vind je die trui niet een beetje ouwelijk voor je? Is er niets anders?' Ze had hem zelf nog niet eens aangehad. Ze deed een paar voorstellen, toen Jack binnenkwam met zijn bemodderde voetbalschoenen nog aan. Zelda gilde zodra ze dat zag en wees op zijn voeten.

'Wég van mijn vloer met die dingen. Uit! Onmiddellijk!' beval ze, terwijl hij ging zitten en ze grijnzend uitdeed. Zelda had de wind eronder, daar hoefde je je geen zorgen over te maken.

'Je hebt toch niet gespeeld vandaag?' informeerde Maxine terwijl ze haar zoon een kus gaf. Hij zat óf op het sportveld óf vastgelijmd voor de computer. Hij was de computerexpert van de familie en hielp Maxine en zijn zus altijd als ze vastliepen. Geen probleem was hem te moeilijk, hij loste alles met gemak op.

'Nee, het is afgelast vanwege de regen.'

'Dat dacht ik al.' Nu ze hen allemaal bij elkaar had, besloot ze ze te vertellen van Blakes Thanksgivingsplannen. 'Hij nodigt jullie allemaal uit voor het eten bij hem thuis. Ik denk dat hij het hele weekend blijft. Als jullie willen kunnen jullie bij hem slapen,' zei ze terloops. Blake had fantastische kamers voor hen laten inrichten in zijn penthouse op de vijftigste verdieping, boordevol geweldige kunst en de laatste snufjes op het gebied van dvd- en stereo-installaties. Het uitzicht over de stad was een droom, er was een thuisbioscoop waar ze films konden kijken en een speelkamer met een pooltafel en alle games en gamecomputers die je maar wilde. Welk kind zou daar niet graag willen logeren?

'Kom jij ook mee?' vroeg Sam en hij keek op van zijn tekening. Hij vond het leuker als zij erbij was. Zijn vader was eigenlijk een vreemde man, hij had liever zijn moeder in de buurt. Hij bleef ook niet altijd slapen, al deden Jack en Daphne dat wel.

'Ik zou kunnen blijven eten, als je wilt. We lunchen al bij opa en oma, dus ik moet daarna eigenlijk bijkomen van al die kalkoen. Maar jullie gaan gewoon een lekker weekendje hebben.'

'Neemt hij een vriendin mee?' vroeg Sam, en Maxine besefte toen pas dat ze geen idee had. Blake had vaak een vriendin bij zich als de kinderen over waren. Ze waren meestal jong en vrolijk, en de kinderen hadden soms wel plezier met ze, hoewel ze die steeds wisselende rij vrouwen een beetje storend vonden. Vooral Daphne had er last van, omdat zij vond dat zij oudere rechten had op de rol van belangrijkste vrouw in haar vaders leven. Ze vond hem echt vet cool. En ze vond haar moeder steeds minder cool de laatste tijd, wat vrij normaal was gezien haar leeftijd. Maxine zag elke dag puberende meisjes die een grote hekel hadden aan hun moeder. Het zou wel overgaan en ze maakte zich er niet echt druk over.

'Ik weet niet of hij nog iemand heeft uitgenodigd,' zei Maxine terwijl ze Zelda een snuivend geluid van afkeuring hoorde maken.

'De laatste was een echte tuthola,' merkte Daphne op, waarna ze de keuken uit liep om haar moeders klerenkast te inspecteren. Hun kamers lagen allemaal vrij dicht bij elkaar in een lange gang en Maxine vond het erg prettig in hun buurt te zijn. Sam kroop 's nachts vaak bij haar in bed als hij een nare droom had gehad. Meestal gebruikte hij dat smoesje omdat hij het zo fijn vond om tegen haar aan te kruipen.

Behalve de slaapkamers hadden ze een ruime woonkamer, een eethoek die precies groot genoeg voor hen was en een klein kamertje waar Maxine kon werken aan haar lezingen of artikelen voor vakbladen. Hun appartement was echter niets vergeleken met de overvloed en luxe van Blakes flat, die als een ruimteschip hoog boven de wereld hing. Maar Maxines appartement was knus en gezellig en ze voelde zich er echt thuis.

Toen ze naar haar slaapkamer liep om haar haar te drogen, trof ze Daphne aan die energiek haar inloopkast afschuimde. Ze kwam naar buiten met een wit kasjmieren truitje en torenhoge stiletto's: zwartleren Manolo Blahniks met een puntige neus die haar moeder zelden droeg. Maxine was al lang genoeg van zichzelf en ze had dit soort schoenen alleen kunnen dragen toen ze met Blake getrouwd was.

'Die zijn te hoog voor je,' waarschuwde Maxine haar. 'Ik heb bijna mijn nek gebroken de laatste keer dat ik ze droeg. Zou je geen andere nemen?'

'Ma-am...' kreunde Daphne. 'Deze zijn echt prima.' Maxine vond ze veel te geraffineerd voor iemand van dertien, maar aangezien Daphne er als een vijftien-, zestienjarige uitzag, kon het net. Ze was een knappe meid, met haar moeders uiterlijk en romige huid, en haar vaders gitzwarte haar.

'Dat moet wel een superfeestje zijn bij Emma,' grijnsde Maxine. 'Met echte spetters zeker?'

Daphne rolde met haar ogen en liep de kamer uit, wat alleen maar bevestigde wat haar moeder vermoedde. Maxine was een beetje nerveus voor de dag dat jongens hun entree zouden maken. Tot nu toe waren de kinderen nogal makkelijk geweest, maar ze wist best dat dat niet altijd zo zou blijven. En in zware tijden stond ze er toch alleen voor. Dat was altijd al zo geweest. Maxine nam een warme douche en hulde zich in een badjas. Een halfuur later zaten zij en de kinderen aan de keukentafel, terwijl Zelda het avondeten van gebraden kip, aardappels uit de oven en sla opschepte. Ze kookte stevige, gezonde maaltijden, en ze waren het erover eens dat zij de lekkerste brownies, kaneelkoekjes en pannenkoeken ter wereld maakte. Maxine bedacht vaak dat Zelda een geweldige moeder geweest zou zijn, maar er was geen man in haar leven, in elk geval de laatste jaren niet. Nu ze tweeënveertig was, was de kans op kinderen waarschijnlijk ook wel verkeken. Maar ze had natuurlijk Maxines kinderen om van te houden.

Aan tafel zei Jack dat hij met een vriend naar de film ging. Er draaide een nieuwe griezelfilm die hij wilde zien, want die beloofde uitzonderlijk smerig te zijn. Zijn moeder moest hem naar de bioscoop brengen en ook weer afhalen. Sam zou de volgende dag bij een vriendje gaan slapen en wilde vanavond het liefst een dvd kijken, in haar bed, met popcorn. Maxine zou Daphne naar Emma brengen op weg naar Jacks bioscoop. De dag erop moest ze boodschappen doen en zo nam het weekend vorm aan, zoals altijd op goed geluk, naar de plannen en behoeften van de kinderen.

Later die avond bladerde ze een tijdschrift door terwijl ze wachtte tot Daphne belde dat ze opgehaald kon worden, toen ze plotseling stuitte op een foto van Blake op een feestje dat de Rolling Stones in Londen gegeven hadden. Hij had een bekende popster aan zijn arm, een adembenemend mooi meisje met praktisch geen kleren aan. Blake stond stralend naast haar. Maxine staarde een minuut naar zijn foto, om erachter te komen of het haar wat deed, en overtuigde zichzelf ervan dat dat niet het geval was. Sam snurkte zachtjes naast haar, met zijn hoofd op haar kussen, de lege popcornbak naast zich en zijn kapotgeknuffelde teddybeer in zijn armen.

Kijkend naar de foto in het tijdschrift probeerde ze zich voor de geest te halen hoe het was geweest om met hem getrouwd te zijn. Ze hadden die onvergetelijke dagen in het begin gehad, en de eenzame, boze, frustrerende dagen aan het eind. Maar dat deed er allemaal niet meer toe. Ze besloot dat al die plaatjes van hem met soapsterretjes en topmodellen en popsterren en prinsessen haar niet meer dwarszaten. Hij was een gezicht uit het verre verleden, en uiteindelijk, hoe aanbiddelijk hij ook was, had haar vader gelijk gehad. Hij was geen echtgenoot, hij was een schavuit. En toen ze Sam zacht op zijn zijdeachtige wangetje kuste, wist ze weer dat ze van haar leven hield zoals het was.

Hoofdstuk 2

$\mathcal{G}$edurende de nacht veranderde de regen in sneeuw. De temperatuur daalde aanzienlijk en alles lag onder een witte deken toen ze wakker werden. Het was de eerste echte sneeuw van het jaar. Sam hoefde maar even te kijken voor hij verrukt in zijn handen klapte.

'Gaan we naar het park, mam? Kunnen we de billenschuivers meenemen.' Het sneeuwde onophoudelijk en het zag er buiten uit als een kerstkaart, maar Maxine voorzag al dat het morgen een vieze bende zou wezen.

'Tuurlijk, lieverd.' Toen ze erover nadacht besefte ze weer dat Blake altijd de leukste dingen miste. Hij had het allemaal ingeruild voor party's, dure clubs en jetsetkennissen over de hele wereld. Maar wat Maxine betrof was het beste van het leven gewoon thuis te vinden.

Daphne kwam ontbijten met haar mobieltje tegen haar oor geplakt. Ze stond een paar keer van tafel op en fluisterde in de gang verder met haar vriendin. Jack rolde met zijn ogen en nam nog een wentelteefje dat Maxine had gemaakt. Het was een van de weinige dingen die ze goed kon maken, en ze deed het dan ook vaak. Hij goot er een dikke laag ahornsiroop op en mopperde over hoe maf Daphne en haar vriendinnen de laatste tijd over jongens deden.

'En hoe zit het met jou?' vroeg zijn moeder nieuwsgierig. 'Nog geen vriendinnetjes?' Hij zat op dansles, ging naar een gemengde school en had dus genoeg mogelijkheden om meisjes te ontmoeten, maar ze konden hem niet boeien. Zijn leven werd nog altijd beheerst door sport. Voetbal stond op de eerste plaats, dan internetten, dan zijn spelcomputer.

'Yugh,' was zijn enige antwoord terwijl hij het volgende wentelteefje naar binnen werkte. Sam lag tekenfilms te kijken op de bank. Hij had zijn ontbijt al gegeten toen hij opstond. Iedereen kwam en ging zoals het hem of haar uitkwam op zaterdagmorgen, en Maxine maakte hun ontbijt als ze in de keuken zaten. Ze hield van het huiselijke redderen, waar ze doordeweeks geen tijd voor had, wanneer ze zich moest haasten om eventuele patiënten in het ziekenhuis te bezoeken voor ze naar kantoor ging. Gewoonlijk was ze ruim voor achten de deur al uit, dus voor de kinderen naar school gingen. Maar uitzonderingen daar gelaten, was ze altijd thuis voor het avondeten.

Ze herinnerde Sam eraan dat hij die avond bij zijn vriendje zou slapen, en Jack riep meteen dat hij hetzelfde van plan was. Daphne zei dat er vanavond drie vriendinnen bij haar een dvd kwamen kijken, en misschien kwamen er ook wat jongens langs.

'Hé, dat mag in de krant,' zei Maxine met een vrolijke blik. 'Ken ik ze?' Daphne schudde geïrriteerd haar hoofd en liep de keuken uit. Die vraag hoefde wat haar betrof niet beantwoord te worden.

Maxine spoelde de vaat af en zette alles in de vaatwasser, en een uur later waren zij en de drie kinderen op weg naar het park. Op het laatste ogenblik hadden de oudsten besloten toch ook even mee te gaan. Ze had plastic schuivertjes voor twee van hen en zij en Daphne bonden vuilniszakken om hun billen en gleden met de jongens en andere kinderen gillend de heuvel af. Het sneeuwde nog steeds en haar kinderen waren jong genoeg om af en toe net zoveel lol als Sam te hebben, in plaats van zich ouder voor te doen. Ze bleven tot drie uur en liepen door het park naar huis. Ze hadden erg gelachen en ze maakte warme chocola met slagroom en *s'mores*, biscuitjes met chocola en een marshmallow ertussen, toen ze weer thuis waren. Het was een prettig idee dat ze eigenlijk nog kinderen waren, die van dezelfde dingen genoten als toen ze klein waren.

Om vijf uur bracht ze Sam naar zijn vriendje op East 89th Street, Jack tegen zessen naar die van hem in de Village en ze was op tijd terug om Daphnes vriendinnen te zien binnenkomen met een stapel gehuurde films. Op het laatste moment waren er nog twee meiden bij gekomen. Om acht uur bestelde ze pizza voor de hele club en Sam belde om negen uur 'om te horen hoe het met jou gaat', wat eigenlijk betekende, zo wist ze uit ervaring, dat hij toch liever niet bij zijn vriendje bleef slapen. Soms zag hij het ineens niet meer zo zitten en wilde hij naar huis om in zijn eigen bed of dat van haar te slapen. Ze zei dat alles met haar in orde was, en hij zei dat alles met hem ook oké was. Ze glimlachte toen ze ophing. Bij Daphne werd het uitgegierd van het lachen, dus tien tegen één dat de meiden het over jongens hadden.

Twee uiterst opgelaten dertienjarige knullen kwamen dan ook rond tien uur langs. Ze waren een paar centimeter kleiner dan de meiden, de puberteit was nog niet tot hen doorgedrongen, maar ze verslonden wel wat er van de pizza over was. Een paar minuten later gingen ze weer weg met gemompelde excuses. Ze hadden Daphnes kamer niet weten te bereiken, waren de woonkeuken niet uit geweest en zeiden dat ze naar huis moesten. Natuurlijk waren ze toch wel vroeg vertrokken, met die overmacht van zes tegen twee. Het hele idee was ze al in de keuken iets te veel geworden. De meiden zagen er veel ouder uit en renden terug naar Daphnes kamer om het voorval te bespreken zodra de jongens vertrokken waren. Glimlachend stond ze te luisteren naar het geschater en gegiechel, toen om elf uur de telefoon ging. Dat moest Sam zijn die meldde dat hij naar huis wilde. Nog steeds glimlachend nam ze op in de verwachting het stemmetje van haar zoon te horen.

Het was echter de stem van een verpleegkundige van de eerstehulpafdeling van het Lenox Hill Hospital, dat een van Maxines
patiënten had binnengekregen. Maxine fronste haar voorhoofd,
was meteen alert en stelde de relevante vragen. Jason Wexler was
zestien, zijn vader was zes maanden geleden plotseling gestorven
aan een hartaanval, en zijn oudere zus was al tien jaar geleden
bij een auto-ongeluk om het leven gekomen. Hij had een handvol van zijn moeders slaaptabletten geslikt. Hij was depressief en
had al eerder zelfmoord geprobeerd te plegen, maar nog niet
sinds zijn vaders dood. Hij en zijn vader hadden een verschrikkelijke ruzie gehad de avond dat hij stierf en Jason was ervan
overtuigd dat de hartaanval en de dood van zijn vader zijn schuld
waren.

De zuster vertelde dat de moeder hysterisch in de wachtkamer zat.
Jason was bij bewustzijn; ze waren zijn maag al aan het leegpom-
pen. Ze dachten dat het wel goed kwam, maar het was op het
nippertje geweest. Zijn moeder had hem gevonden en had 911 gebeld. Hij had een hoop pillen ingenomen en als ze hem later had
gevonden, was hij dood geweest. Maxine nam alles goed in zich
op. Het ziekenhuis lag maar acht straten verder. Als ze flink door-
stapte, was ze er snel, ondanks de tien centimeter sneeuw die laat
in de middag gesmolten was en nu in bruine ijsklompen op straat
lag. Je moest uitkijken dat je niet uitgleed.

'Ik ben er over tien minuten,' zei ze tegen de zuster. 'Bedankt
voor je telefoontje.' Maxine had Jasons moeder maanden geleden haar privé- en mobiele nummer gegeven. Zelfs als ze in de
weekenden werd waargenomen, wilde ze er zijn als Jason en zijn
moeder haar nodig hadden. Ze had gehoopt dat het nooit nodig zou zijn en was helemaal niet gelukkig met die tweede zelfmoordpoging. Het verbaasde haar niet dat zijn moeder ongelooflijk van streek was. Sinds de dood van haar dochter en man
was Jason alles wat ze had.

Maxine klopte op Zelda's deur en zag dat ze sliep. Ze wilde haar
laten weten dat ze naar een patiënt was en vragen op de meiden

te letten, voor het geval dát. Maar ze had er een hekel aan haar wakker te maken, dus sloot ze geruisloos de deur. Het was tenslotte Zelda's vrije dag. Terwijl ze een dikke trui aantrok, liep Maxine Daphnes kamer in. Ze had haar spijkerbroek al aan. 'Ik ben even naar een patiënt,' zei ze. Daphne wist dat haar moeder speciale patiënten zelf bezocht, ook in de weekenden, dus ze keek op en knikte. Ze zaten nog steeds dvd's te kijken, maar waren wat bedaard nu het later werd. 'Zelda is in haar kamer, dus als er wat is kun je haar halen, maar maak alsjeblieft niet te veel herrie in de keuken; ze slaapt.' Daphne knikte weer, met haar ogen op het scherm gericht. Twee vriendinnen waren al op haar bed in slaap gevallen, een derde zat haar nagels te lakken. De anderen werden opgeslokt door de film. 'Ik ben hopelijk niet al te lang weg.' Daphne wist dat het waarschijnlijk om een zelfmoordpoging ging. Haar moeder zei er nooit zoveel over, maar dat was gewoonlijk het geval als ze zo laat nog weg moest. Andere patiënten liet ze meestal tot de volgende dag wachten.

Maxine deed haar rubberlaarzen en een skiparka aan en liep snel de deur uit. Een paar minuten later liep ze al op straat, met de bitter koude wind snijdend in haar gezicht. In stevige pas liep ze Park Avenue af naar het Lenox Hill Hospital. Haar gezicht voelde ruw en pijnlijk aan en haar ogen traanden toen ze daar aankwam, maar ze liep meteen door naar de afdeling Spoedeisende Hulp. Ze meldde zich bij de receptie en hoorde in welk hokje Jason lag. Ze hadden besloten dat hij niet naar de ic hoefde. Hij was nog suf, maar buiten levensgevaar en ze wachtten op haar om te overleggen wat er verder moest gebeuren. Helen Wexler besprong haar zo ongeveer toen ze het kamertje in liep en barstte in tranen uit.

'Hij was haast dood...' jammerde ze over haar toeren in Maxines armen. Maxine leidde haar langzaam het kamertje uit met een blik op de zuster. Jason lag roerloos met zijn ogen dicht op bed. Hij was nog zwaar verdoofd van de restanten van de tabletten die hij had ingenomen, maar het merendeel was uit zijn maag verwijderd. Hij zou waarschijnlijk wel weer in slaap vallen. Zijn moeder bleef roepen dat ze hem bijna kwijt was geweest. Maxine bracht haar een heel eind verder de gang op, voor het geval haar zoon wakker zou worden.

'Maar dat is niet gebeurd, Helen. Alles komt weer goed met hem,' zei Maxine kalm. 'Je hebt geluk gehad dat je hem vond, en nou komt het helemaal goed.' Tot de volgende poging. Dat was Maxines taak: ervoor zorgen dat er geen derde keer kwam. Als er één keer geprobeerd was zelfmoord te plegen, bij wie dan ook, dan was statistisch gezien het risico dat ze het weer deden veel en veel hoger, en elke keer was hun kans op succes groter. Maxine was er niet blij mee dat hij het een tweede keer had geprobeerd.

Na wat aandringen ging Jasons moeder in een stoel zitten en Maxine liet haar een paar keer diep ademhalen. Eindelijk was ze in staat er kalmer over te praten. Maxine vertelde dat ze dacht dat Jason deze keer wat langer opgenomen moest worden. Ze stelde een maand voor, waarna ze konden zien hoe het met hem ging. Ze vertelde over een kliniek op Long Island waarmee ze veel te maken had. Ze verzekerde Helen dat ze erg goed met pubers waren. Helen keek haar met een blik van afschuw aan.

'Een máánd? Maar dan is hij niet thuis met Thanksgiving! Dat méént u toch niet!' Ze begon weer te huilen. 'Ik moet hem thuis hebben met de feestdagen. Zijn vader is net gestorven, dit is onze eerste Thanksgiving zonder hem,' hield ze vol, alsof dat iets uitmaakte nu haar zoon gevaar liep een derde poging tot suïcide te ondernemen. Het was altijd weer verbazingwekkend hoe mensen dingen probeerden te ontkennen, en waaraan ze zich vastklampten om de ernst van de situatie niet onder ogen te hoeven zien. Als Jason er die derde keer wel in zou slagen, zou hij nooit meer een Thanksgiving meemaken. Het was niet te veel gevraagd deze ene keer eraan op te offeren. Maar zijn moeder wilde er niet van horen en Maxine bleef vastberaden maar meelevend, zoals altijd.

'Ik denk dat hij nu bescherming en steun nodig heeft. Ik wil hem niet te snel naar huis laten gaan, en de feestdagen zijn juist extra moeilijk voor hem nu zijn vader er niet meer is. Hij is vast en zeker beter af in Silver Pines. Dan vier je Thanksgiving daar met hem.' Dat wakkerde Helens tranenvloed alleen maar aan.

Maxine zat op hete kolen, want het werd tijd dat ze de toestand van haar patiënt inschatte. Ze zei tegen Helen dat ze het later zouden bespreken, maar ze waren het er in elk geval over eens dat hij de nacht in Lenox Hill zou doorbrengen. Er was geen keus, hij was absoluut niet in staat naar huis te gaan. Helen ging daar volledig mee akkoord, maar niet met de rest. Ze vond het idee van een kliniek verschrikkelijk. Ze zei dat Silver Pines meer klonk als een begraafplaats.

Maxine onderzocht Jason stilletjes in zijn slaap, las de status en schrok van de hoeveelheid pillen die hij geslikt had. Hij had veel meer dan een dodelijke dosis genomen, in tegenstelling tot de laatste keer, toen hij nauwelijks genoeg innam om zichzelf te doden. Dit was dus een serieuzere poging geweest en ze vroeg zich af waar dat aan kon liggen. Ze zou de volgende morgen proberen met hem te praten. Voorlopig was hij nog buiten westen.

Ze noteerde op Jasons kaart wat ze wilde. Later die nacht zouden ze hem naar een privékamer brengen en ze eiste dat er een zuster bij hem bleef om hem in de gaten te houden. Al voor hij wakker was, moest hij onder observatie blijven. Ze zei dat ze morgen om negen uur terug zou komen, en als ze haar eerder nodig hadden, moesten ze bellen. Ze liet het nummer van thuis en dat van haar mobieltje achter en ging weer bij Jasons moeder in de hal zitten. Helen leek nog verslagener dan net, nu de realiteit tot haar door begon te dringen. Ze had haar zoon een paar uur geleden makkelijk kunnen verliezen en dan was ze alleen op de wereld geweest. Die gedachte maakte haar panisch van angst. Maxine bood aan haar huisarts te bellen, voor een paar slaappillen of een kalmeringsmiddel, dingen die Maxine zelf niet kon voorschrijven. Helen was haar patiënt niet en Maxine wist niet of en zo ja welke andere medicijnen ze gebruikte.

Helen zei dat ze haar arts al had gebeld. Hij zou haar terugbellen, maar hij was niet thuis. Ze zei dat Jason al haar slaaptabletten geslikt had, dus thuis had ze niets meer. Ze barstte weer in tranen uit, aangezien ze echt niet alleen naar huis wilde.

'Ik kan vragen of ze een bed in Jasons kamer zetten,' zei Maxine vriendelijk, 'tenzij dat jou weer overstuur maakt.' Als dat zo was, moest ze naar huis.

'Dat zou ik heel prettig vinden,' zei Helen zacht, en ze keek haar met grote ogen aan. 'Gaat hij dood?' fluisterde ze, doodsbang om dat te horen maar zich voorbereidend op het ergste.

'Deze keer? Nee,' zei Maxine en ze schudde ernstig het hoofd. 'Maar we moeten absoluut zeker weten dat er geen derde keer komt. Dit is menens. Hij heeft erg veel pillen geslikt. Daarom wil ik hem een tijdje in Silver Pines houden.'

Maxine wilde Helen niet vertellen dat ze hem er heel wat langer dan een maand wilde houden. Ze dacht aan twee of drie maanden, en af en toe dagbehandeling daarna, als ze dacht dat het nodig was. Gelukkig konden ze dat betalen, maar daar ging het nu niet om. Ze zag in Helens ogen dat zij Jason snel weer in huis wilde hebben, en dat ze alles op alles wilde zetten om hem buiten een kliniek te houden. Het was een dom standpunt, maar Maxine had het vaker meegemaakt. Als Jason naar een psychiatrische kliniek gestuurd werd, zouden ze moeten accepteren dat het geen 'ongelukje' was geweest, maar dat hij echt ziek was. Maxine twijfelde er niet aan dat hij suïcidaal was en in een zware depressie zat. Dat was al zo sinds de dag dat zijn vader stierf. Dat was iets wat zijn moeder maar niet onder ogen wilde zien, maar wat dit betrof had ze geen keus. Als ze hem morgen meenam naar huis, zou dat tegen de doktersvoorschriften indruisen, en ze zou dan ook een formulier van ontheffing moeten tekenen. Maxine hoopte dat het zover niet hoefde te komen. Hopelijk zou ze de volgende ochtend wat tot rust zijn gekomen en voor haar zoon de veiligste oplossing kiezen. Maxine had het er zelf ook moeilijk mee hem naar de kliniek te sturen, maar het was zonder twijfel het verstandigste. Het ging om hem. Zijn leven stond op het spel.

Maxine vroeg de zuster een veldbed voor Helen in de kamer van haar zoon neer te laten zetten, als ze hem van de Eerste Hulp hadden gereden. Ze klopte haar hartelijk op de schouder en keek Jason nog even na voor ze vertrok. Het ging goed met hem. Voorlopig. Er bleef een zuster bij hem op de kamer. Hij zou niet alleen gelaten worden. Er was geen gesloten afdeling in Lenox Hill, maar Maxine was er wel gerust op, met een zuster en zijn moeder in de buurt. En hij zou nog heel wat uren slapen.

Ze liep terug naar haar appartement in de ijzige kou. Pas na enen kwam ze thuis. Ze wierp een blik in Daphnes kamer en alles leek in diepe rust. Alle meiden waren in slaap gevallen, twee in slaapzakken, de rest op Daphnes bed. De film stond nog aan en ze hadden niet de moeite genomen hun kleren uit te trekken. Ze bekeek hen wat beter en toen rook ze plotseling iets. Een geur die ze nooit eerder in Daphnes kamer geroken had. Ze had geen idee waarom, maar ze liep zacht naar de inloopkast en deed de deur open. Met een schok viel haar oog op twee lege sixpacks bier. Ze bekeek de meisjes nog eens en het drong tot haar door dat ze niet gewoon in slaap gevallen waren: ze waren dronken. Ze waren vrij jong om stiekem bier te drinken, maar dat kwam op die leeftijd wel vaker voor. Ze wist niet of ze moest lachen of huilen. Ze had geen idee wanneer dit begonnen was, maar ze hadden misbruik gemaakt van het feit dat zij naar het ziekenhuis moest. Hoe vervelend ze het ook vond, ze zou Daphne de volgende dag huisarrest moeten geven. Ze zette de lege flesjes netjes op haar kaptafel, zodat ze die zouden zien als ze wakker werden. Twee flesjes de man hadden ze op, meer dan genoeg voor kinderen van die leeftijd. Nou, zei ze tegen zichzelf, de puberteit is nu dus echt begonnen. Ze ging naar bed en heel even miste ze Blake. Het zou prettig geweest zijn als ze hierover met iemand had kunnen praten. Nu zou ze zoals gewoonlijk de boze ouder moeten spelen, met een kabukimasker van teleurstelling als ze haar dochter de les las over haar rebelse activiteiten, en haar de diepere betekenis van vertrouwen uitlegde. Terwijl juist Maxine heel goed begreep dat ze een puber was en er zouden nog veel, heel veel keren komen waarin stommiteiten begaan werden, haar kinderen of anderen misbruik zouden maken van de situatie of met alcohol of drugs zouden experimenteren. En het zou ook zeker de laatste keer niet zijn dat een van haar kinderen dronken was. Maxine wist maar al te goed dat ze zich gelukkig mocht prijzen als het niet erger werd dan dit. En ze wist bovendien dat ze er heel duidelijk over moest zijn dat ze zulk gedrag niet tolereerde. Mijmerend over dit alles viel ze in slaap. En toen zij de volgende ochtend opstond, lagen de meisjes nog steeds hun roes uit te slapen.

Het ziekenhuis belde haar terwijl ze zich aan het aankleden was. Jason was wakker en in staat te praten. De zuster zei dat zijn moeder bij hem was en dat ze weer erg over haar toeren was. Helen Wexler had met haar arts gebeld en volgens de zuster had hij haar nog erger van streek gemaakt, in plaats van haar gerust te stellen. Maxine zei dat ze er meteen aan kwam, en hing op. Ze hoorde Zelda in de keuken en schonk een kop koffie in voor zichzelf. Zelda zat aan de keukentafel met haar eigen mok dampende koffie en *The Sunday Times.* Ze glimlachte toen ze Maxine zag binnenkomen.

'Rustig nachtje gehad?' informeerde Zelda. Maxine zuchtte. Soms voelde het alsof Zelda haar enige steun was wat het grootbrengen van haar kinderen betrof. Haar ouders gaven haar nooit veel advies, al bedoelden ze het goed. En Blake liet het altijd afweten als het over de opvoeding ging. Ze had alleen Zelda.

'Niet echt,' zei Maxine met een quasizielig lachje. 'Ik denk dat we gisternacht weer een mijlpaal hebben bereikt.'

'Het wereldrecord pizza eten gebroken door zes tienermeiden?'

'Nee,' zei Maxine langzaam, met pretlichtjes in haar ogen. 'De eerste keer in de wereldgeschiedenis dat een van mijn kinderen dronken is geworden door een paar biertjes.' Ze glimlachte en Zelda keek haar stomverbaasd aan.

'Je neemt me in de maling.'

'Nee hoor. Ik heb twee lege sixpacks in Daffy's kast gevonden toen ik even ging kijken. Een fraai tafereel. Overal meisjes met hun kleren nog aan, en allemaal diep in slaap, of misschien moet ik zeggen "hun roes aan het uitslapen".'

'Waar was jij dan toen ze de flesjes openmaakten?' Zelda vond het bijzonder vreemd dat Daphne het lef had zich te bezatten met haar moeder in de woonkamer. Ze vond het eigenlijk wel vermakelijk, al was het geen vrolijk vooruitzicht. Het was het begin van een heel nieuwe periode, waar ze niet naar uitkeken. Jongens, drugs, seks en drank. Welkom in de pubertijd. Het ergste moest allemaal nog komen.

'Ik moest naar een patiënt. Van elf tot een. Een van hen moet dat bier in haar rugzak hebben meegesmokkeld. Ik heb niet bij zoiets stilgestaan.'

'Dan moeten we vanaf vandaag maar controleren,' zei Zelda zakelijk, die er geen probleem mee had om Daphne en haar vriendinnen te checken. Als zij dienst had zou niemand in huis zich meer bezatten, en ze wist dat Maxine er net zo over dacht. Want voor je het wist zou ook Jack voor de bijl gaan, en Sam een tijdje later. Je moest er niet aan denken! Zelda had er weinig trek in, maar ze was wel van plan bij dit gezin te blijven zo lang als ze kon. Ze voelde zich thuis en hield van dit werk.

De twee kletsten nog wat, tot Maxine zag dat het de hoogste tijd was om naar haar patiënt in het Lenox Hill te gaan. Zelda had vrij, maar ze zou gewoon thuisblijven. Ze zei dat ze zou horen hoe het met de meiden ging, en hoopte dat ze een flinke kater zouden hebben als ze opstonden. Een klein grijnsje speelde om Maxines lippen.

'Ik heb de lege flesjes op haar kaptafel gezet, zodat ze weten dat ik niet helemaal op mijn achterhoofd ben gevallen.'

'Ze schrikken zich lam als ze dat zien,' zei Zelda, eveneens grijnzend.

'Dat is wel de bedoeling. Het was een achterbakse actie en ze hebben misbruik van mijn vertrouwen en gastvrijheid gemaakt...' Ze keek Zelda met pretogen aan. 'Ik ben aan het oefenen voor mijn preek. Hoe klinkt het?'

'Goed. Huisarrest en voorlopig geen zakgeld geven net dat tikkeltje extra, denk ik.' Maxine knikte. Zij en Zelda waren het meestal roerend met elkaar eens. Zelda was resoluut maar redelijk, aardig maar verstandig en meestal soepel. Ze was geen tiran, maar liet ook niet over zich lopen. Ze had Maxines volste vertrouwen, ook wanneer Maxine niet in de buurt was. 'Waarom moest je naar het ziekenhuis trouwens? Zelfmoord?' vroeg Zelda. Maxine knikte, nu weer serieus. 'Hoe oud?' Zelda had het grootste respect voor Maxines werk.

'Zestien.' Maxine gaf geen details. Dat deed ze nooit. Zelda knikte. Ze kon het altijd aan Maxines ogen zien als een van hen gestorven was. Zelda had altijd zielsveel medelijden met de ouders en met het kind in kwestie. Een tiener die zelfmoord pleegde was zoiets verschrikkelijks. En gezien Maxines drukke praktijk kwam het behoorlijk veel voor in New York, meer dan in andere steden. Daarbij vergeleken leken die twaalf biertjes verdeeld over zes tienermeiden bepaald geen tragedie. Waar Maxine dagelijks mee te maken kreeg wel.

Een paar minuten later stapte Maxine de deur uit en liep naar het ziekenhuis zoals ze altijd deed. Het waaide een beetje en het was koud, maar de zon scheen en het was een prachtige dag. Ze dacht na over haar dochter en de stunt die ze gisteravond had uitgehaald. Ze stonden aan de vooravond van een nieuwe periode en ze was blij met Zelda's steun. Ze zouden Daphne en haar vriendinnen scherp in de gaten moeten houden. Blake moest er ook van op de hoogte worden gebracht, dus ze zou het hem vertellen als hij naar New York kwam. Ze konden haar gewoon niet meer echt vertrouwen, en dat zou nog wel een paar jaar het geval zijn. Een beetje ontmoedigend was dat wel. Het was allemaal zo makkelijk verlopen toen ze zo oud waren als Sam. En voor je het wist waren ze pubers, vol streken zoals elk ander kind. Maar voorlopig bleef het allemaal bij normale experimentjes.

Toen ze Jasons kamer in het ziekenhuis in kwam lopen, zat hij rechtop in bed. Hij zag er versuft, hondsmoe en bleekjes uit. Zijn moeder zat op een stoel en praatte onophoudelijk op hem in, terwijl de tranen over haar wangen liepen en ze steeds haar neus snoot. Geen vrolijk gezicht. En de verpleegster die zelfmoord moest voorkomen zat rustig op het voeteneind van het bed, onderbrak haar niet en bleef bescheiden op de achtergrond. Ze keken alle drie op toen Maxine binnenkwam.

'Zo, en hoe voel je je, Jason?' Maxine wisselde een snelle blik met de verpleegster en knikte, en de vrouw verliet de kamer.

'Goed hoor.' Het kwam er somber uit, wat een normale reactie was na de overdosis medicijnen die hij ingenomen had, en hij was ook daarvoor al depressief geweest. Zijn moeder zag er haast net zo slecht uit, alsof ze geen oog had dichtgedaan – ze had donkere kringen rond haar ogen. Ze had hem gedwongen te beloven dat hij het nooit meer zou doen, wat hij met tegenzin had gedaan.

'Hij zegt dat hij het nooit meer zal doen,' vertelde Helen terwijl Maxine hem scherp aankeek. Wat ze zag stelde haar niet gerust. 'Ik hoop dat het waar is,' zei Maxine, niet erg overtuigd.

'Mag ik vandaag naar huis?' vroeg Jason vlak. Hij vond het vervelend een verpleegster in zijn kamer te hebben, al had ze uitgelegd dat ze de kamer niet mocht verlaten tot ze afgelost zou worden. Hij had het gevoel dat hij in een gevangenis zat.

'Daar moesten we het maar eens over hebben,' zei Maxine, die aan het voeteneind van zijn bed stond. Ze had een roze trui en jeans aan en zag er haast als een jonge meid uit. 'Ik vind het eerlijk gezegd niet zo'n goed idee,' zei ze. Ze loog nooit tegen haar patiënten. Het was belangrijk dat ze precies hoorden hoe zij erover dacht. Daarom konden ze haar vertrouwen. 'Je hebt gisteravond een hoop pillen ingenomen, Jason. Een hele hoop. Dit keer was het geen geintje.' Ze keek hem aan, hij knikte met neergeslagen ogen. Hij werd er verlegen van in dit kille ochtendlicht. 'Ik was een beetje dronken. Ik wist niet wat ik deed,' zei hij in een poging het weg te wuiven.

'Ik denk dat je dat best wist,' zei Maxine kalm. 'Je hebt veel meer geslikt dan de vorige keer. Het lijkt me het beste dat je nu genoeg tijd krijgt om erover na te denken, er iets mee te doen, misschien in een groep. Ik vind het belangrijk dat we dit onder ogen zien, juist omdat het nu zo moeilijk voor je is, met de feestdagen voor de boeg net nu je je vader verloren hebt.' Ze sloeg de spijker op zijn kop en Jasons moeder staarde haar geschokt aan. Ze zag eruit alsof ze op springen stond. Zij was doodsbang en ze had hetzelfde als haar zoon te verduren, zij het zonder het schuldgevoel. Maar Jasons overtuiging dat hij zijn vader gedood had, was de druppel geweest die de emmer had doen overlopen. Een levensgevaarlijke overstroming. 'Het lijkt me het beste dat je ergens heen gaat waar ik vaker met jongeren gewerkt heb. Het is er best leuk. Je zit er met anderen tussen de veertien en de achttien. Je moeder kan je elke dag komen opzoeken. Maar we zouden echt eens grip moeten krijgen op wat er nu allemaal met je gebeurt. Het zit me niet lekker dat je nu al naar huis zou gaan.'

'Hoe lang?' vroeg hij, op een neutrale toon zodat het cool zou klinken, maar ze zag de angst in zijn ogen. De gedachte alleen al was beangstigend. Maar dat hij zou slagen in een volgende zelfmoordpoging beangstigde haar nog veel meer. Als jonge arts had ze ooit stilletjes gezworen dat ze dat nooit zou laten gebeuren, als zij er iets aan kon doen. En vaak was dat het geval. Ze wilde dat dit weer zo'n geval zou worden, en dat ze een tragedie moest voorkomen voor hij weer in de verleiding kwam. Ze hadden genoeg ellende achter de rug.

'Laten we het een maandje proberen. Dan praten we weer en

zien we wat je ervan vindt. Het zal geen feest voor je worden, maar ik denk dat je het best oké zult vinden daar.' En ze voegde er glimlachend aan toe: 'Het is gemengd.' Hij gaf geen reactie. Hij was veel te depressief om nu aan meisjes te denken.

'En als ik het er nou vreselijk vind en weg wil?' Hij keek haar aan.

'Dan praten we daarover.' Als het moest zou ze het via de rechter kunnen spelen, aangezien hij bewezen had een gevaar voor zichzelf te zijn, maar dat zou de ervaring alleen maar traumatischer maken voor hem en zijn moeder. Maxine was een groot voorstander van vrijwillige opname, als het maar enigszins kon. Toen nam Jasons moeder het woord.

'Dokter, denkt u nou heus dat... Ik had vanmorgen een gesprek met onze dokter en hij zei dat we Jason nog een kans moesten geven... Hij zei dat hij dronken was en niet wist wat hij deed en hij heeft me toch echt beloofd dat hij het nooit meer zal doen.' Maxine wist beter dan wie dan ook dat al die beloftes geen knip voor de neus waard waren. En Jason wist dat ook. Zijn moeder wilde er met alle macht op vertrouwen, maar dat kon ze beter laten. Het stond als een paal boven water dat het leven van haar zoon gevaar liep.

'Ik denk niet dat we daarop moeten rekenen,' zei Maxine gewoon. 'Jullie zouden me moeten vertrouwen wat dit betreft,' voegde ze er snel aan toe. Het viel haar op dat Jason haar niet tegensprak, maar zijn moeder wel. 'Waarschijnlijk is je moeder een beetje overstuur omdat je dan niet thuis bent met Thanksgiving, Jason. Ik heb haar verteld dat ze het daar met jou kan vieren. Dat wordt zelfs aangemoedigd.'

'Thanksgiving is dit jaar toch al verpest, zonder mijn vader. Ik geef er niks om.' Hij sloot zijn ogen en legde het hoofd op het kussen, alsof hij niks meer met hen te maken wilde hebben. Maxine gebaarde naar Helen dat ze haar even naar de gang moest volgen en zodra ze de kamer uit waren, glipte de privézuster weer naar binnen. In Silver Pines zou hij ook constant bewaakt worden. En bovendien was het een gesloten inrichting en ook dat had Jason nodig. Nu in elk geval wel, zeker voor een tijd.

'Ik denk heus dat dit het beste voor hem is,' legde Maxine haar uit, terwijl de tranen over Helens wangen biggelden. 'Ik ben er echt van overtuigd. Jij moet het zeggen, maar ik denk dat je hem thuis niet goed genoeg kunt beschermen. Je kunt niet tegenhouden dat het nog eens gebeurt.'

'Denkt u heus dat hij het weer probeert?' Zijn moeder keek haar angstig aan.

'Absoluut,' zei Maxine stellig. 'Daar kun je bijna op rekenen. Hij denkt nog steeds dat hij zijn vader vermoord heeft. Het zal heel wat tijd kosten dat idee uit zijn hoofd te praten. En al die tijd moet hij ergens op een veilige plaats zijn. Je zult geen oog dicht kunnen doen als je hem meeneemt naar huis,' voegde ze eraan toe en zijn moeder knikte.

'Maar mijn dokter zei dat we hem een kans moesten geven. Hij zei dat jongens van die leeftijd wel vaker op die manier om aandacht vragen.' Ze viel in herhaling, alsof ze hoopte Maxine te overtuigen, die de situatie echter veel beter begreep dan zij.

'Jason meende het, Helen. Hij wist wat hij deed. Hij nam drie keer de fatale dosis van je slaapmiddelen. Wil je het risico lopen dat hij het weer probeert? Of dat hij het raam uit springt? Jullie zitten rustig in de kamer, hij staat op, rent en springt. Dat gebeurt in een flits. Je kunt hem niet geven wat hij nu nodig heeft.' Ze kon Helen niet ontzien, al kwam het hard aan, en langzaam knikte zijn moeder weer. Haar ogen liepen weer vol, want ze durfde er niet aan te denken haar zoon kwijt te raken.

'Oké dan,' zei ze zacht. 'Wanneer moet hij daarnaartoe?'

'Ik zal proberen voor vandaag of morgen een bed voor hem te regelen. Ik wil hem hier zo snel mogelijk weg hebben. Ze kunnen hem hier ook niet vierentwintig uur per dag in de gaten houden. Het is tenslotte geen psychiatrisch ziekenhuis. In een instelling als Silver Pines is hij echt het beste af. Het is niet zo erg als je denkt, en het is nu de beste plek voor hem, en dat blijft het tot hij zijn crisis te boven is, ergens na de vakantie.'

'U bedoelt dat hij daar met Kerstmis nog is?' De paniek sloeg weer toe bij Helen Wexler.

'Dat zou kunnen. Daar zullen we het later wel over hebben, als we weten hoe het daar met hem gaat. Hij heeft natuurlijk tijd nodig om daar te wennen.' Zijn moeder knikte en liep langzaam zijn kamer weer in, terwijl Maxine Silver Pines zou bellen. Vijf minuten later was alles geregeld. Gelukkig hadden ze meteen plaats voor hem. En hij zou vanmiddag om vijf uur met een ambulance worden overgebracht. Zijn moeder kon mee om hem te helpen met zijn spullen, maar ze kon niet blijven slapen.

Maxine legde alles nog eens precies aan hen uit en zei dat ze morgen meteen langs zou komen om te zien hoe het met Jason ging. Ze zou wat andere patiënten moeten verschuiven, maar het was het beste. Echt zware gevallen had ze 's middag niet en de enige twee crisisgevallen zou ze 's ochtends behandelen. Jason leek zich erbij neergelegd te hebben, maar Maxine stelde hem juist nog eens gerust, toen er een verpleegster binnenkwam die zei dat er een dokter West voor haar aan de telefoon was.

'Dokter West?' Het zei Maxine niets. 'Moet ik een patiënt van hem laten opnemen?' Huisartsen deden dat wel vaker, maar ze kende zijn naam niet. Toen merkte ze dat Jasons moeder wat beschaamd naar de grond keek.

'Het is onze dokter. Ik heb hem vanmorgen gevraagd toch eens met u te praten omdat hij dacht dat Jason... Maar ik begrijp nu... Ik geloof... Sorry... maar wilt u toch niet even met hem praten? Anders denkt hij dat ik hem voor niks heb gebeld. We sturen Jason naar Silver Pines, zeg maar gewoon dat het allemaal geregeld is of zo.' Helen was er zo verlegen mee, dat Maxine zei dat ze zich niet druk hoefde te maken. Ze sprak zo vaak met andere artsen. Maxine liep mee met de verpleegster om het telefoontje te beantwoorden. Ze wilde het er niet in Jasons bijzijn over hebben. Trouwens, het was maar een formaliteit. Glimlachend nam ze de hoorn op en verwachtte een aardige, wat naïeve arts te spreken te krijgen, die niet gewend was dagelijks met suïcidale tieners om te gaan, zoals zij.

'Dokter West?' zei Maxine efficiënt en vriendelijk. 'U spreekt met dokter Williams, Jasons psychiater.'

'Weet ik,' zei hij. En al waren het maar twee woorden, het klonk toch enigszins minachtend. 'Zijn moeder vroeg me eens een woordje met u te spreken.'

'Dat heb ik begrepen. Maar we hebben zojuist geregeld dat hij vanmiddag in Silver Pines zal worden opgenomen. Ik denk dat het voorlopig de juiste plaats voor hem is. Hij heeft al zijn moeders slaappillen ingenomen.'

'Verbazingwekkend wat kinderen doen voor een beetje aandacht, niet?' Maxine kon haar oren niet geloven. Wat hij zei klonk niet alleen behoorlijk neerbuigend, het was gewoon een hufterige reactie.

'Dit is de tweede poging. En ik denk niet dat iemand driemaal een dodelijke dosis neemt om alleen om aandacht te vragen. Jason laat ons heel duidelijk weten dat hij dood wil. We moeten dit dus erg serieus nemen.'

'Toch denk ik dat die jongen beter af is bij zijn moeder thuis,' zei dokter West, alsof hij het tegen een kind had, of een piepjong verpleegstertje.

'Ik ben zijn psychiater,' zei Maxine kordaat, 'en naar mijn vakkundige mening is hij binnen een week dood als hij nu met zijn moeder mee naar huis gaat. Misschien al binnen een dag.' Botter kon ze het niet zeggen, en zo had ze het Jasons moeder ook niet duidelijk willen maken. Maar tegenover die arrogante zak van een West hoefde ze zich niet in te houden.

'Kom kom, dat klinkt me wat al te dramatisch in de oren, dokter,' zei hij verstoord.

'Zijn moeder heeft ermee ingestemd. Ik denk dat we geen enkele keus hebben. Hij moet naar een gesloten instelling waar hij onder constante camerabewaking staat. Bij hem thuis kan dat niet professioneel gerealiseerd worden.'

'Sluit u al uw patiëntjes op, dokter Williams?' Nu werd hij regelrecht beledigend en Maxine werd dan ook spinnijdig. Wie dacht-ie wel dat hij was?

'Alleen degenen die het gevaar lopen zichzelf om te brengen, dokter West, en ik denk niet dat uw patiënt ervan zal opknappen als ze haar zoon ook nog kwijtraakt. Welk oordeel hebt u daarover?'

'Volgens mij kunt u de beoordeling van mijn patiënt beter aan mij overlaten.'

'Precies. Goed punt. Dan stel ik voor dat u míjn patiënt dan ook aan mij overlaat. Jason Wexler is mijn patiënt. Ik heb hem sinds zijn eerste suïcidepoging in therapie en het bevalt me eerlijk gezegd totaal niet wat u hierover denkt. Als u mijn referenties wilt nalezen op internet, gaat u alstublieft uw gang. Maar als u me niet kwalijk neemt ga ik nu terug naar mijn patiënt. Bedankt voor uw belletje.' Ze hoorde hem nog wat roepen toen ze ophing en ze deed haar best haar woede te verbergen toen ze Jasons kamer weer binnenkwam. Het was niet hun probleem dat zij en Helens arts elkaar telefonisch al niet uit konden staan. Volgens Maxine behoorde hij echter tot het soort blaaskaken die mensen het leven konden kosten, en die dreiging was reëel, gezien de manier waarop hij de ernst van Jasons crisis weigerde in te zien. Ze zouden hém op een gesloten afdeling in een inrichting als Silver Pines moeten zetten. Dokter West kon de boom in.

'Is alles in orde?' vroeg Helen ongerust en Maxine hoopte dat ze niet zag hoe ziedend ze was. Ze verhulde haar woede met een glimlach.

'Ja hoor.' Maxine onderzocht Jason opnieuw en bleef nog een halfuur bij hem om te vertellen wat hij van Silver Pines kon verwachten. Hij deed net of hij niet bang was, maar Maxine wist wel beter. Dat moest wel. Dit was een angstaanjagende tijd voor

hem. Eerst was hij bijna dood geweest en nu zat hij weer opgescheept met zijn leven dat hij onder ogen moest zien. Dat moest
nog wel het moeilijkste voor hem zijn.

Ze vertrok en verzekerde Helen ervan dat ze dag en nacht bereikbaar was, mocht ze haar nodig hebben. Na zijn ontslag- en
overplaatsingspapieren getekend te hebben verliet ze het ziekenhuis en liep naar huis. Tijdens de korte wandeling naar Park Avenue kon ze aan niets anders denken dan aan die randdebiel van
een dokter West.

Daphne en haar vriendinnen lagen nog steeds in diepe rust, al
was het bijna twaalf uur. Maar eenmaal thuisgekomen stapte
Maxine direct de kamer van haar dochter in en trok de luxaflex
op. Het felle daglicht stroomde de kamer binnen en met luide
stem maakte ze hen wakker en zei dat ze op moesten staan. Geen
van hen zag er uitgeslapen uit terwijl ze kreunend overeind kwamen. Toen Daphne uit bed stapte, viel haar oog op de rij lege
bierflesjes op haar kaptafel en ze herkende de blik in haar moeders ogen.

'O, shit,' zei ze zacht, met een tersluikse blik naar haar vriendinnen. Ze knepen hem behoorlijk.

'Zeg dat wel,' zei Maxine koeltjes, en met een blik op de anderen vervolgde ze: 'Bedankt dat jullie langskwamen, meiden.
Kleed je maar aan en pak je spullen. Het feest is voorbij. En wat
jou betreft' – ze draaide zich weer om naar Daphne – 'jij hebt
een maand huisarrest. En wie het nog eenmaal waagt om hier
alcohol naar binnen te smokkelen, is hier niet meer welkom. Jullie hebben mijn gastvrijheid en vertrouwen grof geweld aangedaan. En wij zijn nog niet uitgepraat, jongedame,' zei ze tegen
Daphne, die vertwijfeld rondkeek. Zodra Maxine de kamer verlaten had, begonnen de meiden verwoed te fluisteren. Ze kleed-
den zich haastig aan want ze wilden nu zo snel mogelijk de deur
uit. De tranen stonden Daphne in de ogen.

'Ik zéí toch dat het een stom idee was,' zei een van de meisjes.

'Ik dacht dat jij die flesjes in de kast verstopt had,' klaagde Daphne.

'Heb ik ook!' Het huilen stond hun nader dan lachen. Het was de eerste keer dat ze zoiets hadden uitgehaald, en hoe beroerd ze zich nu ook voelden, het zou beslist niet de laatste keer zijn. Dat wist Maxine beter dan zij zelf.

'Ze heeft zeker gecontroleerd.'

Binnen tien minuten hadden de meisjes zich aangekleed en waren ze ervandoor gegaan, en Daphne ging op zoek naar haar moeder. Ze vond haar in de keuken, waar ze zacht met Zelda zat te praten, die Daphne afkeurend aankeek en haar niet begroette. Het was Maxines taak om te beslissen hoe ze dit zou aanpakken.

'Het spijt me, mam,' zei Daphne en ze barstte in tranen uit.

'Ja, mij ook. Ik vertrouwde je, Daf. Heb ik altijd gedaan. Ik wil niet dat wat dan ook daar verandering in brengt. Daar is het te waardevol voor.'

'Ik weet niet... Het was niet de bedoeling... We dachten alleen... Ik...'

'Eén maand huisarrest. Geen telefoontjes de eerste week. Geen uitjes of afspraakjes deze maand. Je gaat ook nergens alleen heen. En geen zakgeld. Dat is het. En laat het niet nog eens gebeuren,' zei ze streng. Daphne knikte stilletjes en sloop terug naar haar kamer. Ze hoorde hoe ze zacht haar deur dichtdeed. Maxine wist zeker dat ze huilde, maar het leek haar beter haar dochter even met rust te laten.

'En dit is nog maar het begin,' zei Zelda mistroostig en toen moesten beide vrouwen lachen. Het was niet echt het eind van de wereld, maar Maxine had indruk op haar dochter willen maken zodat het even zou duren voor ze weer zoiets probeerde. Dertien was te jong om stiekeme drankorgietjes in haar kamer te organiseren, dat had ze wel duidelijk gemaakt.

Daphne bleef de rest van de middag op haar kamer, nadat ze haar mobieltje bij haar moeder had ingeleverd. Dat mobieltje was haar levensader, en er afstand van doen lag heel gevoelig.

Tegen vijven haalde Maxine de jongens op en toen Jack thuis was, vertelde Daphne meteen wat er gebeurd was. Hij was stomverbaasd en onder de indruk, en vertelde haar wat ze allang wist: dat het oerstom geweest was en dat ze op haar vingers had kunnen natellen dat hun moeder erachter zou komen. Volgens Jack had hun moeder een of andere radar in haar hoofd en röntgenogen, waardoor ze alles meteen doorhad. Dat was nu eenmaal bij elke standaardmoeder inbegrepen.

Die avond werd er rustig met zijn vieren gegeten, en ze gingen allemaal bijtijds naar bed, omdat ze morgen weer naar school moesten. Maxine was diep in slaap, toen ze midden in de nacht wakker gebeld werd door een verpleegster van Silver Pines. Jason Wexler had opnieuw een zelfmoordpoging gedaan. Zijn toestand was goed en stabiel. Hij had zijn pyjama uitgetrokken en had geprobeerd zichzelf daarmee op te hangen, maar de zuster die aan hem toegewezen was had hem op tijd gevonden en had hem beademd. Het drong tot Maxine door dat ze hem op het nippertje hadden overgeplaatst uit Lenox Hill, en godzijdank had Helen niet naar die arrogante kwast van een dokter West geluisterd. Ze beloofde de zuster de volgende middag langs te komen en ze kon zich wel voorstellen hoe zijn moeder zou reageren op het nieuws. Maxine hing op en slaakte een zucht van verlichting.

Toen ze weer in bed lag bedacht ze dat het al met al toch een druk weekend geworden was. Haar dochter was voor de eerste keer dronken geworden van een paar biertjes, en een van haar patiënten had twee keer geprobeerd zelfmoord te plegen. Maar alles in aanmerking genomen had het ook een stuk slechter kunnen aflopen. Jason Wexler had wel dood kunnen zijn. Ze was blij dat het niet zo was, maar ze had zin om Charles West nog eens flink de waarheid te zeggen. Wat een idioot was dat. Maxine was blij dat Jasons moeder niet naar hem had geluisterd en haar vertrouwd had. Maar waar het om draaide was dat Jason nog leefde. Ze hoopte maar dat het zo zou blijven ook. Met elke poging werd hij een groter risico. Daarbij vergeleken was Daphnes zuipfestijntje van zaterdagnacht maar kinderspel, wat het eigenlijk ook letterlijk was geweest. Met die gedachte nog in haar hoofd zag ze Sam die haar donkere kamer binnen trippelde en bij haar bed kwam staan.

'Kan ik bij jou slapen, mam?' vroeg hij ernstig. 'Ik geloof dat er een gorilla in mijn klerenkast zit.'

'Tuurlijk, lieverd.' Ze schoof opzij om ruimte voor hem te maken en hij krulde zich naast haar op. Ze vroeg zich af of ze moest uitleggen dat er echt geen gorilla in zijn kast zat, of het er maar bij moest laten.

'Mam?' fluisterde hij, knus naast haar.

'Ja?'

'Over die gorilla... Dat heb ik verzonnen.'

'Gelukkig maar.' Ze glimlachte naar hem in het duister, kuste zijn wang en even later waren ze allebei vast in slaap.

Hoofdstuk 3

*D*e volgende ochtend was Maxine al om acht uur op haar werk. Tot twaalf uur was het een komen en gaan van patiënten, daarna sprong ze in de auto en reed naar Long Island om Jason Wexler in Silver Pines te spreken; en ze kwam daar om halftwee aan. Het enige wat ze gegeten had was een halve banaan terwijl ze reed. Tegelijkertijd had ze haar telefoontjes afgehandeld met de handsfree telefoon op haar dashboard. Zo schoot ze toch lekker op, en ze was helemaal bij toen ze de parkeerplaats opreed. Ze bracht een uur met Jason alleen door, sprak met de dienstdoende psychiater over de gebeurtenis van gisteravond en praatte nog een halfuur met de moeder van Jason. Ze waren allemaal blij dat hij opgenomen was in Silver Pines en dat zijn derde zelfmoordpoging verijdeld was. Helen gaf Maxine al snel alle eer en zei dat ze helemaal gelijk had gehad. Ze huiverde als ze eraan dacht wat er gebeurd zou zijn als ze erop gestaan had hem mee naar huis te nemen. Hoogstwaarschijnlijk was het hem deze keer dan wel gelukt. Ondanks de suggestie van Helens dokter was dit geen aandachttrekkerij. Jason wilde eruit stappen. Hij was er vast van overtuigd dat hij zijn vader had vermoord. Zijn leven lang waren er al conflicten tussen hen geweest en met dat in het achterhoofd, plus hun ruzie in de nacht voordat hij stierf, was Jason er niet van af te brengen dat zijn vader daardoor overleden was. Het zou maanden kosten, of jaren, om aan te tonen dat het misschien anders in elkaar zat, waardoor zijn schuldgevoelens zouden kunnen oplossen. Zowel Helen als Maxine zag nu in dat het een hele hijs zou worden. En in tegenstelling tot de aanvankelijke hoop van zijn moeder, zou hij niet voor Kerstmis thuiskomen. Maxine hoopte dat ze hem een halfjaar tot een jaar zouden kunnen houden, al was het een beetje te vroeg dat ook aan zijn moeder te vertellen. Ze was er slecht aan toe nadat hij er gisternacht bijna in geslaagd was zichzelf te verhangen. Bovendien had hij zijn moeder 's ochtends al laten weten dat als hij dood wilde, hem dat op een dag zou lukken ook. Niets kon hem tegenhouden. En tot haar grote verdriet wist Maxine uit ervaring dat hij gelijk had. Het enige wat ze konden doen was zijn gewonde ziel en geest proberen te genezen, maar daar was tijd voor nodig.

Om vier uur was Maxine weer terug op de snelweg, maar vanwege een file op de brug was ze pas na vijven terug op kantoor. Volgens het rooster had ze om halfzes een patiënt en ze liep net de stapel post na toen er gemeld werd dat Helens arts, dokter West, aan de lijn was. Ze speelde even met de gedachte niet op te nemen, want ze was niet bepaald in de stemming om nog meer van die belachelijke onzin van hem aan te horen. Hoewel ze altijd professioneel bleef met haar patiënten en haar grenzen kende, greep de kwestie van Jason en zijn moeder haar toch aan. Hij was een leuke knul, en ze hadden nu al evenveel pijn gekend als anderen in hun hele leven. Met tegenzin nam ze het telefoontje aan en bereidde zich voor op het arrogante stemgeluid.

'Ja, met dokter Williams.'

'Met Charles West.' In tegenstelling tot Maxine noemde hij zijn titel niet en ze meende dat hij op bedroefde toon sprak, wat ze niet had verwacht. De stem klonk zacht en koel, en bijna menselijk toen hij verderging. 'Helen Wexler belde me vanmorgen over Jason. Hoe is het met hem?'

Maxine antwoordde afstandelijk. Ze vertrouwde hem voor geen cent. Waarschijnlijk wilde hij haar toch terechtwijzen over iets wat ze had gedaan, en volhouden dat Jason beter naar huis had kunnen gaan, hoe gestoord dat ook klonk. Maar hij zou ertoe in staat zijn, na al zijn commentaar van de dag ervoor. 'Ongeveer wat je kunt verwachten. Hij zat onder de kalmeringsmiddelen toen ik hem sprak, maar hij praatte samenhangend. Hij herinnert zich wat hij gedaan heeft en waarom. Ik was er zondag vrij zeker van dat hij het opnieuw zou proberen, al had hij zijn moeder beloofd het niet te doen. Die schuldgevoelens doen hem de das om.' Meer wilde ze tegenover hem niet kwijt, en het was meer dan genoeg om haar behandelingsmethode te verklaren. 'Dat is niet zo vreemd, maar hij moet constructievere manieren leren om daarmee om te gaan, en zelfmoord hoort daar niet bij.'

'Dat weet ik, het spijt me. Ik bel om me te verontschuldigen vanwege mijn lullige gedrag van gisteren. Helen is bijzonder close met haar zoon, van jongs af aan al. Enig kind. Ik heb het vermoeden dat ze geen geweldig huwelijk hadden.' Maxine wist dat allang, maar ging er niet op in. Wat zij wist waren zijn zaken niet. 'Ik dacht dat hij gewoon wat aandacht vroeg, u weet hoe kinderen zijn.'

'Jazeker, dat weet ik,' zei Maxine koeltjes. 'De meesten van hen grijpen niet naar een doosje slaapmiddelen om aandacht te krijgen. Ze hebben meestal dwingende redenen en ik denk dat Jason denkt dat hij ze ook heeft. Het zal heel wat werk vergen hem van het tegendeel te overtuigen.'

'Ik heb er alle vertrouwen in dat u dat kunt,' zei hij vriendelijk. Tot haar verbazing klonk hij bijna nederig, het tegendeel van hoe hij gisteren had geklonken. 'Ik schaam me ervoor het toe te geven, maar ik heb u op internet opgezocht. U hebt een schitterende lijst van getuigschriften en referenties, dokter.' Hij was zeer onder de indruk en hij was er verlegen mee dat hij haar afgeblaft had alsof ze een onbenullig zielenknijpertje van de rijkelui van Park Avenue was, dat geld probeerde te slaan uit de Wexlers door hun problemen op te blazen. Nu hij haar curriculum had gelezen, wist op welke universiteiten ze haar titels had behaald, welke stapel boeken ze had geschreven, en met hoeveel lezingen en comités ze zich bezighield, zag hij zijn vooroordeel in. Hij wist nu dat ze scholen over het hele land had voorgelicht over trauma's bij kleine kinderen en dat haar boek over tienersuïcide als het ultieme boek over dat onderwerp werd beschouwd. Ze was een vooraanstaande autoriteit op haar vakgebied. Het was of hij inzag dat hij zich niet met haar kon meten, en hoewel het hem niet ontbrak aan zelfvertrouwen, kon hij er niets aan doen dat ze hem ontzag had ingeboezemd. Op wie zou ze geen indruk maken!

'Dank u,' zei Maxine neutraal. 'Ik wist dat Jasons tweede poging serieus was. Dat is mijn vak.'

'Zegt u dat wel. Ik moet u dus nogmaals mijn excuus aanbieden voor het feit dat ik me gisteren als een eikel gedroeg. Ik wist hoe opgefokt Helen kan raken en ze balanceert op het randje de laatste dagen. Ik ben nu al achttien jaar haar arts en ik ken Jason sinds zijn geboorte. Haar man was ook patiënt van me. Ik had er geen idee van dat Jason zo in de put zat.'

'Ik heb het idee dat hij al depressief was voordat zijn vader stierf. De dood van zijn zusje was voor hen allen een flinke klap, en hij zit in een moeilijke leeftijd. Zestienjarige jongens zijn erg kwetsbaar en er werd heel wat van hem verwacht in dat gezin, wat school betreft maar ook op andere vlakken. Het enige nog levende kind, u weet wel. Dat is niet makkelijk voor hem. En door de dood van zijn vader raakte hij helemaal de kluts kwijt.'

'Ja, dat besef ik nu ook. Het spijt me ontzettend.' Hij klonk oprecht schuldbewust. Hij maakte een betere indruk op haar dan gisteren.

'Niets aan de hand. We zitten er allemaal wel eens naast. Het is uw gebied niet, ik zou ook geen diagnose bij darmpoliepen of diabetes kunnen stellen. Daarom hebben we onze specialisaties, dokter. Het was aardig van u dat u belde.' Hij zong een heel toontje lager, wat ze niet van hem had verwacht. 'U kunt Helen maar het beste in het oog houden. Ze is nogal ontdaan. Ik heb haar naar een therapeut verwezen die erg goed is in rouwverwerking, maar met Jason in de kliniek voor een paar maanden, misschien tot na de feestdagen, zal het niet makkelijk voor haar zijn. En u weet hoe het is: dit soort stress kan een aardige aanslag op je weerstand betekenen.' Helen had al tegen Maxine geklaagd dat ze al drie keer snipverkouden was geweest en een paar keer migraine had gehad sinds de dood van haar man. De drie zelfmoordpogingen en Jasons opname zouden haar gezondheid geen goed doen, en dokter West wist dat ongetwijfeld ook.

'Ik hou wel een oogje in het zeil. U hebt volkomen gelijk. Ik maak me altijd bezorgd na de dood van een echtgenoot of een kind van mijn patiënt. Sommigen storten als een kaartenhuis ineen, al moet ik zeggen dat Helen een taaie is. Ik bel haar wel op om te vragen hoe het met haar gaat.'

'Ik denk dat ze nog in shock is na gisternacht,' zei Maxine eerlijk.

'Wie zou dat niet zijn? Ik heb zelf geen kinderen, maar ik kan me moeilijk iets ergers voorstellen dan bijna je kind verliezen, zeker als je al een kind kwijt bent. En dat als weduwe. Erger kan het niet.'

'O jawel,' zei Maxine dof. 'Ze had hem echt kunnen kwijtraken. Godzijdank is het niet zover gekomen. En we doen er alles aan om te zorgen dat het ook niet gebeurt. Dat is mijn werk nu eenmaal.'

'Ik benijd u niet. U behandelt niet de eenvoudigste patiënten.'

'Dat niet, nee,' zei ze kalm en ze keek op haar horloge. Haar volgende patiënt zou over vijf minuten binnenkomen. 'Nou, aardig van dat u belde,' zei ze nogmaals, en nu om het gesprek af te ronden. Maar ze meende het ook. Veel dokters zouden de moeite niet genomen hebben.

'Nu weet ik in elk geval welke arts ik mijn patiënten met kinderen in een moeilijke fase moet aanbevelen.'

'Ik werk vooral aan trauma's bij veel jongere kinderen. Als therapeut is dat wat minder deprimerend dan werken met suïcidale tieners. Ik behandel veel langetermijneffecten van grote gebeurtenissen, zoals de aanslagen hier van 11 september.'

'Ik heb dat interview met u in *The New York Times* gelezen. Moet fascinerend zijn.'

'Dat was het ook.' Haar tweede boek ging over bekende nationale gebeurtenissen waarbij grote groepen kinderen getraumatiseerd waren achtergebleven. Verder was ze betrokken bij een aantal studies en onderzoeksprogramma's, en had ze ontelbare malen als getuige-deskundige voor het Congres gestaan.

'Als u denkt dat er nog iets is wat ik moet weten over Helen, of Jason natuurlijk, bel me dan. De mensen laten me vaak in het ongewisse over wat er aan de hand is. Helen is daar een ster in, ze is soms vrij gesloten. Mocht u dus iets belangrijks horen, bel me dan alstublieft.'

'Zal ik doen.' De zoemer ging over. Haar halfzespatiënt was er, stipt op tijd. Een veertienjarige anorexiapatiënte met wie het al beter ging dan een jaar terug, nadat Maxine haar zes maanden naar een kliniek in Yale had gestuurd. 'Bedankt voor uw telefoontje. Heel vriendelijk van u,' zei Maxine hartelijk. Zo'n slechte man was hij nu ook weer niet. En een belletje om te erkennen dat hij fout had gezeten was een goede zet geweest.

'Geen dank hoor,' zei hij en ze hingen op. Maxine liep van het bureau naar de deur om een knap meisje binnen te laten. Ze was nog steeds extreem mager en zag er jonger uit dan ze was. Ze zag eruit als tien of elf, al werd ze binnenkort vijftien. Vorig jaar had haar leven aan een zijden draadje gehangen vanwege haar enorme ondergewicht, maar momenteel zag het er goed uit voor haar. Haar haar was nog dun, ze was een paar tanden kwijtgeraakt tijdens haar opname en het zou nog jaren duren voor er zekerheid was over de vraag of ze wel kinderen kon krijgen. Anorexia was een ernstige ziekte.

'Hoi, Josephine, kom erin,' zei Maxine warm. Ze leidde haar

naar de grote stoel, waarin het tengere meisje zich opkrulde als een jong katje, dat Maxine met enorme ogen aankeek.

Binnen een paar minuten had ze uit zichzelf opgebiecht dat ze een paar laxeerpillen van haar moeder had gepikt de afgelopen week, maar dat ze na veel gepieker besloten had ze niet in te nemen. Maxine knikte en ze bespraken het geval, en enkele andere zaken. Nu ze weer terug was op school, had Josephine ook een jongen ontmoet die ze wel aardig vond, en ze vond zichzelf ook niet zo afschuwelijk dik meer. Het was een lange, trage weg terug vanuit het diepe dal waarin ze gezeten had, toen ze als dertienjarige nog geen dertig kilo had gewogen. Ze woog nu tegen de tweeënveertig kilo, nog te licht voor haar lengte, maar niet langer letterlijk vel over been. Hun huidige streven was vijftig. En voorlopig kwam ze nog steeds bijna een pond per week aan en was er niets afgegaan.

Na haar zou Maxine nog één patiënt ontvangen, een zestienjarig meisje dat aan automutilatie deed, met armen vol littekens die ze altijd bedekte, en dat een jaar geleden ook een poging tot zelfmoord had gedaan. Maxine was erbij geroepen door haar huisarts, en dankzij haar therapie ging ze langzaam maar zeker vooruit.

Voor Maxine haar kantoor afsloot belde ze nog even naar Silver Pines en men vertelde haar dat Jason zijn jeans had aangetrokken en kennis had gemaakt met de anderen tijdens het avondeten. Niet dat hij zoveel had gezegd, en hij was daarna ook weer meteen teruggegaan naar zijn kamer, maar het was een begin. Hij werd nog steeds nauwlettend in de gaten gehouden, en dat zou voorlopig ook zo blijven, tot de doktoren van de kliniek en Maxine dat niet meer nodig vonden. Hij maakte nog altijd een zeer neerslachtige indruk en was een groot risico voor zichzelf, maar hij was tenminste veilig in Silver Pines. Precies de reden waarom ze hem daar naartoe gestuurd had.

Uitgeput stond Maxine om halfacht in de lift van haar flat. Toen ze haar appartement binnenstapte, vloog Sam haar luid kakelend in volle vaart tegemoet, verkleed als kalkoen. Ze grijnsde. Fijn om weer thuis te zijn. Het was een lange dag geweest en ze was nog steeds bedroefd om Jason. Ze gaf veel om haar patiënten. 'Halloween is allang voorbij!' riep ze, waarop hij even stilstond, lachte en toch naar haar toe rende en zijn armen om haar middel sloeg en zich ertegenaan drukte. Ze viel haast achterover terwijl hij dat deed. Hij was een stevig ventje.

'Weet ik wel. Maar ik ben de kalkoen uit het toneelstuk op school!' zei hij trots.

'Daar hebben ze in elk geval de beste speler voor uitgepikt,' merkte Jack op, die achter haar naar binnen liep in zijn voetbalbroekje en noppenschoenen, waardoor de vaste vloerbedekking vol voetstappen en kleiklonters zat, wat hem geen bal interesseerde. Hij droeg een stapel cd-roms die hij van een vriendje had geleend.

'Zelda krijgt een beroerte als ze dit ziet,' waarschuwde zijn moeder hem en ze had het nog niet gezegd of degene die het appartement schoonhield kwam tierend op hen af.

'Ik smijt die schoenen het raam nog eens uit, Jack Williams! Al onze kleden en vloeren gaan eraan! Hoe vaak moet ik je dat nou nog zeggen?' Ze snoof luidruchtig en stampte terug naar de keuken terwijl Jack in de hal op de vloer ging zitten en zijn schoenen uitdeed.

'Sorry,' mompelde hij met een grijns omhoog naar zijn moeder, die haar jas uitdeed. 'Vandaag van het universitaire team gewonnen. Het waren zulke sukkels. Twee barstten in huilen uit toen ze verloren hadden.' Maxine had ook wel eens jongens van Jacks team zien huilen. Jongens namen hun sport altijd zeer serieus en waren zelden vriendelijke winnaars of verliezers.

'Leuk dat je gewonnen hebt. Ik kom donderdag wel naar de wedstrijd kijken.' Ze had wat afspraken verschoven om dat te kunnen doen. En toen keek ze Sam aan, die haar haast verliefd aanstaarde in zijn kalkoenkostuum. 'En wanneer is dat toneelstuk?'

'De dag voor Thanksgiving,' zei hij stralend.

'En moet je nog tekst leren?' Hij klokte luidkeels ten antwoord en Jack liep met zijn handen tegen zijn oren naar binnen, terwijl Zelda vanuit de keuken meldde dat ze over vijf minuten gingen eten.

Ze liep even naar Maxine toe en fluisterde: 'We hebben op je gewacht.' Ze probeerde het eten altijd pas op tafel te zetten als Maxine thuis was, ook op avonden dat ze laat werkte, behalve als de kinderen uitgehongerd waren. Maar ze probeerde het mogelijk te maken dat Maxine met haar kinderen at. Zelda wist hoe belangrijk het voor haar was en dat was een van de dingen die Maxine zo van haar waardeerde. Ze was nooit stiekem of passief-agressief door Maxine van haar kinderen weg te houden, of door gezamenlijke dingen in het honderd te laten lopen, zoals de kindermeisjes van haar vriendinnen soms deden. Zelda was op alle manieren verknocht aan ze, en dat was ze al twaalf jaar. En ze had geen enkele behoefte om Maxines moederrol over te nemen. 'Bedankt hoor,' zei Maxine en ze keek om zich heen. Haar dochter had ze nog niet gezien, alleen de jongens. 'Waar is Daf? Op haar kamer?' Mokkend waarschijnlijk, nadat ze de dag ervoor huisarrest had gekregen.

'Ze heeft haar mobieltje weer teruggepakt en zat ermee te bellen,' zei Sam ongevraagd voor Zelda kon antwoorden, die hem fronsend aankeek. Ze had het Maxine zelf willen vertellen op het juiste moment. Dat deed ze altijd en Maxine wist dat ze daarop kon vertrouwen.

'Het is niet aardig je zus te verklikken,' zei Zelda tegen hem, terwijl Maxine een wenkbrauw optrok en naar Daphnes kamer liep. Zoals Sam had aangegeven lag ze op bed, vrolijk kletsend in haar mobieltje. Daphne schrok zich wild toen ze haar moeder zag staan. Maxine liep op haar af met uitgestoken hand. Nerveus legde Daphne het mobieltje erin, na het gesprek haastig en zonder afscheidsgroet afgebroken te hebben.

'Werken we hier nog met vertrouwen in dit huis, of moet ik dit voortaan achter slot en grendel leggen?' Daphne was duidelijk in een stadium waarin de zaken pijlsnel veranderden. Nog niet zo lang geleden zou ze respect voor de straf getoond hebben en het mobieltje met geen vinger hebben aangeraakt. In het dertiende jaar veranderde alles en niet ten goede, vond Maxine.

'Sorry, mam.' Ze durfde Maxine niet rechtstreeks aan te kijken, maar toen Zelda hen aan tafel riep, liepen ze allemaal richting keuken: Jack op blote voeten in zijn voetbalbroekje, Daphne in haar schoolkleren, en Sam nog steeds apetrots in zijn kalkoenkostuum. Maxine deed het jasje van haar pakje uit en schoot snel in haar lage schoenen. Ze had de hele dag op hoge hakken gelopen. Op haar werk zag ze er altijd professioneel uit, maar als ze thuis was trok ze altijd wat gemakkelijks aan. Als ze tijd had gehad, zou ze ook haar spijkerbroek hebben aangetrokken, maar het eten had al te lang gewacht en ze had honger als een paard, net als de kinderen.

Het werd een gezellige avondmaaltijd en Zelda zat gewoon bij hen, zoals altijd. Maxine had het belachelijk gevonden als ze alleen zou eten, en zonder man aan tafel had Maxine haar gevraagd altijd bij hen te komen zitten. De kinderen praatten over wat ze die dag hadden gedaan, behalve Daphne, die liever haar mond hield nu ze wist dat ze in ongenade was gevallen. En met dat voorval met haar mobiel zat ze behoorlijk in haar maag. Ze had het vermoeden dat Sam haar verklikt had, dus keek ze hem met half dichtgeknepen ogen aan en fluisterde dat ze hem nog wel zou krijgen. Jack praatte alleen maar over voetbal en beloofde zijn moeder te helpen met de installatie van een nieuw computerprogramma. Iedereen ging na het eten opgewekt naar zijn of haar kamer, ook Maxine, die bekaf was na die lange, enerverende dag. Zelda ging de keuken opruimen. Even later liep Maxine naar Daphnes kamer voor een goed gesprek.

'Mag ik binnenkomen?' vroeg ze haar dochter. Dat vroeg ze meestal, vooral nu.

'Moet jij weten,' antwoordde Daphne en Maxine wist dat ze geen beter antwoord kon verwachten na dat huisarrest en de geschiedenis met de telefoon.

Maxine liep de kamer in en ging op het bed zitten waarop Daphne tv lag te kijken. Ze had haar huiswerk al gedaan voor haar moeder thuis was. Ze was een goede leerling en haalde prima cijfers. Bij Jack ging het op en neer, mede door al die verleidelijke games, en Sam kreeg nog geen huiswerk. 'Ik snap wel dat je kwaad op me bent vanwege dat huisarrest, Daf. Maar ik was niet zo blij met dat bierfeestje. Ik wil jou en je vriendinnen kunnen vertrouwen, zeker als ik 's nachts weg moet.' Daphne gaf geen antwoord, maar keek de andere kant op. Ten slotte keek ze haar moeder aan met wrok in haar ogen.

'Het was míjn schuld toch niet. Een van de anderen had het meegebracht.'

'Maar jij liet het gebeuren. En ik neem aan dat je mee gedronken hebt. Ons thuis is heilig, Daffy. Dat is mijn vertrouwen in jou ook. Ik wil niet dat dat kapotgemaakt wordt.' Ze wist ook wel dat het op een dag toch zou gebeuren. Het was allemaal te verwachten nu Daphne die leeftijd had en Maxine begreep het wel, maar ze moest haar ouderrol blijven spelen zolang het kon. Ze kon niet net doen of het niet gebeurd was en geen reactie geven. En Daphne snapte dat ook wel. Maar wat baalde ze ervan dat ze betrapt waren.

'Weet ik toch.'

'Je vriendinnen moeten respect voor ons hebben als ze hier komen. En ik vind bierparty's in mijn huis geen prettig idee.'

'Andere kinderen doen veel ergere dingen,' zei haar dochter, die problemen leek te zoeken. Dat was geen nieuws voor Maxine. Echt veel ergere dingen. Ze blowden, gebruikten zelfs harddrugs en comazuipen was ook geen uitzondering. Heel wat meisjes van Daphnes leeftijd hadden al seks gehad. Dat hoorde Maxine vaak genoeg in haar praktijk. Een van haar patiëntjes had sinds de achtste groep regelmatig jongens gepijpt. 'Dus wat maken die paar biertjes dan uit?' drong Daphne aan.

'Omdat het tegen onze regels is. En als je je niet aan één regel houdt, waar houdt het dan op? We hebben een paar dingen met elkaar afgesproken, en die respecteren we. Sommige punten kunnen we op een bepaald moment veranderen, maar nu nog niet. Regels zijn regels. Ik neem geen mannen mee naar huis om wilde seksfeestjes met ze te vieren. Je verwacht dat ik me gedraag en dat doe ik ook. Ik zit ook niet iedere avond op mijn kamer om dronken te worden en zat in slaap te vallen. Hoe zou je het vinden als ik dat deed?' Daphne glimlachte onwillekeurig bij het onwaarschijnlijke beeld van haar moeder aan de drank.

'Je gaat niet eens met iemand uit. Veel moeders van mijn vriendinnen nemen mannen mee. Je hebt geeneens een vriend.' De woorden waren bedoeld om te kwetsen en dat deden ze ook een beetje.

'Al zou ik dat doen, dan nog zou ik niet in mijn kamer gaan zitten drinken. Als je wat ouder bent, kun je wat met mij drinken. In mijn bijzijn in elk geval. Maar volgens de wet mag je niet eens drinken, en je vriendinnen zijn net zo oud als jij, dus dat geldt ook voor hen. Ik wil het hier in huis niet hebben, zeker niet als je pas dertien bent.'

'Ja, dat weet ik nou wel.' Toen voegde ze eraan toe: 'Vorige zomer in Griekenland mochten we altijd wijn drinken van papa. Hij gaf het zelfs aan Sam. En hij deed er niet zo opgefokt over.'

'Dat is anders. Hij was erbij. Hij gaf het aan jou, en je dronk het niet achter zijn rug, al moet ik toegeven dat ik het niet fijn vind om dit te horen. Jullie zijn allemaal te jong voor alcohol. Daar moet je nu nog niet mee beginnen.' Maar zo was Blake nou eenmaal en zijn ideeën van opvoeding verschilden dramatisch van de hare. Noch voor zichzelf, noch voor zijn kinderen had hij regels. En hij nam altijd vrouwen mee naar huis, als je ze zo mocht noemen. De meesten van hen waren eigenlijk nog meisjes en voor je het wist waren zijn kinderen even oud als de meiden met wie hij uitging. Maxine vond dat hij veel te makkelijk deed en leefde waar zij bij waren, maar naar haar luisterde hij toch niet. Ze had het vaak genoeg tegen hem gezegd. Hij lachte er alleen maar om en ging er gewoon mee door.

'Dus als ik ouder ben, mag ik dan wel thuis wat drinken?' Daphne wilde er het fijne van weten.

'Misschien. Als ik in de buurt ben. Maar je vriendinnen laat ik hier niet drinken zolang ze onder de achttien zijn. Ik zou in de problemen kunnen komen, zeker als er iets fout zou gaan of als iemand bij een ongeluk betrokken zou raken. Het is geen goed idee.' Maxine was iemand die zwoer bij regels en er zelf strikt naar leefde. Haar kinderen wisten dit natuurlijk, net als iedereen die haar kende, zoals Blake.

Daphne reageerde niet. Ze had die preek al eerder gehoord. Ze wist ook dat andere ouders lossere regels hanteerden, en sommigen hadden ze helemaal niet, en anderen waren weer zoals haar moeder. Het was een kwestie van geluk hebben. Sam verscheen op de drempel in zijn kalkoenkostuum. Hij zocht zijn moeder.

'Moet ik echt in bad vanavond, mama? Ik heb goed opgepast. Ik ben nergens vuil geworden vandaag.' Maxine glimlachte ten antwoord en Daphne draaide de tv wat luider, om haar moeder te laten weten dat ze genoeg gehoord had. Maxine boog zich voorover om haar een kus te geven en liep met haar jongste de kamer uit.

'Ik weet niet hoe voorzichtig je vandaag bent geweest. Dus moet je echt even in bad.'

'Vette pech.' Zelda stond met dreigende blik te kijken en Maxine stuurde Sam naar haar toe, klopte even aan bij Jack, die zwoer dat hij zijn huiswerk gedaan had, en liep weer naar haar eigen kamer, waar ze de tv aanzette. Het was een prettig, rustig avondje thuis, net waar ze het meest van hield.

Ze dacht na over wat Daphne had opgemerkt, over het feit dat ze nooit uitging. Helemaal waar was het niet. Af en toe ging ze naar dinertjes van oude vrienden, of kennissen uit de tijd dat ze nog niet gescheiden was. Ze ging wel eens naar de opera, het theater of ballet, al kon ze dat best wat vaker doen, vond ze zelf. Maar het was steeds zo'n toestand om het te regelen en ze hield er zo van om thuis te blijven na een lange dag. Met haar kinderen ging ze af en toe naar de bioscoop, en er waren medische diners die ze ook moeilijk af kon zeggen. Maar ze begreep wel wat Daphne bedoelde en op dat punt had ze gelijk. Maxine had in geen jaar een afspraakje gehad. Daar piekerde ze wel eens over, vooral als ze zag dat ze weer een jaartje ouder geworden was. Ze was nu tweeënveertig en sinds Blake had ze geen serieuze verhouding meer gehad. Ze had wel eens een date gehad, maar er was geen man bij geweest die haar vlinders in haar buik had bezorgd, en veel mogelijkheden om andere mannen te ontmoeten had ze niet. Ze was of op het werk, of bij haar kinderen, en de meeste andere artsen die ze kende waren getrouwd of uit op een avontuurtje zonder medeweten van hun vrouw, waar Maxine echter niet aan mee wilde werken. Geschikte, aantrekkelijke mannen tussen de veertig en de vijftig waren schaars en ze zag ze maar zelden. De leuke waren getrouwd of hadden een vriendin, en wat er overbleef waren mannen met problemen of bindingsangst, ze waren sociaal gesloten of homo, of vielen op vrouwen die half zo oud waren als zij. Een man vinden voor een relatie was niet zo eenvoudig als het leek, maar ze lag er ook niet wakker van. Als ze de ware op een dag zou tegenkomen, zou ze het wel weten. En tot die dag beviel het leven haar goed zo als het was.

Toen zij en Blake net gescheiden waren, ging ze ervan uit dat ze wel weer iemand zou leren kennen, met wie ze eventueel zou hertrouwen. Jaar na jaar verstreek en nu was ze er niet meer zo zeker van. Blake zette intussen de bloemetjes buiten, genoot van zijn avontuurtjes met de mooiste jonge meiden. Maxine zat avond na avond thuis voor de tv, met haar kinderen en het kindermeisje, en ze had niet zo'n behoefte aan iets anders. In elk geval had ze geen uur van haar tijd met de kinderen willen inruilen voor een spannende date. En wat miste ze nou helemaal? Heel even dreven haar gedachten weg naar die nachten in de armen van haar ex, dansend met hem, wandelend op het strand met hem, en later in bed met hem. Het was enigszins beangsti-gend te denken dat ze misschien nooit meer seks zou hebben, zelfs geen kus meer zou krijgen. Maar als het zo moest zijn, dan was er niets aan te doen. Ze was tevreden met wat ze had: haar kinderen. Wat had een mens nou nog meer nodig? Ze hield zich-zelf altijd voor dat het genoeg was.

Ze ontwaakte uit haar gedachten toen Sam opeens, met natte haartjes die naar shampoo roken en een schoon pyjamaatje aan, op haar bed sprong. 'Waar denk je aan, mam? Je kijkt zo ver-drietig.' Ze schrok er een beetje van, maar glimlachte opgewekt naar hem.

'Ik ben niet verdrietig, lieverd. Ik dacht na over een paar dinge-tjes.'

'Grotemensendingetjes?' vroeg hij nieuwsgierig terwijl hij de tv luider zette met de afstandsbediening.

'Ja, zoiets.'

'Kan ik vannacht bij je slapen?' Hij had tenminste niet weer een monster verzonnen.

'Tuurlijk. Ik vind het best.' Eigenlijk vond ze het heerlijk als hij bij haar sliep. Hij krulde zich naast haar op en ze gaven elkaar precies dat beetje troost dat ze allebei nodig hadden. Wat kon ze zich nou meer wensen dan die kleine, schattige Sam 's nachts in bed? Geen afspraakje of avontuurtje of relatie kon daaraan tippen.

Hoofdstuk 4

*O*p de ochtend van Thanksgiving ging Maxine zelf de kin-
derkamers langs. Daphne lag op bed te bellen met een vriendin, nu ze haar mobieltje officieel had teruggekregen. Ze had
nog steeds huisarrest en een sociaal leven zat er nog niet in, maar
ze kon tenminste haar contacten weer bijhouden. Jack zat voor
zijn computer in een blauw overhemd, een grijze broek en een
blazer, en Maxine hielp hem zijn das te strikken. Sam zat in zijn
pyjama gebiologeerd voor de televisie waarop de Macy's
Thanksgivingoptocht te zien was. Zelda was al vroeg opgestaan
om de dag door te brengen met een vriendin die voor een gezin in Westchester werkte en die een Thanksgivinglunch gaf
voor een hele groep nanny's uit de buurt. Ze waren een bepaald
slag vrouwen, die zich hun leven lang wijdden aan de kinderen
voor wie ze zorgden en zelf geen kroost hadden om van te houden.

Maxine pakte Sams kleren uit de kast en riep naar Daphne dat
ze haar gesprek moest afbreken en zich aan moest kleden. Haar
dochter liep de badkamer in met het toestel nog steeds aan haar
oor gelijmd en sloeg de deur dicht. Maxine ging naar haar slaapkamer om zich gereed te maken. Ze was van plan haar beige
broekpak aan te doen met een bijpassend kasjmieren coltruitje

en hoge hakken. Ze trok de trui over haar hoofd en begon haar haar te borstelen.

Tien minuten later kwam Sam naar binnen met zijn overhemd schots en scheef dichtgeknoopt en zijn piekhaar alle kanten op, wat haar een lach ontlokte.

'Zie ik er netjes uit?' vroeg hij vol zelfvertrouwen, terwijl ze zijn haar probeerde te fatsoeneren en zijn hemd opnieuw knoopte.

Ze zei dat hij zijn gulp dicht moest ritsen en een das moest pakken. Hij trok een vies gezicht. 'Moet ik die om? Ik stik als ik die omdoe.'

'Dan trekken we hem niet zo strak aan. Opa draagt altijd een das en Jack heeft de zijne al om.'

'Papa draagt nooit een das,' kaatste Sam terug met een gepijnigde trek.

'Jawel, hij draagt heus wel eens een das.' Maxine hield voet bij stuk. 'Als hij uitgaat bijvoorbeeld.' Blake zag er geweldig uit in een pak.

'Niet meer hoor.'

'Nou, maar op Thanksgiving hoort het nu eenmaal. En vergeet niet je nieuwe schoenen aan te doen.' Als ze dat niet zei zou hij gewoon in zijn sportschoenen naar de lunch bij opa en oma gaan. Toen hij naar zijn kamer verdween om zijn das en schoenen te pakken, verscheen Daphne in haar kamer om een truitje van haar moeder te lenen, liefst haar favoriete roze. Ze droeg een ultrakort zwart minirokje, een zwarte panty en hoge hakken, en piepkleine diamantjes schitterden in haar oorlelletjes. Maxine had ze haar voor haar dertiende verjaardag gegeven, met de mededeling dat ze nu gaatjes in haar oren mocht laten prikken. De laatste tijd vroeg ze om een tweede set gaatjes, want 'iedereen heeft minstens twee stel gaatjes'. Tot nu toe had Maxine daar geen toestemming voor gegeven. Daphne zag er schattig uit met haar zwarte haar dat luchtig om haar gezichtje viel. Maxine gaf haar de roze trui net toen Sam op zijn schoenen haar kamer in kwam.

'Kan mijn das niet vinden,' zei hij opgewekt.

'O, dat kun je best. Ga maar terug en zoek nog maar eens goed,' zei Maxine onverbiddelijk.

'Ik haat je,' zei hij zoals te verwachten was, terwijl Maxine haar pak aantrok, haar pumps aandeed en parelknopjes in haar oren stak.

Een halfuur later waren ze allemaal piekfijn aangekleed. De jongens droegen hun parka's over hun blazers en Daphne had een kort zwart jasje met een bontkraagje aan dat Blake haar voor haar verjaardag had gegeven. Ze zagen eruit om door een ringetje te halen toen ze het korte stuk van Park Avenue naar het appartement van hun grootouders liepen. Daphne stelde voor een taxi te nemen, maar Maxine zei dat een wandelingetje hun goed zou doen. Het was een schitterende zonnige novemberdag en de kinderen zagen alle drie uit naar hun vader, die vanmiddag vanuit Parijs zou aankomen. Rond het avondeten werden ze bij zijn appartement verwacht. Maxine had besloten toch maar mee te gaan – ze wilde Blake graag weer eens zien.

De portier bij het appartementengebouw van hun grootouders wenste hun allen een vrolijke Thanksgiving toen ze naar de lift liepen. Maxines moeder stond al bij de deur te wachten toen ze uitstapten. Ze leek als twee druppels water op Maxine, al was ze een oudere, iets steviger versie. Maxines vader stond achter haar met een grote grijns op zijn gezicht.

'Jongens, jongens,' zei hij vriendelijk, 'wat een knap stelletje zijn jullie geworden.' Hij kuste eerst zijn dochter, gaf de jongens een hand terwijl Daphne haar oma een kus gaf en glimlachte naar haar grootvader, die haar omhelsde.

'Hallo, opa,' zei ze zacht en ze liepen achter hun grootouders de kamer in. Oma had een paar bloemstukjes van herfstbloemen gemaakt en de kamer zag er net zo elegant en smetteloos uit als anders. Alles was keurig netjes hier en de kinderen gingen beleefd op de rand van de bank en stoelen zitten. Ze wisten dat ze zich moesten gedragen in het huis van hun grootouders. Het waren beste mensen, maar ze waren er niet aan gewend zoveel kinderen tegelijk over de vloer te hebben, vooral geen jongens. Sam haalde snel een pak kaarten uit zijn zak en hij en grootvader begonnen een spelletje kwartet te spelen, terwijl Maxine met haar moeder de keuken in dook om te kijken hoe het met de kalkoen stond. De tafel was al tot in de puntjes gedekt met glimmend zilver en perfect gesteven linnen. De kalkoen was gaar en de groente stond te pruttelen. Samen Thanksgiving vieren was een traditie waar ze allemaal dol op waren. Maxine vond het sowieso gezellig bij haar ouders op bezoek te gaan. Haar hele leven hadden ze haar gesteund, vooral sinds haar scheiding van Blake. Ze hadden hem graag gemogen, maar zijn reactie op zijn enorme succes in de internethype hadden ze wel wat overdreven gevonden. De manier waarop hij nu leefde was aan hen niet besteed. Ze maakten zich zorgen over zijn invloed op de kinderen, maar waren opgelucht toen ze merkten dat Maxines nuchtere normen en waarden en onophoudelijke aandacht belet hadden dat het verwende nesten werden. Ze hielden veel van hun kleinkinderen en genoten van hun bezoekjes, of het nu wel of niet een feestdag was.

Maxines vader was nog steeds volop in bedrijf. Hij had zijn praktijk, gaf nog les en hielp mee bij zeer gespecialiseerde operaties. Hij was uitermate trots op zijn dochter met haar eigen medische carrière. Toen ze besloten had in zijn voetstappen te treden was hij opgetogen geweest, al keek hij bedenkelijk toen hij hoorde welke specialisatie ze zou kiezen. Van psychiatrie had hij als orthopeed weinig kaas gegeten, maar hij was onder de indruk van haar carrière en de uitstekende reputatie die zij helemaal zelf had opgebouwd. Met gepaste trots had hij onder al zijn vrienden en bekenden exemplaren van haar beide boeken rondgedeeld.

Maxines moeder testte of de zoete aardappels al klaar waren, prikte nog eens in de kalkoen om er zeker van te zijn dat hij niet te droog werd en wendde zich met een warme glimlach tot Maxine. Ze was een rustige, ingetogen vrouw, die tevreden was met haar levenslange plaats op de achtergrond en ze was er trots op de vrouw van een arts te zijn. Ze had er nooit behoefte aan gehad zelf een carrière op te bouwen. Ze was van de generatie die het als haar taak zag achter haar man te staan, de kinderen groot te brengen en thuis te blijven zolang er financieel geen noodzaak was buitenshuis te werken. Wel had ze altijd veel vrijwilligerswerk gedaan. Niet alleen voor de Junior League, die zich inzette voor de gemeenschap, maar ook als vrijwilliger bij het ziekenhuis waar haar man lid van de staf was. Verder sprak ze met veel plezier bandjes voor de blindenbibliotheek in. Ze was een tevreden, gelukkig mens en haar leven was goed gevuld. Soms baarde het haar zorgen dat haar dochter te veel verantwoordelijkheid op zich nam en te hard werkte. Het zat haar meer dwars dan haar man dat Blake zijn vaderlijke verplichtingen niet vervulde, al was haar eigen man ook nooit zo betrokken geweest bij de opvoeding van zijn dochter. Maar de redenen daarvoor, en zijn drukke praktijk, leken Marguerite Connors heel wat respectabeler en begrijpelijker dan Blakes obsessieve en totaal onverantwoordelijke jacht op plezier. Het was haar nooit helemaal duidelijk geworden wat hij deed of hoe hij zich gedroeg. Ze vond het maar knap van Maxine dat zij daar zo rustig onder bleef en het hem niet kwalijk leek te nemen dat hij zich aan de verantwoordelijkheid jegens zijn kinderen onttrok. Eigenlijk had ze medelijden met hen om wat ze moesten missen, ook Maxine. Ze piekerde er wel eens over waarom er nog geen andere serieuze man in haar leven was verschenen.

'Hoe is het met je, kind? Nog steeds zo druk?' vroeg Marguerite. Zij en Maxine spraken elkaar een paar keer per week, maar meer dan een oppervlakkig babbeltje was het nooit. Als Maxine er behoefte aan had gehad, dan zou ze bepaalde zaken liever met haar vader bespreken, die een iets realistischer beeld van de samenleving had. Haar moeder had in die vijftig jaar dat ze getrouwd was een zeer beschermd leventje geleid – praktische hulp was van haar niet echt te verwachten. En Maxine wilde liever dat ze zich geen zorgen maakte. 'Ben je bezig met een nieuw boek?'

'Nog niet. En de praktijk is beredruk zo tegen de kerstvakantie. Kleine kinderen worden bang gemaakt door een gek met een baard en een rode muts, tienerpatiënten raken helemaal over hun toeren door de chaos in huis, zoals ieder ander. Iedereen draait een beetje door met de feestdagen,' zei Maxine terwijl ze de broodjes, even opgepiept in de oven, in de broodmand legde. Hun lunch zag er geweldig uit en rook verleidelijk. Hoewel ze een paar keer per week een hulp had, was haar moeder nog steeds een geweldig goede kok, die er trots op was dat ze zelf haar traditionele feestgerechten klaarmaakte. Ze verzorgde ook altijd het hele kerstdiner, hetgeen een opluchting voor Maxine was, die niet zo huishoudelijk was aangelegd en meer een aardje naar haar vaartje had. Zo had ze zijn realistische, praktische kijk op de wereld. Ze was meer wetenschappelijk dan artistiek en omdat ze nu eenmaal de kostwinner van haar gezin was, stond ze met beide benen op de grond. Nog steeds was het zo dat haar vader de cheques uitschreef en de rekeningen betaalde. Maxine was zich ervan bewust dat haar moeder compleet verloren zou zijn als haar vader iets zou overkomen.

'De vakantie is voor ons ook een drukke tijd,' zei Marguerite terwijl ze de kalkoen uit de oven haalde. Hij zag eruit alsof hij gemaakt was voor een foto in een glossy. 'Iedereen schijnt iets te moeten breken in het wintersportseizoen, en zodra het koud wordt vallen de mensen op hun heup door de gladheid.' Dat was haar drie jaar geleden zelf gebeurd en ze had een heupprothese gekregen. Ze liep nu weer als een kievit. 'Dus je snapt dat je vaders drukste tijden binnenkort weer aanbreken.'

Maxine glimlachte als antwoord, haalde de schaal met zoete aardappels uit de oven en zette ze op het kookeiland midden in de keuken. De korst van marshmallows bovenop was perfect goudbruin geworden. 'Pa heeft het altijd druk, mam.'

'Net als jij,' zei haar moeder trots en ze ging haar man halen om de kalkoen te snijden. Maxine liep achter haar aan de woonkamer in en zag dat haar vader nog steeds aan het kaarten was met

Sam, terwijl de andere twee naar football op tv aan het kijken waren. Haar vader was een grote fan en was een tijd de orthopeed van de New York Jets geweest. Ze kwamen nog steeds regelmatig bij hem in de praktijk.

'De kalkoen staat klaar!' riep haar moeder vanuit de keuken. Haar vader stond meteen op om hem aan te snijden. Hij verontschuldigde zich bij Sam en keek zijn dochter met pretoogjes aan. Hij had plezier gehad in het spelletje.

'Volgens mij speelt hij vals,' merkte hij over zijn kleinzoon.

'O, dat verbaast me niets,' zei Maxine lachend, terwijl haar vader in de keuken zijn taak ging vervullen.

Tien minuten later lag de kalkoen in mooie plakken op een schaal die hij naar de eettafel bracht. Zijn vrouw verzocht iedereen hun plaats in te nemen. Maxine genoot van het familieritueel en was blij dat ze daar allemaal samen zaten en haar ouders nog fit en gezond waren. Haar moeder was achtenzeventig, en haar vader negenenzeventig, maar ze waren nog goed in vorm. Het was haast niet te geloven dat ze al zo oud waren.

Haar moeder sprak zoals elk jaar een dankgebed uit, waarna haar vader de schaal met kalkoen liet rondgaan. Er was kalkoenvulling, cranberry's, zoete aardappelen, wilde rijst, doperwtjes, spinazie, kastanjepuree, en broodjes die haar moeder zelf gebakken had. Het was een waar festijn.

'Yummie!' zei Sam, terwijl hij aardappelen met de korst van marshmallows op zijn bord schepte. Hij nam een grote schep cranberry's, een flinke portie vulling, een plak wit kalkoenvlees en geen enkele groente. Maxine maakte er voor deze keer geen opmerking over en liet hem genieten van zijn eigen maal.

Zoals altijd wanneer ze samen aan tafel zaten, werd er levendig gepraat. Hun grootvader vroeg hun allemaal hoe het op school ging en wilde alles weten over Jacks voetbalwedstrijden. Tegen de tijd dat de lunch voorbij was, zaten ze zo vol dat ze geen pap meer konden zeggen. De maaltijd werd afgerond met pompoen-appel-rozijnentaart, met vanille-ijs of slagroom naar keuze. Sams overhemd hing uit zijn broek toen hij opstond van tafel, en de bovenste knoopjes van zijn hemd stonden open, want van zijn das was geen spoor meer te bekennen. Jack zag er wat netter uit, maar ook hij had zijn das afgedaan. Alleen Daphne was nog het perfecte dametje en zag eruit zoals ze was binnengekomen. De kinderen gingen snel terug naar de woonkamer om de rest van de footballwedstrijd te zien, terwijl Maxine ontspannen nog een kop koffie met haar ouders dronk.

'Het was een fantastische maaltijd, mam.' Maxine meende het met heel haar hart. Ze was dol op de kookkunst van haar moeder en wenste dat zij net zo lekker had leren koken. Maar het had haar vroeger nooit echt geïnteresseerd en handig was ze er ook niet in. 'Nou ja, het is natuurlijk altijd weer fantastisch wanneer je kookt,' zei ze, en haar moeder straalde.

'Je moeder is een wonderbaarlijke vrouw,' zei haar vader, en Maxine keek glimlachend naar de blik die haar ouders wisselden. Ze waren zo schattig. Na al die jaren waren ze nog steeds verliefd. Volgend jaar zouden ze hun vijftigste trouwdag vieren. Maxine had al nagedacht of ze een feest zou geven. Ze was enig kind en zou het helemaal in haar eentje moeten regelen. 'Het gaat goed met de kinderen,' merkte haar vader op, terwijl Maxine een met pepermunt gevuld chocolaatje van een zilveren schaaltje pakte dat haar moeder voor hen neer had gezet, waarbij Maxine gekreund had. Het was haast ongelooflijk dat ze nog iets naar binnen kon krijgen na die gigantische lunch, maar op de een of andere manier lukte het toch.

'Bedankt, pa. Ja, het zijn prima kinderen.'

'Zo jammer dat hun vader niet wat meer van ze ziet.' Dat zei hij elke keer weer. Hoezeer hij ook van Blakes gezelschap genoten had, als vader en grootvader vond hij hem een aanfluiting.

'Ze gaan vanavond naar hem toe,' merkte Maxine losjes op. Ze wist wat haar vader van hem vond en was het wel min of meer met hem eens.

'Voor hoe lang?' informeerde haar moeder. Ze was dezelfde

mening als haar man toegedaan. Als echtgenoot en vader was Blake een grote teleurstelling gebleken, al mocht ze hem nog zo graag.

'Waarschijnlijk het hele weekend.' Als hij al zo lang zou blijven. Met Blake wist je maar nooit. Maar hij kwam tenminste om ze met Thanksgiving te zien en dat was niet bepaald vanzelfsprekend voor hem. De kinderen waren trouwens blij met elk moment dat ze bij hem konden zijn, al duurde het vaak maar kort.

'Wanneer heeft hij ze voor het laatst gezien?' vroeg haar vader, die zijn afkeuring duidelijk liet blijken.

'In juli, in Griekenland, met de boot. Ze hebben het geweldig leuk gehad.'

'Daar gaat het niet om,' zei haar vader ernstig. 'Kinderen hebben een vader nodig. Hij is er nooit voor hen.'

'Dat was hij toch al niet,' zei Maxine achteloos. Ze hoefde hem niet meer te verdedigen, al vond ze het nog steeds moeilijk hem af te vallen. Tegenover de kinderen sprak ze dan ook nooit in negatieve bewoordingen over hem. 'Daarom zijn we gescheiden. Hij houdt van ze maar hij vergeet gewoon te komen opdagen. Zoals Sam zegt: vette pech. Maar zij hebben zich goed aangepast. Misschien dat ze er later kwaad over zijn, maar nu vinden ze het nog oké. Ze nemen hem zoals hij is: een ontzettend aardige, onbetrouwbare vent die ontzettend veel van hen houdt, en met wie je vreselijk kunt lachen.' Het was een perfecte omschrijving van Blake. Haar vader fronste zijn wenkbrauwen en schudde het hoofd.

'En hoe gaat het met jou?' vroeg hij, altijd een beetje bezorgd om zijn dochter. Hij was het eens met zijn vrouw en vond ook dat ze te hard werkte, maar hij was bijzonder trots op haar en het speet hem dat ze weer single was. Hij vond het onrechtvaardig en hij nam het Blake kwalijk dat de dingen zo gelopen waren, iets wat nauwelijks bij Maxine opkwam. Ze had zich al lang geleden met de situatie verzoend, iets waarin haar ouders nooit geslaagd waren.

'Met mij gaat het prima,' zei Maxine doodleuk als antwoord op haar vaders vraag. Ze wist heus wel wat ermee bedoeld werd. Ze vroegen het elke keer.

'Aardige jongeman in het verschiet?' Hij keek haar hoopvol aan.

'Nee,' zei ze met een glimlach. 'Ik slaap nog steeds met Sam.' Beide ouders lachten.

'Ik mag toch hopen dat dat een dezer dagen verandert,' zei Arthur Connors hoofdschuddend. 'Die kinderen zijn groot voor je het weet, en dan zit je daar in je uppie.'

'Ik denk dat ik nog wel een paar jaar heb voor ik me daar ongerust over moet maken.'

'Het gaat sneller dan je denkt,' zei hij tegen haar. 'Ik knipperde met mijn ogen en je zat op de medische faculteit. Ik knipperde nog eens en moet je zien. Flink naam gemaakt op je vakgebied van jeugdtrauma's en zelfdoding van tieners. Maar in mijn hoofd blijf je altijd dat meisje van vijftien.' Hij glimlachte vriendelijk naar haar en haar moeder knikte.

'Ja, daar kan ik me iets bij voorstellen. Soms kijk ik naar Daphne, met mijn kleren aan en met hoge hakken, en dan vraag ik me af hoe dat mogelijk is. Want het lijkt wel gisteren dat ze nog maar drie was. Jack is plotseling net zo lang als ik, van de ene dag op de andere, en Sam was net nog maar twee maanden oud. Gek, hè?'

'Het is nog gekker als jouw kinderen net zo oud zijn als jij nu. Jij zal altijd mijn dochtertje voor me blijven.' Dit was precies wat ze zo fijn vond aan de relatie met haar ouders. Er moest een plekje met mensen op de wereld zijn, waar je nog kind kon wezen. Het was niet makkelijk altijd maar volwassen te zijn. Dat was het prettige van je beide ouders nog te hebben; het gaf je dat veilige gevoel dat je nog niet de oudste van de familie hoefde te zijn.

Vaak had ze zich afgevraagd of Blakes casanovagedrag te maken had met de angst om oud te worden. Als dat zo was kon ze hem niets kwalijk nemen. Verantwoordelijkheid, voor wat dan ook, daar was hij als de dood voor, en toch was hij zo'n buitengewone zakenman. Maar dat was iets anders. Hij had altijd een wonderkind met gouden vingertjes willen blijven, maar hij was desondanks ouder geworden, haast van middelbare leeftijd. Ze wist dat dat idee hem meer angst aanjoeg dan wat dan ook, en hij wist niet hoe hard hij moest rennen om te vermijden dat hij het onder ogen moest zien. Het was een triest geval, en hij had zoveel moeten missen. Terwijl hij de geluidsbarrière probeerde te doorbreken, groeiden zijn kinderen op en was hij haar kwijtgeraakt. Hij betaalde een hoge prijs om Peter Pan te blijven.

'Maar goed, als je jezelf nou maar niet als te oud ziet,' vervolgde haar vader. 'Je bent nog altijd een jonge vrouw en elke man mag in zijn handjes knijpen als hij jou mag hebben. Tweeënveertig – je bent nog bijna een kind! Sluit jezelf niet op, vergeet niet af en toe uit te gaan. Plezier hebben kan geen kwaad.' Ze wisten best dat ze maar zelden uitging. Soms was hij bang dat ze nog steeds van Blake hield en naar hem verlangde, maar haar moeder praatte hem dat uit het hoofd. Ze had gewoon nog geen ander ontmoet. En iedereen wilde dat ze deze keer de ware trof. Haar vader had geprobeerd haar met een paar vrijgezelle artsen in contact te brengen, maar dat was op niets uitgedraaid en Maxine had uiteindelijk gezegd dat ze het fijner vond haar eigen afspraakjes te regelen.

Ze hielp haar moeder de tafel af te ruimen en de keuken een beetje op orde te brengen, maar toen Marguerite zei dat de hulp morgen kwam voor de rest, gingen ze bij de anderen in de woonkamer zitten, die naar een spannende wedstrijd op tv zaten te kijken. Tegen vijven moest Maxine haar kinderen met enige spijt manen op te staan om te vertrekken. Ze had nog best willen blijven, maar ze wilde ook niet te laat zijn voor Blake. Elke minuut die ze met hem doorbrachten was kostbaar. Haar ouders vonden het jammer dat ze moesten gaan. Ze omhelsden elkaar en Maxine en de kinderen bedankten hen voor de gezellige middag en het heerlijke eten. Zo hoorde Thanksgiving gevierd te worden en Maxine was dankbaar voor de familie die ze had. Ze wist dat ze het had getroffen.

Langzaam wandelden ze met zijn allen terug naar huis. Het liep tegen halfzes. De kinderen verwisselden meteen hun zondagse goed voor iets makkelijks. Ongewoon stipt voor zijn doen belde Blake om zes uur op. Hij was zojuist aangekomen en vertrok nu van het vliegveld. Als zij om zeven uur bij hem voor de deur zouden staan, kon er niets meer misgaan. Alles stond al klaar voor hen, vertelde hij. Hij had een restaurant gevraagd het diner bij hem thuis te verzorgen en aangezien hij wist dat ze bij hun grootouders al kalkoen hadden gegeten, had hij iets anders besteld. Om negen uur zou het diner gereed zijn, en tot die tijd konden ze zich vast wel vermaken. De kinderen zouden wild enthousiast zijn van die planning.

'Wil je echt dat ik ook kom?' vroeg Maxine voorzichtig. Ze wilde de tijd met hun vader niet verstoren, al wist ze dat Sam wat meer op zijn gemak zou zijn als zij in de buurt was. Maar hij moest er zo langzamerhand maar eens aan wennen bij Blake alleen te zijn. Wat lastig zou zijn, want hij had nooit genoeg tijd met hem doorgebracht om die hobbel te nemen. Blake maakte het allemaal niet uit. Hij wilde graag dat Maxine ook langs zou komen, ze moest weten dat ze altijd welkom was. Vijf jaar na de scheiding genoten ze nog steeds van elkaars gezelschap, maar nu als vrienden.

'Ja natuurlijk, leuk,' zei Blake dan ook. 'Kunnen we even bijpraten terwijl de kinderen rondrennen.' De kinderen hadden altijd de grootste lol bij hem thuis, met de nieuwste games en films. Ze vonden het te gek in zijn eigen thuisbioscoop te zitten, met die enorme gemakkelijke stoelen. Alle technische snufjes en speeltjes waren bij hem te vinden, want eigenlijk was hij zelf een groot kind. Blake deed haar altijd denken aan Tom Hanks in de film *Big*: een schat van een jongen die opeens in het lichaam van een man zat. 'Nou, tot zeven uur dan,' besloot Blake, en Maxine hing de hoorn op de haak. Ze vertelde het plan aan de kinderen, zei dat ze nog een uur iets voor zichzelf konden doen en hun spullen moesten pakken voor de logeerpartij. Sam keek een beetje onzeker over dat laatste, maar ze stelde hem gerust: dat kwam allemaal goed.

'Je kunt altijd bij Daffy slapen als het nodig is, weet je nog,' zei ze, en daar klaarde hij van op. Even later vroeg ze Daphne een beetje op Sam te letten, misschien wilde hij zelfs bij haar slapen. Daphne vond alles best.

Een uur later zaten ze met z'n vieren in een taxi, op weg naar Blakes appartement. Alleen de lift al leek op een gigantisch ruimteschip. Je had een speciale code nodig om bij zijn penthouse uit te komen. Zijn huis bestond uit twee complete verdiepingen en vanaf het moment dat hij de deur voor hen opendeed stonden ze in Blakes magische wereld. De muziek schalde uit de gigantische professionele installatie, de kunstwerken en belichting waren buitengewoon, het uitzicht over New York door de glazen wanden, doorkijkjes en enorme glaskoepels was spectaculair. Aan de tussenwanden zaten spiegels die alles nog eens zo groot maakten, de plafonds waren bijna negen meter hoog. Hij had twee verdiepingen gekocht en ze tot één appartement laten verbouwen, met een wenteltrap in het midden. Hij had elke denkbare spelcomputer, tv, en elk speelgoed, geintje en gadget. Een film werd vertoond op een scherm dat een hele muur bedekte en hij gaf Jack de koptelefoon zodat hij hem kon volgen. Hij kuste en knuffelde hen allemaal en gaf Daphne het nieuwste en kleinste mobieltje van roze email, waarin haar initialen gegraveerd stonden. Hij liet Sam zien hoe hij de nieuwe gamestoel met stuur en videoscherm moest bedienen die hij tijdens zijn afwezigheid had laten plaatsen. Pas toen ze alle drie druk bezig waren met hun speeltjes en weer gewend raakten aan hun kamers, draaide Blake zich met een glimlach om naar zijn ex-vrouw en sloeg vriendelijk een arm om haar heen.

'Hallo, Max,' zei hij rustig. 'Hoe gaat het met je? Sorry voor de chaotische toestand trouwens.' Hij was weer oogverblindend als altijd. Hij was diep gebronsd, waardoor zijn staalblauwe ogen nog mooier oplichtten. Hij had zijn jeans aan, een zwarte coltrui en zwarte cowboylaarzen van alligatorleer die hij speciaal voor zichzelf in Milaan had laten maken. Het valt niet te ontkennen, dacht Maxine, hij is een kanjer. Van top tot teen was hij onweerstaanbaar, maar dat duurde maar tien minuten. Want dan herinnerde ze zich weer dat je nooit op hem kon rekenen, dat hij nooit kwam opdagen, en dat hij, hoe charmant hij ook was, nooit volwassen zou worden. Hij was de knapste, slimste, aanbiddelijkste Peter Pan van de hele wereld. Fantastisch als je een soort Wendy was, maar als je uit ander hout gesneden was, was hij gewoon niet de juiste man. Was je dicht bij hem, dan werd je dronken van hem. Maar nuchter als ze was, was ze zich er zeer wel van bewust geworden dat hij als mens hopeloos onverantwoordelijk was. Het was uiteindelijk net of hij haar vierde kind was.

'Ze zijn gek op chaotische toestanden,' verzekerde ze hem. Als je bij hem op bezoek was, leek het altijd net een groot circus. En wie vond dat nou niet fantastisch op hun leeftijd? Bij haar thuis mochten ze immers nooit rommel maken. 'Je ziet er geweldig uit, Blake. Hoe was Marokko, of Londen, of waar je nu ook weer uithing?'

'O, dat paleisje in Marrakech wordt subliem! Ik ben er de hele week geweest. Gisteren was ik in Parijs.' Ze moest lachen om het contrast tussen hun levens. Zij had in Silver Pines op Long Island met Jason gezeten. Dat stond wel heel ver af van de glamour van het leventje van haar ex, maar ze had voor geen geld ter wereld met hem willen ruilen. Zo kon zij overigens niet eens meer leven. 'Jij ziet er ook goed uit, Max. Nog steeds zo druk? Een miljoen patiëntjes per week of zo? Ik snap niet hoe je het doet.' Vooral omdat hij zich nog vaag herinnerde dat zij altijd de zwaarste gevallen deed. Hij bewonderde haar werk zeer, zeker in combinatie met wat voor moeder zij was. En dan was ze ook nog eens een fantastische echtgenote geweest. Hij had nooit anders beweerd.

'Daar houd ik nu eenmaal van,' zei Maxine met een glimlach. 'Iemand moet het doen, en ik ben blij dat ik dat ben. Werken met kinderen is het mooiste wat er is.' Hij knikte, want hij wist dat ze dat altijd al had gezegd.

'Hoe was Thanksgiving bij je ouders?' Hij had zich altijd opgeprikt gevoeld bij die formele etentjes, en toch miste hij ze ergens wel. Ze vormden een familie zoals die moest zijn, en dat kwam niet veel meer voor. De afgelopen vijf jaar zagen zijn feestdagen er heel anders uit.

'O, heel gezellig. Ze zijn dol op de kinderen en het zijn van die schatten, die twee. Als je rekent hoe oud ze zijn, zijn ze nog hartstikke fit. Mijn vader doet nog steeds operaties, al wordt het minder, maar hij is nog fulltime docent en die praktijk draait ook nog steeds. Negenenzeventig!'

'Zo gaat het later ook met jou,' zei Blake terwijl hij voor hen een glas champagne inschonk en haar er een aanreikte. Hij dronk altijd Cristal. Ze nam het glas aan en nipte eraan terwijl ze genoot van het uitzicht vanuit zijn appartement. Het leek wel of je boven de stad zweefde. Alles wat hij bezat of aanraakte kreeg een betoverende glans. Als mensen ervan droomden om ooit een grote slag te slaan, hadden ze zijn leven voor ogen, maar slechts een handjevol mensen had Blakes stijlgevoel en zijn handigheid om alles klaar te spelen wat hij wilde.

Verwonderd stelde ze vast dat hij geen vriendin had meegenomen, en even later legde hij dat met een quasizielig lachje uit. 'Ik ben gedumpt,' zei hij. Een supermodel van vierentwintig had hem laten zitten voor een bekende popster, die een groter vliegtuig dan Blake bezat. Maxine kon haar lachen niet inhouden, zo droog vertelde hij het. Hij leek er niet kapot van, en ze wist dat hij dat ook niet was. Zijn dates waren gewoon speeltjes voor hem. Hij had geen enkele behoefte om huisje-boompje-beestje te spelen en meer kinderen wilde hij ook niet, dus uiteindelijk moesten al die jonge vrouwen met wie hij omging iemand anders trouwen. Een huwelijk lag al helemaal niet in de lijn der verwachting. Terwijl ze zo zaten te praten, kwam Sam de woon-kamer binnengehuppeld en klom op zijn moeders schoot. Hij bekeek Blake aandachtig alsof hij een vriend van de familie was en niet zijn vader, en vroeg toen hoe het was met zijn vriendin die hij de afgelopen zomer bij zich had gehad. Blake keek hem aan en lachte.

'Je hebt er twee misgelopen, jong. Ik vertelde het net aan je moe-der. Vorige week heeft mijn vriendin me op straat gezet. Dus deze keer moet je het met mij doen.'

'Mam heeft ook geen vriendje. Ze gaat nooit uit. Maar ze heeft ons.'

'Toch zou ze uit moeten gaan,' zei Blake glimlachend. 'Ze is een bloedmooie dame en jullie worden allemaal groot en dan gaan jullie uit huis.' Het was bijna woordelijk wat haar vader haar na de lunch gezegd had. Maar ze had nog twaalf jaar tot Sam naar de universiteit zou gaan. Hoeveel zorgen iedereen zich ook mocht maken, zij had absoluut geen haast. Blake vroeg Sam hoe het op school was, omdat hij niet wist hoe hij verder moest, en Sam vertelde dat hij de kalkoen was geweest in het toneelstuk. Maxine had Blake de foto's ge-e-maild, wat ze altijd deed na belangrij-ke gebeurtenissen. Ze had hem ook een hele serie gestuurd van Jack tijdens een voetbalwedstrijd.

De kinderen liepen opgetogen in en uit. Ze kletsten even met Blake en raakten zo weer aan hem gewend. Daphne keek met onverholen aanbidding naar hem op. Toen ze de kamer weer uit liep, vertelde Maxine hem over het incident met het bier, zodat hij ervan zou weten en er geen herhaling zou plaatsvinden wan-neer Daphne bij hem logeerde.

'Kom op, Max,' zei hij vriendelijk, en hij haalde zijn schouders op. 'Maak je toch niet zo dik. Het is maar een kind. Vind je nou zelf niet dat een maand huisarrest een beetje overdreven is? Ze wordt heus geen alcoholist van twee biertjes.' Zo'n reactie had ze precies van hem verwacht en ze hield er niet van. Maar het verraste haar niet. Het was weer een van de vele verschillen tussen hen. Blake geloofde niet in regels, voor niemand, maar vooral niet voor zichzelf.

'Nee, dat zal ook niet gebeuren,' zei Maxine rustig. 'Maar als ik nu toesta dat ze bierfeestjes houdt, nu ze dertien is, wat denk je dan dat ze doet als zestien, zeventien is? Coke snuiven als ik patiënten bezoek, of heroïne? Ze moet haar grenzen leren kennen, en ze respecteren, of we zullen straks pas goed in de problemen komen. Ik trek liever nu de remmen al aan.'

'Weet ik,' zuchtte hij en zijn blauwe ogen schenen helderder dan ooit, toen hij haar schaapachtig aankeek. Net een jongetje dat op zijn kop kreeg van zijn lerares, of zijn moeder. Die houding stond Maxine niet aan, maar ze was er inmiddels wel aan gewend. 'Je zult wel gelijk hebben. Het klinkt alleen nog vrij onschuldig. Ik deed veel ergere dingen toen ik zo oud was als zij. Ik jatte whisky uit de huisbar van mijn vader toen ik twaalf was, en ik verkocht het op school met vette winst.' Hij lachte, en Maxine deed met hem mee.

'Dat is iets anders. Dat is handel. Je was al zakenman op die leeftijd, geen dronkenlap. Volgens mij dronk je er geen druppel van.'

Hij was sowieso geen drinker, en drugs had hij ook nooit gebruikt. Hij was gewoon doorgeslagen met alle andere dingen waarvan je kon genieten. Blake was alleen allergisch voor grenzen, in wat voor vorm dan ook.

'Klopt.' Blake schaterde het uit bij die herinnering. 'Dat deed ik pas toen ik veertien was. Maar ik had meer interesse in nuchter blijven om de meiden met wie ik uitging dronken te voeren. Daar kon ik meer lol aan beleven, vond ik.'

Max schudde het hoofd en keek hem lachend aan. 'Hoe komt het toch dat ik denk dat je daarin niet veranderd bent?'

'Ik hoef ze niet meer dronken te voeren, hoor,' bekende hij met een schaamteloze grijns. Ze hadden een curieuze relatie, die twee, meer als oude schoolvrienden dan als twee mensen die tien jaar getrouwd waren geweest en drie kinderen hadden. Hij was de idiote vriend die ze twee of drie keer per jaar zag, terwijl zij de verantwoordelijkste was, die de kinderen grootbracht en elke dag braaf naar haar werk ging. Ze verschilden van elkaar als dag en nacht.

Stipt om negen uur werd het diner bezorgd en iedereen had honger als een paard. Hij had het eten bij het beste Japanse restaurant van de stad besteld en alle gerechten werden aan tafel bereid, met alle tierelantijnen en exotische trucjes, zoals een kok die alles flambeerde, de garnalen razendsnel in kleine stukjes hakte, hoog opgooide en in de pan weer opving. De kinderen genoten met volle teugen. Alles wat Blake deed of organiseerde was spectaculair en nooit saai. Zelfs Sam keek ontspannen en blij tegen de tijd dat ze vertrok. Het liep toen al tegen middernacht en de kinderen zaten een film in de thuisbioscoop te kijken. Ze wist dat ze tot twee of drie uur op zouden blijven. Maar daar zouden ze niet dood van gaan, en ze gunde hun elke minuut bij Blake. Thuis konden ze hun slaap weer inhalen.

'Wanneer was je van plan te vertrekken?' vroeg ze hem terwijl ze haar jas aantrok, bang dat hij 'morgen' zou zeggen, wat de kinderen erg teleur zou stellen. Ze wilden op zijn minst een paar dagen met hem optrekken, vooral omdat ze niet wisten wanneer ze hem weer zouden zien, hoewel Kerstmis in het verschiet lag. Meestal lukte het hem om ook een paar dagen in de kerstvakantie met ze door te brengen.

'Zondag pas.' Hij zag dat er een opgeluchte blik in haar ogen verscheen.

'Fijn,' zei ze zacht. 'Ze vinden het altijd zo jammer dat je weer weg moet.'

'Ik ook,' zei hij bijna bedroefd. 'Als jij er geen bezwaar tegen hebt, wil ik ze na de kerst mee naar Aspen nemen. Het is nog maar een ideetje, maar rond Nieuwjaar is het er altijd erg gezellig.'

'Ze zullen in de wolken zijn.' Ze glimlachte. Ze miste ze altijd wel als ze met hun vader meegingen, maar ze wilde dat ze hem voldoende zagen, en een weekendvader was Blake nu eenmaal niet. Je moest de kans grijpen als hij in de buurt was en de mogelijkheid had iets met ze te ondernemen.

'Wil je morgen bij ons komen eten?' vroeg hij toen hij haar naar de lift bracht. Hij vond het erg gezellig met zijn tweeën, net als vroeger. Als het aan hem had gelegen, waren ze nooit aan die scheiding begonnen. Het was Maxine die het huwelijk wilde beëindigen en hij kon het haar niet kwalijk nemen. Niet dat hij geen weergaloze tijd had gehad sinds de scheiding, maar hij wilde haar wel graag in zijn leven betrekken, en hij was blij dat ze hem nooit buitengesloten had. Hij vroeg zich wel eens af of dat zou veranderen als er een andere man in haar leven zou komen, en hij twijfelde er niet aan dat het eens zou gebeuren. Het verbaasde hem nog steeds dat het zo lang duurde.

'Misschien wel,' zei ze luchtig. 'Zie nou eerst maar hoe het met de kinderen gaat. Ik wil jullie tijd niet verstoren.' Ze moesten ook met hun vader alleen kunnen zijn en daar wilde ze niet tussen komen.

'Maar we vinden het alleen maar leuk jou erbij te hebben,' verzekerde hij haar en hij omhelsde haar ten afscheid.

'Bedankt voor het etentje,' zei ze toen ze de lift in stapte en ze zwaaide even toen de deuren zich sloten. De lift schoot vijftig verdiepingen omlaag en haar oren klapten dicht terwijl ze over hem nadacht. Het bleef een vreemde situatie. Er was niets veranderd. Ze hield nog steeds van hem. Dat was altijd zo gebleven. Ze was gewoon van hem blijven houden. Ze wilde alleen niet meer met hem samen zijn. Het deed haar ook niets dat hij nu uitging met meisjes van voor in de twintig. Het was niet makkelijk hun relatie te omschrijven. Maar wat het ook was, en hoe vreemd het ook bleef, het werkte voor hen allebei.

De portier hield een taxi voor haar aan toen ze het gebouw uit stapte. Terwijl ze vanuit de binnenstad naar haar eigen huis reed, mijmerde ze na over de leuke dag die achter haar lag. Haar appartement deed onwennig en stil aan toen ze binnenkwam. Ze knipte de lampen aan, liep naar haar slaapkamer en dacht aan

Blake en haar kinderen in zijn waanzinnig luxueuze appartement. Haar eigen huis kwam haar beter voor dan ooit tevoren. Er was geen enkel deel van zijn leven dat ze miste. Ze had volstrekt geen behoefte aan al die overdaad en verwennerij. Ze was blij voor hem, maar ze had hier alles wat ze wilde.

Voor de zoveelste keer sinds ze hem verlaten had, wist ze dat ze de juiste keus had gemaakt. Blake Williams mocht dan de droom van elke vrouw zijn, een echte verhouding met hem hoefde voor haar niet meer.

Hoofdstuk 5

*M*axine was in diepe rust toen om vier uur in de ochtend de telefoon op haar nachtkastje begon te rinkelen. Het duurde langer dan normaal voor ze wakker was, want ze sliep nogal vast. Dat was vaak het geval als haar kinderen niet thuis waren. Toen ze op de klok keek, hoopte ze maar dat er niets mis was bij Blake thuis. Misschien had Sam een nachtmerrie gehad en wilde hij naar huis. Automatisch nam ze de telefoon op, slaapdronken en zonder erbij na te denken.

'Dokter Williams,' zei ze kortaf, om te verhullen dat ze had liggen slapen, hoewel niemand haar dat kwalijk had kunnen nemen op dat tijdstip.

'Maxine, sorry dat ik je wakker maak.' Het was Thelma Washington, de arts die haar werk waarnam tijdens Thanksgiving en het weekend erna. 'Ik ben in het New York Hospital met de familie Anderson. Ik nam aan dat je het wilde weten. Hilary heeft een overdosis genomen. Ze hebben haar om twee uur vannacht gevonden.' Het ging om een manisch-depressief meisje van vijftien dat aan heroïne verslaafd was. In de afgelopen twee jaar had ze al vier keer eerder geprobeerd zelfmoord te plegen. Maxine was in één klap klaarwakker. 'We hebben haar zo snel mogelijk laten opnemen. In de ambulance hebben ze haar naloxone gegeven, maar het ziet er niet zo best uit.'

'Verdomme. Ik kom er meteen aan.' Maxine stond al naast haar bed toen ze dat zei.

'Ze is niet meer bij bewustzijn geweest en de artsen zijn er bang voor dat het ook niet meer gebeurt. Er is niets van te zeggen,' informeerde Thelma haar.

'De vorige keer is ze er wonderbaarlijk genoeg toch bovenop gekomen. Ze is een taaie, die meid,' reageerde Maxine.

'Dat geloof ik graag. Het schijnt dat ze een ongelooflijke cocktail heeft geslikt en gespoten. Heroïne, cocaïne, speed en in het bloed is zelfs wat rattengif aangetroffen. De heroïne van de straat wordt de laatste tijd met behoorlijk wat troep versneden, schijnt het. Vorige week zijn er ook al twee jongeren aan overleden. Maxine, ik zou er niet te veel hoop op hebben. Ik wil niet negatief klinken, maar als ze dit overleeft, denk ik dat er niet veel meer van haar over is.'

'Ja, ik snap wat je bedoelt. Bedankt voor het belletje. Ik kleed me even aan en ik kom naar je toe. Waar ligt ze?'

'Trauma IC. Ik wacht daar op je. Haar ouders zijn er helemaal kapot van.'

'Logisch.' Die arme mensen hadden dit al vier keer moeten meemaken met Hilary, die al sinds haar tweede een probleemkind was geweest. Het was een leuk meisje, maar met haar extreme stemmingswisselingen en haar heroïneverslaving leek ze sinds haar twaalfde haar ondergang tegemoet te rennen. Maxine had haar nu al twee jaar in therapie. Ze was het enige kind van uitzonderlijk toegewijde, liefhebbende ouders, die alles hadden gedaan wat ze konden. Maar er bestonden nu eenmaal kinderen die gewoon niet te helpen waren, hoe goed je je best ook deed. In de afgelopen twee jaar had Maxine haar vier keer laten opnemen, wat echter nauwelijks effect had gehad. Zodra ze uit de kliniek ontslagen werd, ging ze linea recta terug naar haar rampzalige vrienden. Ze had Maxine herhaaldelijk verteld dat ze er niks aan kon doen. Ze kon het gewoon niet opbrengen clean te blijven, en ze beweerde dat de medicijnen die Maxine haar voorschreef haar niet zo goed hielpen als het spul van de dealers. Het afgelopen jaar had Maxine het gevoel gehad dat dit nog eens slecht zou aflopen.

Binnen vijf minuten had ze haar spijkerbroek, trui en instappers aan. Ze trok een warme jas uit de kast, pakte haar schoudertas en drukte op het knopje voor de lift. Gelukkig kwam er juist een taxi aanrijden en was ze een kwartier nadat Thelma Washington haar gebeld had al bij het ziekenhuis. Thelma was een Afro-Amerikaanse medestudente van Harvard geweest, en een van de beste psychiaters die ze kende. En na de universiteit, en nadat ze een aantal jaren waarnemer van elkaars praktijk waren geweest, werden ze goede vriendinnen. Privé of zakelijk, ze wist dat ze altijd op Thelma kon rekenen. Ze dachten over veel dingen hetzelfde, en ze waren allebei even toegewijd aan hun werk. Maxine kon haar patiënten met een gerust hart aan Thelma toevertrouwen.

Ze overlegde met Thelma voor ze naar de Andersons ging en Thelma bracht haar razendsnel op de hoogte. Hilary lag in een diep coma en tot nu toe had niets wat haar toegediend was haar bij bewustzijn kunnen brengen. Ze had het in haar eentje thuis gedaan, toen haar ouders een avondje uit waren. Ze had geen afscheidsbriefje achtergelaten, maar Maxine wist dat dat wel vaker voorkwam. Bovendien had ze Maxine ooit verteld dat het haar niet kon schelen of ze leefde of dood was. Voor haar, en daarin was ze niet de enige, was een bipolaire stoornis gewoon te zwaar. Maxine las de patiëntenkaart en was er ondersteboven van. 'Jezus, ze heeft alles geslikt op het gootsteenkastje na,' zei Maxine, en Thelma knikte.

'Haar moeder vertelde dat haar vriendje haar gisteravond, op Thanksgiving, de bons heeft gegeven. Nou, dat was misschien de druppel.' Maxine knikte en klapte de kaart dicht. Alles wat gedaan kon worden was gedaan. Ze konden alleen maar afwachten en zien wat er gebeurde. Ze beseften allebei, en Hilary's ouders natuurlijk ook, dat als ze niet snel bij bewustzijn kwam, er grote kans was dat ze met een onherstelbare hersenbeschadiging verder moest leven, áls ze al in leven bleef, wat nog niet vaststond. Het was ongelooflijk dat ze nog niet gestorven was na alles wat ze ingenomen had.

'Enig idee hoe laat ze het gedaan heeft?' vroeg Maxine terwijl de twee vrouwen de hal uit liepen. Thelma zag er vermoeid en bezorgd uit. Ze kon niet goed tegen dit soort gevallen. Haar eigen praktijk was een stuk minder heftig dan die van Maxine, maar ze verving haar desondanks graag. Het was altijd een uitdaging met Maxines patiënten te werken.

'Waarschijnlijk een paar uur voor ze haar vonden, dat is nu juist het probleem. Die rotzooi heeft tijd genoeg gehad haar lichaam om zeep te helpen. Daarom heeft die naloxone ook niet geholpen, volgens de broeders die haar binnenbrachten.' Naloxone was een geneesmiddel dat het verdovende effect van krachtige opiaten ongedaan kon maken, mits het snel werd toegediend. Dit middel maakte het verschil uit tussen leven en dood na een overdosis, en had Hilary al vier keer gered. Maar deze keer scheen het niet te werken, hetgeen een veeg teken was voor beide artsen.

Maxine liep de IC op waar Hilary lag, voor ze langsging bij de ouders. Ze lag aan een beademingsmachine en het traumateam van de afdeling was nog met haar bezig. Ze lag naakt op de tafel, bedekt met een dun laken. De machine ademde voor haar, ze lag onbeweeglijk en haar gezichtje was asgrauw. Maxine bekeek haar een tijdje, sprak met het team dat bij haar was geweest sinds ze binnen werd gereden en overlegde met de dienstdoende arts. Haar hart scheen het niet op te willen geven, al had de monitor diverse malen een aritmie getoond. Het meisje van vijftien, dat geen teken van leven gaf, leek wel een klein kind zoals ze daar lag. Haar haar was zwartgeverfd, haar armen zaten vol tatoeages. Hilary leefde in haar eigen wereldje, ondanks de pogingen van haar ouders haar te overtuigen terug te komen.

Maxine knikte naar Thelma en samen liepen ze naar de Andersons, die nu al uren in de wachtkamer zaten. Alleen toen Hilary werd binnengebracht, waren ze bij haar gebleven, tot het team hun vroeg hen hun werk te laten doen. Het zou de ouders te zeer van streek maken te zien wat er met hun dochter gedaan werd, en de artsen en verpleegkundigen hadden bewegingsruimte nodig.

Toen Maxine de wachtkamer in liep om hen te spreken, zag ze hoe Phil Anderson zijn huilende vrouw Angela vasthield. Het was duidelijk dat ook hij het niet droog had gehouden. Ze hadden dit al eerder meegemaakt, maar het werd er niet makkelijker op, integendeel, en ze waren zich er maar al te goed van bewust dat Hilary deze keer wel eens te ver gegaan kon zijn.

'Hoe is het met haar?' vroegen ze tegelijk, terwijl Maxine bij hen ging zitten en Thelma hen alleen liet.

'Ongeveer hetzelfde als toen ze binnenkwam. Ik heb haar net gezien. Ze geeft weer een goed knokpartijtje weg. Maar dat heeft ze altijd gedaan.' Maxine glimlachte triest in hun richting. Het deed haar pijn al dat leed in hun ogen te zien, en ook haar werd het droef te moede. Hilary was zo'n leuke meid. Zo geteisterd, maar ook zo lief. 'Er zaten gifstoffen in de drugs die ze heeft ingenomen,' legde Maxine uit. 'Dat heb je met sommige dealers. Maar ik denk dat ons grootste probleem is dat het door haar hele lijf verspreid werd en op alle organen kon inwerken. En ook het hart heeft zijn grenzen. Ze heeft een zeer zware dosis van zeer heftige drugs genomen.' Dat was geen nieuws voor hen, maar ze moest de boodschap overbrengen dat dit wel eens geen happy end kon worden. Meer kon ze niet voor hen doen. Dit was werk voor het traumateam en zij deden alles wat ze konden.

Een paar minuten later kwam Thelma met koffie voor hen allemaal binnen, daarna ging Maxine weer kijken hoe het er met Hilary voor stond. Thelma liep achter haar aan, maar Maxine spoorde haar aan naar huis te gaan. Het had weinig zin dat ze allebei de hele nacht opbleven. Maxine zou blijven. Ze bedankte Thelma voor haar hulp en liep naar Hilary om te zien hoe het hart het deed. Het sloeg steeds onregelmatiger en verder bleek haar bloeddruk gestaag omlaag te gaan. Het zag er niet best uit. In de uren die volgden liep Maxine heen en weer tussen de Andersons en hun dochter, tot ze om halfnegen besloot hen mee te nemen naar de afdeling. Ze realiseerden zich dat het de laatste keer zou kunnen zijn dat ze hun dochter levend zagen. Hilary's moeder snikte het uit toen ze haar kind aanraakte en zich vooroverboog om haar een kus te geven. Haar vader bleef erbij om zijn vrouw te steunen, maar hij kon het eigenlijk niet verdragen naar zijn dochter te kijken. Het beademingstoestel nam nog altijd haar ademhaling over, maar kon haar nauwelijks in leven houden.

En zodra ze weer in de wachtkamer zaten, kwam de afdelingsarts hen achterna. Hij wenkte Maxine, die hem volgde naar de gang. 'Ze holt achteruit.'

'Ja,' zei Maxine. 'Ik weet het.' Ze liepen nogmaals naar Hilary's deel van de IC-unit, en zodra ze binnenkwamen, ging het alarm van de monitor af. Hilary's hart had het begeven. Haar ouders eisten dat al het mogelijke gedaan werd, en de mensen van cardioteam deden alles wat ze konden om haar hart weer op gang te brengen. De defibrillator werd gehaald en er werden elektroschokken gegeven terwijl Maxine het verslagen aanzag. Ze masseerden haar hart, de paddels werden nog enkele malen op haar borst gezet, maar het mocht niet baten. Een halfuur lang bleven ze bezig met Hilary's levenloze lichaam, tot de afdelingsarts het teken aan het team gaf dat ze konden stoppen. Het was voorbij. Hilary was overleden. Een pijnlijk moment lang keken ze elkaar aan. De arts wendde zich tot Maxine terwijl de slang van het beademingsapparaat uit Hilary's mond werd gehaald.

'Het spijt me ontzettend,' zei hij zacht, voor hij de zaal verliet. Er was niets meer wat hij kon doen.

'Mij ook,' zei ze en ze liep weer naar de Andersons. Zodra ze de wachtkamer binnenkwam, wisten ze wat er gebeurd was. Hilary's moeder begon te gillen. Maxine bleef een hele tijd bij hen zitten en hield hen vast terwijl ze het uitsnikten. Ze vroegen of ze Hilary nog een laatste keer konden zien en Maxine bracht ze naar de afdeling. Ze hadden haar in een apart kamertje gelegd, waarna ze naar het mortuarium zou worden gebracht. Maxine liet hen bijna een uur met haar alleen. Met een gebroken hart en afgepeigerd gingen ze uiteindelijk naar huis.

Maxine tekende de overlijdensakte en alle andere formulieren. Het was na tienen toen ze uiteindelijk naar huis ging. Ze stapte net uit de lift toen een verpleegkundige die ze kende haar naam riep. Maxine draaide zich naar haar toe met een verslagen blik. 'Het spijt me... Ik hoorde net...' zei de zuster zacht. Ze had dienst gehad toen Hilary de vorige keer was binnengebracht en ze had toen geholpen haar leven te redden. Het team was net zo goed geweest als het team van vannacht, maar Hilary's toestand was nu aanzienlijk slechter geweest. Terwijl ze wat woorden wisselden zag Maxine vanuit haar ooghoek een lange man in een doktersjas naar hen kijken. Ze had geen idee wie het was.

Hij wachtte geduldig tot Maxine een eind aan het gesprek met de zuster maakte omdat die aan haar dienst op de intensive care moest beginnen, en kwam toen op haar af.

'Dokter Williams?' vroeg hij. Hij kon zien dat haar gedachten ergens anders waren. Ze maakte een vermoeide indruk en zag er wat verwilderd uit.

'Ja?'

'Ik ben Charles West. Die idioot die uw oordeel over Jason Wexler in twijfel trok, een paar weken geleden. Ik wilde u alleen even begroeten.' Een praatje met iemand die ze nauwelijks kende was nu wel het laatste waar ze zin in had, maar ze wilde niet onbeleefd zijn. Hij had tenslotte het fatsoen gehad om haar te bellen en zich te verontschuldigen, dus vermande ze zich.

'Sorry, het is een lange nacht geweest. Ik ben net een patiënt van me verloren op de intensive care. Meisje, vijftien jaar, overdosis. Dat went nooit. Elke keer breekt je hart van zoiets.' Het deed hen allebei denken aan wat er met Jason had kunnen gebeuren als zijn moeder naar hem had geluisterd, en ze waren allebei blij dat Maxine haar zin had doorgedreven.

'Wat triest. Het is altijd zo oneerlijk, vindt u niet? Ik kwam even langs voor een patiënt van tweeënnegentig, met een gebroken heup en longontsteking, maar die komt er weer helemaal bovenop. En u verliest iemand van vijftien. Zin in een kop koffie?' Maxine aarzelde geen moment. 'Ander keertje misschien.' Hij knikte, ze bedankte hem nogmaals en vertrok. Hij keek haar na terwijl ze door de aankomsthal liep. Hij was een beetje ondersteboven van haar. Hij had haar steeds voor zich gezien als iemand die ouder was dan ze nu scheen te zijn. En een soort manwijf bovendien. Hij had haar wel op internet opgezocht, maar een foto van haar was nergens te vinden. Die had ze er nooit op laten zetten. Haar gegevens en cv moesten maar genoeg zijn. Peinzend ging Charles West de lift in en stelde zich de nacht voor die ze gehad moest hebben. Die blik in haar ogen sprak boekdelen. Er was een schok door hem heen gegaan toen hij de verpleegkundige haar naam had horen roepen, en iets in hem dwong hem stil te staan en te wachten tot hij haar aan kon spreken. Toen hij de lift uitstapte draaiden zijn gedachten om de stille hoop dat hun wegen elkaar opnieuw zouden kruisen.

Maar Charles West was wel het laatste waaraan Maxine dacht terwijl ze een taxi aanhield en zich naar huis liet rijden. Haar gedachten waren enkel bij Hilary en haar ouders en het verschrikkelijke verlies dat ze moesten dragen, en het ongelooflijke verdriet dat met de dood van een kind gepaard ging. Maxine haatte dit soort ogenblikken en na een tragedie als deze was ze eens te meer vastbesloten iedereen die haar hulp nodig had geen slachtoffer van zichzelf te laten worden.

Hoofdstuk 6

$\mathcal{M}$axine was vrijdagavond niet in de stemming met Blake en de kinderen uit te gaan. Hij belde haar 's middags op en ze vertelde wat er de vorige nacht was gebeurd. Hij leefde met haar mee en liet haar weten hoeveel respect hij had voor wat ze deed. Op dat moment vond ze niet bepaald dat ze dat verdiende. Hij vroeg of ze meeging winkelen met de kinderen. Ze zouden eens lekker gaan genieten, zei hij, maar ze sloeg zijn uitnodiging af. Hij kon wel horen dat ze terneergeslagen was. Eigenlijk had hij de kinderen mee willen nemen om een kerstcadeautje voor haar te kopen, en Tiffany en Cartier stonden op zijn lijstje, dus daar zei hij ook maar niets over. Wel vroeg hij haar tenminste met hen uit eten te gaan vanavond, maar ook dat weigerde ze. Hij vond het ellendig voor haar dat ze zo van streek was door het overlijden van haar patiënt en fluisterde tegen de kinderen dat ze extra lief tegen haar moesten zijn, toen ze een voor een de hoorn kregen om met haar te praten.

Ze was blij te horen dat Sam plezier had bij Blake. Toen hij haar smeekte toch met hen te gaan eten, beloofde ze hem dat ze de avond erop mee zou gaan. Ze gingen echt uit hun dak bij Blake. Hij was met ze gaan brunchen in 21, waar ze het geweldig vonden, en ervoor hadden ze een rondvlucht met de helikopter gemaakt, een favoriet uitje bij hem. Ze beloofde nogmaals morgen naar hen toe te komen en ze voelde zich al iets beter toen ze ophing.

Vervolgens belde ze Thelma Washington en vertelde haar hoe alles was afgelopen, en haar vriendin keek er niet van op. Maxine bedankte haar voor haar hulp en belde daarna de familie Anderson. Ze waren er vanzelfsprekend slecht aan toe en verkeerden nog steeds in een soort shock. Daarbij moesten ze de uitvaart gaan regelen, vrienden en grootouders bellen, en al die andere afgrijselijke dingen waarmee je je bezig moest houden als je kind gestorven was. Maxine zei nogmaals hoe ontzettend ze het voor hen vond, en zij bedankten haar voor haar hulp. Maar hoewel ze wist dat ze alles had gedaan wat redelijkerwijs mogelijk was, werd ze overspoeld door grote verslagenheid en het gevoel dat ze had gefaald.

Blake belde haar opnieuw, net toen ze zich aankleedde om een wandeling te gaan maken. Hij wilde alleen even weten hoe het met haar ging. Hij verklapte niet dat hij net met de kinderen een schitterende saffieren armband voor haar had gekocht.

Ze vond het erg aardig dat hij belde en zei dat het al beter ging. Hoe onbetrouwbaar hij ook mocht zijn, hij was altijd meelevend en attent, zeker op zo'n moment als dit.

'Jezus, ik snap niet hoe je dat aankunt. Ik zou allang in een gekkenhuis zitten als ik moest doen wat jij elke dag doet.' Hij wist dat het haar altijd erg aangreep wanneer een van haar patiënten stierf, en gezien haar vak kwam dat natuurlijk regelmatig voor.

'Ik vind het ook zwaar,' gaf ze toe. 'Maar het gebeurt nu eenmaal zo af en toe. Voor de ouders is het nog het ergste, het was hun enige kind. Ik denk dat ik er kapot aan zou gaan als een van onze kids die stap zou zetten.' Ze had het verdriet dat gepaard ging met het verlies van een kind te vaak gezien. Dat was haar grootste angst en ze bad vaak dat het hun nooit zou overkomen.

'Wat afschuwelijk.' Hij maakte zich een beetje bezorgd. Hoewel ze het allemaal prima wist te regelen, besefte hij dat haar leven niet makkelijk was, en dat was deels zijn schuld. En nu wilde hij voor haar doen wat hij kon. Helaas was er niet veel wat hij kon doen, want Hilary was haar patiënt en niet haar kind.

'Ik denk dat ik een dagje vrij neem,' zei ze met een zucht. 'Het zal me goeddoen even bij jou en de kinderen te zijn.' Die avond had hij een première van een toneelstuk voor de kinderen gepland, en morgen zouden ze met zijn allen uit eten gaan. 'Maar het is wel de bedoeling dat jij met ze samen bent, zonder dat je mij de hele tijd op sleeptouw neemt.'

'Ik neem jou anders heel graag op sleeptouw,' zei hij lachend, al vermaakte hij zich opperbest met alleen de kinderen. Hij zat vol ideeën om ze de tijd van hun leven te bezorgen. Morgen zouden ze bijvoorbeeld gaan schaatsen, en Maxine zei dat ze graag met hen mee zou gaan. Maar nu de kinderen in goede handen waren, wilde ze vandaag even alleen zijn. Blake zei dat ze moest bellen als ze van gedachten veranderde, en ze beloofde dat te doen. Wat was het prettig dat hij in de stad was, zodat ze even in haar eentje op adem kon komen.

Ze maakte een lange wandeling door het park en bleef de rest van de middag een beetje rondhangen in huis, en warmde een blik soep op als avondeten.

Sam belde haar nog even voor ze naar de schouwburg zouden gaan, en hij zei dat ze zoveel leuke dingen deden met hun vader.

'Veel plezier dan vanavond met papa. Morgen kom ik met jullie schaatsen, oké?' zei ze. Eerlijk gezegd verheugde ze zich daar erg op, al moest ze af en toe aan de Andersons en hun overweldigende verlies denken. Langzaam lepelde ze haar soep naar binnen en net toen ze bedacht hoe vreselijk ze met hen doen had, kwam Zelda binnen.

'Hé, is alles goed met je?' Zelda zag aan haar blik dat er iets was gebeurd. Ze kende Maxine te goed.

'Ja hoor, prima. Dank je.'

'Nou, je ziet eruit alsof je naar een begrafenis bent geweest.'

'Zo ongeveer. Een van mijn patiëntjes is net gestorven. Meisje van vijftien. Vreselijk triest allemaal.'

'Verdorie, wat een beroep heb je toch,' zei Zelda fel. 'Ik word daar zo beroerd van. Hoe je dat uithoudt is me een raadsel. Waarom heb je geen leuker beroep genomen, vroedvrouw of zo?' Maxine glimlachte om dat voorstel.

'Ik vind het nu eenmaal leuk om in die koppies te graven, en soms blijven ze nog leven ook.'

'Nou, dat valt dan alweer mee.' Zelda ging naast haar aan tafel zitten. Maxine zag eruit of ze wel een beetje gezelschap kon gebruiken, en Zelda zat er zelden ver naast. Ze wist precies wanneer ze zin had in een praatje, en wanneer je haar beter alleen kon laten. 'Hoe hebben de kinderen het bij hun vader?'

'O, ze vinden het heerlijk. Helikoptervluchtjes, winkelen, in de duurste tenten lunchen en vanavond naar een première in de schouwburg...'

'Klinkt meer als de Kerstman dan als een vader,' merkte Zelda op en Maxine knikte terwijl ze de laatste lepel soep nam.

'Dat moet hij natuurlijk ook, om al die maanden dat hij ze niet ziet goed te maken,' legde Maxine uit. Het was geen kritiek, het was een feit.

'Volgens mij maak je dat met geen tien helikoptertochtjes goed,' zei Zelda wijs.

'Het is de beste manier om het op te lossen. Hij heeft het nu eenmaal niet in zich om lang op één plaats te blijven, voor niemand niet. Zo was hij al voor hij al dat geld verdiende. Het werd alleen maar erger sinds hij de middelen had om er ten volle van te genieten. Er zijn altijd mannen zoals hij geweest. Vroeger werden ze kapitein op de grote vaart, avonturier, ontdekkingsreiziger. Christoffel Columbus liet waarschijnlijk ook een stuk of wat kinderen achter bij moeder de vrouw. Sommige mannen zijn niet gemaakt om thuis te blijven en normale vaders en echtgenoten te zijn.'

'Mijn vader was er ook zo eentje,' gaf Zelda toe. 'Hij ging ervandoor toen ik een jaar of drie was. Hij monsterde aan bij een koopvaardijschip en hij verdween. Jaren later ontdekte mijn moeder dat hij een andere vrouw en vier kinderen in San Francisco had. Had nooit de moed gehad om van haar te scheiden, of zelfs maar te schrijven. Hij ging er gewoon vandoor, liet haar achter met mijn broertje en mij.'

'Heb je hem nog eens opgezocht, later, bedoel ik?' vroeg Maxine nieuwsgierig. Zelda had nooit eerder over deze gebeurtenis verteld. Ze hield haar mond over haar eigen leven en respecteerde dat van anderen.

'Nee, hij was dood voor ik daaraan toekwam. Ik was van plan naar Californië te gaan om hem op te zoeken. Mijn broer had dat ook gedaan. Hij was er niet van onder de indruk. Moeder stierf aan een gebroken hart toen ik vijftien was. Zwaar aan de drank was ze. Ik ben toen bij mijn tante ingetrokken, en zij stierf toen ik achttien was. Ik nam een baan als kindermeisje en dat ben ik gebleven.' Het was Maxine duidelijk waarom ze altijd bij andere families had gewerkt. Ze vond er de stabiliteit en liefde die ze als opgroeiend meisje nooit gekend had. Haar broer was al een tijd geleden bij een motorongeluk overleden. Zelda had niemand anders in de wereld dan het gezin waarvoor ze werkte, en de andere kindermeisjes met wie ze door de jaren heen bevriend was geraakt.

'En je halfbroers en halfzusjes, heb je die ooit ontmoet?' vroeg Maxine voorzichtig.

'Nee. Zij waren volgens mij de reden waarom mijn moeder zich dooddronk. Ik had er geen behoefte aan ze te leren kennen.' Maxine wist dat ze negen jaar voor haar vorige gezin had gewerkt, tot die kinderen naar de universiteit gingen. Ze vroeg zich wel eens af of Zelda het niet erg vond dat ze nooit zelf kinderen zou krijgen, maar ze durfde het niet te vragen.

Nadat Maxine haar bord had afgespoeld, trokken ze zich terug in hun eigen kamers. Zelda ging 's avonds maar zelden uit, zelfs niet op haar vrije dagen. En Maxine was eigenlijk ook een echte huismus. Ze ging vroeg naar bed die avond, al speelde Hilary nog door haar gedachten, en de droefenis waarin haar ouders gedompeld waren. Eindelijk lukte het haar ze uit haar hoofd te zetten en opgelucht viel ze in slaap.

Toen ze de volgende ochtend wakker werd, voelde ze zich aardig opgeknapt, al was haar somberheid niet geheel verdreven. Ze ging naar het Rockefeller Center waar ze met Blake en haar kinderen had afgesproken te gaan schaatsen. Toen ze uitgeschaatst waren, dronken ze warme chocolademelk in het restaurant bij de schaatsbaan, waarna ze weer naar het appartement gingen. De kinderen renden meteen door naar de huisbioscoop om nog een film te zien voor ze uit eten zouden gaan. Zo te zien hadden ze zich weer heel snel aan Blake aangepast en voelden ze zich echt thuis bij hem. Daphne had twee vriendinnen uitgenodigd omdat ze graag wilde pronken met het super-de-luxe penthouse en haar knappe vader.

Maxine en Blake kletsten even gezellig voor ze bij de kinderen gingen zitten om de film te zien. Het was er een die nog niet eens in de bioscopen draaide, maar Blake had zo zijn contacten en kreeg vaak dingen gedaan waar anderen niet van durfden dromen. Hij vond het echter de gewoonste zaak van de wereld. Zo zou hij morgen weer naar Londen vertrekken, waar hij met een stel vrienden naar een popconcert zou gaan. Hij kende de sterren die zouden optreden, dus kaartjes waren geen probleem. Zelfs Maxine dacht wel eens dat het leek of hij iedereen ter wereld kende. Hij had de kinderen vaak genoeg aan bekende filmsterren en popsterren voorgesteld en waar hij ook kwam werd hij uitgenodigd om backstage te komen.

Toen de film was afgelopen, nam Blake hen allemaal mee uit voor het diner. Hij had gereserveerd bij het allernieuwste sushirestaurant, dat een paar weken terug geopend was en nu al de hipste tent van de stad was. Maxine had er nog nooit van gehoord, maar Daphne was er helemaal vol van. Ze kregen zelfs een vipbehandeling zodra ze binnenkwamen. Via het restaurant gingen ze naar een privézaaltje waar een fantastisch diner werd opgediend. Na de gezellige avond brachten ze Maxine naar huis, waarna Blake en de kinderen weer naar het appartement reden. De volgende dag leverde hij hen rond een uur of vijf weer bij Maxine af voor hij vertrok. Zoals gewoonlijk als ze alleen thuis was had ze de dag werkend doorgebracht. Ze zat aan haar computer aan een artikel te werken toen ze binnen kwamen vallen. Blake was niet meegekomen omdat hij eigenlijk al te laat was voor zijn vlucht, maar de kinderen hadden hele verhalen. Kleine Sam was vooral blij dat hij weer bij mama was.

'Hij neemt ons mee naar Aspen voor Nieuwjaar,' riep hij uitgelaten. 'En hij zei dat we allemaal een vriendje of vriendinnetje mee mochten nemen. Mag ik jou meenemen, mam?' Maxine glimlachte bij dit aanbod.

'Dat dacht ik niet, lieverd. Misschien neemt papa wel een vriendinnetje mee, en dat zou een vreemde indruk maken.'

'Hij zegt dat hij nu geen vriendin heeft,' zei Sam praktisch, beteuterd dat zijn moeder niet mee wilde werken aan zijn plannetje.

'Maar tegen die tijd misschien wel.' Blake hoefde maar met zijn vingers te knippen of hij had weer een nieuwe date. Vrouwen vielen als rijpe appels in zijn hand.

'En als hij nou eens tot Nieuwjaar alleen blijft?' hield Sam aan.

'Dat zien we dan wel weer.' Een etentje met Blake als hij in de stad was, en een middagje schaatsen met hem en de kinderen vond ze prima en ze had er ook van genoten. Maar op vakantie gaan met haar ex was weer een beetje te veel van het goede; voor haar, maar ongetwijfeld ook voor hem. Wanneer hij haar zijn jacht leende voor de zomervakanties was hij er immers ook nooit bij. En trouwens, dit was zijn weekje vakantie met de kinderen. Al was het lief van Sam dat hij haar meevroeg.

Ze praatten honderduit over alle dingen die ze de afgelopen drie dagen gezien en gedaan hadden en ze waren alle drie even opgetogen. Ze vonden het niet echt jammer dat hij alweer de stad uit was, want ze wisten immers dat ze hem een maand later in Aspen weer zouden zien. Ze was blij dat hij dit voor hen bedacht had, en hoopte maar dat hij hun niet teleur zou stellen als er opeens iets beters opdook, of als hij ergens bleef hangen waar hij zich goed vermaakte. De kinderen konden niet wachten met hem te gaan skiën, in Aspen of waar dan ook. Alles wat hij met hen deed werd vanzelf een avontuur voor ze.

Tijdens het avondeten vertelde Daphne dat haar vader gezegd had dat ze zijn appartement mocht gebruiken wanneer ze maar wilde, zelfs als hij niet thuis was. Maxine keek nogal op van dat aanbod. Iets dergelijks was nooit ter sprake gekomen en ze vroeg zich af of Daphne Blake misschien verkeerd begrepen had.

'Hij zei dat ik vriendinnen mee mocht nemen om films te kijken,' voegde ze er trots aan toe.

'Misschien voor een verjaarsfeestje, of als er iets te vieren is,' zei Maxine behoedzaam, 'maar ik denk niet dat het de bedoeling is dat je daar elk weekend rondhangt.' Ze moest er niet aan denken: een heel stel dertienjarige meiden die rondrenden in zijn appartement, en zij voelde zich er nooit gemakkelijk als Blake niet in de stad was. Dit hele verhaal kwam zomaar uit de lucht vallen. Daphne keek haar geërgerd aan.

'Hij is toevallig wel mijn vader, en hij zei dat het mocht, en het is zijn appartement,' zei Daphne met een boze blik.

'Dat klopt. Maar ik vind niet dat je daar alleen heen kunt als hij er niet bij is.' Er kon zoveel gebeuren in dat penthouse. En het stond haar ook niet aan dat Blake daar zo makkelijk over dacht. Het begon haar te dagen dat het opvoeden van tieners die een vader als Blake hadden wel eens een hele kluif kon worden. Ze zag er nogal tegen op. Tot dusver was het nog niet zo'n probleem geweest, maar dat zou het wel worden op deze manier. En Daphne zag eruit alsof ze niet bang was om te knokken voor het voorrecht dat hij haar gegeven had. 'Ik wil het er eerst eens met hem over hebben,' besloot ze de discussie en Daphne liep nors naar haar kamer.

Maxine was van plan Blake te waarschuwen zich niet te laten manipuleren door zijn kinderen, en rampen te voorkomen door ze niet zoveel vrijheid te geven, want ze waren in hun tienerjaren beland. Ze hoopte maar dat hij met haar mee wilde werken. Deed hij dat niet, dan zouden de komende jaren één grote nachtmerrie worden. En die zou beginnen als Blake Daphne zijn huissleutels gaf. De gedachte eraan en de dingen die er het gevolg van konden zijn, deden haar huiveren. Ze moest hem er beslist snel over spreken. En Daphne zou het niet leuk vinden. Zoals gewoonlijk moest Maxine weer de duffe moeder zijn die alles verpestte.

Die avond maakte Maxine haar artikel af, terwijl de kinderen televisie in hun kamers keken. Ze waren uitgeteld na drie dagen non-stop opwindende uitjes met hun vader gemaakt te hebben. Met hem op pad gaan was alsof je in een enorm circus een koorddansact zonder veiligheidsnet ten beste gaf. De kinderen moesten altijd een beetje bijkomen na zo'n weekend.

De volgende ochtend was één grote chaos. Iedereen was te laat opgestaan. Jack liet de doos cornflakes omvallen op tafel, Daphne kon haar mobieltje niet vinden en wilde onder geen beding zonder dat ding naar school, Sam barstte in tranen uit toen hij ontdekte dat hij zijn lievelingsschoenen bij zijn vader had laten staan en Zelda had kiespijn. Het lukte Daphne op het laatste nippertje haar nieuwe mobieltje te vinden, Maxine beloofde Sam dat ze tussen de middag precies dezelfde schoenen voor hem zou kopen – duimend dat ze ze kon vinden – en ze vertrok naar haar kantoor terwijl Zelda de tandarts belde. Die bracht Sam naar school voor ze naar de tandarts ging. Het was een van die ochtenden waarop je beter vrij kon nemen en diep onder je dekbed kon kruipen, omdat alles verder mis zou gaan. Natuurlijk begon het te plenzen toen Maxine naar haar werk wandelde en ze was doorweekt toen ze arriveerde. Daar bleek haar eerste patiënt al in de startblokken te zitten, iets wat haar normaal nooit overkwam.

Het lukte haar alle afspraken binnen de tijd te houden en de goede schoenen voor Sam bij Niketown te vinden, wat haar haar hele lunchpauze kostte. Zelda belde dat ze die dag nog een wortelkanaalbehandeling zou krijgen, maar ze wist niet hoe laat. Maxine was bezig haar telefoontjes van die ochtend te beantwoorden toen haar secretaresse liet weten dat er ene Charles West aan de telefoon was. Maxine vroeg zich af waarom hij haar wilde spreken. Misschien wilde hij haar een patiënt doorspelen. Ze nam het gesprek ietwat verstoord en gehaast aan. Het was of deze pechdag nooit op zou houden.

'Dokter Williams,' zei ze kortaf.

'Hé, hallo.' Het was niet echt de groet die ze van hem verwacht had en ze was ook niet in de stemming voor een kletspraatje. Haar laatste patiënt stond op het punt om binnen te komen en ze had nog een kwartier om vijf mensen terug te bellen.

'Hallo. Wat kan ik voor u doen?' vroeg ze, maar ze besefte wel dat het een beetje te scherp klonk.

'Ik wilde alleen even laten weten hoe erg het me speet van uw patiënt, afgelopen vrijdag.'

'O,' zei ze nogal beduusd, 'dat is erg vriendelijk van u. Het was een hele schok. Je doet alles om te voorkomen dat het gebeurt, en soms raak je ze dan toch kwijt. Ik vond het vooral vreselijk voor haar ouders. Hoe is het met uw tweeënnegentigjarige met de heup?' Hij keek ervan op dat ze dat nog wist. Hij zou het zich niet herinnerd hebben.

'Ze gaat morgen weer naar huis. Leuk dat u het vraagt. Ze is een verrassend mens. Ze heeft een vriendje van drieënnegentig.'

'Nou, dan lukt het haar beter dan mij,' zei Maxine lachend, en dat was precies de reactie waarop hij gehoopt had.

'Dat geldt ook voor mij. Ze heeft elk jaar wel een nieuw vriendje. Die staan al met één been in het graf, maar binnen een week heeft ze alweer een nieuwe vlam. Iedereen zou eigenlijk op die manier oud moeten worden. Ik was even bang dat het gebeurd was toen ze longontsteking kreeg, maar ze leefde weer op. Ik ben gek op dat mens. Waren al mijn patiënten maar zoals zij.' Maxine glimlachte terwijl hij haar beschreef, al vroeg ze zich nog steeds af waarom hij haar belde.

'Is er misschien iets wat ik voor u kan doen?' vroeg ze, en ze wist weer dat het wat formeel klonk, maar ze had het nu eenmaal druk.

'Eigenlijk,' zei hij, en hij klonk een beetje verlegen, 'vroeg ik me af of u een keer met me zou willen lunchen. Ik heb nog steeds het gevoel dat ik iets goed te maken heb in die zaak van de Wexlers.' Het was het enige excuus dat hij kon bedenken.

'Ach, ga toch weg,' zei ze met een blik op haar horloge. Dat hij nu juist vandaag moest bellen. Sinds ze was opgestaan was het een race tegen de klok geweest. 'Het was gewoon een vergissing. Suïcidale adolescenten zijn uw gebied nu eenmaal niet. Heus, ik zou ook niet weten wat ik aan moest met een tweeënnegentigjarige met een heup, longontsteking en een vriendje.'

'Dat is erg vriendelijk. Maar wat dacht u van lunchen?' hield hij aan.

'Dat is nergens voor nodig.'

'Weet ik, maar ik doe het graag. Wat dacht u van morgen?' Ze wist niet wat ze hiervan moest denken. Waar was die man mee bezig, waarom vroeg hij haar mee te gaan lunchen? Dit was zo vreemd. Ze besteedde nooit tijd aan lunches met andere artsen. 'Ik weet het niet... Ik... ik heb waarschijnlijk een patiënt...' zei ze, naarstig zoekend naar een reden om die uitnodiging te kunnen afslaan.

'De dag daarop dan? U zult toch eens moeten lunchen.'

'Ja, nou, dat doe ik ook wel... Als ik tijd heb,' en dat had ze niet vaak. Ze kon er moeilijk onderuit en flapte eruit dat ze donderdag tijd had. Ze keek naar haar agenda terwijl ze het zei. 'Maar dit had echt niet gehoeven.'

'Dat zal ik onthouden,' zei hij lachend. Hij stelde voor naar een restaurant te gaan dat bij haar praktijk in de buurt lag, om het haar gemakkelijk te maken. Het was een gezellig klein restaurantje waar ze wel eens met haar moeder geluncht had. Het was jaren geleden dat ze met vriendinnen tussen de middag een hapje at. Ze maakte liever afspraken met patiënten en 's avonds bleef ze thuis bij de kinderen. De meeste mensen die ze kende waren net zo druk als zij. Haar sociale leven was de laatste jaren op een dieptepunt beland.

Ze spraken af om twaalf uur en Maxine was behoorlijk van haar à propos toen ze ophing. Was het nu een afspraakje, of was het een professioneel contact? Ze had geen idee en voelde zich een beetje dwaas. Ze had geen flauw idee meer hoe hij eruitzag. Die vrijdagmorgen was ze zo van streek geweest dat ze zich nu alleen nog herinnerde dat hij lang was en grijzend blond haar had. Voor het overige was zijn verschijning één grote vlek – niet dat het uitmaakte. Ze noteerde de afspraak in haar agenda, belde nog twee mensen terug en ontving haar laatste patiënt van die dag.

Omdat Zelda met een handvol paracetamol in bed lag, moest Maxine die avond koken. De dag eindigde zoals hij was begonnen: gejaagd en gespannen. Ze kreeg het voor elkaar hun eten te laten aanbranden, dus moest er weer pizza besteld worden.

De twee dagen daarop waren niet minder stressvol, en donderdagmorgen schoot de lunchafspraak met Charles West haar pas op het laatste moment te binnen. Somber staarde ze naar haar agenda die op haar bureau lag. Hoe had ze die afspraak ooit kunnen maken? Ze kende hem niet eens, daar had ze ook geen behoefte aan. Een lunch met een grote onbekende kostte haar alleen maar tijd. Ze keek op haar horloge en zag dat ze nu al vijf minuten te laat was. Ze greep haar jas en haastte zich het kantoor uit. Ze had niet eens tijd om een kam door haar haar te halen of wat lippenstift op te doen, maar dat interesseerde haar ook niet.

Charles West zat al aan een tafeltje toen Maxine het restaurantje bereikte. Hij stond op toen ze zich naar binnen repte en ze herkende hem toch nog. Ja, hij was lang en zag er eigenlijk niet

onaardig uit, ergens achter in de veertig, zo te zien. Hij glimlachte toen ze het tafeltje naderde.
'Sorry dat ik zo laat ben,' zei ze, een beetje nerveus. Hij zag aan
haar blik dat ze op haar hoede was. Hij wist ook genoeg van
vrouwen om te zien dat ze dus niet op zoek was naar een vriend,
zoals zijn tweeënnegentigjarige patiënte. Maxine Williams had
een afstandelijke en waakzame houding. 'Het is ook zo waanzinnig druk,' voegde ze eraan toe.
'Bij mij ook,' zei hij opgewekt. 'Volgens mij zijn vakanties niet
gezond voor de meeste mensen. Al mijn patiënten krijgen longontsteking tussen Thanksgiving en Kerstmis, en bij jouw patiënten loopt de spanning vast ook op.' Hij keek haar heel ontspannen en gemoedelijk aan, terwijl de ober vroeg wat ze wilden
drinken. Maxine hoefde niets, Charles bestelde een glas rode
wijn.
'Mijn vader is orthopedisch chirurg en hij zegt ook dat iedereen
tussen Thanksgiving en Nieuwjaar zijn heup breekt.' Charles
leek geïnteresseerd in wat ze zei, hij vroeg zich af wie haar vader
was.
'Arthur Connors,' voegde ze eraan toe, en Charles herkende de
naam meteen.
'O, ik ken hem. Fantastische kerel. Ik heb heel wat patiënten
naar hem doorverwezen.' Charles zag er eigenlijk ook uit als iemand die haar vader wel zou liggen.
'Iedereen in New York stuurt de zwaarste gevallen naar hem
door. Hij heeft de drukste praktijk van de stad.'
'En waarom ben jij dan psychiater geworden, in plaats van bij
hem in de praktijk te trekken?' Charles leek oprecht geïnteresseerd terwijl hij van zijn wijn nipte.
'Al van jongs af aan ben ik gefascineerd door wat er in hoofden
omgaat. Wat mijn vader doet associeer ik altijd met timmer-
manswerk. Sorry, dat is niet erg aardig van me. Ik houd gewoon
meer van wat ik doe. En ik ben dol op werken met opgroeien-
de kinderen. Je kunt ze helpen volwassen te worden, ik speel daar

een rol in. Tegen de tijd dat ze ouder worden zijn ze niet meer zo kneedbaar. Ik moet er niet aan denken dat ik een praktijk op Park Avenue zou hebben waar ik de hele dag verveelde, neurotische huisvrouwen zou moeten aanhoren, of alcoholische beursbengels die hun vrouw bedriegen.' Dit soort dingen kon ze alleen tegen een andere arts zeggen. 'Het spijt me.' Ze keek opeens erg beschroomd, en hij lachte. 'Ik weet ook wel dat het arrogant klinkt. Maar kinderen zijn zo lekker eerlijk, en daarom vind ik ze meer de moeite waard om ze weer op de rails te helpen.'

'Daar ben ik het helemaal mee eens. Maar dat beursbengels naar een psychiater gaan omdat ze hun vrouw bedriegen lijkt me onwaarschijnlijk.'

'Daar heb je vast gelijk in,' gaf Maxine toe. 'Maar hun echtgenotes doen het zeker. Een praktijk met zulke cliënten zou mij maar deprimeren.'

'O, en tieners die de hand aan zichzelf slaan niet?' zei hij uitdagend. Ze aarzelde voor ze antwoord gaf.

'Ik word er bedroefd van, maar ze deprimeren me niet. Het grootste deel van de tijd voel ik me heel nuttig. Ik denk niet dat mijn werk veel zou uitmaken bij normale volwassenen, die uiteindelijk alleen maar willen dat er iemand naar ze luistert. De kinderen met wie ik werk hebben echt hulp nodig.'

'Dat is zeker waar.' Hij vroeg wat meer over haar werk met traumapatiëntjes en vertelde dat hij haar laatste boek gekocht had. Daar keek ze van op. Halverwege zijn tweede glas vertelde hij dat hij was gescheiden. Zijn vrouw en hij waren eenentwintig jaar getrouwd geweest, maar twee jaar geleden had ze hem laten zitten en was ze er met een ander vandoor gegaan. Dat hij er zo nuchter over sprak verbaasde Maxine. Hij legde uit dat het niet echt een verrassing geweest was, omdat hun huwelijk al jaren een schijnvertoning was.

'Zonde dat het zo gelopen is,' zei Maxine meelevend. 'Hebben jullie kinderen?' Hij schudde zijn hoofd en zei dat zijn vrouw ze niet had gewild.

'Dat vind ik achteraf gezien ook wel jammer. Ze had een moeilijke jeugd gehad en besloot uiteindelijk dat zij niet opgewassen was tegen kinderen. En het is een beetje laat voor mij om er nog aan te beginnen.' Het klonk alsof hij er niet echt rouwig om was, meer als iets wat hij helaas misgelopen was, zoals een volgeboekt stedentripje. 'En, heb jij kinderen?' vroeg hij toen hun lunch werd opgediend.

'Ik heb er drie,' zei ze glimlachend. Een leven zonder kinderen vond ze onvoorstelbaar.

'Dan heb je zeker een druk leven. Lossen jullie het op met co-ouderschap?' Voor zover hij wist deed iedereen dat tegenwoordig. Maar Maxine moest lachen om die vraag.

'Nee. Hun vader reist veel. Hij ziet ze maar een paar keer per jaar. Het is dus echt een eenoudergezin, wat me beter uitkomt ook.'

'Hoe oud zijn ze?' vroeg hij belangstellend, want hij had gemerkt hoe haar gezicht begon te stralen als ze het over haar kinderen had.

'Dertien, twaalf en zes. De oudste is een meisje, de andere twee jongens.'

'Dat moet een hele klus voor je zijn,' sprak hij bewonderend. 'Hoe lang ben jij al gescheiden?'

'Vijf jaar. Maar we gaan nog goed met elkaar om, hoor. Hij is een fantastische vent, maar van vaderschap heeft hij geen kaas gegeten. Hij is zelf eigenlijk nog een kind. Ik werd er een beetje moe van steeds maar de enige volwassene te zijn. Hij fungeert meer als een soort gekke suikeroom voor ze. Hij is altijd een kwajongen gebleven, en dat zal hij waarschijnlijk blijven ook.' Ze zei het met een glimlach en Charles keek haar geboeid aan. Ze was intelligent en heel aardig, en hij was werkelijk onder de indruk van het werk dat ze verrichtte. Haar boek was bovendien interessant en helder geschreven.

'Waar woont hij?'

'Overal en nergens: Londen, New York, Aspen, St. Bart's. En

hij heeft net een huis in Marrakech gekocht. Zijn leven is net een sprookje.' Charles knikte en vroeg zich even af wie die man van haar was. Maar hij vroeg het niet, want hij was in haar geïnteresseerd, niet in haar ex.

Het werd toch nog een gezellige lunch. Na afloop was het de hoogste tijd om weer naar haar praktijk te gaan, en hetzelfde gold voor Charles. Hij zei dat hij zeer van haar gezelschap genoten had en liet weten dat hij haar graag nog eens wilde zien. Zij wist nog steeds niet of dit nu een afspraakje was geweest of een collegiaal samenzijn, waarbij de ene arts de andere ontmoet. En toen beantwoordde Charles die vraag door haar uit te nodigen voor een dinertje. Geschrokken keek ze hem aan.

'Ik... o... eh...' zei Maxine blozend. 'Ik dacht eigenlijk dat dit een lunch was vanwege... je weet wel... de Wexlers.' Hij glimlachte toen ze het zei. Ze keek zo verrast dat hij zich opeens realiseerde dat ze misschien al bevriend was met een ander en verwacht had dat hij dat wel wist.

'Of heb je een nieuwe relatie?' vroeg hij discreet, en ze werd nu echt verlegen en kreeg een rood hoofd.

'Je bedoelt met afspraakjes en zo?'

'Ja, met afspraakjes en zo,' zei hij lachend.

'Nee...' Ze had al langer dan een jaar geen date meer gehad, en het was al twee jaar geleden dat ze met iemand naar bed was geweest. Wanneer ze daaraan dacht maakte haar dat wel eens somber, dus dacht ze er maar zo min mogelijk aan. Ze had gewoon niemand ontmoet die ze echt graag mocht en af en toe vroeg ze zichzelf af of ze dat misschien ook niet wilde. Nadat zij en Blake uit elkaar waren gegaan, was ze met een aantal mannen uit geweest, maar dat was steeds op een teleurstelling uitgelopen. Het was maar beter om het te vergeten. Vooral de blind dates die door vrienden waren georganiseerd, waren treurige gebeurtenissen geweest, en de afspraakjes met mensen die ze hier of daar ontmoet had, waren al niet veel beter. 'Ik doe niet meer zo aan afspraakjes,' zei ze schuchter. 'Al een hele tijd niet. Het loopt nooit op iets uit.' Ze kende wel een paar stellen die elkaar via internetdating hadden ontmoet, maar ze zag het zichzelf nog niet doen, dus had ze een punt gezet achter het zoeken naar een nieuwe relatie. Niet echt bewust, het gebeurde gewoon niet meer, en ze had het trouwens druk genoeg.

'Maar zou je het leuk vinden om nog eens met me uit eten te gaan?' vroeg hij vriendelijk. Het was onbegrijpelijk dat een vrouw met haar uiterlijk op haar leeftijd nooit meer uitging. Maar het kon natuurlijk zijn dat ze ernstig gekwetst was tijdens haar huwelijk, of tijdens relaties die ze daarna had gehad.

'Ja, leuk, dat zal wel gaan,' zei ze alsof hij gevraagd had of ze een vergadering bij wilde wonen, en hij keek haar ongelovig en geamuseerd aan.

'Maxine, ik wil het even duidelijk hebben. Ik krijg het gevoel dat jij denkt dat ik je uitnodig voor een medische lezing. Ik vind het prachtig dat we allebei arts zijn. Maar eerlijk gezegd had ik je ook gevraagd als je een gogodanseres of een kapster was geweest. Ik vind je leuk. Je bent een erg knappe vrouw. Ik kan goed met je praten, je hebt een goed gevoel voor humor, en je schijnt geen hekel aan mannen te hebben, wat toch wel de trend is de laatste tijd. Je cv jaagt de meeste mensen het schaamrood naar de kaken, zowel mannen als vrouwen. Ik vind je erg aantrekkelijk en sexy. Ik heb je mee uit lunchen gevraagd omdat ik je wilde leren kennen, als vrouw. En nu vraag ik je mee uit eten, omdat ik je een interessant mens vind. Het gaat hier om een afspraakje. We gaan uit. We eten wat, we praten wat en leren elkaar wat beter kennen. "Uitgaan." Ik heb het idee dat dat woord niet in je woordenboek voorkomt. Ik snap niet helemaal waarom, en als er een serieuze reden voor is, dan moet je het me maar vertellen. Maar als dat niet het geval is, dan vraag ik je graag mee uit eten. Wat vind je daarvan?' Tijdens zijn uitleg was er een lach op haar blozende gezicht verschenen.

'Lijkt me gezellig. Echt. Ik ben het een beetje verleerd.'

'Ik kan geen reden bedenken waarom jij zoiets zou verleren, tenzij je al die tijd een boerka aan hebt gehad.' Hij kon zijn ogen niet van haar af houden, en de meeste mannen hadden dat niet vreemd gevonden. Het was haar op de een of andere manier gelukt om zichzelf buiten het datingcircuit te houden.

'En wanneer zou dat etentje uitkomen?'

'Ik weet het niet. 's Avonds maakt het me niet zoveel uit. Ik heb volgende week woensdag een diner van de landelijke psychiatrische vereniging, maar verder heb ik geen plannen.'

'Wat dacht je van dinsdag? Ik zou je om zeven uur kunnen ophalen, en dan rijden we naar een goed restaurant. Oké?' Hij hield van de betere restaurants en uitgelezen wijnen. Dat soort avondjes had ze in geen jaren gehad, behalve de etentjes met Blake en de kinderen dan, maar met kinderen ging je naar heel andere eetgelegenheden. Als ze haar getrouwde studievriendinnen eens zag, aten ze niet buiten de deur, maar bij zo'n vriendin thuis. En zelfs dat kwam nog maar hoogstzelden voor. Ze had haar sociale leven laten verpieteren omdat ze er geen aandacht meer aan besteedde, het boeide haar niet meer. Charles had haar er zonder opzet aan herinnerd wat een slome tante ze was geworden wat uitgaan betreft. Ze was nog steeds een beetje de kluts kwijt dat hij haar had uitgenodigd, maar ging akkoord met dinsdag. Ze zette het niet in haar agenda, want hoe zou ze dit nu kunnen vergeten, en ze bedankte hem terwijl ze opstonden om weer aan het werk te gaan. 'Wat is je adres trouwens?' Ze vertelde waar ze woonde en zei dat hij kennis kon maken met de kinderen wanneer hij haar ophaalde. Dat zou hij leuk vinden, zei hij. Hij liep met haar mee naar haar praktijk en ze vond het prettig zo naast hem te lopen. Hij was onderhoudend gezelschap geweest tijdens de lunch. Toen bedankte ze hem opnieuw en liep enigszins verbouwereerd haar kantoor in. Ze had een afspraakje! Ze zou uitgaan met een redelijk aantrekkelijke negenenveertigjarige huisarts! Hij had zijn leeftijd verklapt in het restaurantje. Ze wist niet wat ze ervan moest denken, al besefte ze glimlachend dat haar vader het een prettig idee zou vinden. Ze zou het hem vertellen wanneer ze elkaar weer eens belden of zagen. Of misschien kon ze dat beter doen na het etentje.

En toen verdween de hele Charles West uit haar gedachten. Josephine zat al een tijdje te wachten. Haastig trok Maxine haar jas uit en begon met de sessie.

Hoofdstuk 7

*H*et was een hectisch weekend voor Maxine. Jack had een voetbalwedstrijd, en zij moest de snacks voor het team regelen. Sam had twee verjaardagsfeestjes, dus voor beide zoons was ze taxichauffeur. Daphne had tien vriendinnen uitgenodigd om pizza te komen eten. Het was de eerste keer dat ze vriendinnen op bezoek kreeg na het noodlottige bierfestijn, dus hield Maxine een oogje in het zeil, maar er gebeurde niets bijzonders. Zelda was weer op de been, maar had het weekend vrij. Ze ging naar een tentoonstelling in een museum en zou wat kennissen opzoeken.

Toen de rust 's avonds weer was neergedaald in het appartement, werkte Maxine verder aan een artikel. Zondag werden er weer twee van haar patiënten naar het ziekenhuis gebracht, een vanwege een overdosis, de ander omdat die een zelfmoordpoging had gedaan.

Maandag had ze behalve een hele reeks sessies zes tieners in twee verschillende ziekenhuizen op te zoeken. Toen ze eindelijk thuiskwam, lag Zelda ziek als een hond op bed met een flinke griep. Dat was dinsdagmorgen alleen maar erger geworden. Maxine zei dat ze zich geen zorgen hoefde te maken en lekker in bed moest blijven. Daphne kon Sam uit school halen, want Jack had weer een voetbaltraining en zou met een vriend meerijden. Ze zouden het wel redden. Helaas hadden ze buiten de grillen van de weergoden gerekend.

Dinsdag was altijd al een extreem drukke dag omdat ze dan intakegesprekken met nieuwe patiënten had. Ze stroomden gewoon binnen en Maxine moest van hen allemaal de feiten opnemen. Ze kon bovendien geen moment verslappen, want de eerste ontmoeting met een puber was cruciaal. Om twaalf uur werd ze gebeld door Sams school. Het afgelopen halfuur had hij tweemaal overgegeven en Zelda was niet in staat hem op te halen. Maxine moest het zelf doen. Ze had twintig minuten pauze tussen de ochtend- en middagpatiënten, nam een taxi en haalde Sam op van school. Hij zag er allerberoerdst uit, kroop dicht tegen haar aan in de taxi maar moest tot overmaat van ramp opeens voor de derde keer overgeven. De chauffeur was razend. Ze had niets bij zich om het schoon te maken en gaf hem toen maar twintig dollar fooi. Ze bracht Sam naar boven, stopte hem in bed en vroeg Zelda om een beetje voor hem te zorgen, al rilde die zelf van de koorts. Het was of ze de lamme de blinde liet helpen, maar ze had geen keus. Ze nam een snelle douche, trok schone kleren aan en rende terug naar de praktijk. Ze was tien minuten te laat voor de eerste middagpatiënt, wat niet erg professioneel overkwam, en de moeder van het meisje klaagde erover. Maxine legde uit dat haar zoon ziek was geworden en bood omstandig haar excuses aan.

Twee uur later belde Zelda dat Sam al weer had overgegeven en 38,3 °C had. Maxine zei dat ze hem een half paracetamolletje moest geven en raadde haar aan er zelf ook wat te slikken. Tegen vijven begon het te regenen. Haar laatste patiënt van die dag kwam te laat en biechtte op dat ze die middag geblowd had, dus bleef Maxine extra lang om daarover met haar te praten. Het meisje ging al een tijdje naar Marihuana Anonymous om ervan af te komen, en deze ene joint was extra gevaarlijk omdat ze medicijnen gebruikte.

Vlak na deze sessie belde Jack haar in paniek op. Hij had zijn lift naar huis gemist en stond op een straathoek in een van de gevaarlijkste wijken van de Upper West Side. Maxine had zin om de moeder die de jongens zou ophalen de nek om te draaien. Haar auto stond ergens in het centrum in een garage en vanwege het slechte weer duurde het een halfuur voor ze een taxi te pakken kreeg. Pas na zessen vond ze Jack. Rillend van de regen was hij bij een bushalte gaan staan, en omdat ze maar meter voor meter vooruitkwamen, waren ze pas om kwart voor zeven thuis. Ze waren allebei doornat en koud, Sam zag er belabberd uit en begon te huilen toen Maxine wegliep naar haar slaapkamer om droge kleren aan te doen. Het leek wel of ze een ziekenhuis begonnen was, vond ze. Snel ging ze bij Sam en Zelda langs, vroeg of ze iets nodig hadden en zette Jack onder de hete douche. Hij was snipverkouden.

'Hoe is het ermee? Niet ziek, hoop ik,' zei ze tegen Daphne toen ze haar kamer passeerde op weg naar Sam.

'Nee, dat niet, maar ik moet morgen een werkstuk voor biologie inleveren. Kun je me straks even helpen?' Maxine wist zo langzamerhand dat dat betekende of zij het even wilde schrijven.

'Waarom heb je me dat dan niet in het weekend gevraagd?' vroeg Maxine, die het allemaal wat te veel werd.

'Vergeten.'

'Dat geloof ik graag,' mompelde Maxine, terwijl de intercom in de hal zoemde. Het was de portier die meldde dat ene Charles West beneden stond en of hij boven mocht komen. Charles! Ze was het glad vergeten! Het was dinsdag, en hij zou om zeven uur langskomen om haar mee uit eten te nemen. Hij was precies op tijd, de helft van haar huisgenoten was ziek en Daphne had een huiswerkopdracht waar zij haar mee moest helpen. Ze zou het moeten afzeggen, hoe vreselijk onbeleefd dat ook was, zo op het laatste moment. Maar het afspraakje kon onmogelijk doorgaan, ze had nog niet eens aan haar kleren gedacht. En Zelda was gewoon te ziek om op de kinderen te passen. Wat een nachtmerrie! Toen ze drie minuten later de deur voor Charles West opendeed, keek hij verbijsterd naar een ontredderde Maxine in een oude spijkerbroek, een sweater, met nat piekhaar en zonder een spoor van make-up.

'Het spijt me vreselijk,' zei ze direct. 'Dit is de ergste dag van mijn leven. Een van de kinderen is doodziek, de ander heeft een lift naar huis gemist vanaf de voetbaltraining, mijn dochter moet morgen een biologiewerkstuk inleveren en ons kindermeisje ligt met koorts op bed. Ik word er compleet gestoord van... o sorry, kom binnen alsjeblieft.' Hij stapte de hal in, op hetzelfde moment dat Sam, groen van misselijkheid, zijn moeder kwam halen. 'Dit is nou Sam,' zei ze, waarop Sam midden in de hal meteen over zijn nek ging. Charles' mond viel open van verbazing.

'O jee,' zei hij en hij keek Maxine ontzet aan.

'Het spijt me. Kom, loop even door naar de woonkamer en ga zitten. Ik kom zo, ogenblikje.' Ze bracht Sam naar de badkamer, waar een volgende golf in het toilet verdween, terwijl zij met een handdoek naar de hal ging om de viezigheid op te vegen. Ze stopte Sam in haar bed, net toen Daphne binnenkwam.

'Wanneer kunnen we nou mijn werkstuk doen?'

'O, mijn god!' riep Maxine, die op het punt stond hysterisch te worden of in tranen uit te barsten. 'Laat dat werkstuk de pip krijgen. Er zit iemand in de woonkamer. Maak een praatje met hem. Hij heet dokter West.'

'En wie is dat dan wel?' vroeg Daphne, van haar stuk gebracht. Zo gestrest had ze haar moeder nog nooit gezien. Ze probeerde tegelijkertijd haar handen te wassen en een kam door haar haar te halen. Het werd geen succes.

'Een vriend van me. Nee, ik ken hem niet. Ik weet niet wie het is. Ik ga met hem uit eten.'

'Nú?!' Daphne keek haar ontsteld aan. 'En mijn werkstuk dan? Hij telt voor de helft van mijn eindcijfer.'

'Dan had je er maar eerder aan moeten denken. Ik kan dat nu niet even voor je schrijven. Ik heb een date, je broertje is kotsmisselijk, Zelda gaat bijna dood en Jack krijgt waarschijnlijk longontsteking omdat hij een uur in de regen bij een bushalte heeft gestaan.'

'Je hebt een *date*?' Daphne staarde haar stomverbaasd aan. 'Wanneer heb je dat nou weer geregeld?'

'Ik heb niks geregeld. En als het zo doorgaat zal het ook nooit weer gebeuren. Ga je nou alsjeblieft even met hem praten?' Op dat moment kwam Sam weer tevoorschijn, met de mededeling dat hij nog steeds moest spugen en ze bracht hem snel naar de badkamer, terwijl Daphne gelaten de woonkamer in ging. Het lukte haar nog wel om haar moeder na te roepen dat als ze dit jaar zou blijven zitten, het haar fout niet was, omdat haar moeder haar niet met haar werkstuk wilde helpen. 'O, en waarom is het míjn fout dan?' schreeuwde Maxine terug vanaf de drempel van de badkamer.

'Ik voel me een beetje beter,' zei Sam, maar zo zag hij er niet uit. Maxine bracht hem terug naar haar bed, legde handdoeken om hem heen, waste haar handen voor de tweede keer en liet het haar maar zitten. Ze wilde net naar Charles toe gaan toen Sam haar sip vanuit bed aankeek. 'Hoe kan je nou opeens een afspraakje hebben?'

'Ja, dat heb ik gewoon. Hij vroeg me mee uit eten.'

'Is hij aardig?' Sam keek verontrust. Hij kon zich niet herinneren dat zijn moeder ooit eerder was uitgegaan. Zij eigenlijk ook niet.

'Dat weet ik nog niet,' bekende ze. 'Het is niets bijzonders, Sam. Alleen een etentje.' Hij knikte. 'Ik kom zo bij je terug,' beloofde ze. Ze kon onmogelijk vanavond uit eten gaan.

Ze liep eindelijk de woonkamer in en was net op tijd om te horen hoe Daphne Charles alles vertelde over het jacht, het vliegtuig, het penthouse in New York en het huis in Aspen van haar vader. Maxine had een heel andere voorstelling gehad van wat beleefde conversatie op haar eerste afspraakje, al viel het haar mee dat Daphne de huizen in Londen, St. Bart's, Marokko en Venetië overgeslagen had. Ze gebaarde dat Daphne er een eind aan moest breien en bedankte haar voor het bezighouden van Charles. Direct begon Maxine zich tegenover Charles uit te putten in verontschuldigingen voor Sams vertoning bij het binnenkomen. Eigenlijk had ze haar excuus willen aanbieden voor Daphnes gepoch wat haar vader betrof. Toen haar dochter geen aanstalten maakte de kamer te verlaten, herinnerde ze haar eraan dat ze nog een biologiewerkstuk te maken had. Talmend stond Daphne op en vertrok naar haar kamer. Maxine moest zichzelf bedwingen niet in gillen uit te barsten.

'Het spijt me zo. Normaal loopt dit huishouden op rolletjes. Ik weet niet wat er aan de hand is, maar alles, werkelijk álles zat tegen vandaag. En het spijt me van Daphne.'

'Hoezo dat? Ze praatte alleen maar over haar vader. Ze is gewoon trots op hem.' Maxine vermoedde dat Daphne van plan was geweest te zorgen dat Charles zich ongemakkelijk zou gaan voelen, maar hield daarover haar mond. Het was een echte meidenstreek, en ze had beter moeten weten. 'Ik had er trouwens geen idee van dat je met Blake Williams getrouwd was,' zei hij enigszins uit het veld geslagen.

'Ach ja.' Maxine wenste dat ze de avond over konden doen, liefst zonder de scène uit *The Exorcist* aan het begin. Het zou ook gescheeld hebben als ze niet vergeten was dat ze had afgesproken met Charles uit eten te gaan. Ze had het niet opgeschreven en door alle drukte was het uit haar geheugen gewist. 'Daar wás ik mee getrouwd. Wil je wat drinken?' Terwijl ze het zei drong het tot haar door dat ze niets in huis had, op wat goedkope witte wijn in het keukenkastje na, die Zelda voor sommige gerechten gebruikte. Maxine had een paar fatsoenlijke flessen wijn willen kopen in het weekend, maar het was haar door het hoofd geschoten.

'Gaan we nog dineren?' vroeg Charles bot. Hij zag het somber in, met dat zieke kind, en een ander met een werkstuk. Maxine was zelf duidelijk aan het eind van haar Latijn.

'Zou je het heel erg vinden als we niet gingen?' vroeg ze. 'Ik weet niet hoe dit heeft kunnen gebeuren, maar ik ben het compleet vergeten. Het was een heksenketel vandaag en ik had het niet in mijn agenda gezet.' Ze slikte haar tranen in en hij kreeg medelijden met haar. Normaal gesproken was hij in woede uitgebarsten, maar dat kon hij nu niet over zijn hart verkrijgen. Die arme Maxine was werkelijk kapot. 'Nou snap je ook waarom ik nooit een date heb. Ik ben er niet zo goed in.' Dat was nog zacht uitgedrukt.

'Misschien wil je helemaal geen date,' suggereerde hij. Dat was ook bij haar opgekomen, en hij zou er wel eens gelijk in kunnen hebben. Het leek altijd zoveel gedoe, en je moest er zoveel voor regelen. Haar leven was al druk genoeg met haar werk en de kinderen. Er was nauwelijks ruimte voor iemand anders, laat staan de tijd en de moeite die nodig was voor afspraakjes.

'Het spijt me ontzettend, Charles. Gewoonlijk gedraag ik me niet zo. Ik heb het meestal goed in de hand.'

'Jij kunt het ook niet helpen dat je zoon en je oppas ziek werden. Durf je het nog een keer te proberen? Wat zou je denken van vrijdagavond?' Ze hield haar mond maar over het feit dat dat Zelda's vrije avond was. Als het moest zou ze haar vragen thuis te blijven. Vanwege die wortelkanaalbehandeling en deze griep was Zelda haar toch een paar uur extra schuldig, en ze was een sportieve meid wat die dingen betrof.

'Dat zou geweldig zijn. Wil je misschien blijven? Ik moet toch wat te eten maken voor de kinderen.' Hij had een tafel gereserveerd bij La Grenouille, maar hij wilde niet dat ze zich nog schuldiger voelde, dus dat hield hij maar voor zich. Hoe teleurgesteld hij ook was, hij was een volwassen vent, die een mislukt afspraakje wel zou overleven.

'Oké, dan blijf ik nog even. Je hebt genoeg te doen. Je hoeft niet voor me te koken. Maar wat dacht je ervan als ik even een blik op je zoontje werp, en op je oppas?' bood hij vriendelijk aan.

Ze schonk hem een dankbare glimlach. 'Dat is ontzettend aardig van je. Ze hebben vast alleen een griepje. Maar dat is meer jouw pakkie-an. Als ze zelfmoordneigingen krijgen, neem ik het wel weer van je over.' Hij moest lachen. Ze wist niet dat hij het behoorlijk benauwd had gekregen bij de aanblik van haar chaotische huishouden. Hij was niet gewend aan kinderen en de wanorde die daarmee gepaard ging. Hij leidde een rustig, geregeld bestaan en dat wilde hij het liefst zo houden.

Ze ging hem voor door de gang naar haar slaapkamer, waar Sam ingestopt in haar bed tv lag te kijken. Hij had iets meer kleur dan die middag. Toen zijn moeder binnenkwam keek hij op en was stomverbaasd een man bij haar te zien.

'Sam, dit is Charles. Hij is dokter en hij wil je even onderzoeken.' Ze glimlachte naar haar zoontje en Charles merkte weer hoe dol ze op haar kinderen was. Een blinde had dat kunnen zien.

'Is dit die meneer met wie je gaat eten?' vroeg Sam argwanend.

'Ja, die is het,' zei Maxine bedeesd. 'Hij heet dokter West.'

'Charles,' corrigeerde hij met een lachje en hij liep op het bed af. 'Hoi. Nou Sam, volgens mij voel je je niet helemaal lekker. Heb je de hele dag al overgegeven?'

'Zeven keer,' zei Sam trots. 'Ook in de taxi toen mama me ophaalde van school.' Charles wierp Maxine even een meelevende blik toe. Hij kon zich voorstellen wat een bende dat geweest was. 'Dat lijkt me niet echt prettig. Mag ik je buik even voelen?' Sam knikte en trok zijn pyjamajasje omhoog, toen zijn broer de kamer in kwam.

'Moest je een dokter voor hem bellen?' Jack keek onmiddellijk ongerust.

'Hij wil haar mee uit nemen,' legde Sam uit. Jack fronste zijn voorhoofd.

'Wie wil haar mee uit nemen?' vroeg Jack.

'De dokter,' zei Sam tegen zijn broer, terwijl Maxine Jack voorstelde aan Charles, die hem breed glimlachend opnam.

'Dan moet jij de voetballer zijn.' Jack knikte en vroeg zich af waar die mysterieuze dokter die zijn moeder mee uitnam opeens vandaan kwam, en waarom hij daar niks over gehoord had. 'Op welke positie speel je? Ik heb gevoetbald toen ik op de universiteit zat. Ik was beter in basketbal, maar ik vond voetbal stukken leuker.'

'Ik ook. Maar volgend jaar wil ik op lacrosse,' hield Jack het gesprek gaande terwijl Maxine hen gadesloeg.

'Lacrosse is een harde sport. Je zult heel wat meer blessures oplopen dan bij voetbal,' zei Charles en hij stond op nadat hij Sam onderzocht had. Glimlachend keek hij op het jongetje neer. 'Ik denk dat je het wel overleeft, Sam. Ik wed dat je je morgen heel wat beter voelt.'

'Denkt u dat ik nog meer moet overgeven?' vroeg Sam ongerust.

'Ik hoop van niet. Blijf maar lekker in bed. Je moet wel goed drinken. Wil je misschien wat cola of ginger ale?' Sam knikte en nam Charles nieuwsgierig op. Maxine besefte hoe vreemd het voor haar en haar kinderen was opeens een man in huis te hebben, maar het was niet onprettig. En hij ging best leuk met ze om. Ook Jack keek hem onderzoekend aan. Even later kwam ook Daphne binnengewandeld. Zo stond de hele familie in de slaapkamer van hun moeder, die plotseling veel te klein leek met zoveel mensen erin. 'Waar heb je dat zieke kindermeisje van je verstopt?' vroeg Charles.

'Kom maar mee,' zei Maxine en ze liep voor hem uit naar de gang. Sam giechelde en wilde iets zeggen, maar Jack legde vlug een vinger tegen zijn lippen om hem het zwijgen op te leggen. Maxine en Charles hoorden ze smoezen toen ze verder liepen en Maxine draaide zich naar Charles toe met een verontschuldigend lachje. 'Het is allemaal een beetje vreemd voor ze.'

'Dat dacht ik al. Maar je hebt leuke kinderen,' zei hij rustig terwijl ze de keuken door liepen. Maxine klopte op Zelda's deur, deed hem zacht open, stelde hem voor en vroeg of dokter West even een blik op haar kon werpen. Zelda kwam verward overeind. Ze had geen idee wie dokter West was en waarom hij in huis was.

'Zo ziek ben ik ook weer niet,' zei ze beschroomd, want ze dacht dat Maxine hem voor haar had laten komen. 'Het is gewoon een griepje.'

'Hij was hier toch. Hij heeft net Sam even nagekeken.' Zelda dacht dat het een nieuwe kinderarts was over wie zij niets had gehoord. Het kwam niet bij haar op dat Maxine misschien een afspraakje met hem had. Hij stelde Zelda gerust, net zoals hij bij Sam had gedaan.

Ze liepen weer de keuken in en Maxine zette een glas cola, een bak chips en wat guacamole die ze in de ijskast gevonden had op de keukentafel. Ze gingen zitten en praatten even bij. Hij was van plan zo maar naar huis te gaan zodat zij zich verder met de kinderen kon bezighouden. Ze had haar handen al vol aan hen. En hij had zijn vuurdoop nu wel gehad, vond Maxine. Een kotsende Sam bij zijn binnenkomst was natuurlijk één manier om de kinderen voor te stellen, al had ze het liever anders gezien. Dus wat Maxine betrof, was Charles met vlag en wimpel geslaagd. Ze wist niet precies hoe hij de ontmoeting zag, maar hij had het allemaal sportief opgevat. Dit kon je moeilijk een normaal eerste afspraakje noemen. In de verste verte niet.

'Het spijt me zo dat het vanavond zo'n zootje werd,' zei ze weer schuldbewust.

'Het is toch allemaal goed gekomen,' zei hij, maar hij dacht even met spijt aan het diner dat ze waren misgelopen bij La Grenouille. 'We doen het vrijdagavond over. Ik begrijp dat je nogal flexibel moet zijn als je kinderen hebt.'

'Nou, zo flexibel als vanavond nou ook weer niet. Meestal heb ik de touwtjes strak in handen. Maar vandaag liep het helaas uit de hand. Vooral omdat Zelda ziek was. Ik kan gewoonlijk altijd op haar rekenen.' Hij knikte. Nogal logisch dat ze iemand nodig had die ze kon vertrouwen, met zo'n ex die nooit in de buurt was. Nadat Daphne hem verteld had hoe het zat, zag hij wel in waarom dat het geval was. De media konden niet om hem heen. Hij was een bekende verschijning in alle jetsetkliekjes, en hij zag er niet uit als een huiselijk type. Het was duidelijk een doorgewinterde casanova, met elke week een andere bloedmooie meid. Dat had Maxine tijdens de lunch ook al laten doorschemeren.

Charles zei de kinderen nog even gedag voor hij vertrok en tegen Sam zei hij dat hij hoopte dat hij er snel weer bovenop was. 'Dank u wel,' zei Sam, en hij zwaaide. Even later liet Maxine Charles uit.

'Vrijdag zeven uur sta ik hier weer,' beloofde Charles en ze bedankte hem opnieuw omdat hij het zo sportief had opgevat vanavond. 'Laat nou maar zitten. Ik heb ten minste al je kinderen ontmoet.' Hij zwaaide toen hij de lift in stapte. Binnen een minuut liet Maxine zich met een zucht naast Sam op bed vallen. De anderen kwamen op bed zitten.

'Hoe zit dat nou, waarom heb je ons niet verteld dat je een date met iemand had?' vroeg Jack streng.

'Ik was het gewoon vergeten.'

'Wie is die vent eigenlijk?' Daphne was vrij achterdochtig.

'Gewoon een dokter die ik tegenkwam in het ziekenhuis.' Maxine sloot uitgeput even haar ogen. Ze wilde geen verantwoording aan hen afleggen, het was vanavond al zwaar genoeg geweest. 'En trouwens,' zei ze tegen Daphne, 'ik wil niet meer hebben dat je je vader zo zit op te hemelen. Het komt niet aardig over.'

'O, waarom niet?'

'Omdat je dat niet kunt maken, zo op te scheppen over zijn jacht en zijn vliegtuig. Mensen voelen zich daar ongemakkelijk bij.' Wat natuurlijk precies Daphnes bedoeling was geweest. Het meisje haalde haar schouders op en verliet de slaapkamer.

'Hij is best oké,' zei Sam.

'Ja, gaat wel,' zei Jack zonder veel overtuiging. Hij zag niet in waarom zijn moeder een man over de vloer wilde hebben. Het ging toch prima hier? Ze hadden er geen moeite mee dat hun vader met allerlei vrouwen uitging, met veel vrouwen zelfs. Ze waren gewoon niet gewend een man in hun moeders leven te zien, en ze vonden het maar een raar idee. Ze hielden haar het liefst voor zichzelf. Ze zagen geen reden waarom dat zou moeten veranderen. Die boodschap kwam duidelijk over bij Maxine.

Het liep tegen achten en ze hadden nog steeds niet gegeten, dus Maxine dook de keuken in om te zien wat ze op tafel kon zetten. Terwijl ze een zak sla en wat vleeswaren en eieren tevoorschijn haalde, kwam Zelda met een nieuwsgierige uitdrukking in haar ochtendjas de keuken binnenlopen.

'Wie was die gemaskerde vreemdeling die hier de boel op stelten zette?' vroeg ze haar werkgeefster.

Maxine moest lachen.

'Je wilt natuurlijk dat ik zeg dat het Zorro was, maar het was gewoon een arts die ik ontmoet heb. Ik had vanavond een date met hem, maar het was me compleet ontschoten. Sam gaf prompt over in de hal toen hij binnenkwam. Het was me een puinhoop...'

'En denk je dat hij ooit nog eens terugkomt?' vroeg Zelda. Hij leek haar best aardig. En knap was hij zeker.

Ze wist dat Maxine in geen jaren een date had gehad, en deze man zag er veelbelovend uit. Hij leek uit het goede hout gesneden, en het feit dat ze allebei arts waren, was geen slechte start. 'Het is de bedoeling dat hij vrijdag opnieuw probeert me mee uit te nemen,' antwoordde Maxine. 'Als hij tenminste ooit nog bijkomt van deze avond.'

'Spannend,' zei Zelda. Ze schonk een glas ginger ale in en ging weer onder de wol.

Maxine maakte pasta, vleeswaren en roereieren, met brownies als toetje. Na het eten ruimde ze de keuken op en ging toen naar Daphne om haar met haar werkstuk te helpen. Pas om twaalf uur waren ze klaar. Het was een loodzware dag geweest, en een lange avond. En toen ze eindelijk naast Sam in bed kroop, dacht ze nog even over Charles na. Ze wist niet wat hieruit voort kon komen, ze wist niet eens of ze hem na vrijdagavond nog zou zien, maar gek genoeg was het vanavond niet helemaal op een mislukking uitgelopen. Hij was tenminste niet gillend de deur uit gerend. Dat was al heel wat. En voorlopig was dat voldoende.

Hoofdstuk 8

*T*oen Charles haar vrijdagavond kwam ophalen, liep alles gesmeerd. Het huis was verlaten. Zelda was vrij. Daphne zou bij vriendinnen blijven slapen, Sam, die weer helemaal beter was, bij zijn vriendje en Jack was op een feest van een vriend voor diens bar mitswa van de dag erna. Maxine had whisky, wodka, gin, champagne en een fles Pouilly-Fuissé ingeslagen. Ze was er helemaal klaar voor. Ze droeg een kort zwart jurkje, haar haar was opgestoken, ze had diamanten oorbellen in en een parelketting om. En het was doodstil in huis.

Toen ze hem stipt om zeven uur binnenliet, kwam Charles de hal in met de blik van iemand die een mijnenveld moet oversteken. Hij keek om zich heen, luisterde naar de oorverdovende stilte en keek haar stomverbaasd aan.

'Wat heb je met je kinderen gedaan?' vroeg hij benauwd en ze lachte hem toe.

'Ik heb ze ter adoptie aangeboden en het kindermeisje ontslagen. Ik vond het jammer dat ik afscheid van ze moest nemen, maar je moet je prioriteiten stellen. Ik wilde voor geen goud nog eens zo'n avond in het honderd laten lopen. En ze waren snel weg.' Hij moest lachen en volgde haar de keuken in, waar ze een whisky-soda voor hem inschonk. Met een zilveren schaal noot-

jes liep ze de woonkamer in. De rust deed haast spookachtig aan.
'Nogmaals mijn verontschuldigingen voor dinsdag, Charles.' Die
scène met Sam had zo uit een film kunnen komen. Of uit het
echte leven. Helaas was hij iets te levensecht.
'Het deed denken aan mijn ontgroening op de universiteit.' Om
eerlijk te zijn leek het hem nu minder erg en leuker de nacht
met een alcoholvergiftiging in de kofferbak van een auto door
te brengen dan bijna ondergekotst te worden door een kind,
maar hij wilde haar nog wel een kansje geven. Want Maxine had
erg veel goede punten. Ze was een serieuze, intelligente vrouw
met een carrière om u tegen te zeggen, die naam had gemaakt
in de medische wereld, en ze was bovendien een lust voor het
oog. Een combinatie die je niet vaak tegenkwam.
Het enige minpuntje waren die kinderen van haar. Daar was hij
niet aan gewend, en hij voelde op zijn leeftijd ook geen behoefte
aan kinderen meer. Maar ze waren nu eenmaal onlosmakelijk
met haar verbonden. En toegegeven, vanavond had ze gezorgd
dat ze geen last van ze hadden, zodat ze van een volwassen
avondje zouden kunnen genieten, waar zijn voorkeur naar uitging.
Bij La Grenouille waren ze zo vriendelijk geweest hem voor een
tweede keer een reservering voor acht uur te geven, en hadden ze
hem niet kwalijk genomen dat hij die van dinsdag op het laatste
moment had afgezegd. Hij kwam er vaak en was tenslotte een
goede klant. Om kwart voor acht verlieten Maxine en Charles
haar appartement en ze kwamen precies op tijd bij het restaurant
aan, waar ze een schitterend tafeltje kregen. Tot zo ver was het
afspraakje perfect verlopen, bedacht hij, maar de avond was nog
jong. Hij zou nergens meer van opkijken, na de kennismaking
met haar privéleven van drie dagen geleden. Heel even had hij
op het punt gestaan de flat te ontvluchten. Maar nu was hij blij
dat hij zich had beheerst. Hij mocht Maxine erg graag, en ze was
boeiend gezelschap.
Gedurende de eerste helft van het diner, bestaande uit sint-ja-

kobsschelpen, blauwe krab met zachte schaal, gevolgd door fazant en chateaubriand, praatten ze over hun werk en recente medische kwesties waarin ze beiden geïnteresseerd waren. Hij vond dat ze goede ideeën had en was onder de indruk van wat ze had bereikt. Ze wilden net aan hun soufflés beginnen, toen hij de naam Blake liet vallen.

'Het verbaast me dat je kinderen niet wat kritischer zijn wat hem betreft, aangezien je vertelde dat hij nooit langskomt en altijd ver weg is.' Hij bedacht dat alle hulde daarvoor naar haar ging, want ze had natuurlijk makkelijk stennis kunnen maken, zoals de meeste vrouwen deden als hun ex zo weinig van zich liet horen.

'In wezen is hij een goed mens,' zei ze zonder omhaal. 'Geweldig eigenlijk. En dat zien ze. Hij is alleen niet zo attent.'

'Hij lijkt me anders ook behoorlijk egoïstisch, en een ongelooflijke losbol,' merkte Charles op en Maxine gaf toe dat hij er niet ver naast zat.

'Maar het is moeilijk daar tegen op te boksen,' zei Maxine rustig, 'als je nagaat wat een succes hij heeft gehad. Er zijn maar heel weinig mensen die dat kunnen weerstaan en nuchter kunnen blijven. Hij heeft nu eenmaal veel geld, veel speeltjes, en hij is gek op plezier. Eigenlijk wil hij alleen maar plezier maken. Blake doet niets waar hij geen lol in heeft, of wat niet spannend is. Zo is hij nu eenmaal, altijd geweest. Hij had met dat geld ook heel veel goeds voor anderen kunnen doen. En daar doet hij natuurlijk ook aan, maar hij houdt zich niet dag en nacht met liefdadigheid bezig. Hij denkt zoiets als: het leven is kort, hij heeft geluk gehad, en hij wil genieten. Hij is geadopteerd als baby, en hoewel hij heel lieve ouders had, is hij volgens mij altijd een beetje onzeker over het leven gebleven, en wat zichzelf betreft. Hij wil alles hebben wat hij betalen kan, voor iemand het van hem afpakt, of voor het aan zijn neus voorbijgaat. Dat is een lastig ziektebeeld. Door die onophoudelijke angst verlaten te worden of iets kwijt te raken pakt hij alles met beide handen aan en verliest het uiteindelijk toch. Soort van selffulfilling prophecy.'

'Hij moet het wel vreselijk vinden dat hij jou is kwijtgeraakt,' zei Charles voorzichtig.

'Niet echt. We zijn goeie vrienden. Ik zie hem met de kinderen wanneer hij in New York is. Ik maak nog steeds op een bepaalde manier deel uit van zijn leven, als vriendin en als moeder van zijn kinderen. Hij weet dat hij op me kan rekenen. Dat is niet veranderd. Voor de rest heeft hij tientallen vriendinnetjes, die stukken jonger zijn en met wie hij veel meer lol heeft. Ik was altijd te serieus voor hem.' Charles knikte. Hij vond dat juist zo fijn van haar, het paste bij hem. Hij vond dat ze maar vreemd met elkaar omgingen, Maxine en haar ex. Hijzelf sprak haast nooit meer met zijn ex-vrouw. Zonder kinderen die hen met elkaar verbonden, bestond er niets anders tussen hen dan een hoop verbittering. Het was of ze nooit getrouwd waren geweest. 'Wanneer je kinderen hebt,' legde Maxine uit, 'zit je op de een of andere manier je leven lang met elkaar opgescheept. En ik moet toegeven, als we elkaar niet meer zagen, zou ik hem echt missen. Dat gaat voor ons allemaal op, hoor, vooral voor de kinderen. Het zou zo triest voor hen zijn als hun vader en moeder een gruwelijke pesthekel aan elkaar hadden.' Kon zijn, dacht Charles, maar voor de volgende man of vrouw in hun leven zou het de zaak wel wat makkelijker maken. Tegenover Blake stak iedereen maar bleekjes af, en eigenlijk gold dat ook voor haar, al was ze heel bescheiden.

Ondanks haar uiterst succesvolle carrière in de psychiatrie en de boeken die ze geschreven had, liet ze zich daar niet op voorstaan. Ze was bedaard en beheerst, wat hij erg prettig vond. Die houding kostte hem aanzienlijk meer moeite, en dat wist hij van zichzelf. Charles West was behoorlijk tevreden over zichzelf en kon wat betreft zijn prestaties nogal arrogant uit de hoek kon komen. Hij had niet geaarzeld om haar te kleineren opdat zij zijn advies over die knaap van Wexler zou opvolgen, en hij had pas een stapje terug gedaan toen hij ontdekt had wie Maxine was en dat ze een expert was op dit terrein. Pas toen had hij toegegeven dat zij het beter wist, vooral na die derde zelfmoordpoging, waarna hij knarsetandend had moeten erkennen dat hij zichzelf belachelijk had gemaakt. Normaal gesproken had hij het er erg moeilijk mee om toe te geven dat hij het mis had gehad, maar in deze kwestie had hij geen keus. Maxine was sterk, vrouwelijk en vriendelijk tegelijk. Ze hoefde niet met haar kennis te koop te lopen, en dat deed ze ook niet, behalve wanneer het leven van een patiënt in het geding was. Maar ze klopte zichzelf niet op de borst. Wat Charles betrof was ze de perfecte vrouw, en hij had nog nooit zo iemand ontmoet.

'Wat vinden je kinderen ervan dat je weer een afspraakje hebt?' vroeg hij toen ze uitgegeten waren. Hij durfde nog niet te vragen wat ze van hem vonden, al vroeg hij het zich wel af. Ze waren stomverbaasd geweest toen ze hem dinsdagavond ontmoetten. Aangezien Maxine zelf vergeten was dat ze uit eten zouden gaan, had ze hen kennelijk niet voorbereid. Iedereen was dus compleet verrast, toen hij plotseling voor de deur stond. Ook Maxine zelf. Omgekeerd was hij ook steil achterovergeslagen door alles wat er daarna gebeurd was. Hij had het de volgende dag aan een vriend verteld, die in lachen was uitgebarsten bij Charles' beschrijving van het chaotische huishouden. De vriend had hem ook laten weten dat dit hem goed zou doen: zo zou hij zijn gebruikelijke stijfheid misschien eens kwijtraken. 'Precies wat voor jou,' was het commentaar. In de regel had Charles nooit contact gelegd met vrouwen met kinderen. Hij vond het lastig iets samen te doen als ze in hun hoofd steeds met die kinderen bezig waren. Maar in de meeste gevallen hadden ze een ex die zich de helft van de tijd om de kinderen bekommerde. Maxine daarentegen had niemand aan wie ze de taken kon overdragen, op die hulp na, die ook maar een mens was en haar eigen sores had. Er rustte een grote last op Maxines schouders, en omgaan met Maxine zou daarom een uitdaging voor hem betekenen.

'Nou, die wisten niet wat ze overkwam,' erkende Maxine. 'Ik heb al zo'n tijd geen afspraakjes gehad. Aan die vrouwen in hun vaders leven zijn ze gewend, maar ik denk niet dat het in hun hoofd is opgekomen dat er ook iemand in mijn leven zou kunnen opduiken.' Ook zijzelf was nog niet aan het idee gewend. De mannen met wie ze lang geleden een keertje was uit geweest, hadden haar zo weinig gedaan en waren zo onaantrekkelijk dat ze het bijltje er al snel bij neer had gegooid.

De artsen die ze ontmoet had deden haar te gewichtig, en eigenlijk had ze niets met hen gemeen. Bovendien vonden zij dat haar eigen praktijk in combinatie met haar huishouden een te groot beroep op haar deed. De meeste mannen hadden geen behoefte aan een vrouw die om vier uur in de ochtend naar het ziekenhuis geroepen kon worden vanwege een noodgeval, en die belangrijker dingen te doen had dan het huishouden. Blake had dat ook liever anders gezien, maar haar medische carrière was altijd al belangrijk voor haar geweest, en haar kinderen evengoed. Ze had haar handen er vol aan, en zoals op dinsdagavond was aangetoond, hoefde er maar íéts te gebeuren of de zaken ontglipten haar. Veel plaats was er niet voor een ander. En hij had het vermoeden dat het haar kinderen bijzonder goed uitkwam. Het had op hun voorhoofd geschreven gestaan dat ze haar voor zichzelf wilden houden, en dat hij niet welkom was. Ze hadden hem nergens voor nodig. En eigenlijk dacht hij dat dat ook voor haar gold. Ze miste dat wanhopige van vrouwen van haar leeftijd, die niets liever wilden dan een man in hun leven. In plaats daarvan straalde ze uit dat ze gelukkig was, tevreden was met wat ze had, en het prima rooide in haar eentje. Ook iets wat hem bijzonder aantrok. Hij hoefde niet zo nodig iemand te hebben die aan zijn voeten lag, al streelde het hem wel als hij het middelpunt van iemands leven was. En hij snapte wel dat hij dat bij Maxine niet hoefde te verwachten. Dat had zijn positieve en negatieve kanten.

'Denk je dat ze eraan zouden kunnen wennen als je iets met iemand zou krijgen?' vroeg hij luchtig. Maxine moest daar even over nadenken.

'Waarschijnlijk wel. Misschien. Het hangt van de persoon af en hoe goed die met mijn kinderen kan omgaan. Die dingen werken twee kanten op, daar moet van beide kanten wat moeite voor worden gedaan.' Charles knikte. Het was een redelijk antwoord. 'En jij? Zou jij je kunnen aanpassen aan een nieuwe man in je leven, Maxine? Je lijkt me aardig onafhankelijk.'

'Dat ben ik ook.' Ze nipte van een verfijnd mintlikeurtje, dat het perfecte einde vormde van een heerlijk diner. Het eten was verrukkelijk geweest en de wijnen die hij gekozen had waren uitmuntend. 'Om terug te komen op je vraag, ik weet het niet zeker. Ik zou alles alleen willen aanpassen aan de juiste persoon. Ik zou er werkelijk in moeten geloven dat het wat zou worden. Ik wil me niet twee keer aan dezelfde steen stoten. Blake en ik bleken uiteindelijk te verschillend. Dat merk je niet als je nog jong bent. Maar na een bepaald punt, als je merkt dat je volwassen bent geworden en weet wie je bent, dan gaat het storen. Op onze leeftijd kun je jezelf niet meer voor de gek houden, zeg je niet meer dat het wel gaat werken als dat niet zo is. Het is een stuk moeilijker de radertjes in elkaar te laten grijpen, want het zijn er meer dan vroeger. Kijk, als je jong bent is dat niet zo'n punt. Als je ouder wordt is het een ander verhaal. En zo makkelijk is het niet de juiste partner te vinden. Ten eerste zijn er minder kandidaten, en zelfs bij de goede kan al die bagage een probleem gaan vormen. Het moet dus echt de moeite waard zijn om aanpassingen te maken in je leven. En mijn kinderen geven me een excuus om het niet eens te willen proberen. Ze houden me bezig, ze maken me gelukkig. Het punt is alleen dat ze op een dag de deur uit stappen en ik alleen achterblijf. Maar daar maak ik me nu nog geen zorgen over.' Ze had volkomen gelijk en hij knikte. Ze waren een buffer tegen de eenzaamheid, en daarom hoefde ze geen energie te steken in het vinden van een man die in haar leven paste. Bovendien was ze misschien bang het opnieuw te proberen. Hij had de indruk dat Blake een deel van haar had meegenomen, en hoewel ze 'te verschillend' waren, zoals ze beweerde, hield hij misschien nog steeds van haar. Dat zou wel eens een probleem kunnen gaan vormen. En wie kon er nou tegen een miljonair op met een charme waartegen niemand bestand was? Het was me de uitdaging wel; niet veel mannen zouden die aan durven gaan en hadden het ook niet gewaagd.

Hierna sneden ze andere onderwerpen aan, over hun werk, haar liefde voor haar suïcidale tieners, haar medeleven met hun ouders, haar fascinatie voor traumatische ervaringen die veroorzaakt werden door grote plaatselijke rampen en gebeurtenissen. Vergeleken bij haar werk was zijn praktijk een stuk minder boeiend. Zijn werk draaide om verkoudheden, een hele lijst gewone pijntjes en kwalen, en af en toe het verdriet van iemand bij wie hij kanker vermoedde, maar die hij echter direct doorverwees naar een oncoloog en die hij uit het oog verloor. Zijn praktijk kende geen crisissituaties zoals die van haar, al raakte hij zo nu en dan ook een patiënt kwijt.

Hij bracht haar naderhand thuis en nam nog een glas cognac van haar onlangs aangevulde bar. Ze had nu alles in huis om een date te ontvangen, al zag ze hem misschien nooit meer. Over vijf à tien jaar zou ze de volgende date ook een glas aan kunnen bieden. Zelda had haar er al mee geplaagd. Die welvoorziene bar verontrustte haar een beetje in verband met de kinderen. Ze nam zich voor de drank achter slot en grendel te zetten, om hen en hun vrienden niet in verleiding te brengen. Dankzij Daphne was ze overtuigd van de noodzaak daarvan.

Maxine bedankte hem voor het fantastische etentje en de geweldige avond. Ze moest toegeven dat het haar wel beviel om wat socialer te doen, je mooi aan te kleden en eens een avondje met een volwassene door te brengen. Het was heel wat opwindender dan KFC of Burger King met een sliert kinderen achter je aan, wat meer haar stijl was. Maar zoals ze er nu uitzag, zo simpel maar elegant, vond Charles dat ze vaker La Grenouille verdiende, en hij hoopte dat hij haar nog eens mee mocht nemen. Het was zijn favoriete restaurant in deze stad, al kwam hij ook graag in Le Cirque. Hij had een grote voorliefde voor verfijnde Franse gerechten en de sfeer waarin ze opgediend werden. Hij hechtte meer waarde aan pracht en praal en de ceremonie rond het tafelen dan Maxine. Beschaafde avonden, daar hield hij van. Hij vroeg zich al pratend af of het leuk zou zijn om haar en de kinderen eens mee uit te nemen. Het was niet onmogelijk, maar hij had zo zijn twijfels, al waren het aardige kinderen. Hij gaf er toch de voorkeur aan om een goed gesprek met haar te voeren zonder afgeleid te worden, door kotsende jongetjes bijvoorbeeld. Ze haalden de herinnering nog eens lachend op in dezelfde hal waar het had plaatsgevonden.

'Ik zou je graag nog eens zien, Maxine,' zei hij ontspannen. Vanuit zijn optiek was het avondje een succes geweest, en vanuit die van haar ook, ondanks de valse start. Vanavond was het precies andersom geweest. Het was een zeer geslaagde avond.

'Dat wil ik ook wel,' zei ze rechtdoorzee.

'Dan bel ik je,' zei hij en hij deed geen moeite haar te kussen. Het zou haar choqueren en afschrikken als hij dat deed. Dat was zijn stijl ook niet. Wanneer hij een vrouw leuk vond, ging hij langzaam en weloverwogen te werk, waarbij de toon gezet werd voor iets wat later zou gebeuren, als ze er beiden aan toe waren. Hij had geen haast en had er een hekel aan te veel druk op een vrouw te leggen. Het moest van twee kanten komen en hij zag wel in dat Maxine dat punt nog niet had bereikt. Ze was veel te lang niet uit geweest, zeker niet met de bedoeling mannen te ontmoeten, en ook vroeger was ze er niet echt voor gegaan. Het hele idee dat ze ooit een nieuwe relatie zou kunnen krijgen speelde haar niet door het hoofd. Hij zou dat idee subtiel ter sprake moeten brengen, als hij zeker wist dat hij iets met haar wilde. Maar daar was hij zelf nog niet over uit. Je kon leuk met haar praten en uitgaan, maar er zaten nog wat haken en ogen aan.

Die kinderen van haar waren bijvoorbeeld een flinke sta-in-de-weg.

Ze namen afscheid en zij sloot zachtjes de deur. Jack was na het feest waar hij heen was geweest meteen in slaap gevallen. Ook Zelda sliep. Het was stil in huis toen Maxine zich uitkleedde, haar tanden poetste en in bed kroop. Ze dacht aan Charles. Het was een gezellige avond geweest, dat stond vast. Maar het was nog steeds een raar gevoel om met een man uit te gaan. Het was allemaal zo netjes, zo beleefd. Dat was hij zelf ook. Ze kon zich niet voorstellen dat hij op zondagmiddag met haar en de kinderen de hort op zou gaan zoals Blake deed als hij in de stad was. Aan de andere kant: hij was hun vader, maar hij was vrijwel nooit in de buurt. Hij was een toerist in hun leven, al was het een aantrekkelijke toerist. Blake had meer weg van een komeet.

Charles was betrouwbaar en ze hadden veel gemeen. Hij was erg serieus en dat had haar erg aangesproken. Maar vrolijk of speels of geestig was hij niet. Dat miste ze zo nu en dan in haar leven, maar je kon nu eenmaal niet alles hebben. Ze had altijd gezegd dat als ze weer serieus met iemand iets wilde opbouwen, het een betrouwbaar iemand moest zijn op wie je kon rekenen. Charles voldeed aan dat beeld. Met een glimlach bedacht ze: pas op voor wat je wenst, het zou wel eens uit kunnen komen! Blake was levenslustig en knettergek. Charles was verantwoordelijk en volwassen. Het was zo jammer dat er nergens op aarde iemand te vinden was die het allebei was: een soort volwassen Peter Pan. Het was een beetje veel gevraagd en waarschijnlijk ook de reden waarom ze nog steeds alleen was, en alleen zou blijven. Met een man als Blake viel niet te leven, en met een man als Charles zou je misschien wat anders missen. Maar waar maakte ze zich druk over: niemand vroeg haar immers te kiezen? Het was een avondje geweest met heerlijk eten, uitgelezen wijnen en een intelligent gesprek. Wie had het hier over trouwen?

Hoofdstuk 9

*B*lake was in Londen om met zijn beleggingsadviseurs een geplande overname van drie bedrijven door te nemen. Ook had hij afspraken met twee architecten, een over de nieuwe indeling van het huis in Londen, de ander over het paleis dat hij in Marokko had gekocht en dat geheel gerestaureerd en opnieuw ingericht moest worden. Bij beide projecten waren zes binnenhuisarchitecten en stylisten betrokken en hij genoot met volle teugen. Hier had hij pas echt plezier in. Hij zou een maand in Londen blijven, om na kerst de kinderen mee naar Aspen te nemen. Hij had Maxine uitgenodigd om mee te gaan, maar ze had besloten dat niet te doen omdat hij volgens haar tijd alleen met de kinderen door moest brengen, wat hij eerlijk gezegd maar een flauwe smoes vond. Die keren dat ze wel was meegegaan, was het altijd ontzettend gezellig geweest.

Meestal zag hij haar hoogstens een dag wanneer hij de kinderen overnam of als zij hier of daar een huis of de boot leende. Hij was overdreven royaal met zijn spullen, want hij wilde graag zeker weten dat zij met de kinderen een fantastische vakantie had. Ook aan zijn vrienden leende hij zonder probleem zijn huizen uit. En hij begreep niet waarom Maxine zich zo druk maakte over het feit dat hij Daphne had beloofd dat zij en haar vriendinnen gebruik mochten maken van zijn appartement. Ze was oud en wijs genoeg om er geen bende van te maken en als het toch gebeurde had hij daar zijn mensen voor om alles weer tiptop in orde te maken. Eerlijk gezegd vond hij Maxine een beetje paranoïde als ze veronderstelde dat ze daar meteen allerlei dingen zou uithalen die niet mochten. Zijn dochter was een fijne meid, en ach, wat konden ze nou helemaal uitspoken op hun dertiende? Na vijf lange telefoongesprekken had hij zich maar neergelegd bij Maxines standpunt, maar het speet hem wel. Dat schitterende penthouse in New York stond het grootste deel van de tijd toch leeg. Hij was veel vaker in Londen, omdat het nu eenmaal centraal lag ten opzichte van al die andere plaatsen waar hij graag zijn tijd doorbracht. Zo was hij van plan eerst een tijdje te gaan skiën in Gstaad voor hij naar New York terugvloog, om in vorm te zijn voor Aspen. Sinds dat korte reisje naar Zuid-Amerika in mei had hij de lange latten niet meer onder gehad.

Hij was na Thanksgiving nog maar net terug in Londen toen Blake zich zijn uitnodiging voor een concert van de Rolling Stones herinnerde. Het was een van zijn favoriete bands en hij en Mick Jagger waren oude vrienden. Hij had Blake kennis laten maken met een hele serie andere popsterren, onder wie een aantal spectaculaire vrouwen. Blakes affaire met een van de beroemdste popzangeressen ter wereld had overal de voorpagina's gehaald, tot ze hem liet zitten en kort daarop met een ander trouwde. Daar was hij niet rouwig om, want hij was er altijd eerlijk over geweest. Bij geen van zijn vriendinnen wekte hij de illusie dat hij zou willen trouwen, of dat hij er zelfs maar voor openstond. Hij had veel te veel geld voor dat soort fratsen. Een huwelijk was veel te gevaarlijk voor hem, tenzij het met iemand was die evenveel bezat als hij, en voor die vrouwen interesseerde hij zich hoegenaamd geen bal. Hij had graag knappe, jonge, levenslustige vrouwen die zich niet druk maakten over geld. Het enige wat hij wilde was plezier maken. Zo kwetste hij ook niemand. En als het over was, vertrokken ze beladen met sieraden, bontjassen, auto's, geschenken en de beste herinneringen die ze zich ooit hadden kunnen wensen. En vervolgens nam hij een ander, en alles begon weer opnieuw. Maar toen hij in Londen terugkwam, was hij dus nog vrij. In zijn eentje ging hij naar het concert van de Stones en naar de grote afterparty in Kensington Palace. Iedereen die ertoe deed was aanwezig: topmodellen, filmsterren, popsterren, mensen van adel, mensen van koninklijken bloede en de rest van de beau monde. Het was een wereldje naar Blakes hart.

Die avond had hij zich vermaakt met een stel oogverblindende vrouwen en een aantal interessante mannen en hij wilde zo zoetjes aan vertrekken. Toen hij een laatste drankje aan de bar bestelde, viel zijn oog op een knap roodharig ding dat naar hem glimlachte. Ze had een diamantje in haar neusvleugel, een robijnrode bindi op haar voorhoofd en droeg een sari. Haar haren piekten wild alle kanten op, haar armen zaten vol tatoeages en ze staarde hem onbeschaamd aan. De rode stip tussen haar wenkbrauwen intrigeerde hem en de sari die ze aanhad was hemelsblauw, net als haar ogen. Ze zag er totaal niet Indiaas uit en hij had ook nooit een Indiase vrouw met tatoeages gezien. Haar armen waren bezaaid met kleurige bloemen, ook op haar slanke, strakke buik, die bloot gelaten werd door de sari was er een getatoeëerd. Ze dronk champagne en at olijven die in een glazen schaal op de bar stonden.

'Hallo,' zei hij gewoon en hij keek haar aan met zijn duizelingwekkend blauwe ogen, en haar glimlach groeide. Ze was de meest sexy vrouw die hij ooit had gezien en het was onmogelijk te schatten hoe oud ze was. Elke leeftijd tussen achttien en dertig was mogelijk, maar het maakte hem niets uit. Ze was adembenemend. 'Waar kom je vandaan?' vroeg hij, in de verwachting dat ze Bombay of New Delhi zou zeggen, hoewel dat rode haar wat uit de toon viel. Ze lachte om zijn vraag, waarbij haar stralend witte tanden zichtbaar werden. Ze was het spectaculairste wezen dat hij ooit had gezien.

'Knightsbridge,' zei ze lachend. Haar gelach klonk als belletjes in zijn oren, fijn en hoog.

'En die bindi dan?'

'O, die vind ik gewoon leuk. Ik heb twee jaar in Jaipur gewoond. Ik ben gek op de sari's en de sieraden.' Wie niet? En vijf minuten nadat Blake haar had aangesproken, was hij als een blok voor haar gevallen. 'Ben jij wel eens in India geweest?' vroeg ze.

'Een paar keer,' zei hij luchtig. 'Ik ben vorig jaar op een ongelooflijke safari geweest, om foto's van tijgers te nemen, en het was tien keer zo fascinerend als eenzelfde trip naar Kenia.' Ze trok een wenkbrauw op.

'Ik ben in Kenia geboren. Daarvoor woonden mijn ouders in Rhodesië. En toen moesten we naar huis. Maar ik verveel me hier een beetje. Ik grijp elke kans aan om terug te gaan.' Ze was Brits en had het accent en de intonatie van de upper class, waardoor hij zich afvroeg wie ze was en wie haar ouders waren. Normaal gesproken kon dat hem niets schelen, maar alles aan deze vrouw interesseerde hem, zelfs haar tatoeages. 'En jij bent?' informeerde ze. Ze was waarschijnlijk de enige vrouw op het hele feest die niet wist wie hij was, en hij vond het prachtig. Weer eens wat anders. Maar hij had goed gezien dat ze zich onmiddellijk tot elkaar aangetrokken hadden gevoeld. Heel sterk zelfs.

'Blake Williams.' Meer informatie gaf hij niet, en ze knikte en nam de laatste slok champagne. Hij dronk wodka *on the rocks*. Het was zijn favoriete drankje bij dit soort gelegenheden. Van champagne had hij de volgende dag altijd hoofdpijn, van wodka niet.

'Amerikaan,' zei ze zakelijk. 'Getrouwd?' vroeg ze belangstellend, maar hij vond het een vreemde vraag.

'Nee. Hoezo?'

'Ik ga niet met getrouwde mannen om. Ik praat niet eens met ze. Ik had iets met een vreselijke Fransman die getrouwd was en erover loog. Een ezel stoot zich in het gemeen... enzovoort. Amerikanen zijn er meestal eerlijk in, de Fransen niet. Ze hebben altijd ergens een echtgenote of maîtresse zitten, en ze bedriegen die vrouwen allebei. Ben jij een bedrieger?' vroeg ze alsof het een beroep of vak was, en hij lachte.

'Nee, niet echt. Bij mijn weten heb ik nog nooit iemand bedrogen. Dat is ook niet nodig, ik ben niet getrouwd, en als ik met iemand anders naar bed wil, dan maak ik het uit met degene met wie ik ben. Lijkt me minder ingewikkeld. Ik ben niet gek op dramatische toestanden.'

'Ik ook niet. Dat bedoel ik nou met Amerikanen. Ze houden van simpel en zijn rechtdoorzee. Europeanen zitten ingewikkelder in elkaar. Mijn ouders zijn nu al twaalf jaar bezig van elkaar te scheiden. Ze blijven naar elkaar toe trekken en uit elkaar gaan. Doodvermoeiend voor de familie. Ik ben nooit getrouwd geweest, en ik ben het ook niet van plan. Binnen de kortste keren wordt het een zootje.' Ze praatte erover alsof ze het over het weer of een vakantie had, en hij vond het bijzonder grappig. Ze was sowieso een grappige jonge vrouw, erg knap, en ze had wat artistiekerigs over zich. Ze leek eigenlijk op een bosnimf of elfje, met haar sari en bindi en bloementatoeages. Hij zag nu pas dat ze een armband met enorme smaragden droeg, die haast wegviel tegen haar tatoeages, plus een ring met een grote robijn. Wie het ook was, het ontbrak haar niet aan sieraden.

'Klopt, mensen maken er vaak een zootje van. Ik ben gelukkig goed bevriend met mijn ex. We gaan eigenlijk beter met elkaar om dan toen we getrouwd waren.' Wat hem betreft was dat waar, en hij was er vrij zeker van dat Maxine er ook zo over dacht.

'Heb je kinderen?' Ze bood hem een paar olijven aan. Hij liet er twee in zijn glas vallen.

'Ja, drie stuks. Een meisje en twee jongen. Dertien, twaalf en zes.'

'Leuk. Ik wil geen kinderen, maar ik heb respect voor mensen

die ze wel willen. Het lijkt me nogal beangstigend. Al die verantwoordelijkheid! Ze worden ziek, je moet opletten dat ze het
goed doen op school, ze moeten manieren leren... Het is vast
nog moeilijker dan een paard of een hond africhten, en daar ben
ik ook al geen ster in. Ik heb een hond gehad die het hele huis
onder poepte. Ik moet er niet aan denken wat mijn kinderen
zouden doen.' Hij lachte om het beeld dat ze schetste, net toen
Mick Jagger voorbijkwam en haar omhelsde. Hij was trouwens
niet de enige die haar groette. Op Blake na scheen iedereen haar
te kennen, en hij kon maar niet begrijpen dat hij haar nooit eerder had gezien. Hij bracht toch genoeg tijd door in Londen en
bezocht de meeste party's en clubs.

Vol vuur vertelde hij alles over zijn huis in Marrakech en ze moest
toegeven dat het een fantastisch project leek. Ze zei dat ze bijna
architectuur was gaan studeren, maar dat ze er op de valreep van
afgezien had, want al die berekeningen waren niets voor haar.
Haar schooltijd was een regelrechte ramp geweest.

Hij werd aangesproken door een stel oude vrienden die hem
begroetten en ook zij kletste even met wat kennissen. Maar toen
hij zich omdraaide om hen voor te stellen was ze spoorloos verdwenen. Dat was een lelijke tegenvaller voor Blake, want hij
had in tijden niet zo'n amusant gesprek met iemand gehad. Ze
was excentriek, intelligent, openhartig en anders dan anders, en
bovendien zo knap dat het zelfs hem was opgevallen. Hij zocht
Mick Jagger op en vroeg hem wie ze was. Mick lachte Blake
uit.

'Ken je d'r niet?' Hij stond ervan te kijken. 'Dat is Arabella. Ze
is een baronesje. Haar vader schijnt de rijkste man van het House
of Lords te zijn.'

'Wat doet ze?' Hij nam aan dat ze niets hoefde te doen, maar hij
had de indruk gekregen dat ze toch een vak beoefende of een
carrière had.

'Ze schildert. Portretten vooral. Ze is echt goed. Mensen betalen een godsvermogen voor een portret van haar hand. Ze is zo

gek als een deur, maar ze is ook ontzettend aardig. Zo'n typische Engelse excentriekeling. Ik geloof dat ze verloofd was met een of andere chique Fransoos, een markies of zo. Ik weet niet precies wat er is gebeurd, maar het huwelijk ging niet door. Ze nam de benen naar India, had iets met een hoge Indiase piet en kwam weer thuis, met een kist vol prachtige sieraden. Niet te geloven dat je haar niet kent! Misschien was ze in India toen jij hier veel kwam. Je kunt een hoop lol met haar hebben,' beweerde Mick stellig.

'Dat geloof ik graag,' zei Blake, nogal onder de indruk van hetgeen Jagger hem verteld had. Het klopte allemaal. 'Weet je misschien hoe ik haar kan vinden? Ik heb de kans niet gekregen haar nummer te vragen.'

'Tuurlijk. Laat morgen jouw secretaresse die van mij maar bellen. Ik heb haar nummer wel ergens. En ik ben niet de enige, half Engeland heeft zijn portret door haar laten schilderen. Altijd een mooi excuus trouwens.' Blake hoefde niet zo nodig een portret van zichzelf, maar het was natuurlijk een mogelijkheid. Hij zei iedereen gedag en ging naar huis, teleurgesteld dat zij voor hem vertrokken was. Maar zijn secretaresse gaf hem de volgende ochtend het nummer. Het was een fluitje van een cent geweest.

Hij zat een paar minuten met het stukje papier in zijn hand en besloot toen haar zelf te bellen. Een vrouw nam de telefoon op en hij herkende de stem van de avond ervoor.

'Arabella?' Hij probeerde zelfverzekerd over te komen, al voelde hij zich voor het eerst sinds jaren een beetje verlegen. Ze leek meer op een wervelwind dan op een vrouw, maar was ook heel wat gedistingeerder dan de meiden die hij gewoonlijk had.

'Ja, klopt,' zei ze kortaf zoals de Engelsen doen. Toen begon ze te lachen, al voor ze wist wie er belde. Het was hetzelfde gerinkel van feeënbelletjes dat hij gister had gehoord. Ze was betoverend.

'Eh, met Blake Williams. Ik heb je gisteren bij de bar in Kensington Palace ontmoet. Je was verdwenen voor ik tot ziens kon zeggen.'

'Je had het zo druk met die mensen, dat ik er maar vandoor ging. Wat leuk dat je belt trouwens.' Het kwam oprecht over en daar was hij blij om.

'Ik wilde eigenlijk liever hallo dan tot ziens zeggen. Heb je iets te doen rond lunchtijd?' Hij wond er geen doekjes om en bracht haar weer aan het lachen.

'Ja, ik ben druk,' zei ze spijtig. 'Ik ben bezig met een portret en mijn onderwerp is alleen vrij tijdens de lunch. De premier, dus je snapt dat hij het niet kan verschuiven. Wat dacht je van morgen?'

'Dat zou ik geweldig vinden,' zei Blake en hij voelde zich een jongetje van twaalf. Ze was negenentwintig en hij voelde zich een kind bij haar, al was hij zelf zesenveertig. 'Wat dacht je van Santa Lucia, om één uur?' Het was het favoriete lunchrestaurant van prinses Diana geweest, en daarom ook van ieder ander.

'Prima. Je ziet me daar,' beloofde ze. 'Tot dan!' En voor hij kon antwoorden was de lijn verbroken. Geen koetjes en kalfjes, geen uitgesponnen conversatie. Alleen de feiten die nodig waren voor een lunchafspraakje. Hij vroeg zich af of ze weer in sari en met bindi zou komen. Hoe dan ook, hij stond te popelen haar te zien. Hij was in geen jaren zo zenuwachtig vanwege een meisje geweest.

De volgende dag stapte Blake stipt om één uur Santa Lucia binnen, waar hij bij de bar op haar bleef wachten. Arabella stapte twintig minuten later binnen, met haar korte rode haar weer in opstaande pieken, maar in een minirokje, hooggehakte bruin suède laarzen en een enorme lynxmantel. Ze zag eruit alsof ze in een film speelde, en de bindi was verdwenen. India had plaatsgemaakt voor Parijs of Milaan, maar haar ogen waren nog steeds zo staalblauw als hij zich herinnerde. Ze straalde zodra ze hem zag en knuffelde hem stevig.

'Wat líéf van je dat je me mee uit lunchen neemt,' zei ze, alsof niemand dat ooit deed, wat hem hoogst onwaarschijnlijk leek. Ze was opvallend aantrekkelijk en tegelijkertijd zo zonder pretenties, wat Blake hartveroverend vond. Hij voelde zich als een jong hondje dat aan haar voeten lag, waar hij bij zijn piepjonge blondjes nooit last van had. Toen bracht de ober hen naar hun tafeltje. Hij deed net zo overdreven hoffelijk tegen Arabella als tegen Blake.

Conversatie kostte hun geen enkele moeite. Blake vroeg honderduit over haar werk, en hij vertelde over zijn internetwereld, die ze fascinerend vond. Ze praatten over kunst, architectuur, zeilen, honden en zijn kinderen. Ze gaven over van alles en nog wat hun mening en verlieten pas om vier uur het restaurant. Hij zei dat hij dolgraag haar werk eens wilde zien, en ze nodigde hem uit voor de volgende dag, na haar sessie met de premier. Behalve die afspraak had ze verder vrij weinig te doen die week, maar vrijdag zou ze natuurlijk naar een buitenhuis gaan. In Engeland bracht iedereen van enige naam het weekend buiten de stad door, in hun eigen buitenhuis of dat van een ander. Toen ze op straat afscheid namen, kon hij eigenlijk niet wachten om haar weer te zien. Hij was bezeten van haar en stuurde haar diezelfde middag een gigantisch boeket met een grappig kaartje erbij. Ze belde hem direct nadat ze het ontvangen had. Hij had orchideeën gecombineerd met rozen en lelietjes-van-dalen. Hij was naar de beste bloemenzaak in Londen gegaan en had de mooiste combinatie bedacht die hij zich kon indenken, en die bij haar paste. Blake vond haar het boeiendste meisje dat hij ooit had ontmoet, en ongelooflijk sexy.

De volgende dag stond hij in de vroege middag al voor haar deur; Tony Blair was net vertrokken. Alweer sloeg hij steil achterover van Arabella's outfit. Ze was een vrouw met vele gezichten: exotisch, glamoureus, als een klein meisje, als een zwerver, en het ene moment een topmodel, het andere een elfje. Ze deed open in met verf besmeurde skinny jeans, hoge rode Converse-basketbalgympen en een wit T-shirt. Om haar arm droeg ze een armband met joekels van robijnen en ze had ook de bindi weer opgeplakt. Ze was een mix van stijlen, wat hem oneindig fascineerde. Ze liet hem een aantal opdrachten zien waaraan ze momenteel werkte en een stel oude schilderijen die ze voor zichzelf had gemaakt. Er stonden een paar prachtige paardenportretten, en ook het portret van de premier was erg goed uitgevallen. Ze was zeker zo getalenteerd als Mick Jagger had gezegd.

'Ze zijn fantastisch,' zei hij, 'absoluut geweldig, Arabella.' Ze maakte een fles champagne open om zijn eerste bezoek aan haar atelier te vieren, zei ze, de eerste van een heleboel, hoopte ze, en ze proostte met hem. Hij dronk twee glazen ondanks zijn afkeer van champagne. Het maakte niet uit, hij zou vergif voor haar hebben gedronken. Later stelde hij voor dat ze naar zijn huis zouden gaan. Ook hij wilde zijn schatten laten zien. Hij had zeer belangwekkende kunst en een waanzinnig spectaculair huis, waar hij echt trots op was. Een taxi was zo gevonden en een halfuur later slenterden ze door zijn hoge kamers. Ze slaakte kreetjes van opwinding over de kunst die ze zag. Hij maakte nog een fles champagne voor haar open, maar zelf stapte hij over op wodka. Hij zette wat muziek op, op zijn audiosysteem met de allerlaatste technische snufjes, hij liet haar zijn thuistheater zien, liet haar alles zien wat hij bezat en om negen uur belandden ze tot slot in zijn reusachtige bed, waar ze zich overgaven aan een waanzinnige vrijpartij vol passie. Nooit had hij een dergelijke ervaring met een vrouw gehad, zelfs niet met drugs erbij, waarmee hij ook wel eens geëxperimenteerd had, maar weinig aan had gevonden. Nu was Arabella zijn drug en hij had het gevoel dat hij naar de maan en terug was geweest toen ze later in zijn enorme badkuip lagen, waar zij boven op hem gleed en hem begon te berijden. Hij kreunde van genot toen hij voor de vierde keer die nacht in haar klaarkwam, en hij hoorde vaag het betoverende geluid van haar gelach, toen het ongelooflijke boselfje dat hij in Kensington Palace gevonden had hem bijna krankzinnig van begeerte maakte. Hij wist niet wat het was met haar, liefde of waanzin, maar wat het ook was, hij hoopte dat er nooit een eind aan zou komen.

Hoofdstuk 10

$\mathcal{D}$e volgende vrijdagavond slaagden Charles en Maxine erin opnieuw rustig en beschaafd te dineren in La Grenouille. Ze namen kreeft en verfijnde risotto met witte truffel, die als een lust opwekkend middel werkte, zo hemels was die. En opnieuw genoot Maxine van het etentje, nog meer dan de vorige keer. Ze beleefde genoegen aan hun verstandige, volwassen gesprekken, en hij leek iets minder serieus dan de week ervoor. En hoewel hij het zorgvuldig doseerde, bleek hij toch gevoel voor humor te bezitten. Charles liet overigens nooit iets uit de hand lopen. Hij zei dat hij alles het liefst van tevoren geregeld zag, met mate en voorspelbaar, zodat hij niets aan het toeval hoefde over te laten. Dat was ook het soort leven dat Maxine altijd zo graag gewild had, maar wat met Blake niet gelukt was. En ook zonder hem was het geen haalbare kaart gebleken. Met drie kinderen, de onvoorspelbare zaken in hun levens en het soort praktijk dat ze had, gebeurde er regelmatig iets onverwachts. Maar hun karakters sloten goed op elkaar aan. Hij stond dichter bij het beeld dat ze voor ogen had gehad dan Blake. Charles was misschien wat minder spontaan dan Blake, maar dat praatte ze goed door te stellen dat het eigenlijk wél zo geruststellend was. Ze wist precies wat ze van hem kon verwachten. En hij was een aardige man, bij wie ze zich op haar gemak voelde.

Ze zaten in de taxi op weg naar huis na dat tweede etentje bij La Grenouille. Hij had beloofd dat hij haar de volgende keer naar Le Cirque zou meenemen, en misschien daarna Daniel of Café Boulud. Het waren allemaal favoriete adresjes van hem en hij wilde ze graag met haar delen. Terwijl hij ze beschreef klonk de ringtoon van haar mobieltje. Ze dacht dat het een van haar kinderen was die haar wilde spreken. Thelma Washington nam haar weekenddienst over. Maar toch bleek het de servicedienst te zijn die haar moest traceren voor dokter Washington, en Maxine begreep meteen dat er iets ernstigs was gebeurd met een van haar patiënten. Thelma belde haar tijdens de weekends nooit voor onbenulligheden. Normaal gesproken handelde ze alles af, op de omstandigheden na waarvan ze wist dat Maxine ervan op de hoogte wilde blijven. Thelma werd door de servicedienst doorverbonden.

'Hoi. Wat is er?' zei Maxine snel. Charles dacht dat het een van haar kinderen was. Hij hoopte maar dat er geen noodgeval was. Ze hadden zo'n gezellige avond gehad, en hij was bang dat iets de sfeer zou bederven. Maxine luisterde aandachtig en fronste met gesloten ogen haar voorhoofd. Hij zag het somber in. 'Hoeveel eenheden bloed heb je haar gegeven?' Weer was het stil terwijl Maxine naar het antwoord luisterde. 'Kun je niet iemand van cardiothoracale chirurgie oproepen? Probeer Jones maar... Verdomme... Oké... ik kom eraan.' Met een bezorgde blik wendde ze zich tot Charles. 'Het spijt me. Ik vind het heel vervelend. Maar er is net een van mijn patiënten binnengebracht, ze is dodelijk gewond. Kan ik de taxi naar het Columbia Presbyterian laten rijden? Ik heb geen tijd om naar huis te gaan en wat anders aan te trekken. Ik kan je onderweg thuis afzetten.' Haar gedachten waren bijna geheel bij wat Thelma haar had verteld. Het was een meisje van vijftien dat ze nog maar een paar maanden in therapie had. Ze had een zelfmoordpoging gedaan en haar leven hing aan een zijden draadje. Maxine wilde erbij zijn, om de juiste beslissingen te nemen. Charles was meteen nuchter en zei dat ze uiteraard de taxi naar het ziekenhuis mocht sturen.

'Zal ik met je meegaan? Als ik in de buurt blijf kan ik misschien een beetje morele steun geven.' Hij kon niet inschatten hoe moeilijk het was om met zo'n zelfmoordpoging om te gaan, en het was Maxines werk. Hij kon zich niet voorstellen hoe zwaar het was om dit bijna dagelijks mee te maken, maar zijn bewondering voor haar steeg met de dag. En medisch gezien was het niet alleen oneindig veel interessanter dan wat hij deed, maar ook inspannender en belangrijker.

'Ik moet misschien de hele nacht blijven. Dat hoop ik tenminste.' De enige reden waarom ze af en toe eerder naar huis kon, was als een patiënt het niet haalde, en zo te horen was daar grote kans op.

'Geen probleem. Als ik moe word van het wachten ga ik naar huis. Hé, ik ben dokter, ik heb ook wel eens nachtdienst.' Ze glimlachte. Het was toch maar goed dat ze dit gemeen hadden. Als je allebei in de medische wereld werkte, gaf dat al snel een band. Ze gaven het adres van het ziekenhuis door aan de taxichauffeur en reden snel door, terwijl Maxine de toestand uit de doeken deed. Het meisje had zichzelf met een mes bewerkt, haar polsen doorgesneden en zich met een keukenmes in het hart gestoken. Ze had zichzelf vreselijk toegetakeld. Wonder boven wonder had haar moeder haar op tijd gevonden en ze had snel gereageerd. De ambulance arriveerde al na een paar minuten. Ze hadden haar tot nu toe twee eenheden bloed toegediend, haar hart had tweemaal stilgestaan tijdens de rit, maar ze hadden het weer aan de praat gekregen. Ze balanceerde op de rand van leven en dood, maar ze leefde nog. Dit was al haar tweede poging.

'Jezus, ze leveren geen half werk af, hè? Ik dacht echt dat jongeren het deden om aandacht te vragen en altijd maar halfslachtige pogingen deden.' Maar hier was niets halfslachtigs aan. Onderweg spraken ze er rustig over, maar Maxine was een en al actie toen ze het ziekenhuis binnenliepen. Ze droeg een zwart cocktailjurkje en hoge hakken. Ze hing haar zwarte avondjasje ergens op, trok een laboratoriumjas aan over haar jurk, zocht Thelma en maakte kennis met het eerstehulpteam. Ze onderzocht haar patiënt, nam contact op met de hartchirurg en praatte met de dienstdoende artsen. De polsen van Eloise waren al gehecht en de hartchirurg rende een kwartier later binnen. Het comateuze meisje werd snel naar de operatiekamer gereden, terwijl Maxine de ouders bijstond. Ondertussen voerden Charles en Thelma zacht een gesprek in de gang,

'Wat een vrouw, hè?' zei Charles bewonderend. Zodra ze aan het werk was, werd ze een wervelwind van efficiency. Thelma was het helemaal met hem eens en ze was blij dat hij zo onder de indruk was en respect toonde voor Maxines werk. Een halfuur later voegde ze zich bij hen.

'Hoe is het met haar?' vroeg Thelma aan Maxine. Ze was eigenlijk alleen maar blijven staan om Charles gezelschap te houden, niet om medische redenen. Maxine was nu immers degene die de beslissingen nam.

'Ze geeft het niet op. Maar voor hoe lang nog...' zei Maxine, biddend dat ze haar niet kwijt zouden raken.

Eloise lag vier uur op de operatietafel en het was bijna vijf uur voor Maxine iets meer te weten kwam. Tot haar verrassing was Charles nog steeds in het ziekenhuis. Thelma was al uren geleden naar huis gegaan.

Met een triomfantelijke blik liep de chirurg de doktersruimte in en hij grijnsde naar Maxine en Charles. 'Ik zweer het je, soms kom je dingen tegen die onmogelijk te verklaren zijn. Ondanks al dat gehak van haar heeft ze toch een hoop vitale delen gemist. Op een haar na had ze zichzelf doodgestoken. Er kan nog een hoop gebeuren de komende dagen, maar ik zou haast zeggen dat ze het wel redt.' Maxine gaf een kreet van plezier en viel Charles om de hals. Hij drukte haar tegen zich aan en glimlachte. Hij was doodmoe, maar hij had wel een van de interessantste nachten uit zijn medische carrière meegemaakt. Hij had gezien waarvoor ze gevochten hadden, wat er gedaan werd om het probleem op te lossen en dat Maxine de verantwoordelijkheid van dit alles droeg.

Ze ging het meteen aan Eloises ouders vertellen en kort na zessen vertrokken zij en Charles uit het ziekenhuis. Maxine zou over een paar uur weer terugkomen om te zien hoe het ging. Er moest goed toezicht gehouden worden de komende dagen, maar het ergste was voorbij. Ze hadden Eloises bloed aangevuld en haar hart hersteld. Haar ouders waren buiten zichzelf van opluchting, en dat gold ook voor Maxine. Met voorzichtig optimisme vermoedde ze dat ze dit kind niet zouden verliezen en een overwinning hadden behaald door het uit de klauwen van de dood te trekken.

'Ik kan je niet vertellen wat een indruk je op me hebt gemaakt met wat je hebt gedaan,' zei Charles zacht. Hij had zijn arm om haar schouders geslagen en ze leunde tegen hem aan terwijl ze naar huis reden. De adrenaline stroomde nog snel door haar heen van het inspannende werk, maar ze was tegelijkertijd uitgeput. Ze wisten allebei dat het nog wel even kon duren voor die opwinding zou zakken, en tegen die tijd moest ze weer terug zijn in het ziekenhuis. Aan slapen zou ze waarschijnlijk niet toekomen. Maar ze was eraan gewend.

'Dank je,' zei ze met een glimlach. 'Bedankt dat je bij me bent gebleven. Het was goed te weten dat je er was. Meestal breng ik zo hele nachten alleen door. Ik hoop dat we deze keer winnen. Ik heb het gevoel dat het goed komt.'

'Dat denk ik ook. Die cardiovent van jou is een topper.' Stiekem dacht hij hetzelfde van haar.

'Ja, dat weet ik,' beaamde Maxine.

De taxi stopte voor haar appartementengebouw, en toen ze uitstapte besefte ze pas dat ze bekaf was. Haar benen waren loodzwaar en die hoge hakken waren moordend. Ze had nog steeds de witte jas over haar uitgaansjurk aan en had haar jasje over de arm. Charles had een chic zwart pak aangehad met een wit overhemd en een marineblauwe das. Ze vond dat hij zich met smaak kleedde. Bovendien zag hij er ondanks de doorwaakte nacht nog uit om door een ringetje te halen.

'Ik heb het gevoel dat ze me achterover door de bosjes hebben getrokken,' zei ze, en hij moest lachen.

'Zo zie je er niet uit. Je was fabelachtig goed vannacht.'

'Bedankt, maar het komt echt door het team, niet door één individu, en hoeveel geluk je hebt op zo'n nacht. Je weet nooit hoe het loopt met zoiets. Je doet je best en doet een schietgebedje. Ik in elk geval wel.'

Hij keek haar met ogen vol hernieuwd respect en bewondering aan. Het was halfzeven in de ochtend en hij wilde ineens dat hij naar huis kon rijden en met haar naar bed kon gaan. Wat had hij nu graag met zijn armen om haar heen geslapen, na de nacht die ze samen hadden doorgebracht. In plaats daarvan boog hij zich buiten de deur van het gebouw naar voren en kuste haar heel teder op de lippen. Het was eerder dan ze allebei gedacht hadden, maar deze nacht had een hoop veranderd. Ze hadden nu een band gekregen. Hij kuste haar opnieuw, iets harder deze keer, en zij kuste hem terug terwijl hij zijn armen om haar heen sloeg en haar stevig tegen zijn borst drukte.

'Ik bel je vanmiddag,' fluisterde hij. Ze knikte en ging naar binnen.

Ze zat nog een tijd alleen in de eetkeuken en dacht over alles na: haar patiënt, de lange nacht, de kus. Ze kon moeilijk zeggen wat haar het meest van de kook had gebracht. Die zelfmoordpoging ongetwijfeld, maar ze voelde een soort bliksemschicht door haar heen gaan toen Charles haar kuste. En dat voelde lekker. En wat fijn was het geweest dat hij haar steunde en er voor haar was. Door al die dingen leek Charles toch wel degene te zijn op wie ze altijd had gewacht. En nu hij er was, werd ze bang voor wat het betekende, en hoe ze hem een plekje in haar leven moest geven. Ze wist niet zeker of er wel plaats voor hem was, naast haar kinderen. Ze maakte zich er enigszins ongerust over.

Het was bijna negen uur in de ochtend toen ze eindelijk in bed kroop. Haar kinderen sliepen nog en ze hoopte dat ze heel even kon slapen voor ze zich met hen moest bezighouden. Ze was dan ook totaal niet voorbereid op Daphnes aanval, toen ze na twee uur slapen een kop koffie dronk in de keuken. Daphne staarde haar woedend aan, haar ogen half samengeknepen. Maxine had geen idee waarom, maar daar zou ze snel achter komen.

'Waar was je gisternacht?' vroeg Daphne. Ze was ziedend.

'In het ziekenhuis. Hoezo?' Maxine keek haar niet-begrijpend aan. Wat was het probleem?

'Je liegt! Je was bij hém!' Ze zei het als een bedrogen minnaar. Een kind dat oog in oog staat met een nieuwe liefde van een van haar ouders, of haar vader of moeder zelfs alleen maar van bepaalde handelingen verdenkt, kan des duivels worden.

'Ik ben met "hem" uit eten geweest, als je dat bedoelt,' zei haar moeder rustig. 'Toen ik op weg naar huis was, kreeg ik een oproep dat een van mijn patiënten in levensgevaar was, en ik moest erheen. Ik denk dat we haar net gered hebben, als er vandaag niets misgaat.' Ze vertelde hun vaker over de spoedgevallen waarvoor ze de deur uit moest. 'Dus wat is nou je probleem?'

'Ik geloof er geen barst van. Je was bij hem thuis en je bent met hem naar bed geweest.' Woedend spuwde ze de woorden uit, terwijl haar moeder haar verbijsterd aankeek. Dit was totaal ongegrond, maar het maakte Maxine wel duidelijk wat een weerstand haar te wachten zou staan wat Charles betrof. In elk geval van Daphne.

'Dat zou ooit met hem of een ander kunnen gebeuren. En als ik een relatie met iemand krijg die zo serieus wordt, dan zal ik dat jullie wel vertellen. Maar ik kan je verzekeren, Daphne, dat ik gister gewoon aan het werk was. En bovendien ga je nu echt te ver.' Ze was zelf een beetje boos geworden en draaide zich om. Daphne leek even te bedaren, maar ging toen weer in de aanval.

'O, en waarom zou ik dat geloven?' vroeg ze, terwijl Sam de keuken in liep met een verbaasde blik op zijn gezicht. Hij had de indruk dat Daphne echt pisnijdig op zijn moeder was, wat inderdaad het geval was.

'Omdat ik nooit tegen jullie gelogen heb,' antwoordde Maxine streng. 'En ik was niet van plan er nu mee te beginnen. Ik ben niet gediend van je beschuldigingen. Ze zijn onbeschoft, jaloers en totaal overbodig. Dus hou ermee op en gedraag je.' Met die woorden snelde Maxine de keuken uit zonder nog iets tegen haar kinderen te zeggen.

'Moest dat nou?' zei Sam boos tegen zijn zus. 'Nu is mam hartstikke kwaad. En ze is natuurlijk ook nog doodmoe omdat ze de hele nacht gewerkt heeft, dus dan blijft ze de hele dag chagrijnig. Bedankt, hoor!'

'Wat weet jij er nou van!' siste Daphne en ze stormde ook de keuken uit. Sam schudde het hoofd en maakte een kom cornflakes voor zichzelf. Dit zou me het dagje wel worden.

Tegen twaalven ging Maxine naar het ziekenhuis en ze was dolblij dat het goed ging met Eloise. Ze was bij bewustzijn en Maxine kon een kort praatje met haar maken, al kreeg ze niet te horen waarom ze de poging had gedaan. Maxine adviseerde haar voor langere tijd op te laten nemen, en haar ouders waren het ermee eens. Ze wilden niet riskeren dit nog een keer mee te maken, zelfs al was daar een kliniek voor nodig.

Twee uur later was Maxine weer thuis. Daphne was met vriendinnen de stad in, zogenaamd om kerstinkopen te doen, maar Maxine vermoedde dat het haar meer te doen was om haar moeder uit de weg te gaan. Dat kwam haar ook goed uit. Ze was nog steeds razend vanwege Daphnes beschuldigingen van die morgen. En zoals gewoonlijk probeerde Sam extra lief voor haar te zijn om het goed te maken. Ze gingen samen naar het voetbalveld om Jack te zien spelen. Tot hun vreugde won Jacks team nog ook. Toen ze rond een uur of vijf allemaal weer thuis waren, was de sfeer een stuk opgewekter. Daphne was nogal stilletjes thuisgekomen.

Toen Charles haar om zes uur belde, kon hij zijn oren niet geloven toen ze vertelde dat ze de godganse dag van hot naar her had gerend. Hij kwam net uit bed...

'Ik ben eraan gewend,' zei ze lachend. 'Een vermoeid mens krijgt nooit genoeg rust. Een vermoeid mens met kinderen in elk geval.'

'Ik snap niet hoe je het doet. Ik voel me compleet geradbraakt en ben nog steeds hondsmoe. Maar hoe is het met je patiënt?' Hij klonk slaperig en zwoel.

'Opmerkelijk goed. Godzijdank zijn die kinderen jong en sterk. Meestal krijgen we ze er wel weer bovenop, maar helaas niet altijd.'

'Ik ben blij dat het nu wel gelukt is.' Hij stelde er veel meer belang in dan weken geleden. 'Wat doe je vanavond?'

'We gaan met zijn allen naar de film en eten eerst even een pizza of zo.' En toen kreeg ze een idee. Ze nam aan dat hij nu te moe was om met hen mee te gaan, en zij had het eigenlijk ook wel gehad, maar ze aten 's zondags altijd wat feestelijker dan door de week. 'Wat dacht je ervan om morgen bij ons te komen eten?'

'Bij jou en de kinderen?' Het kwam er wat aarzelend uit en minder enthousiast dan ze had gehoopt. Hij moest duidelijk aan het idee wennen.

'Ja, dat bedoel ik. We kunnen iets bij de Chinees bestellen, of iets anders wat je lekker vindt.'

'Ik ben gek op Chinees. Maar ik wil jullie samenzijn niet verstoren.'

'O, dat overleven we wel, denk ik. En jij?' Ze glimlachte, en hij kon verder geen goed excuus vinden om het af te slaan.

'Ik ook wel, denk ik.' Het klonk alsof hij er zojuist mee ingestemd had van het Empire State Building te bungeejumpen, iets wat er in zijn beleving ongeveer gelijk aan stond. Maxine vond het dapper dat hij het wilde proberen. Zo te horen was de schrik hem om het hart geslagen.

'Dan zien we je morgen om zes uur,' zei ze, terwijl Daphne stokstijf in de woonkamer bleef staan.

165

'Heb je hem uitgenodigd morgen bij ons te komen éten?' vroeg Daphne terwijl haar moeder ophing.

'Jazeker.' En ze was niet van plan haar kinderen om toestemming te vragen. Die hadden aan de lopende band vrienden en vriendinnen over de vloer, die altijd konden blijven eten. Zij had ook het recht een vriend te vragen langs te komen, al had ze dat nog maar zelden gedaan.

'Dan eet ik morgen dus niet thuis,' zei Daphne ijzig.

'O ja, dat doe je wel,' zei Maxine rustig, en ze voegde eraan toe dat ook haar vrienden welkom waren in dit huis. 'Ik begrijp niet waarom je er zo'n punt van maakt, Daphne. Hij is best een aardige man. Ik ga er niet met hem vandoor. En met die vriendinnetjes van je vader schijn je ook geen moeite te hebben.'

'O, is hij dan nu al je vriend?' zei Daphne met afgrijzen op haar gezicht. Maxine schudde haar hoofd.

'Nee, het is gewoon een vriend, maar het zou helemaal niet gek zijn als hij meer dan een vriend werd. Weet je wat pas gek is? Dat ik in geen jaren een date heb gehad! Maak je er toch niet zo druk om.' Maar misschien moest zij zich juist wat drukker maken. Daphne voelde zich kennelijk bedreigd door Charles en het idee dat er een man in haar moeders nabijheid was. En Jack scheen er ook niet zo happy mee te zijn. 'Het stelt helemaal niets voor, Daf. Nergens voor nodig om er zo zwaar aan te tillen. Zie het nu gewoon als wat het is. Er komt een vriend eten. Als het meer wordt dan die ene keer, laat ik het wel weten. Maar voorlopig is het alleen eten. Oké?' Terwijl ze dat zei, schoten die kussen van vanmorgen vroeg haar te binnen. Daphne zat er dus niet helemaal naast. Het was meer dan alleen eten. Daphne deed er het zwijgen toe.

Toen Charles de volgende dag voor de deur stond, had Daphne zich verschanst in haar kamer. Maxine moest soebatten en smeken en uiteindelijk dreigen om haar aan tafel te krijgen. Ze kwam de keuken in, maar uit haar houding en gedrag sprak wel dat het niet uit vrije wil was. Ze negeerde Charles volkomen en keek haar moeder alleen furieus aan. Om zeven uur werd het

Chinese eten bezorgd en toen Maxine iedereen opschepte, weigerde Daphne ook maar een hap te nemen. Sam en Jack namen haar portie er zonder problemen bij. Charles feliciteerde Jack met zijn overwinning van de dag ervoor en vroeg hem naar de mooiste momenten van de wedstrijd.

Daarna hadden Sam en Charles een vrolijk gesprek. Daphne keek haar broers aan alsof ze grote verraders waren en zat binnen twintig minuten weer in haar kamer met de deur potdicht. Charles besprak het met Maxine terwijl ze de tafel afruimden en de restjes in de koelkast zetten. De maaltijd was niet al te vervelend verlopen, en Charles had zijn uiterste best gedaan. Hij moest er duidelijk moeite voor doen, maar hij probeerde het tenminste. Het moest een geheel nieuwe situatie voor hem zijn.

'Daphne heeft de pest aan me,' zei hij een beetje verslagen, een van de laatste gelukskoekjes opknabbelend.

'Ach, dat valt wel mee. Ze kent je gewoon niet. Ze is alleen maar bang. Ik heb nooit een echte date gehad voor zover zij weet, en nu neem ik zomaar iemand mee naar huis om mee te eten! Ze is doodsbang voor wat dit betekent.'

'Zei ze dat?' Hij keek erg belangstellend en Maxine moest lachen.

'Nee, maar ik ben moeder en psychiater van adolescenten. Ze voelt zich bedreigd.'

'Heb ik iets gezegd wat haar van streek maakt?' vroeg hij bezorgd.

'Nee joh, je was geweldig.' Maxine lachte hem toe. 'Ze heeft besloten zich zo te gedragen. Eerlijk gezegd heb ik een bloedhekel aan tienermeiden,' zei Maxine vrolijk. En nu moest hij ook lachen, want ze zorgden wel voor brood op de plank. 'Eigenlijk is vijftien de ergste leeftijd. Maar het begint als ze dertien zijn. Hormonen en zo, je weet wel. Je zou ze moeten opsluiten tot ze een jaar of zestien, zeventien zijn.'

'Dat is een pittige uitspraak voor een vrouw die er haar werk van heeft gemaakt ze te helpen en behandelen.'

'Helemaal niet. Ik weet waar ik het over heb. Allemaal pesten en treiteren ze hun moeder op die leeftijd. Hun vaders, dat zijn de grote helden.'

'Ik had al zoiets begrepen,' zei hij sip. Daphne had de eerste keer dat ze elkaar ontmoetten haar vader de hemel in geprezen. 'Maar hoe doe ik het met de jongens?'

'Fantastisch,' zei ze, en ze keek hem aan met een warme blik. 'Bedankt dat je dit allemaal doet. Ik weet dat het niet je favoriete vrijetijdsbesteding is.'

'Nee, maar jij bent dat wel,' zei hij teder. 'Ik doe het ook voor jou.'

'Dat weet ik,' zei ze zacht en voor ze beseften wat er gebeurde, kusten ze elkaar terwijl Sam de keuken in kwam.

'Uh-oh,' zei hij toen hij zag wat ze deden, en ze lieten elkaar direct schuldbewust los. Maxine trok de koelkast open en deed net of ze iets niet kon vinden. 'Daf vermoordt je als ze ziet dat je hem zoent,' zei hij tegen zijn moeder, en zij en Charles barstten in lachen uit.

'Het zal niet meer gebeuren. Ik beloof het,' zei Maxine. Sam haalde zijn schouders op, pakte snel twee gelukskoekjes en liep de keuken uit.

'Ik mag hem wel,' zei Charles op warme toon.

'Het is voor iedereen goed dat je hier bent, zelfs voor Daphne,' zei ze rustig. 'Het is een stuk normaler dat ik niet alleen voor hen op de wereld ben.'

'Ik had niet door dat ik hier voor een training uitgenodigd was,' zei Charles kreunend en Maxine moest weer lachen.

Ze gingen naar de woonkamer en bleven nog een tijdje kletsen, tot Charles om tien uur naar huis ging. Ondanks Daphnes vijandigheid tijdens het eten, was het een erg gezellige avond geworden. Charles voelde zich alsof hij in een ton van de Niagarawatervallen was gestort en het nog overleefd had ook. Maxine liep gelukkig haar slaapkamer in en vond Sam in haar bed, bijna in slaap gesukkeld.

'Ga je met hem trouwen, mam?' mompelde hij. Hij kon zijn ogen amper openhouden terwijl ze hem een nachtkus gaf.

'Nee hoor. Het is gewoon een vriend.'

'Waarom zoenden jullie dan?'

'Dat gebeurde zomaar, omdat ik hem aardig vind. Maar het betekent nog niet dat ik met hem ga trouwen.'

'Zoiets als pap en de meisjes met wie hij uitgaat?'

'Ja, zoiets. Het stelt niets voor.'

'Dat zegt hij ook altijd.' Opgelucht viel Sam zoetjes aan in slaap terwijl ze naar hem bleef kijken. De komst van Charles had een kleine aardverschuiving veroorzaakt in huis, maar ze bleef bij haar standpunt dat het een goede zaak was geweest. En ze vond het fijn weer een man te hebben om mee uit te gaan. Het was toch zeker geen misdaad? Ze moesten er alleen een beetje aan wennen. En trouwens, Blake had vaker wel dan niet een date. Waarom zou zij het dan niet mogen?

Hoofdstuk 11

*I*n de weken voor kerst beleefde Blake een betoverende tijd met Arabella in Londen. Nooit eerder was hij zo stapelgek op iemand geweest en zo gelukkig. Ze had zelfs een klein naakt-portret van hem gemaakt. Hij genoot van elk moment dat ze sa-men doorbrachten. Hij nam haar een weekend mee naar Sankt Moritz om te skiën. Ze gingen drie dagen naar Parijs om kerst-inkopen te doen en logeerden in het Ritz. In Venetië sliepen ze in zijn eigen palazzo. Zulke romantische dagen had hij met geen enkele andere vrouw meegemaakt. Uiteraard had hij haar ge-vraagd om na Kerstmis met hem en zijn kinderen naar Aspen op wintersport te gaan. Kerstavond vierden hij en Arabella met zijn tweetjes in Londen. Ze had hem willen voorstellen aan haar familie, maar hij wilde liever samen met haar van elke minuut genieten. Hij stond nooit zo te springen om de familie van een geliefde te ontmoeten. Er liep meestal van alles mis en het wek-te maar valse verwachtingen. Bovendien wilde hij Arabella hele-maal voor zichzelf alleen hebben, en zij had daar niets op tegen. Vrijwel meteen na hun ontmoeting was ze bij hem in zijn Lon-dense huis ingetrokken. En ze hadden al ontelbare malen in de roddelbladen gestaan.

Daphne was op hun foto gestuit in het tijdschrift *People* en ze had hem met een vies gezicht aan haar moeder laten zien. 'Zo te zien is pap weer eens verliefd.'

'Laat hem toch, Daf. Het heeft niets te betekenen. Hij heeft er gewoon plezier in.' De laatste tijd stelde Daphne zich niet alleen tegenover haar moeder hard op, maar ook tegenover haar vader.

'Hij zei dat hij deze keer zonder vriendin met ons op vakantie zou gaan.' Dat was precies wat Daphne het liefst wilde, tijd met hem alleen, als de enige vrouw in zijn leven. Maar Blake kennende was daar volgens Maxine maar weinig kans op. Bovendien zag die nieuwe vrouw in zijn leven er bijzonder leuk uit. Zij was gelukkig met Charles en het kon haar verder niet schelen. Het had haar nooit uitgemaakt. 'Als hij haar nou maar niet meebrengt,' zeurde Daphne. Maxine zei dat ze daar maar niet op moest rekenen. Het leek haar beter Daphne te waarschuwen zodat ze vast zou wennen aan het idee.

Arabella wilde graag met Blake mee naar Aspen. Ze was er nooit geweest, en het leek haar prachtig met dat stel grappige kinderen op vakantie te gaan. Ze had alle foto's van hen gezien en Blake had honderduit over ze verteld. Ze hielp hem cadeautjes te kopen voor Daphne en samen hadden ze bij Graff's een schitterend smal diamanten tennisarmbandje voor haar gekocht. Ze zei dat een prinses het niet zou afslaan. Hij was stiekem teruggegaan naar de juwelier en had een cadeautje uitgekozen dat een baronesse niet zou afslaan: een spectaculaire saffieren armband. Ze was met stomheid geslagen toen hij het haar voor kerst gaf. Kerstavond vierden ze samen en ze vlogen de volgende dag in zijn jet naar New York. Tegen het eind van de middag kwamen ze in zijn appartement aan en zodra ze binnen waren, belde hij Maxine. Zij had eerste kerstdag met de kinderen bij haar ouders gevierd en ze waren net terug. De kinderen waren er helemaal klaar voor om de volgende dag te vertrekken. Ze was al twee dagen bezig geweest met koffers pakken.

'En jij hebt ook niet stilgezeten,' plaagde ze hem. 'Daffy en ik hebben dat hele stuk over jou in de *People* gelezen.' Ze vertelde er niet bij dat Daphne er niet zo blij mee was geweest.

'Wacht maar tot je haar ziet. Ze is geweldig.'

'Ik kan gewoon niet wachten,' zei Maxine lachend. Meestal kreeg ze niet eens de kans zijn geliefden te ontmoeten, omdat hij ze alweer aan de kant had gezet. En dit was trouwens nog maar een paar weken aan de gang. Ze kende Blake en geloofde hem nooit als hij zei dat ze anders was. Dat zei hij immers elke keer. Ze kon zich niet voorstellen dat hij ooit weer serieus een relatie met iemand zou beginnen, al was dit meisje wat ouder dan wat hij gewoonlijk aan de haak sloeg. Toch was ze maar negenentwintig, een kind nog wat Maxine betrof. En toen spuide Maxine haar eigen nieuwtje. 'Ik heb trouwens ook iemand ontmoet,' zei ze nonchalant.

'Zo, dat mag ook in de krant. Wie is de gelukkige?'

'Een arts die ik in het ziekenhuis heb ontmoet.'

'Klinkt goed. Aardige vent?'

'Ik geloof van wel.' Erg romantisch klonk dat niet, maar hij wist dat ze zo nu eenmaal sprak. Maxine hield altijd een beetje afstand.

'En wat vinden de kids ervan?' Hij was echt benieuwd.

'Tja...' zuchtte ze. 'Dat is een ander verhaal. Daphne kan zijn bloed wel drinken, Jack is er niet kapot van, en Sam kan het allemaal weinig schelen.'

'Waarom heeft Daphne zo'n hekel aan hem?'

'Tja, het is een man. Ze vinden alle drie dat ik genoeg heb aan hen, en dat is ook wel zo. Maar voor de verandering is een man wel leuk. Heb ik ook eens een volwassene om mee te praten tussen patiëntjes en voetballertjes door.'

'Klinkt veelbelovend.'

Toen bedacht Maxine dat ze hem even moest waarschuwen. 'O ja, Daphne heeft ook met jou een appeltje te schillen.'

'Daphne?' Hij klonk verbaasd. 'Waarover dan?' Hij had geen flauw idee. Hij was soms vrij naïef.

'Je nieuwe liefde. Ze is nogal claimerig de laatste tijd. Ze zei dat je had beloofd deze keer alleen met hen naar Aspen te gaan. Gaat dat ook gebeuren?'

Hij aarzelde. 'Eh... nee. Eigenlijk niet. Arabella komt met me mee.'

'Dacht ik al. Ik heb Daphne al voorbereid. Bereid jij je dan maar voor op een dochter die af en toe stomvervelend kan zijn.'

'Prima. Ik zal het Arabella ook vertellen. Ze wil dolgraag kennis met ze maken.'

'Met de jongens zul je geen problemen hebben, die zijn gewend aan die dames van je. Zeg maar tegen haar dat ze het zich niet persoonlijk moet aantrekken. Ze is dertien, het is een lastige leeftijd.'

'Daar lijkt het wel op,' zei hij, maar hij ging ervan uit dat Arabella iedereen voor zich in kon nemen, zelfs Daphne. Hij nam aan dat het allemaal wel mee zou vallen. 'Morgen om halfnegen haal ik ze op,' zei hij.

'Ze staan nu al te trappelen,' zei Maxine. 'Ik hoop dat alles goed gaat.' Daphne had haar houding tegenover Charles nog niet bijgesteld, maar ze had hem dan ook maar alleen in het voorbijgaan gezien en hij was met kerst niet langsgekomen. Hij had er niets mee, had ook geen familie, dus was hij naar zijn buitenhuis in Vermont vertrokken. Maxine zou hem daar opzoeken nadat ze de kinderen aan Blake had toevertrouwd. In de loop van de volgende dag zou ze erheen rijden, maar ze zag er wel een beetje tegen op. Het zouden een soort wittebroodsweken voor hen worden, en ze had al een behoorlijke tijd niet meer met iemand gevreeën. Maar ze gingen nu een maand met elkaar om en ze kon het niet eeuwig uitstellen. Met hem naar bed gaan was echter wel een grote stap.

Zoals beloofd haalde Blake de kinderen de volgende ochtend op. Maxine ging niet mee naar beneden om ze uit te zwaaien. De kinderen moesten hem maar de groeten doen. Ze vond het niet zo aardig tegenover Arabella. Sam had het er even moeilijk mee zijn moeder te verlaten, maar ze zei dat hij haar altijd op haar mobieltje mocht bellen en droeg de andere twee op hem een beetje in het oog te houden en 's avonds bij hem te slapen. Daphne was ook niet helemaal zichzelf, want haar moeder had haar de vorige avond laten weten dat Blake Arabella had meegenomen. 'Maar hij had beloofd...' had ze gejammerd en ze was in tranen uitgebarsten. Maxine had haar gerustgesteld: het betekende niet dat hij niet van haar hield of geen tijd met haar wilde doorbrengen, maar hij vond het gewoon gezellig met een vrouw erbij. En trouwens, wie die Arabella ook was, ze wisten best dat het nooit lang kon duren. Al die jaren had hij het altijd maar een paar weken met zijn vriendinnen uitgehouden, en waarom zou zij een uitzondering zijn? Daphne omhelsde haar moeder en haastte zich naar de lift, waar Jack en Sam al stonden te wachten.

Het was doodstil in het appartement toen ze weg waren. Maxine en Zelda ruimden de boel een beetje op, en Zelda verschoonde de bedden voor ze naar een matinee zou vertrekken. Vervolgens belde Maxine Charles in Vermont. Hij verlangde erg naar haar komst. Zij wilde hem ook graag zien, maar een tikkeltje zenuwachtig was ze wel. Ze voelde zich weer maagd als ze eraan dacht dat ze de liefde zouden bedrijven. Bovendien had hij nogal verontschuldigend gedaan over zijn 'hutje in de bergen', zoals hij het noemde, aangezien hij wist met hoeveel luxe ze door Blake was omringd. Hij had verteld dat zijn huis nogal spartaans en heel simpel was. Het lag in de buurt van een kleine wintersportplaats en hij wilde dolgraag met haar skiën, maar hij wees er wel op dat het in de verste verte niet leek op Sankt Moritz of Aspen, of op andere skipistes waar ze vakanties had doorgebracht.

'Maak je daar nu maar geen zorgen over, Charles,' stelde ze hem gerust. 'Als dat zo belangrijk voor me was, was ik wel met Blake getrouwd gebleven. En vergeet niet dat ik bij hem wegging. Ik wil gewoon bij je zijn. Het boeit me niet hoe eenvoudig die blokhut van je is. Ik kom voor jou, niet voor het huis.'

En dat meende ze.

Het was een verademing voor hem een tijdje met haar alleen te zijn. Wanneer haar kinderen in de buurt waren, voelde hij zich meestal behoorlijk gespannen. Als kerstcadeautjes had hij voor elk van hen wat cd's gekocht van popgroepen die hun moeder opgenoemd had, en voor Sam wat dvd's. Al dat winkelen om cadeaus voor hen te kopen gaf hem de zenuwen. Voor Maxine kocht hij een chique shawl van Chanel, die hij wel aardig vond, en zij vond hem prachtig. Hij had hem aan haar gegeven tijdens hun laatste diner voor hij naar Vermont afreisde, vier dagen voor Kerstmis. Hij koos er altijd voor de stad uit te zijn voor alle families aan de kerstvoorbereidingen gingen. Daar wilde hij niets mee te maken hebben, al stemde dat haar een beetje verdrietig. Maar wat de kinderen betrof was het wel zo makkelijk. Daphne zou waarschijnlijk ontploft zijn als hij was uitgenodigd en er van hen verwacht werd dat ze kerst met hem moesten vieren, dus het was maar beter zo.

Maxine had hem een das en pochet van Hermès gegeven, en hij had ze tijdens het diner gedragen. Ze voelden zich beiden lekker bij deze relatie, het was niet te serieus en er was ruimte genoeg om hun eigen carrières en levens op dezelfde voet voort te zetten. Maxine kon niet voorzien op wat voor manier dat zou veranderen als ze met hem het bed zou delen. Ze kon zich niet voorstellen dat hij bij haar en de kinderen bleef slapen, en Charles had ook al gezegd dat zoiets uitgesloten was. Hij was er als de dood voor dat Daphne hem in zijn slaap zou vermoorden, en trouwens, hij vond het niet fatsoenlijk met haar naar bed te gaan met de kinderen in de buurt. Maxine was het daarmee volkomen eens.

Ze reed om twaalf uur de stad uit en rekende erop tot nieuwjaarsdag weg te blijven. Om een uur of zes zou ze in Vermont aankomen. Charles had haar onderweg tweemaal gebeld om te horen of alles oké was. Het sneeuwde ten noorden van Boston, maar de wegen waren goed begaanbaar, al werd het wat lastiger toen ze New Hampshire bereikte. Rond die tijd werd ze door de kinderen gebeld. Daphne belde haar op zodra ze in Aspen waren geland en ze leek helemaal over d'r toeren.

'Ik háát dat mens, mam!' fluisterde ze. Maxine rolde met haar ogen. 'Ze is wálgelijk!'

'Hoezo walgelijk?' Maxine probeerde geen oordeel te vellen, maar ze moest toegeven dat een aantal van Blakes vrouwen behoorlijk ordinaire types waren geweest. Maxine had zich de afgelopen vijf jaar filosofisch opgesteld. Ze gingen nooit lang mee, dus was het de moeite niet waard je erover op te winden, tenzij ze iets deden wat de kinderen in gevaar bracht. Maar daar waren de kinderen nu toch te oud voor, het waren geen kleuters meer.

'Haar armen zitten ónder de tatoeages!' Maxine glimlachte bij het idee.

'Dat had de vorige ook, en die had ze ook op haar benen, en toen had je daar ook geen moeite mee. Is ze aardig?' Misschien was ze wat bot tegen de kinderen. Maxine hoopte van niet, en ze dacht niet dat Blake dat zou toestaan. Hij hield te veel van zijn kinderen, hoe leuk hij zijn vriendinnen ook vond.

'Weet ik veel. Ik praat niet tegen haar,' zei Daphne trots.

'Niet zo onbeleefd, Daf. Je weet best hoe onaardig dat is, en dat vindt je vader ook niet leuk. Doet ze aardig tegen de jongens?'

'Ze heeft een hele zwik van die domme sneltekeningen voor Sam gemaakt. Ze is kunstenares of zoiets. En ze heeft zo'n stom ding tussen haar ogen.'

'Wat voor ding?' Maxine zag haar opeens voor zich met een pijl met een zuignap tegen haar voorhoofd.

'Je weet wel, zoals die vrouwen in India. Ze is zo nep.'

'Bedoel je zo'n bindi? Kom op, Daf, wees niet zo kritisch. Ze is misschien een beetje vreemd, nou en? Geef haar een kans.'

'Ik haat 'r.' Charles haatte ze ook al. Maxine vond dat ze de laatste tijd wel wat veel mensen haatte, haar ouders inbegrepen. Ach, het was de leeftijd.

'Je ziet haar waarschijnlijk nooit meer na deze vakantie, dus maak je er toch niet zo druk over. Je weet toch hoe het gaat.'

'Deze is anders,' zei Daphne terneergeslagen. 'Ik geloof dat-ie van haar houdt.'

'Dat betwijfel ik. Hij kent haar nog maar een paar weken.'

'Maar je weet toch hoe hij is! In het begin is hij stapelgek van ze.'

'Ja, en dan gaan ze in rook op en vergeet hij ze weer. Het zal wel loslopen.' Maar nadat ze had opgehangen vroeg ze zich af of Daphne gelijk had en dit de uitzondering op de regel was. Alles was mogelijk. Het was onvoorstelbaar dat Blake ooit weer zou trouwen, of jarenlang een vaste relatie zou hebben, maar je kon nooit weten. Misschien kreeg hij het opeens te pakken. Maxine vroeg zich af hoe ze zou reageren als dat gebeurde. Misschien niet zo best. Net als haar kinderen hield ze er niet van als dingen veranderden. Verandering was nooit makkelijk, maar misschien zou ze er op een dag mee worden geconfronteerd. In Blakes leven, en dat van haar. Dat hing allemaal samen met Charles. Verandering. Ook voor haar was het eng.

Vanwege de sneeuw duurde de reis langer dan ze had verwacht; pas om acht uur bereikte ze Charles' 'hut'. Het was een klein, lief huisje in die typische stijl van New England, met een puntdak en een rustiek hekje eromheen. Het had zo op een ansichtkaart kunnen staan. Zodra ze voorreed kwam hij naar buiten en nam haar weekendtassen over. Er was een veranda met een schommel en twee schommelstoelen erop, en binnen was een grote slaapkamer, een woongedeelte met een open haard en een gehaakt vloerkleed, en een knus boerenkeukentje. Jammer genoeg zou er geen plaats voor de kinderen zijn, als het daar ooit van mocht komen. Niet eens een logeerkamer waar ze hen alle drie in een twijfelaar had kunnen proppen. Het huis was alleen geschikt voor een vrijgezel, of hoogstens een echtpaar, en niets anders, en zo leefde hij ook. Daar hield hij van. Dat had hij wel duidelijk gemaakt.

Het was warm en gezellig toen ze binnenkwam. Hij zette haar tassen in de slaapkamer en liet haar de kasten zien waarin ze haar kleren kon ophangen. Het was een vreemd gevoel hier zo alleen met hem te zijn. Het kwam allemaal wat voorbarig over, want hoewel ze nooit met hem geslapen had, zouden ze straks het bed delen. En als ze nu eens besloot geen seks met hem te hebben? Maar daar was het nu te laat voor, ze was er nu eenmaal. Plotseling voelde ze zich erg dapper dat ze gekomen was, en bedeesd keek ze naar Charles, die druk in de weer was haar alles te wijzen. Handdoeken, lakens, wasmachine, de badkamer – hij had er maar eentje. In zijn keuken was alles smetteloos en keurig opgeruimd. Hij had wat koude kip en soep voor haar gemaakt, maar ze was te moe om te eten. Samen bij de open haard zitten met een kop thee stemde haar al tevreden.

'Zijn de kinderen goed weggekomen?' vroeg hij beleefd.

'Ja, prima. Daphne belde me op toen ze in Aspen waren aangekomen. Ze is een beetje uit haar hum omdat haar vader zijn nieuwe vriendin heeft meegenomen. Hij had beloofd dat deze keer eens niet te doen, maar hij heeft kortgeleden weer een nieuwe ontmoet en die wilde hij niet thuislaten. Hij is altijd een beetje overdreven enthousiast in het begin.'

'Hij is er maar druk mee,' zei Charles schamper. Hij voelde zich altijd wat ongemakkelijk als Blake ter sprake kwam.

'De kinderen passen zich wel aan. Dat doen ze altijd.'

'Ik weet zo net nog niet of Daphne zich aan mij zal aanpassen.' Het zat hem nogal dwars, maar hij was ook nog niet gewend aan het razen en tieren van tienermeisjes. Maxine was daar minder van onder de indruk.

'Dat komt wel goed. Het heeft wat tijd nodig.'

Ze bleven lang bij het haardvuur zitten praten en het landschap om hen heen was wonderschoon. Ze gingen op de veranda staan en keken naar de verse sneeuw die nu alles om hen heen bedekte. Het was betoverend, en toen sloeg Charles ook nog zijn armen om haar heen en kuste haar. Op hetzelfde moment rinkelde haar mobieltje. Het was Sam die haar welterusten wilde wensen. Ze gaf een luchtzoentje, zei hem ook welterusten en wendde zich weer tot Charles, die een zenuwachtige indruk maakte. 'Ze weten je wel overal te vinden, hè, zelfs hier,' merkte hij droogjes op. 'Heb je nou nooit eens vrijaf?'

'Dat wil ik niet,' zei ze zacht. 'Het zijn mijn kinderen. Ze zijn mijn alles. Ze zijn mijn leven.' Dat was precies wat hij vreesde en waarom hij zo bang voor ze was. Ze schenen altijd om haar heen te zwermen.

'Je hebt meer nodig in het leven dan je kinderen,' zei hij zacht. Het klonk alsof hij zich beschikbaar stelde voor die taak, en het ontroerde haar. Hij kuste haar opnieuw en deze keer belde er niemand op en werden ze niet gestoord. Ze liep achter hem aan naar binnen en na elkaar gebruikten ze de badkamer om zich klaar te maken voor de nacht. Het was een beetje gênant maar ook grappig, zodat Maxine moest giechelen toen ze in zijn bed kroop. Ze had een lange kasjmieren nachtjapon met een bijpassend bedjasje aan, en bedsokken. Erg romantisch kon je het niet noemen, maar ze kon zich niet voorstellen dat ze iets anders aan zou doen. Hij had een brandschone gestreepte pyjama aan en toen ze naast elkaar in het tweepersoonsbed lagen leken ze volgen haar precies op haar ouders.

'Ik vind het nog een beetje onwennig,' bekende ze fluisterend, maar toen kuste hij haar en het voelde al bijna vertrouwd. Zijn handen kropen onder haar nachtjapon, en stuk voor stuk deden ze onder de dekens hun nachtgoed uit en lieten het op de vloer vallen.

Het was zo lang geleden dat ze met iemand naar bed gegaan was dat ze bang was geweest dat het een benepen, onhandige vertoning zou worden, maar hij was gelukkig zo'n tedere, attente minnaar dat het volkomen natuurlijk aanvoelde. Naderhand lagen ze in elkaars armen uit te rusten, en hij vertelde haar hoe mooi ze was en dat hij van haar hield. Ze moest slikken toen ze dat hoorde. Vond hij dat hij dat moest zeggen nu ze de liefde hadden bedreven? Maar hij zei dat hij al sinds hun eerste ontmoeting verliefd op haar was geweest. En zij zei zo lief als ze kon dat ze wat meer tijd nodig had voor ze zoiets kon beweren. Er was al zoveel wat haar tot hem aantrok, en er was nog veel wat kon groeien als ze hem beter zou leren kennen. Ze voelde zich veilig bij hem, en dat was enorm belangrijk voor haar. Ze kon hem vertrouwen, en na dat gefluister in het donker beminde hij haar nog een keer. Daarna viel ze ontspannen, bevredigd en volkomen gerust tegen hem aan in slaap.

Hoofdstuk 12

$\mathcal{D}$e volgende morgen pakten Maxine en Charles zich goed in en maakten een flinke sneeuwwandeling. Weer thuis maakte hij een lekker ontbijt voor haar klaar van pannenkoekjes met ahornsiroop uit Vermont en knapperige reepjes bacon. Ze keek hem liefdevol aan en hij kuste haar over de tafel heen. Dit was waarvan hij sinds hun eerste ontmoeting had gedroomd. Momenten als deze waren schaars in haar leven. Vóór het ontbijt hadden haar kinderen haar al twee keer gebeld. Daphne had de oorlog verklaard aan haar vaders nieuwe vriendin. En toen hij luisterde hoe Maxine haar dochter toesprak, keek Charles haar fronsend aan. Zij schrok van wat hij zei toen ze ophing.

'Ik weet dat het misschien een beetje gek overkomt, maar denk je ook niet dat ze zo langzamerhand te oud zijn om nog thuis te wonen?'

'Wat bedoel je? Moet ik ze het leger in sturen of ze vervroegd aan de universiteit inschrijven?' Jack en Daphne waren tenslotte nog maar twaalf en dertien jaar oud.

'Nou, ik zat al op kostschool toen ik zo oud was als zij. Een ervaring die ik nooit had willen missen. Ik vond het geweldig en het heeft me een goede voorbereiding gegeven op het echte leven.' Maxine gruwde van die woorden alleen al.

'Ik pieker er niet over,' zei ze vastberaden. 'Zoiets zou ik mijn kinderen nooit aandoen. Ze zijn Blake al min of meer kwijt. En dan zou ik ze ook nog in de steek laten? Waarom? Zodat ik een beter sociaal leven krijg? Wie zegt dat ik daarom geef? Dit zijn de jaren dat kinderen hun ouders nodig hebben, normen en waarden leren, problemen de baas leren worden, leren om te gaan met dingen als seks en drugs. Ik zou wel gek zijn als ik dat een of andere kostschoolleraar zou toevertrouwen. Ik wil dat ze dat van mij leren.' Ze schrok ervan.

'Maar denk eens aan jezelf. Wil jij jouw eigen leven echt uitstellen tot zij allemaal op de universiteit zitten? Want dat is wel de consequentie als je ze voortdurend over de vloer wilt hebben.'

'Daar heb ik voor gekozen toen ik ze kreeg,' zei ze zacht. 'Daar zijn ouders voor. Elke dag zie ik de gevolgen in mijn spreekkamer als ouders er niet zijn voor hun kinderen. En zelfs als ze dat wel zijn, kan het nog helemaal spaak lopen. Als je je handen van ze aftrekt en ze naar kostschool stuurt, dan is het vragen om moeilijkheden, naar mijn idee.'

'Ik ben anders heel aardig terechtgekomen,' zei hij verdedigend.

'Ja, maar jij koos ervoor geen kinderen te nemen,' zei ze botweg.

'Dat zegt misschien genoeg. Misschien heb je toch iets gemist in je jeugd. Kijk naar de Engelsen, die sturen hun kinderen op hun zesde of achtste naar een kostschool en voor heel veel mensen is hun leven daarna voorgoed verziekt. Je kunt kinderen van die leeftijd niet wegsturen en er later geen prijs voor betalen. Als volwassenen kunnen ze zich veel moeilijker binden. En dan, ik zou tieners die zonder ouderlijk toezicht op school zitten niet vertrouwen. Ik wil in de buurt zijn om te zien wat ze uitspoken en om ze te doordringen van mijn waarden.'

'Je offert er wel heel veel voor op,' zei hij met strak gezicht.

'Dat valt wel mee,' zei ze, maar ze vroeg zich af of ze hem eigenlijk wel kende. Er ontbrak beslist iets aan Charles, vooral als het kinderen betrof, en Maxine vond dat vreselijk jammer. Misschien was dat het stukje dat steeds die vage twijfels bij haar op-

riep. Ze wilde best van hem houden, maar ze moest zeker weten dat hij ook van haar kinderen kon houden en dat hij niet
zou doorgaan haar over te halen ze naar een kostschool te sturen. De gedachte alleen al deed haar huiveren. Dat zag hij ook
wel in en hij hield er meteen over op. Het laatste wat hij wilde
was haar van streek maken, al bleef hij erbij dat het een prima
idee was geweest, als zij het ook had gewild. Maar dat wilde ze
niet. Zoveel was wel duidelijk.

Die middag gingen ze skiën in Sugarbush en dat was heerlijk.
Ze was nooit zo'n skikampioen als Blake geweest, maar ze was
een goed skiester. Zij en Charles waren van hetzelfde niveau en
deden samen dezelfde afdalingen. De rest van de middag waren
ze moe en gelukkig en ze dacht niet meer na over hun kleine on-
enigheid van die ochtend. Hij had recht op zijn eigen stand-
punten, zolang hij haar niet probeerde te dwingen het met hem
eens te zijn. Die avond belden haar kinderen haar tot Charles'
opluchting niet op. Ongestoord tijd met haar doorbrengen was
een buitenkans. Hij nam haar mee uit eten en toen ze terug waren, bedreef hij de liefde met haar voor het haardvuur. Ze stond
er versteld van hoe prettig en ongedwongen ze zich bij hem voelde. Het leek wel of ze nooit anders gedaan hadden dan samen
te slapen, en ze krulden zich lekker op in zijn bed. Buiten sneeuwde het, en Maxine had het gevoel dat de tijd was stilgezet en dat
ze alleen waren in een wereld vol magie.

In Blakes huis in Aspen ging het heel wat minder vredig toe dan
in Vermont. De stereo stond helemaal open, Jack en Sam speel-
den op hun Nintendo, er kwamen vrienden binnenvallen en
Daphne was vastbesloten Arabella's leven zo ellendig te maken
als ze kon. Ze gaf onbeschoft, grievend commentaar en maakte
vileine opmerkingen over Arabella's kleren. Ze vroeg of ze wel
op aids getest was sinds ze die tatoeages had laten zetten. En als
Arabella kookte, at Daphne demonstratief geen hap. Arabella
had geen flauw idee hoe ze met haar moest omgaan, maar tegen

Blake zei ze dat ze het hoe dan ook zou volhouden. Hij bleef erbij dat het beste kinderen waren.

Hij wilde dat het zou klikken tussen hen allemaal. Daphne deed al het mogelijke om die wens te saboteren. Ze probeerde zelfs de jongens op te zetten tegen Arabella, maar tot nu had ze geen succes gehad. Ze vonden haar wel oké, al waren die tatoeages en dat rode piekhaar een beetje raar.

Jack besteedde weinig aandacht aan Arabella en Sam was beleefd. Hij had gevraagd wat die rode stip op haar voorhoofd betekende, en zijn vader had uitgelegd dat Arabella die droeg sinds ze in India geweest was en dat hij het heel lief vond staan. Sam was het daar wel mee eens. Daphne haalde haar schouders op en zei tegen Arabella dat ze zoveel vrouwen hadden zien komen en gaan in hun vaders leven, dat ze er maar geen moeite meer voor deed ze te leren kennen. Arabella moest er maar vast rekening mee houden dat hij haar over een paar weken zou dumpen. Het was de enige opmerking die Arabella echt raakte. Blake vond haar huilend terug in de badkamer.

'Lieveling… schatje… Bella liefste… Wat is er aan de hand?' Ze snikte zo hartverscheurend en het enige waar hij niet tegen kon was een huilende vrouw, vooral als hij van haar hield. 'Wat er aan de hand is?' Arabella wilde hem het liefst zeggen dat het aan dat kreng van een dochter van hem lag, maar ze slikte het in omdat dat hem zou kwetsen. Ze was echt smoorverliefd op hem en hij was stapelgek op haar.

Uiteindelijk herhaalde Arabella de pijnlijke opmerkingen van Daphne. 'Ik werd zo bang, en plotseling vroeg ik me af of je me echt aan de kant zou zetten als we terug waren in Londen.' Ze keek Blake met haar grote ogen aan en barstte weer in tranen uit, terwijl hij zijn armen om haar heen sloeg.

'Er wordt helemaal niemand aan de kant gezet,' stelde Blake haar gerust. 'Ik zou wel gek zijn. Ik laat jou niet gaan, en als ik er iets over te zeggen heb, blijf je gewoon bij mij. Nog jaren en jaren. Het spijt me dat ik het zeggen moet, maar mijn dochter is stikjaloers op jou.' Later die middag sprak hij Daphne erop aan, en hij vroeg waarom ze zo vals tegen Arabella deed. Hij begreep het niet, want ze had zoiets nooit bij andere vriendinnen van hem gedaan.

'Waarom doe je het nu dan wel? Ik heb ladingen vrouwen gehad en laten we eerlijk zijn, er zaten een paar halvegaren bij.' Daphne lachte omdat hij dat durfde te erkennen. Er hadden inderdaad een stel stommelingen tussen gezeten, de spreekwoordelijke domme blondjes, en Daphne had zich er nooit aan gestoord, had er zelfs geen grapjes over gemaakt.

'Arabella is anders,' zei Daphne onwillig.

'Ja, ze is slimmer en aardiger dan de rest, en ze is ook niet zo piepjong. Wat is daar mis mee volgens jou?' Hij stak zijn ergernis niet onder stoelen of banken. Vanwege Daphnes onredelijke gedrag voelde Arabella zich nu doodongelukkig.

'Daar gaat het juist om, pap,' antwoordde Daphne. 'Ze steekt met kop en schouders boven de rest uit... en daarom haat ik haar.'

'Leg me dat alsjeblieft eens uit.' Hij wist niet meer wat hij moest zeggen.

Daphne begon zachtjes te spreken, en opeens leek ze net een klein meisje. 'Ik ben gewoon bang dat ze blijft.'

'Nou en? Dat maakt toch niet uit, als ze aardig is tegen je?'

'En als jullie nou trouwen?' Daphne werd al misselijk bij de gedachte alleen, en haar vader stond perplex.

'Trouwen? Wie heeft het hier over trouwen?'

'Niemand. Maar zo gaat het meestal.'

'Nou, niet bij mij. Dat heb ik achter me liggen. Ik ben met je moeder getrouwd geweest. Ik heb drie geweldige kinderen. Ik heb er geen behoefte aan om nog een keer te trouwen. Arabella en ik hebben heel veel plezier samen. Dat is alles. Maak er nou niet meer van dan het is. Dat doen wij ook niet, waarom zou jij het dan wel doen?'

'Zij zegt dat ze van je houdt, pap.' Daphne keek hem met enorme ogen aan. 'En ik heb toevallig gehoord dat jij ook van haar houdt. Mensen die van elkaar houden, die trouwen, en ik wil niet dat je met iemand trouwt, behalve met mama.'

'Nou, dat gebeurt al helemaal niet,' zei hij nuchter. 'Je moeder en ik zullen nooit meer trouwen, maar we houden van elkaar zoals het is. En er is plek zat in mijn leven voor een vrouw met wie ik niet wil trouwen, en voor jullie allemaal. Maak je er nou maar geen zorgen over, Daf. Mij zul je nooit meer zien trouwen, met niemand, ik zweer het. Nou goed?'

'Ja. Misschien.' Ze keek nog niet overtuigd. 'En als je nou van gedachten verandert?' Ze moest toegeven dat Arabella een mooie meid was, en slim en grappig. Wat dat betreft leek ze echt de perfecte vrouw voor pap. En daar was Daphne nu juist zo bang voor.

'Als ik van gedachten verander, zal ik het eerst met jou bespreken. Ik geef je toestemming om alles te doen wat je doen moet om het mij uit het hoofd te praten. Afgesproken? Maar dan moet je niet meer zo gemeen tegen Arabella doen. Het is niet eerlijk. Ze is onze gast en ze voelt zich allerbelabberdst.'

'Weet ik,' zei Daphne met een triomfantelijk lachje. Ze had er dan ook hard aan gewerkt.

'Kappen ermee. Je kunt best aardig tegen haar zijn. Ze is een goeie meid. En dat ben jij ook.'

'Moet het echt, pap?'

'Ja, dat moet,' zei hij streng. Hij begon bang te worden dat Daphne voortaan bij al zijn vriendinnen zulke streken zou leveren. Ze had ook al een serie onprettige dingen over de vriend van haar moeder rondgestrooid. Het was misschien haar bedoeling ervoor te zorgen dat haar ouders voor eeuwig single bleven, wat niet erg realistisch was. Blake was net zo blij dat Maxine ook eindelijk iemand gevonden had. Ze verdiende een beetje tederheid en kameraadschap in haar leven. Hij misgunde haar niets. Maar Daphne deed dat wel en was vastbesloten alles te doen wat in haar macht lag een spaak in het wiel te steken. Hij vond het vervelend dat ze zich zo gedroeg. Van de ene op de andere dag was ze in een krengetje veranderd, en hij hoopte niet dat Maxine gelijk had met haar: 'Ach, het is de leeftijd.' Dit zou geen jaren moeten duren. En anders moest hij haar voortaan maar thuislaten als hij op vakantie ging, want hij nam vrijwel altijd een vriendinnetje mee. En hij was niet van plan daar verandering in te brengen omdat Daphne dat wilde.

'Ik wil dat je voortaan probeert om normaal met haar om te gaan. Voor mij,' zei hij waarschuwend en Daphne ging brommend akkoord.

Het resultaat van hun gesprek was niet meteen de eerste avond merkbaar, maar twee dagen later gedroeg Daphne zich al iets beter. Ze gaf antwoord wanneer Arabella haar iets vroeg, en ze maakte geen opmerkingen meer over haar tatoeages en haardracht. Het was in elk geval iets. En Arabella had ook niet meer gehuild na die uitbarsting. Het hele reisje met de kinderen had Blake meer stress bezorgd dan anders en hij had er haast spijt van dat hij Arabella mee had gevraagd. Niet voor zijn kinderen, maar voor haar.

Op een middag dat hij lekker rustig met Arabella aan het skiën was, moest hij zichzelf bekennen dat hij opgelucht was even geen kinderen aan zijn hoofd te hebben. Ze stopten regelmatig tijdens de moeilijkste afdalingen om even op adem te komen, waarbij hij haar altijd in zijn armen nam en ze elkaar hartstochtelijk kusten. Aan het eind van de middag gingen ze snel terug naar zijn huis en doken het bed in. Arabella zei dat ze nauwelijks kon wachten tot ze weer in Londen waren, hoewel ze het leuk vond dat ze zijn kinderen had leren kennen. Maar meer was het ook niet en ze had het gevoel dat ze de hele tijd bezig was dingen te organiseren die ze samen konden doen. Bovendien stond het als een paal boven water dat zij en Daphne nooit vriendinnen zouden worden. In het beste geval zou er een onuitgesproken wapenstilstand blijven bestaan, zoals de sfeer de laatste dagen geweest was. Natuurlijk was dat een hele verbetering, vergeleken bij Daphnes kuren van de eerste dagen. Maar Blake benijdde zijn ex-vrouw niet als Daphne dit wangedrag vertoonde wanneer haar vriend over de vloer was. Hij stond er versteld van dat die het al zo lang uitgehouden had. Hij had het idee dat Arabella allang met hem was gekapt als hij Daphne niet op het nippertje tot de orde had geroepen.

Voor het eerst slaakte hij een zucht van verlichting toen de dag aanbrak dat hij ze weer aan hun moeder in New York kon overdragen. Zij was diezelfde dag vanuit Vermont teruggereden en was net thuis toen Blake aanbelde bij het appartement. Arabella wachtte op hem in het penthouse, en ze zouden vanavond meteen doorvliegen naar Londen.

Sam sloeg met een kreet van blijdschap zijn armpjes om zijn moeders middel heen, zodat ze bijna achterover viel. En ook Jack en Daphne leken blij weer thuis te zijn.

'En, hoe was het?' vroeg ze Blake met een ontspannen klank in haar stem. Ze zag al aan zijn blik dat het niet helemaal perfect geweest was, en het viel haar op dat hij wachtte tot Daphne de kamer uit was voor hij antwoord gaf.

'Tja, niet zo makkelijk als het vroeger was,' zei hij met een meelijwekkende grijns. 'Kijk uit voor Daf, Max, of je eindigt nog als een oude vrijster.' Ze lachte om zijn waarschuwing. Daar maakte ze zich nog geen zorgen om. Ze had een geweldige tijd met Charles in Vermont gehad. Uitgerust en gelukkig was ze teruggekomen. Ze was zo vertrouwd met hem geraakt als ze in geen jaren met iemand was geweest. Ze bleken op veel gebieden precies dezelfde mening te hebben en waren daarom een goed stel. Hun medische carrières harmonieerden uitstekend, ze waren allebei nauwgezet, overdreven netjes en tot in de puntjes georganiseerd. Zo met zijn tweetjes was het hemels. Maar het was een uitdaging om dat vast te houden als ze weer allemaal thuis waren.

'Is ze een beetje bijgetrokken?' vroeg Maxine over hun dochter. Blake schudde het hoofd.

'Niet echt. Ik heb het voor elkaar gekregen dat ze ophield met dat openlijke, strontvervelende commentaar van d'r uit het begin, maar het is haar wel gelukt om Arabella op een subtiele manier doodongelukkig te maken. Het verbaast me eigenlijk dat ze gebleven is.'

'Ze heeft zeker zelf geen kinderen. Dan kan je het beter aan,' zei Maxine en hij schudde het hoofd.

'Die laat zich geheid steriliseren na deze vakantie. Ik zou het haar niet kwalijk nemen. Is voor mij ook wel makkelijk,' zei hij lachend, en Maxine kreunde om zijn grapje.

'Arme ziel. Ik weet niet wat we eraan kunnen doen. Meiden van dertien staan om dit gedrag bekend. En het wordt nog erger, voordat ze weer een beetje bijtrekken.'

'Roep me dan maar als ze van de universiteit komt,' zei Blake en hij maakte zich klaar om te vertrekken. Hij nam afscheid van de kinderen, die al naar hun kamers waren gegaan, gaf ze een kus en bleef even dralen bij de voordeur.

'Nou, let een beetje op jezelf, Max. Ik hoop echt dat die vent goed voor je is. Als hij dat niet is, krijgt-ie met mij te maken, zeg hem dat maar.'

'Zeg dat dan ook maar tegen Arabella,' zei ze en ze omhelsden elkaar. Ze vond het jammer dat Daphne hun het leven zo zuur had gemaakt. 'Wat zijn jullie plannen?'

'Een paar weken Londen, en dan naar Marrakech. Ik moet nodig met dat huis beginnen. Nou ja, huis, het heeft meer weg van een paleis. Je moet echt eens langskomen om het te zien.' Maar ze had geen idee wanneer dat zou uitkomen. 'Eind januari ben ik waarschijnlijk op St. Bart's. Lekker een beetje ronddobberen op het jacht.' Ze hoorde het al. De kinderen zouden hem een hele tijd niet te zien krijgen. Hoogstwaarschijnlijk pas in de zomervakantie. Ze waren eraan gewend, maar het maakte haar nog steeds een beetje triest. Ze hadden Blake echt vaker nodig in hun leven. 'We houden contact.' Soms was dat inderdaad zo, soms niet, maar ze wist nu waar ze hem kon vinden als ze hem nodig had.

'Pas een beetje op jezelf,' zei ze en ze omhelsde hem nogmaals voor de liftdeuren zich sloten.

'Ja, en jij ook, hè,' zei hij en hij verdween. Het was nog altijd een vreemd gevoel op die manier afscheid van hem te nemen. Heel soms vroeg ze zich af hoe het zou zijn als ze getrouwd waren gebleven. Hij zou altijd elders zijn geweest, net als nu. Nee, dat was niet genoeg voor haar, zo'n onbestorven weduwe te zijn. Wat ze nodig had was wat ze eindelijk gevonden had, een betrouwbare man zoals Charles, die altijd in de buurt was. Een op en top volwassen man.

Hoofdstuk 13

*T*oen Blake en Arabella weer terug waren in Londen, gingen
ze meteen hard aan de slag. Blake had vergaderingen en de verbouwing van twee huizen gepland, en zij begon aan een nieuw
portret. Pas na twee drukke weken konden ze tot Blakes opluchting de stad ontvluchten. Het vroor dat het kraakte in Londen en
hij had intussen genoeg van de winter. In Aspen en New York
was het ook koud geweest, maar in Aspen had hij tenminste kunnen skiën. Hij stond dus te popelen om naar Marokko te vertrekken. Arabella was daar nooit geweest en hij wilde niets liever
dan zijn trip samen met haar maken. Ze was net zo opgetogen als
hij toen ze vertrokken. Blake nam ook zijn architect mee en ze
zouden in het luxe La Mamounia logeren. De blauwdrukken voor
het huis waren klaar en Blake vond het ontwerp er fantastisch uitzien. Het hele project zou op zijn minst een jaar kosten, wat geen
probleem was voor Blake. Het leukste deel was de plannen op papier zetten en toekijken hoe ze vorm aannamen. En met Arabella en haar artistieke ideeën zou het alleen maar leuker worden.
Tijdens de hele reis hadden ze het nergens anders over. Ze was
overdonderd door de schoonheid van het land toen de landing
werd ingezet. Terwijl de zon zijn zachte gloed over het Atlasgebergte verspreidde, kwamen ze aan op het vliegveld.

Er stond een auto klaar om hen naar het hotel te brengen en Arabella keek haar ogen uit toen ze door de stad reden. De indrukwekkende Koutoubia-minaret was het eerste teken van Marrakech dat ze opving, en toen de schemering inzette, kwamen ze bij Jamaa el Fna, het grote centrale plein. Het leek wel een filmdecor. Al had ze nog zolang door India gereisd, zoiets exotisch had ze maar zelden gezien. Er waren slangenbezweerders, dansers, acrobaten, verkopers van koele dranken, ezeltjes die aan een touw voortgetrokken werden, en overal mensen in lange gewaden. Het kwam rechtstreeks uit *Duizend-en-een-nacht*. Blake wilde haar dolgraag de soeks laten zien, vooral de Soek el Zarbia, maar ook de medina, de ommuurde stad en de Tuinen van Memara, volgens hem de meest romantische plek op aarde. De atmosfeer van de stad was bedwelmend en toen ze het getinte raam liet zakken om alles beter tot zich door te laten dringen, vermengden de aroma's van kruiden, bloemen, mensen en dieren zich tot een impressie met een geheel eigen karakter. Het verkeer om hen heen was een gekkenhuis. Brommertjes en motorfietsen slingerden tussen de auto's door, die echter al net zo ongeordend reden, toeters weerklonken overal, mensen schreeuwden, en straatmuzikanten droegen hun steentje bij aan de kakofonie van geluiden. Arabella keek Blake met een brede, gelukzalige glimlach en schitterende ogen aan. Ze vond het zelfs beter dan India, omdat ze hier met hem was.

'O, ik vind het gewéldig!' zei ze wild enthousiast en hij keek haar stralend aan. Hij kon nauwelijks wachten om haar zijn paleis te laten zien. Hij vond Marrakech de meest romantische plaats die hij kende, en Arabella was het grif met hem eens. Het was niet te vergelijken met India. Blake kon het haast niet geloven, maar er kwam een levenslust in Arabella naar boven die hij nog niet had meegemaakt.

Ze reden over de oprijlaan geflankeerd door reusachtige palmbomen naar het perzikkleurige pleisterwerk van het La Mamounia-hotel. Arabella had daar al jaren geleden van gehoord en had er altijd al eens naartoe willen gaan, en nu het zover was, met Blake nog wel, overtrof het haar stoutste dromen. Bedienden in witte Marokkaanse dracht met rode sjerpen heetten hen welkom en de manager begroette hen allervriendelijkst, terwijl Arabella haar ogen liet gaan over het houtsnijwerk en de mozaïeken aan de buitenkant van het hotel. Blake had hier al een paar weken doorgebracht toen hij het oude paleis had gekocht en hij had een van de drie luxueuze privévilla's gereserveerd, die hij aanhield tot de verbouwing en de inrichting helemaal klaar waren. Om Arabella een indruk te geven liepen ze de lobby in, waar ze onder een gigantische kroonluchter op het witte marmer met de zwarte randen bleven staan. Ze waren door veelkleurig gebrandschilderde deuren in rood, geel en blauw binnengekomen en nu stroomde ook een hele reeks bedienden, gekleed in een wit, loszittend pak met een grijs vest en rode fez naar hen toe om hen welkom te heten. Er waren vijf weelderige restaurants en vijf bars om het de gasten gemakkelijk te maken, maar ook zweetbaden en alle andere denkbare voorzieningen. En toen de manager hen naar Blakes villa begeleidde, stond daar ook personeel voor hen klaar. De villa bestond uit drie slaapkamers, een zitkamer, een eethoek, een kleine keuken voor eigen gebruik en een afgescheiden grote keuken waar een chef-kok zijn kunsten vertoonde als ze eens niet in het hotel of in de stad wilden dineren. Ze hadden een eigen ingang, tuin en jacuzzi, dus als ze niemand wilden zien gedurende hun verblijf, dan was dat mogelijk. Maar Arabella kon niet wachten om de stad met hem te verkennen. Blake had de chauffeur gevraagd op hen te wachten om hen naar de stad te brengen, maar alleen het hotel al was een magische ervaring.

Ze douchten en verkleedden zich en nadat ze van een lichte maaltijd in hun tuin hadden genoten, begonnen ze hand in hand aan een stadswandeling. Ze liepen over het enorme plein, bleven op afstand van de slangenbezweerders en genoten van een koetstochtje rond de okerkleurige stadsmuren. Het was betoverender dan Arabella had durven hopen en na een ontspannen bad in hun jacuzzi in hun privétuin, waarbij ze de bedwelmende zoete geuren van de bloemen inademden, gingen ze naar hun slaapkamer, waar ze urenlang de liefde bedreven. Pas vlak voor het ochtendgloren vielen ze in elkaars armen in slaap.

De volgende morgen had het personeel van hun villa een schitterend ontbijt voor hen klaargemaakt. Blake toonde haar zijn plannen voor het paleis dat hij wilde opknappen en na het ontbijt reden ze ernaartoe om het te bezichtigen. Het was nog fabelachtiger dan ze het zich had voorgesteld. Het had torentjes en boogportalen en een grote binnenplaats met prachtige oeroude mozaïeken in de muren, en de vele kamers waren hoog en ruim. Het was echt een paleis en Blakes ogen glommen terwijl hij met Arabella en de architect een rondwandeling maakte. Ze had een paar fantastische voorstellen voor het kleurenschema en de inrichting. En al wandelend drong het plotseling tot hem door dat hij hier met haar wilde samenwonen. Hij nam haar in zijn armen op een balkon met uitzicht op het Atlasgebergte en kuste haar met de passie die al sinds de eerste dag hun verhouding gekenmerkt had.

'Ik wil dat dit ons liefdesnestje wordt. Het is perfect voor ons. Je kunt hier prima schilderen.' Hij zag het helemaal voor zich: maanden zou hij hier kunnen doorbrengen als het eenmaal klaar was. Het lag vlak bij een schattig dorpje, met restaurantjes en bazaars met hun kleurrijke, exotische waren en midden in de indrukwekkende natuur. En ze zaten bepaald niet zonder sociale contacten. Arabella kende een stel Fransen die naar Marrakech waren verhuisd en zij en Blake namen hen mee uit eten voor ze vertrokken. Al met al was het een geweldige reis geweest.

Ze zetten de architect weer in Londen af, maar vlogen zelf door naar de Azoren en vandaar naar St. Bart's. Arabella voelde zich meteen thuis in Blakes huis daar, maar ze voeren al na een week uit op zijn jacht. Op het grootste zeiljacht dat ze ooit had gezien zetten ze koers naar de Grenadines, net ten noorden van Venezuela. Ze had al haar portretopdrachten moeten verzetten om bij hem te zijn en met hem rond te reizen, maar het was alleszins de moeite waard. Glijdend over de groene wateren lag ze naakt met hem op het dek te zonnen. Het was pas februari en ze waren het er roerend over eens dat het leven op deze manier perfect was. Elders sneeuwde het, maar voor hen was het eeuwig zomer. En het mooiste was nog wel dat het de zomer van hun liefde was.

Maxine liep tegen wervelende sneeuwvlagen in naar haar praktijk. Ze had het drukker dan ooit. Wekelijks werden nieuwe cliënten naar haar doorverwezen en de golf van schietpartijen op scholen overal in het land noodzaakte haar om van stad naar stad te vliegen, om met psychologen en de lokale autoriteiten te bespreken hoe de getraumatiseerde scholieren die erbij betrokken waren het beste konden worden opgevangen.

In haar privéleven liep alles nu op rolletjes met Charles. De winter vloog voorbij. Zelfs Daphne had zich erbij neergelegd. Zij en Charles zouden nooit beste maatjes worden, maar ze was opgehouden met openlijke beledigingen aan zijn adres. Heel af en toe brak hij door haar schild heen en moesten ze samen ergens om lachen. Hij deed bovenmenselijk zijn best met haar kinderen. Met Jack en Sam kostte het niet al te veel moeite, want hij nam ze wel eens mee naar grote basketbalwedstrijden. Daphne was veel te druk met haar eigen sociale leven om mee te gaan, maar hij vergat nooit haar ook uit te nodigen.

Maxine deed wat ze kon om niet te laten merken dat zij en Charles met elkaar naar bed gingen. Hij bleef nooit in haar appartement slapen, behalve als alle kinderen bij vrienden logeerden. Ze probeerde een- of tweemaal per week bij hem te slapen, maar dan zorgde ze ervoor thuis te zijn voor de kinderen opstonden. Ze hadden dus maar korte nachten samen, en al kwam ze veel slaap tekort, ze vond het toch belangrijk het op die manier te doen. En heel af en toe gingen ze samen een weekendje weg. Het was het beste wat ze ervan konden maken.

Op Valentijnsdag hadden ze tweeënhalve maand verkering. Charles had een tafeltje gereserveerd bij La Grenouille. Het was hun favoriete restaurant en hij noemde het hun cafetaria, waar ze minimaal één keer per week aten. Het was vaste prik geworden dat hij zondags bij Maxine thuis kwam eten, en hij kookte zelfs zo nu en dan voor hen.

Die Valentijnsdag werden er om te beginnen twee dozijn rode rozen op haar kantoor bezorgd, wat Maxine diep ontroerde. Het kaartje erbij was kort maar krachtig: 'Ik hou van je. C.' Wat een schat van een man was het toch. Felicia, haar secretaresse, die ze bij haar in de spreekkamer zette, moest ook glimlachen, want ook zij vond hem erg aardig. Die avond had Maxine een nieuwe rode jurk aangetrokken voor hun etentje. Hij zei dat ze er geweldig uitzag toen hij haar ophaalde en Sam trok een gezicht toen Charles haar kuste bij de deuropening, maar eigenlijk waren ze er allang aan gewend.

Het was een heerlijke avond en Charles kwam nog even mee naar boven na hun etentje. Ze schonk hem een glas cognac in en ze gingen zoals gewoonlijk in de zitkamer zitten om te praten over wat er zoal speelde in hun leven. Haar werk interesseerde hem nog steeds bijzonder. Na de recente schietpartijen op scholen was haar gevraagd opnieuw het Congres toe te spreken. Deze keer zou hij haar vergezellen. Hij vertelde haar hoe trots hij op haar was en nam haar hand. De kinderen waren diep in slaap.

'Ik hou van je, Maxine,' zei hij teder, en ze glimlachte. Ze had eindelijk de knoop doorgehakt, vooral omdat hij zo ontzettend zijn best deed om een goede band met haar kinderen op te bouwen.

'Ik hou ook van jou, Charles. Bedankt voor deze fijne Valentijnsdag.' Zo'n dag had ze in geen jaren beleefd. Hun verhouding paste prima bij haar. Niet te veel, niet te weinig, hij eiste niet al haar tijd op en ze kon erop rekenen dat ze hem een paar keer per week zag. Toch had ze genoeg tijd over voor haar werk en haar kinderen. Het was precies wat ze wilde.

'De afgelopen twee maanden heb ik zo genoten,' zei hij tevreden. 'Het was de beste tijd van mijn leven, denk ik.' Met haar had hij veel meer gemeen dan met zijn ex, met wie hij eenentwintig jaar had samengeleefd. Hij besefte nu dat Maxine de vrouw was op wie hij zijn hele leven had gewacht. De afgelopen twee weken was hij tot een besluit gekomen en vanavond wilde hij zijn overdenkingen met haar delen.

'Voor mij is het ook geweldig.' Ze boog zich opzij om hem te kussen. Dankzij het dimlicht in de zitkamer was de sfeer ontspannen en romantisch. Ze proefde de cognac op zijn lippen.

'Ik wil vaker bij je zijn, Maxine. We hebben allebei meer slaap nodig,' plaagde hij. 'Je kunt niet telkens om vier uur 's ochtends opstaan als we samen de nacht hebben doorgebracht.' Die avond hadden ze besloten niet samen te slapen omdat hun spreekuur morgen vroeg weer begon. Toen zijn woorden tot haar doordrongen, dacht ze dat hij bij haar wilde intrekken en de schrik sloeg haar om het hart. Ze wist maar al te goed dat dat haar kinderen vreselijk van streek zou maken. Ze waren er maar net aan gewend dat ze iets met hem had. Samenwonen was te veel van het goede, en het lag niet in haar lijn. Ze vond het juist fijn dat zij haar appartement had en hij het zijne.

'Ik vind dat het eigenlijk best prima werkt zo,' zei ze rustig, maar hij schudde het hoofd.

'Voor mij niet. Niet op de lange termijn. Kijk, we zijn geen van tweeën uitgaanstypes. En ik denk dat we oud genoeg zijn om te weten wat we willen en wanneer we daaraan toe zijn.' Ze zette grote ogen op terwijl ze hem aanhoorde. Ze wist niet wat ze moest zeggen, ze had geen idee wat hij probeerde te zeggen. 'Ik wist het direct toen ik je zag. We lijken als twee druppels water op elkaar... We zijn allebei artsen. We hebben over zoveel dingen dezelfde mening. Ik ben zo graag bij je. Ik ben aardig gewend aan je kinderen. Maxine... wil je met me trouwen?' De adem stokte haar even in haar keel en ze bleef een tijd zwijgen terwijl hij bij het licht van de straatlantaarns zijn blik op haar gezicht hield. Hij zag hoe bang ze keek. 'Het komt allemaal goed. Dat beloof ik. Ik weet zeker dat het goed komt.' Maar zo zeker was zij er niet van. Een huwelijk was voor altijd. Dat had ze met Blake tenminste gedacht, en dat was toch mislukt. Hoe wist ze dat het met Charles wel zou lukken?

'Nu al? Het is zo snel, Charles... We kennen elkaar net twee maanden.'

'Tweeënhalve maand,' corrigeerde hij. 'Ik denk dat we allebei allang weten dat het goed zit tussen ons.' Dat konden zij wel vinden, maar voor haar kinderen was het een ander verhaal. Dat was een uitgemaakte zaak. Ze kon hen niet vertellen dat ze met hem ging trouwen. Nog niet. Ze zouden door het lint gaan.

'Ik denk dat de kinderen meer tijd nodig hebben,' zei ze voorzichtig. 'En wij misschien ook. Voor altijd is een hele tijd, en we willen geen van beiden een fout maken. Dat hebben we al eens gedaan.'

'Maar we hoeven ook niet eeuwig te wachten. Ik wil met je samenleven,' zei hij zachtjes, 'als je man.' Dit was waar de meeste vrouwen van droomden: een man die al binnen enkele maanden wilde trouwen en het nog meende ook. Want Charles meende het, dat stond buiten kijf. Maar ook zij moest het echt willen, en zij was er niet klaar voor. 'Wat wil jij dan?'

Ze dacht razendsnel na. Het verbaasde haar namelijk dat ze hem niet wilde afwijzen, maar ze was er ook niet aan toe met hem in het huwelijk te treden. Ze moest er zeker van zijn. 'Ik zou het de kinderen graag in juni willen vertellen. Dan zijn we zeven maanden samen. Dat is redelijk. Ze hebben dan geen school meer, en als het ze overdondert hebben ze de hele vakantie om aan het idee gewend te raken. Het is nu te vroeg om het ze te vertellen.'

Hij keek enigszins teleurgesteld, maar hij snapte wel dat ze hem niet had afgewezen, en dat deed hem immens plezier. Daar was hij een beetje bang voor geweest. 'En wanneer zou je dan willen trouwen?' Hij hield zijn adem in terwijl hij op het antwoord wachtte.

'Augustus? Dan hebben ze twee maanden om ermee in het reine te komen. Genoeg om zich aan te passen, maar niet genoeg tijd om er totaal gefrustreerd van te raken. Bovendien is het een goed tijdstip, voordat ze naar school toe gaan.'

'Draait alles in je leven dan om die kinderen, Maxine? Gaat zelfs ons huwelijk niet alleen om jou, of ons?'

'Ik vrees van niet,' zei ze verontschuldigend. 'Het is belangrijk dat ze zich er ook goed bij voelen, anders wordt het alleen maar moeilijker voor ons.' Vooral voor hem, als ze er faliekant tegen waren. Ze was bang dat ze er toch tegen in opstand zouden komen, zelfs in juni. Enthousiast zouden ze zeker niet zijn, dat zag ze wel in. Ze hadden hem nog maar net geaccepteerd en het was allicht nooit in hun hoofd opgekomen dat ze wel eens zou kunnen hertrouwen. Dat had ze ze immers in het begin uit het hoofd gepraat. Want zo dacht ze er toen over. En dan zou ze binnenkort alles overhoopgooien met deze mededeling. 'Ik wil dat mijn kinderen ook gelukkig zijn.'

'Dat worden ze heus wel, als ze eraan gewend zijn,' zei hij, ervan overtuigd. 'Ik kan wel leven met een huwelijk in augustus, als we het ze in juni vertellen. Maar ik hoopte eigenlijk dat we het iedereen direct konden vertellen.' Hij glimlachte en keek haar aan. 'Wat is dit allemaal spannend! Maar ik kan wel wachten.' Hij trok haar stevig tegen zich aan en kon haar hart horen bonzen. Ze voelde zich tegelijkertijd verlegen en angstig en uitgelaten. Ze hield van hem, maar het was zo totaal anders dan toen met Blake. Logisch natuurlijk, zij en Charles waren ouder en dit was veel verstandiger. Charles was die degelijke, betrouwbare man die ze altijd gewild had, geen casanova als Blake, op wie je, hoe charmant hij ook was, nooit kon rekenen. Charles joeg geen vluchtige pleziertjes na, hij was een volwassen man. En dat voelde goed, hoe verrassend het ook was. Ze was tenslotte even ge-schrokken toen hij haar vroeg.

Ergens had Maxine nog steeds het gevoel dat het te vroeg was, maar ze was het met hem eens. Op hun leeftijd wisten ze wat werkte en wat ze wilden. Waarom zouden ze tijd verspillen?

'Ik hou van je,' fluisterde ze en hij kuste haar.

'En ik van jou,' zei hij even later. 'Waar zou je willen trouwen?'

'Wat dacht je van mijn huis in Southampton?' Het kwam in haar op terwijl hij de vraag stelde. 'Het is groot genoeg om er alle-maal te blijven slapen, en we kunnen partytenten in de tuin zet-ten.' Beiden hadden onderhand een aardige vriendenkring op-gebouwd.

'Klinkt perfect.' Ze waren er twee keer een weekendje geweest en hij vond het er prachtig. Maar plotseling keek hij ongerust. 'Moeten we de kinderen ook op onze huwelijksreis meenemen?' vroeg hij en lachend schudde ze van nee.

'Nee, natuurlijk niet.' En toen schoot haar nog iets te binnen. 'Misschien kunnen we Blakes jacht lenen. Dat is precies goed voor een huwelijksreis.' Charles fronste zijn voorhoofd toen ze het voorstelde.

'Ik zit liever niet op de boot van je ex tijdens mijn huwelijks-reis,' zei hij, 'hoe groot hij ook is. Je bent nu mijn vrouw, niet de zijne.' Daar kwam zijn oude jaloezie weer boven en Maxine krabbelde meteen terug.

'Het spijt me. Dat was een dom plan.'

'Misschien Venetië,' zei hij dromerig. Daar had hij altijd van ge-houden. Maxine stelde maar niet voor om Blakes palazzo daar te lenen. Charles was blijkbaar vergeten dat hij ook daar een huis bezat.

'Of Parijs. Ook heel romantisch.' Dat was een van de weinige steden waar Blake geen huis had gekocht.

'We zoeken wel wat moois uit. Tot juni kunnen we plannen ma-ken.' Hij wilde haar een verlovingsring geven en het liefst dat zij meeging om er een uit te zoeken. Maar die zou ze pas in juni kunnen dragen, want dan wisten de kinderen het ook. Dat vond hij wel vervelend. Aan de andere kant zou het augustus zijn voor ze het wisten. Over zes maanden zou zij Mrs. Charles West zijn. Hij vond het prachtig. En zij ook. Maxine West. Het klonk niet onaardig.

Zo zaten ze te fluisteren en plannen te smeden. Ze waren het erover eens dat hij zijn appartement zou verkopen en bij haar zou intrekken. Zijn kleine woning en de grootte van haar gezin in aanmerking genomen, was dat de enige optie. Ze verlangde ernaar nu met hem naar bed te gaan, maar dat was helaas uitgesloten. Sam lag in haar bed en was diep in slaap. Ze spraken af dat zij de volgende avond naar zijn appartement zou komen, 'om het te bezegelen', zoals hij zei. Nu de kogel door de kerk was konden ze allebei nauwelijks wachten tot ze elke nacht bij elkaar konden blijven, en elke morgen samen onder hetzelfde dak konden opstaan. En zij zou dan iedereen van wie ze hield op één plek hebben. Het klonk haar als muziek in de oren.

Voor hij vertrok bleven ze elkaar nog een hele tijd kussen. Hij was teder en lief. En toen hij de lift in stapte fluisterde hij: 'Welterusten, Mrs. West.' Ze straalde en fluisterde: 'Ik hou van je.' En toen ze de voordeur sloot en naar haar slaapkamer liep, draaide ze de film van de avond nog eens terug in haar hoofd. Het was niet helemaal wat ze ervan verwacht had, maar nu ze een besluit genomen hadden, klonk het als een schitterend plan. Ze hoopte maar dat de kinderen het nieuws goed zouden opvatten. Ze was blij dat Charles erin had toegestemd te wachten. Ze vond het een groots idee. Hij was de man met wie ze al vanaf het begin had moeten trouwen. Maar als ze dat had gedaan, had ze nu die geweldige kinderen niet gehad. Dus uiteindelijk was het precies gegaan zoals het had moeten gaan. Nu had ze Charles. En daar ging het maar net om.

Hoofdstuk 14

*H*oewel Charles en Maxine de kinderen niets over hun plannen vertelden en het hun geheim bleef, veranderde er tussen hen tweeën van alles op een subtiele manier. Charles begon zich nogal hanig te gedragen wanneer hij bij Maxine of de kinderen in de buurt was, en dat ontging Daphne niet.

'Wie denkt hij wel dat-ie is?' klaagde ze op een dag toen hij Jack opdroeg zijn voetbalschoenen uit te doen en een schoon overhemd aan te trekken voor ze uit eten gingen. Maxine had het eveneens opgemerkt, maar was blij dat Charles probeerde zich een plaats in het gezin te verwerven, al pakte hij het wat onhandig aan. Ze wist dat hij het beste met hen voorhad. Het was ook een hele stap om opeens stiefvader van drie kinderen te worden.

'Hij bedoelt het goed,' zei Maxine tegen Daphne, want zij vergaf hem nu eenmaal gemakkelijker dan haar dochter ooit zou kunnen.

'Nee, hij bedoelt het helemaal niet goed! Hij wil gewoon de baas over ons spelen. Pap zou zoiets nooit zeggen. Het maakt hem geen moer uit wat Jack aantrekt als we uit eten gaan, of als hij met zijn voetbalschoenen aan naar bed gaat.'

'Misschien is dat nou weer het andere uiterste. Wat meer regels in huis kan geen kwaad,' stelde Maxine. Charles was nu eenmaal voor orde en netheid, alles moest fatsoenlijk verlopen. Het was een van de dingen die ze gemeen hadden. Blake was precies het tegenovergestelde.

'Wat moet dit dan voorstellen? Een kamp van de Hitlerjugend?' snauwde Daphne en ze marcheerde weer naar haar kamer. Maxine was blij dat ze gewacht hadden om ze te vertellen dat ze zich hadden verloofd en dat er aanstaande zomer een bruiloft zou volgen. De kinderen waren er kennelijk nog niet klaar voor. Ze hoopte dat ze de situatie de komende maanden stapje voor stapje zouden gaan accepteren.

Maart was een drukke maand voor Maxine. Ze woonde aan beide kanten van het land een congres bij, een in San Diego over de effecten van traumatische ervaringen op kinderen onder de twaalf, waar ze de belangrijkste spreker was. En in Washington D.C. moest ze als panellid het congres over suïcidaliteit van adolescenten openen. Ze gaf daar bovendien een lezing over het onderwerp op de tweede dag van dit gebeuren. Daarna moest ze als de bliksem terug naar New York voor de voorjaarsvakantie met de kinderen. Ze had stille hoop gehad dat ze Blake kon overhalen hen deze vakantie te vermaken, maar hij zat weer in Marokko. Hij was bezig met zijn paleis en zat tot over zijn oren in de verbouwing, dus die was te druk om er even tussenuit te breken. De kinderen vonden het jammer en een week tussentijds vrij leverde haar altijd veel stress op. Gelukkig nam Thelma haar patiënten over.

Maxine ging met de kinderen naar New Hampshire voor een korte skivakantie. Helaas had Charles het te druk met zijn praktijk en kon hij onmogelijk mee, dus mochten de kinderen elk een vriend of vriendin meenemen, waardoor het toch nog gezellig werd. Toen ze Charles vertelde over haar plannen, bekende hij dolblij te zijn dat hij het juist deze week zo druk had. Zes kinderen zou hij beslist niet overleven. Drie werkten hem al op zijn zenuwen, en meer zouden hem beslist een burn-out bezorgen. Maxine vond het daarentegen enig en belde hem dagelijks op om te vertellen wat ze nu weer hadden gedaan. De dag nadat ze terug waren, moest zij naar haar congres in Washington. Charles reisde haar na en ze zagen elkaar na een week vakantie alleen die ene nacht in haar hotel. Het was een drukke week geweest.

Het irriteerde hem een beetje dat ze zo druk was, maar op zich begreep hij het wel. Ze was een vrouw met een veeleisende praktijk en drie kinderen, die ze in haar dooie eentje moest opvoeden, zonder hulp of adviezen van Blake. Ze moest zelf alle besluiten nemen, aangezien ze hem vaak niet eens wist te bereiken. Blake ging helemaal op in het opkalefateren van zijn laatste huis en zijn andere pleziertjes, terwijl zij zich een breuk werkte en de kinderen verzorgde. De enige die haar hielp was Zelda, verder stond ze overal alleen voor. Maxine was haar dan ook eeuwig dankbaar en stond bij haar in het krijt. Noch Charles, noch Blake had enig idee wat het haar kostte haar leven zo gladjes mogelijk te laten verlopen en drie kinderen op te vangen en tevreden te stellen. Toen Charles haar een keer voorstelde om een maandje vrij te nemen om het huwelijk voor te bereiden en een beetje uit te rusten voor de grote dag, was ze in lachen uitgebarsten. Wat? Hoe dan? Wanneer dan? Geen denken aan. Ze kwam om in het werk en Blake was weer de onzichtbare vader zoals altijd. Ontzettend lief dat hij ze meegenomen had naar Aspen, maar hij scheen niet van plan hen voor juli of augustus weer op te zoeken. Ze moesten een lange adem hebben als ze hem wilden zien, en tot die tijd rustte het hele gezinsgebeuren op Maxines schouders.

Toen de lente aanbrak en het warmer werd, merkte ze dat er steeds meer kinderen in een crisis terechtkwamen. Haar patiënten die het het moeilijkst hadden, reageerden altijd slecht op lente en herfst. Vooral in maart, april, mei, juni en september zakten ze dieper weg in een depressie. In het voorjaar begonnen mensen met een winterdepressie zich beter te voelen. Het werd lekker weer, de zon scheen meer, alles stond in bloei, iedereen was vrolijk, maar de echt zieke mensen voelden zich wanhopiger dan anders. Ze waren als steentjes die op het strand achterbleven als het eb werd, ze staken als donkere hoopjes vol ellende en wanhoop af tegen het witte zand. Het was een gevaarlijke tijd voor kinderen met suïcidale neigingen.

Tot haar grote verdriet en ondanks al haar pogingen het te voorkomen, was het toch twee van haar patiëntjes gelukt zichzelf te doden. Eén in maart en eentje in april. Het was een verschrikkelijke tijd voor haar. Thelma verloor ook een patiënt, een jongen van achttien die vier jaar bij haar in therapie was geweest, en ze voelde ontzettend mee met zijn familie, maar ze miste hem zelf net zo erg. September was statistisch gezien even gevaarlijk; vooral jongens in de puberteit gaven het dan op.

Thelma en Maxine lunchten wat vaker samen om elkaar te steunen, en tijdens een van die gelegenheden verklapte Maxine haar het nieuws van haar geheime verloving. Het vrolijkte hen allebei op en het betekende weer een sprankje licht in hun wereldje.

'Wauw! Maar dat is geweldig nieuws!' Thelma was oprecht blij voor haar. Het was een heel wat prettiger onderwerp dan de reden waarom ze voor een lunch hadden afgesproken. 'Hoe denk je dat de kids erop reageren?' Maxine legde uit dat ze het hun pas in juni zouden vertellen en dat het huwelijk in augustus gesloten zou worden.

'Ik hoop maar dat ze er dan tegen kunnen. Ze horen het pas over twee maanden, maar heel langzaam beginnen ze Charles te accepteren. Kijk, eigenlijk willen ze liever dat alles blijft zoals het was, dat ik er alleen voor hen ben, en dat ze me niet met een vent hoeven delen, die zich nog met hen bemoeit ook.' Maxine keek of ze er niet gerust op was, en Thelma glimlachte.

'Dan heb je dus aardige, goed aangepaste, normale kinderen. Het is juist heel lief dat ze jou voor zichzelf willen hebben, zonder een man met wie ze om je aandacht moeten knokken.'

'Ik vind ook dat Charles een hele aanwinst voor het gezin is. Het is precies de man aan wie we altijd behoefte hebben gehad,' zei Maxine en ze klonk wat hoopvoller.

'Dat maakt het voor hen juist zo moeilijk,' voegde Thelma eraan toe. 'Als het een eikel was, dan konden ze hem gewoon negeren, want dan zou je op een gegeven moment toch op hem uitgekeken raken. Maar hij is juist een redelijke kandidaat en een gerespecteerd man. Dat maakt hem tot staatsvijand numero uno, wat hen betreft. In elk geval voor een tijdje. Dus hou je maar vast, Max, ik heb zo'n donkerbruin vermoeden dat er een zware storm zal opsteken als je het ze vertelt. Maar ach, ze draaien ook wel weer bij. Ik ben echt blij voor je,' zei Thelma met een grijns.

'Dank je. Ik ook.' Maxine lachte terug, maar bleef wat ongerust wat de kinderen betrof. 'Ik geloof dat je gelijk hebt wat die zware storm betreft. Ik zie er best tegen op, dus we stellen het uit zolang we kunnen.' Maar juni stond al voor de deur: dat duurde nog maar twee maanden. En Maxine was nogal benauwd voor het bekendmaken van het grote gebeuren. Het maakte hun trouwplannen toch een beetje beladen, en een tikkeltje bitterzoet. Pas als de kinderen het wisten, zou het minder onwerkelijk worden.

In april gingen zij en Charles naar Cartier om een ring uit te zoeken. Hij werd op maat gemaakt en Charles gaf hem aan haar tijdens een etentje, zoals het hoort, en het speet hun dat ze hem nog niet mocht dragen. Ze bewaarde hem in een afgesloten lade van haar bureau in huis en nam hem elke avond voor ze ging slapen uit zijn doosje om hem even om te doen. Ze was er gek op. Hij was beeldschoon, met een steen die ongelooflijk fonkelde. Ze popelde om hem te kunnen dragen. Door die ring waren hun plannen weer werkelijker geworden. Ze had zelfs de cateraar uit Southampton al besproken voor de trouwdatum in augustus. Dat was al over vier maanden. Ze kreeg zin om een trouwjurk te gaan uitzoeken. Ze wilde het graag aan Blake vertellen, en haar ouders, maar dat mocht helaas pas als de kinderen het wisten. Dat was ze hun wel verschuldigd.

Zij, Charles en de kinderen vierden het paasweekend in Southampton en iedereen had zich best vermaakt. Giechelend als twee tieners fluisterden Maxine en Charles 's nachts over de grote dag, en ze maakten hand in hand lange strandwandelingen, terwijl Daphne met haar ogen rolde als ze hen in de verte zag.

In mei had Maxine onverwacht een serieus gesprek met Zelda. Ze had een beroerde dag achter de rug. Een van haar vriendinnen was bij een ongeluk omgekomen, en voor de allereerste keer liet ze zich erover uit hoe spijtig ze het vond dat ze zelf nooit kinderen had gekregen. Maxine leefde met haar mee. Ze had een zware slag gekregen.

'Maar het is nog niet te laat,' zei Maxine opgewekt, om haar op te beuren. 'Wie weet of je nog iemand ontmoet met wie je een baby kunt krijgen.' Het was aan de late kant, maar onmogelijk was het niet. 'Veel vrouwen krijgen tegenwoordig veel later kinderen dan vroeger, desnoods met wat medische hulp.' Zij en Charles hadden het er toevallig over gehad, en Maxine zou er zo voor gegaan zijn, maar Charles vond dat drie echt genoeg was. Hij voelde zich te oud om nu nog vader te worden, en Maxine vond dat eigenlijk erg jammer. Ze had dolgraag nog een baby gekregen als hij dat gewild had. Maar hij wilde het niet.

'Ik denk dat ik er liever een adopteer,' zei Zelda, praktisch als altijd. 'Ik heb mijn leven lang voor kinderen van anderen gezorgd. Ik heb er geen probleem mee. Ik hou van ze alsof ze van mij zijn.' Ze glimlachte en Maxine omhelsde haar even. Ze wist dat het waar was. 'Misschien moet ik me maar eens in adoptie verdiepen,' vervolgde Zelda peinzend, en Maxine knikte. Zoiets zei je niet omdat je het per se meende, maar om jezelf af te leiden of op te vrolijken. Maxine was er vrij zeker van dat dat bij Zelda het geval was.

Zelda had geen weet van Maxines aanstaande huwelijk. Maar zij en Charles hadden afgesproken het over drie weken bekend te maken, wanneer de kinderen hun laatste schooldag achter de rug hadden. Hoewel Maxine zich een tikkeltje ongerust maakte, vond ze het ook wel spannend. Het werd tijd het grote nieuws met hen te delen. Zelda had het verder niet meer over adoptie, en Maxine vergat het gesprek. Ze nam aan dat Zelda zich weer met haar kinderloze staat had verzoend.

Begin juni, toevallig op de laatste schooldag, kreeg Maxine een dringend telefoontje van school. Ze ging ervan uit dat het om een of andere routinekwestie ging. De kinderen zouden over een uur thuis zijn en zij had nog wat patiënten af te handelen. Maar het was veel ernstiger. Sam was geschept door een auto toen hij de weg overstak naar de moeder van een vriendje die hem thuis zou afzetten. Hij was met een ambulance naar het New York-ziekenhuis gebracht. Een van de leraren was met hem meegegaan. 'O, mijn god, is alles goed met hem?' Dat kon haast niet, als ze hem met een ambulance hadden opgehaald. Maxines hart stond bijna stil.

'Ze denken dat zijn been gebroken is... Het spijt me ontzettend, het was ook zo'n chaos op zo'n laatste schooldag. Hij is op zijn hoofd gevallen, maar hij was bij bewustzijn toen ze wegreden. Hij is een dapper ventje.' Dapper? Stelletje hufters! Hoe durfden ze zoiets te laten gebeuren met haar kind! Ze stond te trillen op haar benen toen ze ophing en haar spreekkamer in stormde. Ze was gebeld tijdens een sessie met een jongen van zeventien die al twee jaar bij haar in therapie was, en had het telefoontje in het kantoortje van haar secretaresse aangenomen. Ze legde haar patiënt uit wat er gebeurd was, en dat het haar ontzettend speet, maar dat ze de sessie nu moest besluiten. Ze liet Felicia de rest van haar middagpatiënten afbellen. Ze greep haar handtas en dacht er nog net aan dat ze Blake ook moest bellen, al was er niets wat hij kon doen. Maar Sam was ook zijn zoon. Ze belde zijn huis in Londen, en de butler zei dat hij nog in Marokko was, wellicht in zijn villa in La Mamounia. Toen ze het hotel in Marrakech belde, namen ze de boodschap aan maar ze weigerden te vertellen of hij thuis was of niet. Zijn mobiele telefoon stond op voicemail. Ze werd er gek van en belde Charles. Hij zei dat hij haar op zou vangen bij de eerstehulpafdeling. En toen vloog ze de deur uit.

Het was niet moeilijk Sam te vinden op de Eerste Hulp. Hij had een arm en een been gebroken, twee gebroken ribben en een hersenschudding, en hij zag eruit alsof hij in shock was. Hij huilde niet eens. En Charles was geweldig. Hij ging met Sam mee de gipskamer in, waar ze zijn been en arm zetten. Die ribben konden alleen maar stevig ingepakt worden, en het was gelukkig een lichte hersenschudding. Maxine was buiten zichzelf van angst terwijl ze wachtte. Later die middag mocht ze hem meenemen naar huis. Charles ging met haar mee en Sam hield van allebei een hand vast. Het was hartverscheurend hem in zo'n toestand te zien en ze legden hem snel in haar bed. Ze hadden pijnstillers voor hem meegekregen waar hij behoorlijk versuft van raakte. Jack en Daphne waren ondersteboven toen ze hem zagen. Maar hij was oké, hij leefde nog, en hij zou er niets aan overhouden. De moeder die de kinderen zou meenemen, belde op en putte zich uit in verontschuldigingen, ze hadden de auto totaal niet zien aankomen. Ook de bestuurder was er kapot van. Maar niet zo erg als Maxine. Het had zoveel erger kunnen aflopen. Charles bleef slapen op de bank, en hij en Maxine hielden om beurten de wacht bij de slapende Sam. Ze lieten al hun patiënten van de volgende dag afbellen en ook Zelda bleef in en uit lopen om te zien of alles goed met Sam was. Om middernacht liep Maxine even naar de keuken om een kop thee voor zichzelf te zetten; het was haar beurt om op te passen. Daar zat Daphne, die haar dreigend aankeek.

'Waarom slaapt hij hier?' vroeg ze nors, met een hoofdbeweging naar Charles.

'Omdat hij om ons geeft.' Maxine was uitgeteld en had even geen zin in Daphnes commentaar. 'Hij was een schat met Sam in het ziekenhuis. Hij is overal met hem meegegaan.'

'Heb je pap al gebeld?' vroeg Daphne scherp en dat was de druppel voor Maxine.

'Ja, dat heb ik gedaan, ja! Hij is in dat klote-Marokko, en niemand weet waar hij uithangt. Hij heeft me niet teruggebeld. Komt je bekend voor? Heb je genoeg aan dit antwoord?' Daphne keek gekwetst en stormde terug naar haar kamer. Ze wilde haar vader nog steeds als iemand zien die hij niet was, en ook nooit zou worden. Dat wilden ze allemaal. Jack zag zijn vader graag als zijn held, en dat was hij nou eenmaal niet. Hij was gewoon een man. En iedereen, ook Maxine, wilde hem graag als een verantwoordelijk mens zien, en bereikbaar als het nodig was. Maar dat was hij ook al niet. Vroeger niet, nu niet. Dat was nou juist de oorzaak van hun scheiding.

Pas na vijf dagen kreeg ze hem in Marokko te pakken. Hij zei dat er een aardbeving was geweest, en hevig ook. En plotseling bedacht Maxine dat ze zoiets had opgevangen op het nieuws. Maar ze was afgelopen week alleen maar met Sam bezig geweest. Hij was zo zielig. Die gebroken ribben deden erg pijn en hij had al dagen hoofdpijn door de hersenschudding. De arm en het been vielen mee omdat die in het gips zaten. Blake klonk erg geschrokken.

'Het zou voor de verandering wel eens fijn zijn als je ergens zou zitten waar ik je kan bellen. Dit is te gek voor woorden, Blake. Als er iets gebeurt, ben je altijd onvindbaar.' Ze vond het maar niks en was erg kwaad op hem.

'Het spijt me ontzettend, Max. Maar alles is ingestort. Mijn mobieltje en e-mail zijn pas vandaag weer bruikbaar. Het was een behoorlijke schok hier, en er zijn een hoop mensen uit de dorpen hieromheen onder het puin gestorven. Ik heb geprobeerd te doen wat ik kon en heb een luchtbrug voor hulpmiddelen en voedsel opgezet.'

'Sinds wanneer speel jij voor de barmhartige samaritaan?' Ze was echt spinnijdig op hem. Charles was er voor haar geweest. En Blake had het weer laten afweten.

'Ze hebben hulp nodig. Er lopen hele gezinnen rond zonder eten en drinken en onderdak, en misschien zijn er nog mensen in leven onder de brokstukken. Hoor eens, wil je dat ik naar je toe vlieg voor Sam?'

'Nee, dat is niet nodig. Het gaat wel met hem,' zei ze en ze kalmeerde een beetje. 'Maar we waren ons allemaal doodgeschrokken. Hij natuurlijk het meest. Hij ligt nu te slapen, maar misschien kun je hem over een paar uur even bellen.'

'Het spijt me echt, Max,' zei hij, en het klonk gemeend. 'Je hebt genoeg op je bordje en nu krijg je dat er ook nog bij.'

'Ik red het wel. Charles was hier ook.'

'Daar ben ik blij om,' zei Blake zacht en ze besefte dat hij eigenlijk best moe klonk. Misschien deed hij inderdaad iets nuttigs in Marokko, al was het moeilijk te geloven. 'Ik zal Sam straks bellen. Geef hem maar een knuffel van me.'

'Doe ik.'

En inderdaad belde hij Sam een paar uur later op. Sam vond het super dat zijn vader hem belde en hij vertelde honderduit. Hij zei dat Charles mee was geweest naar de operatiekamer en de hele tijd zijn hand had vastgehouden. Hij vertelde dat mama van streek was geweest toen de dokter haar niet mee liet gaan, en dat klopte helemaal. Ze was zo ongerust geweest dat ze bijna flauwviel. Charles was echter de held van de dag. Blake beloofde dat hij Sam zo snel mogelijk kwam opzoeken. Tijdens het gesprek had Maxine alles opgezocht over de aardbeving in Marokko. Het was inderdaad een flinke. Twee dorpen waren totaal verwoest, waarbij de meeste inwoners waren omgekomen. Zelfs in de steden was veel schade geweest. Blake had dus niet overdreven. Toch hinderde het haar nog steeds dat ze hem niet had kunnen bereiken. Het was weer typisch iets voor Blake. Hij veranderde ook nooit. Hij zou voorgoed een losbol blijven. Of in elk geval een mafketel. Godzijdank had ze Charles.

Hij bleef de hele week op de bank slapen en elke avond kwam hij direct na het werk naar hen toe. Hij was een kei met Sam.

Ze waren het erover eens dat het een goed moment was om hen bij hun plannen te betrekken. Het was juni en ze hoefden voorlopig niet naar school.

Op zaterdagmorgen riep Maxine iedereen in de keuken. Charles zat naast haar, wat ze eigenlijk een minder goed idee had gevonden, maar hij wilde er nu eenmaal bij zijn als ze het hun vertelde, en dat vond ze niet onredelijk. Hij had haar zo geholpen met Sam dat ze hem nu niet kon buitensluiten. En de anderen konden later hun hart wel uitstorten bij haar, als ze er moeite mee hadden.

In het begin draaide ze om de hete brij heen. Ze had het over Charles en hoe aardig hij de afgelopen maanden was geweest. Ze keek al haar kinderen aan terwijl ze vertelde, alsof ze hen wilde overtuigen en de herinnering wilde oproepen. Ze was nog steeds bang voor hun reactie op het nieuws. En toen bleef er niets anders over dan het uit te spreken.

'Dus hebben Charles en ik besloten om in augustus te trouwen.' Het was doodstil in de keuken en ze staarden hun moeder alle drie glazig aan. Het leek wel of ze bevroren waren.

'Ik hou van jullie moeder, en van jullie,' voegde Charles eraan toe, en het kwam er stroever uit dan hij bedoelde. Maar hij had zoiets nu eenmaal nooit eerder gedaan en dit was een angstaanjagend publiek. Zelda was op de achtergrond met kopjes bezig.

'Dat meen je niet.' Daphne reageerde het eerst en Maxine gaf kalm antwoord.

'Ja. We menen het.'

'Je kent hem nog maar net!' Ze sprak tegen haar moeder en negeerde Charles.

'We gaan nu al zeven maanden met elkaar om en op onze leeftijd weet je dan wel of het wat gaat worden.' Ze herhaalde Charles' woorden en Daphne stond op van de keukentafel en liep zonder een woord de keuken uit. Even later hoorden ze haar kamerdeur dichtslaan.

'Weet pa het al?' vroeg Jack.

'Nog niet,' antwoordde zijn moeder. 'We wilden het eerst aan jullie vertellen. Dan pas bel ik papa, oma en opa. Maar jullie moesten het het eerst weten.'

'O,' zei Jack, en hij vertrok ook naar zijn kamer. Zijn deur ging gewoon dicht en de moed zonk haar in de schoenen. Het was nog erger dan ze zich had voorgesteld.

'Oké.' Sam keek hen allebei aan. 'Ik was blij dat je bij me bent gebleven in het ziekenhuis, Charles. Bedankt nog.'

Hij deed gewoon beleefd en zag er minder onthutst uit dan de anderen, maar dat hij nu enthousiast was, nee. Het was meteen tot hem doorgedrongen dat het afgelopen was met lekker bij mama slapen. Charles zou zijn plaatsje innemen. Het raakte hen allemaal, want wat hen betrof was hun leven in orde geweest voor Charles opdook. 'Mag ik nu tv-kijken in jouw bed?' vroeg Sam. Niemand had naar bijzonderheden van de bruiloft gevraagd, of zelfs maar wanneer die zou plaatsvinden. Ze wilden het niet weten. Daar ging Sam op zijn krukken, waarmee hij nu goed uit de voeten kon. Charles en Maxine bleven alleen achter in de keuken, Zelda stond in de deuropening.

'Wel gefeliciteerd,' zei ze zachtjes. 'Ze wennen er best aan. Het is ook wel een schok voor ze. Ik vermoedde al een tijdje dat jullie iets op je lever hadden.' Ze glimlachte, maar ze keek ook een beetje triest. Het zou voor allemaal een grote verandering zijn, ze waren zo gewend aan de manier waarop het huishouden draaide en daar waren ze tevreden mee.

'Maar voor jou verandert er niets, Zellie,' stelde Maxine haar glimlachend gerust. 'We hebben je net zo hard nodig. Misschien wel harder.'

'Bedankt. Ik zou niet weten wat ik met mezelf aan moest als ik jou niet had.' Charles keek haar ook aan en glimlachte. Ze leek hem een aardig mens, al moest hij niet denken aan het vooruitzicht haar 's avonds laat in zijn pyjama tegen te komen als hij hier woonde. Hij ging een heel nieuw leven tegemoet met een vrouw, drie kinderen en een hulp annex kindermeisje. Zijn privacy kon hij wel gedag zeggen. 'De kinderen passen zich heus wel aan,' stelde Zelda hen nogmaals gerust. 'Ze hebben alleen wat tijd nodig.'

Maxine knikte. 'Het had erger kunnen zijn,' zei ze bemoedigend. 'Nou, niet veel,' zei Charles meesmuilend. 'Ik had gehoopt dat ze het toch wel leuk zouden vinden. Daphne waarschijnlijk niet, maar de jongens wel.'

'Niemand houdt van verandering,' bracht Maxine hem in herinnering. 'En dit is niet zo'n kleintje voor ze. Ook niet voor ons.' Ze boog zich naar hem toe en gaf hem een kus. Met een droeve glimlach keek hij haar aan, terwijl Zelda zich terugtrok en hen alleen liet.

'Ik hou van je,' zei hij tegen haar. 'Jammer dat de kinderen zo van streek zijn.'

'Daar komen ze wel overheen. Er komt een dag dat we erom moeten lachen, net zoals om onze eerste date.'

'Misschien was dat een teken aan de wand,' zei hij bezorgd.

'Welnee... Het wordt in één woord geweldig. Dat zul je zien.' Maxine gaf hem nog een kus. En Charles hoopte stilletjes dat ze gelijk had en nam haar in zijn armen. Het speet hem dat haar kinderen hun huwelijk totaal niet zagen zitten.

Hoofdstuk 15

Na de schok van hun moeders mededeling sloten de kinderen zich urenlang op in hun eigen kamers. Charles besloot naar huis te gaan. Hij was er in geen dagen geweest en vond het een goed moment Maxine met haar kroost alleen te laten. Nog steeds wat teleurgesteld vertrok hij, hoewel Maxine hem verzekerde dat het een kwestie van wennen was, maar hij wist het zo net nog niet. Het was niet zo dat hij ervan wilde afzien, hij was doodgewoon bang. Net als de kinderen.

Maxine plofte neer in een stoel bij de keukentafel nadat hij was weggegaan. Ze schonk een kop thee in en was blij dat Zelda de keuken in kwam lopen.

'Tenminste iemand die met me wil praten,' zei ze tegen Zelda, die ook een kop thee nam.

'Het is hier inderdaad wat stilletjes,' zei ze, terwijl ze tegenover Maxine ging zitten. 'Het zal wel even duren voor al het stof weer gaat liggen.'

'Vast. Ik vind het erg dat ze zo van streek zijn, maar ik blijf erbij dat het ons gezin goed zal doen.' Charles had zichzelf opnieuw bewezen na Sams ongeluk. Hier had ze altijd naar verlangd: een man die er voor haar was wanneer het nodig was.

'Het komt wel goed met ze,' stelde Zelda haar gerust. 'Maar voor hem is het misschien minder makkelijk,' vond ze, als ze zo aan Charles dacht. 'Je ziet aan alles dat hij niet aan kinderen gewend is.' Maxine knikte. Je kon nu eenmaal niet alles hebben. En als hij zelf kinderen had gehad, was het waarschijnlijk dubbel zo erg geweest. Dit was in elk geval eenvoudiger.

Die avond kookte Maxine voor de kinderen, maar iedereen schoof het eten heen en weer op zijn bord. Ze konden geen van allen een hap door hun keel krijgen, ook Maxine niet. De uitdrukking op hun gezicht sprak boekdelen. Daphne zag eruit alsof er iemand gestorven was.

'Hoe kun je dat nou doen, mam? Hij is een griezel.' Het was gemeen om dat te zeggen, en Sam reageerde meteen.

'Nietes. Hij is altijd aardig tegen me. En tegen jou zou hij ook aardig zijn als je niet zo rot tegen hem deed.' Hij had groot gelijk, en hoewel ze het niet zei, was Maxine het ermee eens. 'Hij is gewoon niet gewend aan kinderen.' Of ze dat niet wisten.

'Toen hij me laatst meenam naar die basketbalwedstrijd, probeerde hij me over te halen naar kostschool te gaan,' zei Jack verontrust. 'Dat wil jij toch niet, hè mam?'

'Natuurlijk niet. Charles heeft op kostschool gezeten, en hij vond het fantastisch, dus nu vindt-ie dat iedereen erheen zou moeten gaan. Maar ik stuur jullie helemaal nergens heen.'

'Ja, ja, dat zeg je nu,' bracht Daphne in. 'Wacht maar tot je met hem getrouwd bent, dan dwingt hij je wel.'

'Hij gaat me helemaal nergens toe "dwingen". Jullie zijn míjn kinderen, niet die van hem.'

'Zo gedraagt hij zich anders niet. Hij denkt dat de hele wereld van hem is.' Daphne keek haar moeder nijdig aan.

'Dat is flauwekul.' Maxine stond achter hem, maar ze was blij dat ze zeiden wat ze op hun hart hadden. Nu werd het tenminste bespreekbaar. 'Kijk, hij is gewend zijn eigen leven in te delen, maar hij zegt heus niet hoe jullie moeten leven. Dat wil hij niet eens, maar dat zou ik ook niet toestaan.'

'Hij heeft een pesthekel aan pa,' flapte Jack eruit.

'Zo erg is het vast niet. Hij is allicht een beetje jaloers op hem, maar dat is wat anders.'

'Wat denk je eigenlijk dat pap ervan zegt?' vroeg Daphne belangstellend. 'Ik durf te wedden dat hij verdrietig is dat je gaat trouwen, mam.'

'Nou, dat denk ik niet. Hij heeft tien miljoen vriendinnen. Gaat hij nog steeds met Arabella?' Ze had de laatste tijd niets meer over haar gehoord.

'Ja,' zei Daphne nors. 'Ik mag hopen dat hij niet met haar gaat trouwen. Dat zou er nog bij moeten komen.' Ze klonken alle drie alsof er een vreselijke ramp was gebeurd. Het was klaarblijkelijk alleen maar slecht nieuws geweest. Ergens had ze dat wel verwacht, maar het viel toch tegen. Alleen Sam scheen er niet zo'n moeite mee te hebben, maar hij had een betere band met Charles dan de andere twee.

Na het eten belde Charles haar op hoe de zaak ervoor stond. Hij miste haar, maar was opgelucht weer thuis te zijn. De afgelopen week was een behoorlijke aanslag op hen allemaal geweest. Eerst Sams ongeluk, en nu dit weer. En Maxine voelde zich een gevangene van de ontwikkelingen.

'O, het gaat wel met ze. We moeten ze wat tijd gunnen,' zei ze verstandig.

'Hoe lang had je in gedachten? Een jaar of twintig?' Hij was nog niet over zijn teleurstelling heen.

'Nee, het zijn kinderen. Geef ze een paar weken. Dan zul je eens zien hoe ze dansen op onze bruiloft.'

'Heb je het Blake nou al verteld?'

'Nee, dat doe ik zo. Het is nu nacht voor hem. Morgen bel ik mijn ouders. Die zullen het prachtig vinden!' Charles had hen een keer ontmoet en hij vond ze bijzonder aardig. Het stond hem erg aan dat zowel zijn toekomstige vrouw als zijn schoonvader arts was.

De rest van de zaterdagavond hingen de kinderen lusteloos rond. Ze bleven in hun kamer en zetten wat dvd's op. Sam sliep inmiddels weer in zijn eigen kamer. Toen Maxine in bed stapte vond ze het een vreemde gedachte dat Charles hier over twee maanden zou intrekken. Ze kon zich moeilijk voorstellen hoe het zou zijn om weer met iemand samen te leven. En Sam had gelijk, bij haar in bed kruipen was er dan niet meer bij. Eigenlijk zou ze dat best een beetje missen. Ondanks het feit dat ze van Charles hield, had het voor iedereen zijn nadelen, ook voor haar. Zo werkte het nu eenmaal. Als je iets wilde, moest je er iets anders voor laten. Maar vertel dat maar eens aan kinderen. Zijzelf had er ook nog moeite mee.

Even na middernacht, toen het bij hem ochtend was, belde ze Blake. Hij klonk gespannen en afwezig, alsof hij met iets anders bezig was, en ze hoorde machines en geschreeuw in de verte. Het was niet makkelijk praten.

'Waar ben je? Wat ben je aan het doen?' vroeg ze met luide stem.

'Ik sta op straat, we zijn puin aan het ruimen. We hebben met een vliegtuig twee bulldozers opgehaald, dan gaat het sneller. Ze vinden nog steeds mensen onder het puin. Max, er zwerven hier kinderen rond die nergens naartoe kunnen. Hele gezinnen zijn weggevaagd, maar die kinderen blijven zoeken naar hun ouders. Overal liggen gewonden, want de ziekenhuizen zijn afgeladen. Je kunt het je niet voorstellen.'

'Dat kan ik helaas wel,' zei ze met spijt in haar stem. 'Ik heb al heel wat natuurrampen meegemaakt via mijn werk. Iets ergers bestaat niet.'

'Je zou hierheen moeten komen om te helpen. Ze hebben dringend iemand nodig die ze kan vertellen wat ze met die kinderen aan moeten. En hoe ze hulp kunnen bieden. Eigenlijk ben je precies wat we nodig hebben. Wil je erover nadenken?' vroeg hij. Zijn eigen paleisje stond nog overeind, maar hij was zo gesteld op het land en de mensen dat hij wilde helpen zoveel hij kon.

'Dat zou ik wel willen, als iemand me inhuurt. Ik kan er niet zomaar heen vliegen en mensen gaan vertellen wat ze moeten doen.'

'Ik kan je toch inhuren.' Hij had er alles voor over.

'Doe niet zo mal. Voor jou zou ik het gratis doen. Maar ik zou echt moeten weten wat voor soort advies ze van me nodig hebben. Ik ben jeugdtraumatoloog, ik onderzoek het psychische effect van zo'n ramp, direct en op de lange termijn. Laat maar weten als er iets is wat ik voor je kan doen.'

'Doe ik. Hoe is het met Sam?'

'Die is oké. Loopt als een kievit op zijn krukken.' En toen schoot het haar te binnen waarom ze hem gebeld had. Ze was even afgeleid geweest door zijn verhalen over de vernietigende aardbeving en verschrikking van al die verweesde kinderen die door de straten dwaalden. 'Ik moet je iets vertellen,' zei ze plechtig.

'Over Sams ongeluk?' Hij klonk bezorgd. Ze had die klank nooit van hem gehoord. Eindelijk dacht hij eens aan een ander dan aan zichzelf.

'Nee, over mij. Ik ga trouwen. Met Charles West. De bruiloft is in augustus.' Hij was er even stil van.

'Zijn de kids overstuur?' Dat vermoedde hij tenminste.

'Ja.' Ze kon eerlijk tegen hem zijn. 'Ze zijn tevreden met de toestand zoals die is. Ze willen niet dat er iets verandert.'

'Heel begrijpelijk. Ze zouden het ook niet leuk vinden als ik ging trouwen. Ik hoop dat-ie goed voor je zorgt, Max,' zei Blake en hij had in jaren niet zoiets serieus gezegd.

'Dat komt wel goed.'

'Nou, gefeliciteerd dan.' Hij moest lachen en klonk weer als de oude Blake. 'Ik had alleen niet gedacht dat je er zo snel voor zou gaan. Maar het is beter voor jou, en de kinderen. Alleen hebben ze dat nog niet door. Luister, ik bel je weer zodra ik tijd heb. Ik moet nu hangen. Er is hier veel te veel aan de gang om lang te praten. Pas goed op jezelf en geef de kids een kus van me… En Max, nogmaals gefeliciteerd, hè…' En voor ze hem kon bedanken was de verbinding al verbroken. Ze hing op en ging naar bed. Ze dacht na over de verwoestende aardbeving in Marokko, waar Blake deed wat hij kon voor de wezen en de gewonden, of puin ruimde en medicijnen, water en voedsel binnenvloog. Voor de verandering deed hij nu niet alleen aan liefdadigheid door geld over te maken, maar stak hij ook zelf de handen uit de mouwen om de klus te klaren. Dat paste niet bij de Blake die zij kende, en ze vroeg zich af of hij eindelijk eens volwassen werd. Als dat zo was, kwam dat rijkelijk laat.

De volgende ochtend belde Maxine haar ouders en eindelijk was er iemand in de wolken met het nieuws. Haar vader zei dat hij dolblij was, want hij kende Charles. Hij had altijd gehoopt dat ze zo'n man als hij zou tegenkomen en ermee zou trouwen. En dat hij ook arts was, was alleen maar een pre. Ze moest Charles van hem feliciteren en hij wenste haar het allerbeste toe, want dat hoorde erbij als je dochter trouwde. En toen nam haar moeder het over, die alle details over de bruiloft wilde horen.
'En de kinderen zijn zeker erg blij?' veronderstelde ze. Maxine glimlachte en schudde haar hoofd. Haar ouders hadden geen idee.
'Niet echt, mam. Het is een grote verandering voor ze.'
'Het is zo'n aardige man. Ik weet zeker dat ze het na een tijdje fijn vinden dat je met hem bent getrouwd.'
'Dat hoop ik dan maar,' zei ze, iets minder overtuigd dan haar moeder.
'Jullie moeten gauw eens samen bij ons komen eten.'
'Dat zouden we heerlijk vinden,' zei Maxine. Ze wilde graag dat Charles ze beter leerde kennen, vooral omdat hij zelf geen familie meer had.
Het scheelde veel dat haar ouders zo blij voor hen waren en dat ze Charles een goede keus vonden. Het was erg belangrijk voor Maxine en ze hoopte dat ook Charles ervan zou opfleuren. Het gebrek aan enthousiasme van de kinderen kreeg zo een beetje tegenwicht.

Dezelfde avond bleef Charles bij haar en de kinderen eten en het bleef onnatuurlijk rustig aan tafel. Niemand kreeg een woedeaanval, niemand maakte beledigende opmerkingen, maar gezellig was het ook niet. Ze ondergingen het lijdzaam en vertrokken snel weer naar hun kamers. Niet echt waarop Charles en zij gehoopt hadden.

Maxine vertelde over haar telefoongesprek met haar ouders en dat vrolijkte hem wat op.

'Tenminste twee mensen die me aardig vinden,' zei hij opgelucht. 'Misschien kunnen we hen een keer meenemen naar La Grenouille.'

'Ze willen graag dat we eerst bij hen op bezoek komen, zo doen ze dat.' Ze wilde dat hij aan hun tradities zou wennen, zodat hij echt bij de familie zou gaan horen.

En toen schoot haar iets te binnen. Ze maakte het afgesloten laatje van haar bureau open en pakte de ring die ze al maanden niet had kunnen dragen. Ze vroeg Charles of hij haar de ring om wilde doen en hij keek oprecht gelukkig. Dit was het bewijs van wat ze de hele tijd alleen gezegd hadden. Ze waren verloofd en zouden gaan trouwen, hoe vervelend de kinderen het ook schenen te vinden. Het was fantastisch, en Charles gaf haar een kus terwijl ze naar de ring keken. Hij fonkelde net zo stralend als haar hoop voor dit huwelijk en als hun liefde voor elkaar, die ondanks de problemen van de afgelopen dagen niet verflauwd was. Er was niets veranderd. Het was gewoon een van de hobbeltjes in de weg die ze moesten nemen. En Maxine had ze eerder zien aankomen dan hij. Hij was ingelukkig dat ze haar ring nog steeds mooi vond en van hem hield. Over negen weken zouden ze trouwen.

'Nu moeten we ons als de wiedeweerga eens met de bruiloft gaan bezighouden,' zei ze en ze voelde zich weer jong en opgetogen. Het was zo prettig dat ze het niet meer geheim hoefde te houden.

'O, mijn god,' plaagde hij haar. 'Hoe groot wil je hem hebben?' Ze had de trouwkaarten al uitgekozen. Ze zouden over drie weken verstuurd worden, maar ze moesten hun gastenlijstjes nog

221

definitief maken. Verder mompelde ze iets over huwelijksge-schenklijsten van Tiffany. 'Doe je dat wel bij tweede huwelij-ken?' vroeg hij verbaasd. 'Ik dacht dat we daar een beetje te oud voor waren.'

'Natuurlijk niet,' zei ze met een wufte blik. 'O, en ik moet ook nog een bruidsjurk uitzoeken.' Daphne zou er ook een moeten hebben. Maxine was bang dat ze de hele bruiloft zou boycotten, dus daar zou ze niet op aandringen.

Toen ze die avond hun lijsten gingen opstellen, besloten ze twee-honderd mensen uit te nodigen, waarvan er waarschijnlijk zo'n honderdvijftig zouden komen, wat hun een mooi aantal leek. Langs haar neus weg merkte ze op dat ze Blake ook moest uit-nodigen. Charles stond meteen op zijn achterste benen.

'Dat is absurd, je kunt je ex-man niet op je huwelijk vragen. Stel dat ik ook mijn ex-vrouw uitnodig?'

'Dat moet jij weten. Als je dat graag wilt, zou ik er geen enkele moeite mee hebben. Voor mij is Blake zo ongeveer familie, en hij en de kinderen zouden echt van streek raken als hij er niet bij zou zijn.' Charles kreunde.

'Dat is niet echt wat ik onder familie versta.' Hij was er zo lang-zamerhand achter gekomen dat hij in een wel heel ongewone groep mensen was beland. Er was niets doorsnee of normaal bij deze mensen, en het vreemdste was wel dat hij met de ex van Blake Williams ging trouwen. Niet bepaald een huwelijk van dertien in een dozijn. 'Doe wat je niet laten kunt,' zei hij uit-eindelijk. 'We kunnen er lang of kort over blijven bekvechten, maar wie ben ik om jou te vertellen wat je moet doen? Ik ben de bruidegom maar.' Hij maakte er een grapje van, maar hij meende het wel degelijk. Het was eigenlijk te zot voor woorden dat zijn toekomstige vrouw hem vertelde dat haar ex-man ge-kwetst zou zijn als ze hem niet uitnodigde op haar bruiloft. Hij had geen keus. Als hij op zijn strepen bleef staan, zouden zijn stiefkinderen hem nog meer haten dan nu al het geval was, dus voelde hij wel aan dat hij maar beter kon toegeven.

'Hij brengt je toch niet naar het altaar?' vroeg Charles benauwd. 'Nee, natuurlijk niet, mallerd. Dat doet mijn vader toch.' Charles zuchtte van opluchting. Hoewel Charles er nooit woorden aan vuil had gemaakt, wist ze dat Blake hem heel hoog zat. Vrijwel iedere man zou het lastig vinden zich met hem te meten. Geld was nu eenmaal voor de meeste mensen de maat voor succes en Blake stak wat dat betreft met kop en schouders boven iedereen uit. Dat nam niet weg dat hij onverantwoordelijk was, en altijd geweest was, en dat hij nooit tijd had voor de kinderen. Blake was een heerlijk mens om gekke dingen mee te doen, en ze zou altijd van hem blijven houden. Maar Charles was de man met wie ze wilde trouwen, dat was een ding dat zeker was.

Met een kus namen ze die avond afscheid, blij dat ze de meeste details hadden afgehandeld. Lachend liet ze haar ring schitteren in het licht.

'Welterusten, Mrs. West,' zei hij zacht, en hij had het nog niet gezegd of ze besefte dat ze hoogstwaarschijnlijk de naam 'Williams' voor haar werk zou aanhouden. Het zou veel te verwarrend worden voor al haar patiënten en te ingewikkeld alle bedrijven en instanties voor wie ze werk verrichtte in te lichten. Al zou ze privé binnenkort Mrs. West zijn, ze zou toch Maxine Williams blijven heten en altijd Blakes naam blijven dragen. Er waren een paar dingen die je niet moest veranderen.

Hoofdstuk 16

*B*lake belde Maxine tussen twee patiënten in en het was al zo'n gekkenhuis op kantoor. Ze had net drie doorverwezen patiënten voor een intake gehad, en ze had gekibbeld met de cateraar in Southampton over de prijs van de tent voor haar bruiloft. Die kostte belachelijk veel, maar het stond vast dat ze er eentje nodig hadden. Haar ouders hadden aangeboden om hem te betalen, maar ze vond dat ze op haar leeftijd niet meer op haar ouders moest leunen. Aan de andere kant wilde ze ook niet belazerd worden door de cateraar. Tenten waren nu eenmaal duur, vooral die met de doorzichtige zijkanten waarop zij haar zinnen had gezet. Anders kreeg je zo'n claustrofobisch gevoel. De ergernis was nog niet geweken toen ze Blakes telefoontje aannam. 'Hoi,' zei ze kortaf. 'Wat is er?'

'Sorry, Max. Stoor ik? Ik kan je later wel terugbellen als dat beter uitkomt.' Ze keek op haar horloge en zag dat het bij hem al aan de late kant was. Ze wist niet of hij in Londen of nog in Marokko was, maar in beide gevallen zou het voor hem al bedtijd zijn geweest, en hij had vermoeid geklonken. 'Nee, nee, maakt niet uit. Het spijt me. Ik heb wel een paar minuten voor de volgende patiënt. Alles goed met je?'

'Met mij wel. Maar dat kan je verder van niemand zeggen. Ik

zit nog steeds in Imlil, een uur of drie buiten Marrakech. Gek genoeg hebben ze die gsm-mast weer aan de praat gekregen, maar dat is dan ook alles. Ik ben me bezig gaan houden met die kinderen hier, Max. Het is verschrikkelijk wat ze overkomen is. Ze trekken soms nog levende kinderen onder het puin vandaan, waar ze dagen met dode familieleden klem hebben gezeten. Anderen dwalen verdwaasd door de straten. Ze zijn straatarm hier in de dorpen, en zoiets als dit maakt ze totaal kapot. Ze schatten dat er meer dan twintigduizend slachtoffers zijn gevallen.'

'Ik weet het,' zei Maxine treurig. 'Ik ken de verhalen uit de *Times* en van CNN.' Het frappeerde haar dat ze hem niet kon bereiken wanneer zijn eigen zoon iets overkwam, maar dat hij zich wel opeens dag en nacht bezighield met het verhelpen van het wereldleed. Nou ja, het was een hele verbetering als je het vergeleek met de tijd dat hij van de ene naar de andere party vloog. Door de aard van haar werk was de aanblik van een ramp haar niet onbekend. Maar het was wel de eerste keer dat ze hem zo ontzet hoorde spreken over iets wat niet direct met hemzelf te maken had. Hij zag het nu natuurlijk wel met eigen ogen. Zij wist hoe schokkend dat was, omdat ze als medisch specialist regelmatig naar milieurampen geroepen werd, zowel in Amerika als in het buitenland.

'Ik heb je hulp nodig,' zei hij eenvoudig. Hij was doodmoe, hij had al tien dagen lang nauwelijks een oog dichtgedaan. 'Ik probeer opvang voor deze kinderen te regelen. Ik heb een paar heel interessante en machtige mensen ontmoet sinds ik hier een huis heb gekocht. De regeringshulpdiensten zitten met de handen in het haar, daarom wil de private sector proberen een financiële reddingsoperatie op te starten. Ik heb me een enorm project op de hals gehaald met die kinderen, en ik moet alles alleen doen tot er concrete hulp loskomt. Ik heb echt advies nodig over wat ik het beste kan doen voor ze, zowel op de lange termijn als nu meteen. Het is helemaal in jouw straatje. Ik heb je kennis en ervaring nodig, Max.' Hij klonk uitgeput, bezorgd en bedroefd.

Ze ademde hoorbaar uit terwijl ze luisterde. Hij vroeg nogal wat. 'Ik zou je dolgraag helpen,' bracht ze uit. Ze was onder de indruk van de omvang van wat hij op zijn schouders had genomen, maar ze moest wel reëel blijven. 'Maar ik ben bang dat ik je telefonisch niet veel advies kan geven,' zei ze ongelukkig. 'Ik ken de benadering en de hulpverlening van de autoriteiten daar niet, en je moet zulke dingen trouwens altijd met eigen ogen zien. Theoretisch kun je bij zo'n ramp als deze weinig uitrichten. Je moet er zijn, zoals jij, om uit te zoeken wat je kunt doen en hoe het werkt.'

'Dat begrijp ik,' zei hij. 'Daarom bel ik je ook. Ik wist niet wat ik anders moest doen.' Hij aarzelde heel even. 'Wil je alsjeblieft hierheen komen, Max? De kinderen hier hebben je nodig, en ik ook.' Ze kon haar oren niet geloven toen ze dat hoorde. Hoewel hij het er bij een vorig gesprek al over had gehad, had ze niet ingezien hoe serieus hij dit nam en dat hij haar werkelijk vroeg naar Marokko te komen. Haar dagen zaten de hele volgende maand al volkomen vol. In juli zou ze zoals altijd met de kinderen op vakantie gaan en met de bruiloft in augustus zou het helemaal een chaos worden.

'Jezus, Blake... ik zou het graag doen, maar ik zie echt niet hoe ik dat moet regelen. De patiënten stromen maar binnen en sommigen van hen zijn doodziek.'

'Ik stuur mijn vliegtuig naar je toe. Al blijf je maar vierentwintig uur, dan zouden we hier al dolblij zijn. Jouw ogen zien meer dan die van mij. Dat geld van me kan veel oplossen, maar ik weet werkelijk niet wat ik ermee aan moet en jij bent de enige die ik vertrouw. Je moet me vertellen waar ik voor moet zorgen. Anders pak ik het misschien totaal verkeerd aan.' Het was een verzoek van heb ik jou daar en ze had geen idee hoe ze dit kon inwilligen. Aan de andere kant had hij haar nooit zoiets gevraagd. En het werd nu wel duidelijk dat hij zich hier met hart en ziel in gestort had. Hij had zich beschikbaar gesteld om te helpen waar hij maar kon, met zijn blote handen, en met zijn geld. En dat was wel het werk dat ze het meest lonend vond. Het zou ongetwijfeld weer een hartverscheurende en slopende tocht zijn in zo'n rampgebied, maar het was wel het werk waarvan ze het meest hield, en een kans echt verschil te maken. Ze was trots op hem en wat hij deed en terwijl ze naar hem luisterde schoten de tranen haar in de ogen. Ze wilde het haar kinderen vertellen, zodat ze eens echt trots op hun vader konden zijn.

'Ik zou zo graag willen,' zei ze langzaam, 'als ik maar wist wanneer en hoe.' Ze verlangde ernaar nu meteen naar Marokko te gaan, om hem te helpen en raad te geven. Ze bewonderde zijn goede bedoelingen en zijn harde werk. Ze merkte dat dit iets voor hem betekende en ze wilde haar steun aanbieden. Maar ze had niet het flauwste idee hoe ze dat moest aanpakken.

'Als je nu eens je vrijdag afzegt? Dan stuur ik donderdag het vliegtuig naar New York, en je komt donderdagnacht deze kant op. Dan heb je drie dagen om hier te werken. Je vliegt zondagnacht terug en dan zit je maandag weer in je spreekkamer.' Hij had het natuurlijk al uren zitten uitdenken en ze was er stil van. 'Dit is wel mijn vrije weekend,' zei ze peinzend. Thelma had dan dienst. Als ze haar nu eens vroeg de vrijdag erbij te nemen? Tegelijkertijd voelde Maxine wel aan dat een reis van drie dagen naar Marokko een idioot plan was, als je naging hoe druk ze het zelf al had.

'Ik weet gewoon niet wie ik anders moet vragen. Het leven van die kinderen hier komt nooit meer goed als iemand nu niet vertelt wat voor hulp ze nodig hebben. Een deel van hen gaat er geheid onderdoor.' Ze waren gewond en verminkt of blind geworden, of hadden een hersenbeschadiging opgelopen toen hun huizen of scholen boven hen ineenstortten. Een ongelooflijk aantal was wees geworden. Terwijl Blake zijn tranen de vrije loop liet, hadden ze een pasgeboren baby kunnen redden door hem onder de brokstukken vandaan te halen.

'Je moet me een paar uur geven om te zien hoe ik dit moet regelen,' zei Max beheerst, toen haar zoemer ging die de volgende patiënt aankondigde. 'Ik moet er even over nadenken.' Het was dinsdag. Als ze zou gaan, had ze twee dagen om orde op zaken te stellen. Natuurrampen kwamen altijd zonder waarschuwing en tijd om alles te plannen had je nooit. Ze was al vaker in enkele uren na een ramp ter plaatse geweest. En ze wilde hem hoe dan ook helpen, al gaf ze hem maar een naam van iemand die hem ook goed zou kunnen adviseren. In Parijs zat een uitstekende vereniging van mensen in de psychische gezondheidszorg die gespecialiseerd waren in dit soort zaken. Maar de gedachte er zelf hulp te verlenen trok haar nu wel erg aan. En het was alweer een tijdje geleden dat ze bij zo'n klus aanwezig was geweest. 'Wanneer kan ik je bellen?'

'Maakt niet uit. Ik heb de hele week mijn bed niet gezien. Probeer mijn Engelse mobieltje, of de BlackBerry. Ze werken hier allebei, in elk geval zo nu en dan... en Max... dank je... Ik hou van je, schat. Bedankt dat je wilde luisteren en zo met me meeleeft. Ik begrijp nu pas wat je altijd gedaan hebt. Je bent een fantastisch mens.' Zijn respect voor haar was met de minuut toegenomen nu hij alles met eigen ogen had gezien. Hij had het gevoel dat hij in die paar nachten gegroeid was en dat hoorde zij ook. Ze wist dat dit echt was en dat er eindelijk een heel nieuwe kant van Blake was blootgelegd.

'Dat ben jij ook,' zei ze zacht. Weer werden haar ogen vochtig. 'Ik bel je zodra het kan. Ik weet nog niet of ik kan komen, maar als het niet lukt stuur ik je in elk geval iemand die minstens zo goed is.'

'Ik wil alleen jou...' smeekte hij. 'Alsjeblieft, Max...'

'Ik zal het proberen,' beloofde ze. Ze hing op en deed de deur van de spreekkamer open voor haar patiënt. Ze dwong zich te concentreren op het verhaal van het twaalfjarige meisje. Ze deed aan automutilatie en haar armen waren een woud van littekens. Ze was door haar school naar Maxine doorverwezen als een van de slachtoffers van 9/11. Haar vader was een van de brandweerlieden geweest die daarbij omgekomen waren, en ze deed mee aan het onderzoek waaraan Maxine na de gebeurtenissen voor de gemeente had meegewerkt. De sessie duurde langer dan gewoonlijk en daarna haastte Maxine zich naar huis.

De kinderen zaten bij Zelda in de keuken toen ze thuiskwam. Ze begon meteen te vertellen over Marokko en wat hun vader daar aan het doen was. Hun ogen glansden terwijl ze zijn daden beschreef en ze zei ook dat hij haar gevraagd had hem te komen helpen. Daar keken ze van op en enthousiast riepen ze dat ze dat beslist moest doen.

'Ik weet alleen niet hoe ik dat moet regelen,' zei ze gespannen en afwezig, maar ze liep meteen de keuken uit om Thelma te bellen. Die kon haar vrijdag niet zelf vervangen aangezien ze dan lesgaf op de Faculteit Geneeskunde van de universiteit van New York, maar haar partner zou eventueel wel kunnen waarnemen als ze zou gaan. Het weekend had Thelma sowieso dienst.

Maxine pleegde nog wat telefoontjes, ging op haar computer na welke afspraken ze op vrijdag had, sloeg het avondeten over, tot ze rond acht uur haar besluit genomen had: ze ging. Dit was wel het minste wat ze kon doen, ook omdat Blake het haar zo makkelijk maakte door zijn vliegtuig te sturen. Hier draaide het om in het leven. De bekende uitspraak uit de Talmoed, 'Wie één leven redt, redt een hele wereld', droeg ze in haar hart en ze dacht er vaak aan. En ze besefte dat Blake daar waarschijnlijk ook zelf achter gekomen was. Al had hij er wel verdraaid veel tijd voor nodig gehad. Op zijn zesenveertigste begon hij eindelijk een echt mens te worden.

Ze wachtte tot middernacht voor ze hem belde. Dan zou het bij hem vroeg in de morgen zijn. Beide mobieltjes probeerde ze een aantal keer, tot ze uiteindelijk verbinding kreeg. Zo afgepeigerd had hij nog nooit geklonken, vond ze. Dat kon kloppen, want hij zei dat hij alweer de hele nacht was opgebleven. Dat was het noodzakelijke gevolg van hulpverlening bij een ramp. Maxine wist daar alles van, en iedereen leverde slaap in om te helpen. Als ze ging, zou ze dat ongetwijfeld ook doen, om niet nog meer tijd te verliezen dan ze nu al deden. Eten en slapen was maar tijdverspilling in zo'n geval. En Blake ging daar nu doorheen.

Ze zei waar het op stond. 'Ik kom.' Hij begon te snikken toen hij dat hoorde. Het waren tranen van opluchting, uitputting, angst en dankbaarheid. Dit had hij nooit van zijn leven meegemaakt. 'Ik kan donderdagnacht komen,' vervolgde ze.

'Goddank… Maxine, ik kan je niet genoeg bedanken. Je bent fantastisch. Ik hou van je… Ik dank je met heel mijn hart.' Ze legde hem uit welke verslagen ze in moest zien als ze aankwam en wat ze wilde bekijken. Hij moest afspraken bij diverse autoriteiten regelen, toegang tot ziekenhuizen verzorgen en voor elkaar krijgen dat ze zo veel mogelijk kinderen te zien kreeg, waar die ook samengebracht werden. Ze wilde elke minuut dat ze daar was zo zinvol mogelijk besteden, en Blake wilde hetzelfde. Hij beloofde dat hij alles daar voor haar zou organiseren, en hij bedankte haar nog een keer of tien voor hij de verbinding verbrak.

'Ik ben trots op je, mam,' zei Daphne zacht toen haar moeder ophing. Ze had op de drempel staan luisteren naar wat Maxine gezegd had, terwijl de tranen haar over de wangen biggelden.

'Dank je, lieverd.' Maxine stond op om Daphne te knuffelen. 'Ik ben ook trots op je vader. Hij weet totaal niets van hulpverlening en mensen redden, maar hij doet wat hij kan.' Dit was weer een van die speciale momenten waarop Daphne inzag wat een fantastische mensen haar ouders waren, en dat voelde ze met heel haar hart, net zoals Blakes oproep Maxines hart had geraakt.

Ze spraken er nog even over voor ze Daphne weer naar bed stuurde en begon toen haastig lijstjes te maken met wat ze nodig zou hebben voor het korte bezoek. Ze stuurde Thelma een e-mail dat ze zou gaan en vroeg haar of ze haar partner wilde vragen vrijdag haar praktijk waar te nemen.

Toen drong het pas tot Maxine door dat ze Charles ook moest bellen. Dit weekend zouden ze in Southampton doorbrengen om bestellingen te plaatsen bij de bloemist en de cateraar. Hij kon dat wat haar betrof best alleen doen, of ze moesten die afspraken een weekje uitstellen. Zoveel zou dat niet uitmaken, de bruiloft was pas over twee maanden. Maar dat kon ze nu niet met hem bespreken, het was al veel te laat. Ze stapte in bed en lag nog uren te peinzen over alles wat ze wilde doen zodra ze in Marokko was. Binnen de kortste keren was dit ook haar project geworden en ze was Blake dankbaar dat hij haar erin betrokken had.

Voor haar gevoel had ze maar vijf minuten geslapen toen de wekker ging. Direct na het ontbijt belde ze Charles. Hij was nog niet op weg naar zijn werk en zij moest over twintig minuten in haar praktijk zijn. Aangezien er geen school was, sliepen de kinderen uit. Zelda rommelde rond in de keuken, bezig met de voorbereidingen van de stormloop op het ontbijt die over een uurtje zou plaatsvinden.

'Hé, hallo, Maxine,' zei Charles vrolijk, blij haar te horen. 'Alles goed?' De ervaring had hem geleerd dat het meestal niet veel goeds voorspelde wanneer zij op ongebruikelijke tijdstippen belde. Sams ongeluk had dat wel bewezen. Je leven liep niet als gepland als je kinderen had. 'Alles oké met Sam?'

'Met hem gaat het prima. Maar ik wilde je even iets belangrijks vertellen. Ik moet dit weekend weg.' Ze klonk gejaagder en wat snibbiger dan ze bedoelde, maar ze wilde niet te laat op haar werk komen, en hij evenmin. Je kon de klok op hen gelijk zetten. 'We moeten die afspraken met de bloemenzaak en de cateraar in Southampton afzeggen, of je moet zonder mij willen gaan. Maar we kunnen het ook volgende week doen. Dit weekend kan ik niet.' Ze besefte dat ze onsamenhangend over moest komen.

'Is er iets gebeurd?' Ze had vaak genoeg congressen in andere staten, maar zelden in het weekend, die ze overigens als het maar even kon vrijhield voor haar kinderen. 'Waar moet je dan heen?' Hij klonk wat confuus.

'Ik ga naar Marokko, naar Blake,' zei ze botweg.

'Je gaat wát? Wat bedoel je dáár nou weer mee?' riep hij verbijsterd. Dat kon ze toch niet menen! Maxine legde het snel uit.

'Nee, nee, zo bedoel ik het niet. Hij was daar toevallig toen ze die hevige aardbeving kregen. Hij heeft allerlei reddingsdiensten helpen opzetten en opvang geregeld voor de kinderen daar. Het is een complete chaos en hij heeft geen idee wat hij nu precies moet doen. Het is zijn eerste ervaring met humanitaire hulp. Hij wil graag dat ik ernaartoe ga, zodat ik trauma's en stress van de slachtoffertjes vast kan stellen, internationale en nationale autoriteiten kan spreken en hem adviezen kan geven hoe dit het beste kan worden aangepakt.'

Ze zei het op een manier alsof Blake haar gevraagd had een krop sla uit de supermarkt voor hem mee te nemen. Charles was totaal over de rooie.

'En je doet dat voor hém? Hoezo?'

'Niet voor hem. Het is de eerste keer in zesenveertig jaar dat hij toont een hart in zijn lijf te hebben en als volwassen mens te kunnen handelen. Ik ben trots op hem. En het minste wat ik kan doen is hem wat raad geven en ze daar een handje helpen.'

'Maar dat is belachelijk, Maxine,' zei Charles woedend. 'Daar is het Rode Kruis toch voor. Waarom zouden ze jou nodig hebben?'

'Omdat het twee verschillende dingen betreft,' zei ze stekelig. 'Ik ga geen overlevenden uitgraven, ik ga geen ambulance besturen of gewonden verplegen. Ik geef advies aan instanties hoe ze om moeten gaan met psychisch getraumatiseerde kinderen. Ook daar hebben ze behoefte aan. En het is maar voor drie dagen. Hij stuurt een vliegtuig om me op te pikken.'

'En dan logeer je zeker bij hem?' vroeg Charles achterdochtig. Hij deed net of ze had verteld dat ze meeging op een cruise op Blakes jacht. Ze had dat wel vaker gedaan, met de kinderen, maar dan was er niets gebeurd. En ze hadden die kinderen samen, en dat betekende nu eenmaal veel voor haar. Maar hoe dan ook, dit was iets totaal anders, of Charles dat nu inzag of niet. Dit was werk, punt uit. En verder niets.

'Ik ga ervan uit dat ik nergens logeer, als dit lijkt op de andere aardbevingsgebieden waar ik gewerkt heb. Ik zet mijn spullen in een vrachtwagen en als ik al slaap, doe ik dat staand. Waarschijnlijk zie ik Blake niet eens als ik aankom, of heel even.' Ze ergerde zich aan het feit dat Charles een jaloerse scène trapte over iets wat zo duidelijk en fatsoenlijk was als dit.

'Ik vind niet dat je moet gaan,' zei hij, zijn hakken in het zand zettend. Hij was laaiend.

'Daar gaat het niet om en het spijt me dat je het zo ziet,' zei Maxine koeltjes. 'Je hoeft je totaal geen zorgen te maken, Charles,' zei ze wat milder en met meer begrip. Hij was jaloers. Schattig eigenlijk. Maar dit was nu eenmaal een van haar specialismen en ze deed dit werk al jaren over heel de wereld. 'Ik hou van je. Maar ik wil er graag heen om een handje te helpen. Het is gewoon toeval dat Blake degene was die me belde. Het had elke hulpverleningsinstantie kunnen zijn.'

'Maar dat was niet zo. Híj belde je. En het ontgaat me waarom je daar op stel en sprong heen moet. Jezus christus, toen zijn eigen zoon een ongeluk kreeg, duurde het een week voor je hem te pakken kreeg!'

'Omdat hij in Marokko was en ze daar midden in een aardbeving zaten,' zei ze geïrriteerd. Ze vond hem met de minuut onredelijker.

'O ja, en waar hing hij de rest van de tijd uit terwijl zijn kinderen opgroeiden? Op feesten en op jachten en achter de vrouwtjes aan. Je hebt het zelf gezegd, je kunt hem nooit vinden, en dat heeft niets met aardbevingen te maken. Die vent is een klojo eersteklas, Maxine. En jij rent de halve wereld over om te laten zien hoe goed hij is omdat hij een stelletje overlevenden van een aardbeving helpt? Ga nou toch gauw. Jammer voor hem, maar ik wil niet dat je gaat.'

'Hou hier alsjeblieft mee op.' Maxine klemde haar kaken op elkaar. 'Dit heeft niets te maken met een weekendje vreemdgaan met mijn ex. Ik ga erheen om uit te leggen hoe je het best een opvangproject opstart voor ruim duizend kinderen die onlangs wees geworden zijn of verminkt zijn en die hun hele leven getraumatiseerd zullen blijven als iemand hun leven niet meteen op de rails zet! Misschien maakt het allemaal niet veel uit, want het hangt uiteindelijk af van hoe ze het aanpakken en hoeveel geld er beschikbaar voor is, maar een goede basis is al iets. En dat is de enige reden waarom ik daarheen ga, niet Blake. Ik moet die kinderen helpen, zoveel als ik kan.' Duidelijker kon ze het hem niet uitleggen, maar hij liet zich niet ompraten. Nog geen seconde.

'Goh, ik wist niet dat ik met Moeder Teresa ging trouwen,' zei hij sarcastisch. Tot Maxines teleurstelling en verdriet klonk hij nog woedender dan daarvoor. Het laatste wat ze wilde was ruzie over haar trip. Het was zo zinloos en zonder dat was het al moeilijk genoeg voor haar. Ze had iets beloofd aan Blake, en die belofte zou ze nakomen. Dit was wat ze wilde, of Charles het nou leuk vond of niet. Ze was zijn eigendom niet, en hij zou zowel haar werk moeten respecteren, als haar relatie met Blake zoals die nu was. Charles was de man van wie ze hield, hij betekende haar toekomst. Blake was haar verleden en de vader van haar kinderen.

'Je staat op het punt om te trouwen met een psychiater die is gespecialiseerd in suïcidaliteit bij adolescenten, met de subspecialisatie van jeugdtrauma's. Dat lijkt me duidelijk genoeg. De aardbeving in Marokko is mijn pakkie-an. Je bent over je toeren en dat komt alleen door Blake. Kunnen we hier als volwassen mensen mee omgaan? Als jij in mijn schoenen stond, zou ik ook niet zo'n heisa maken. Waarom ben je dan zo onredelijk als het mij betreft?'

'Omdat ik die relatie van jullie niet kan plaatsen, ik vind het een onmogelijke situatie. Jullie tweeën hebben er nooit echt een punt achter gezet. En je mag dan een psychiater zijn, dókter Williams, maar ik vind die band die je hebt met je ex behoorlijk ziek, dat vind ik ervan.'

'Dank je voor je mening, Charles. Ik zal er later wel eens over nadenken. Maar nu ben ik al te laat voor mijn patiënten en morgen vertrek ik voor drie dagen naar Marokko. Ik heb het beloofd en het geeft me een goed gevoel om te helpen. Ik zou het zeer waarderen als je er iets volwassener mee om wilt gaan en mij vertrouwt als ik bij Blake ben. Ik ga heus niet met hem naar bed op die puinhopen.' Ze was steeds harder gaan praten, net als hij. Ze hadden dus ruzie. Over Blake. Het moest niet gekker worden.

'Het zal me worst zijn wat je wel of niet met hem doet, Maxine. Maar ik zal je dit vertellen: ik pik dit soort dingen niet meer wanneer we getrouwd zijn. Als jij zo nodig naar elke aardbeving of tsunami of God weet wat voor ramp aan het andere eind van de wereld wil rennen, je gaat je gang maar. Maar denk maar niet dat ik rustig thuis op je zal zitten wachten als je dat met je ex doet. Het is allemaal een smoes van hem om jou daarnaartoe te lokken en de bloemetjes buiten te zetten. Met Marokkaanse weeskindertjes of weet ik wat heeft het geen sodemieter te maken. Die vent is niet in staat om aan iets anders te denken dan aan zichzelf, en dat heb je me toevallig zelf verteld. Het is een doorzichtige rotsmoes en dat weet je zelf ook wel.'

'Nee, Charles, dat zie je verkeerd,' zei ze wat zachter. 'Ik heb inderdaad nooit meegemaakt dat hij zich voor zoiets inzette, maar ik respecteer wel wat hij doet. En ik wil graag helpen, als ik dat kan. Ik help hém niet. Ik doe wat ik kan voor die kínderen. Probeer dat nu eens tot je door te laten dringen.' Hij gaf geen antwoord, en zo zaten ze allebei woedend te zwijgen. Het zat haar ontzettend dwars dat hij zo'n hekel had aan Blake. Als hij zich er niet overheen zou zetten, zou het voor haar en de kinderen erg moeilijk worden. Ze hoopte maar dat hij dat snel zou doen. In de tussentijd ging zij naar Marokko. Ze was een vrouw van haar woord. Ze kon alleen maar hopen dat Charles een beetje tot bedaren zou komen. Ze hingen tegelijkertijd op zonder de kwestie te hebben opgelost.

Maxine was nogal uit haar doen vanwege het gesprek en staarde nog enige tijd naar de telefoon. Haar hart sloeg over van schrik toen ze een stem achter zich hoorde. In de hitte van de strijd met Charles had ze Daphne niet binnen horen komen. 'Hij is een lul,' zei Daphne met een grafstem. 'Niet te geloven dat je met hem wilt trouwen, mam. En hij haat papa.' Daar was Maxine het niet helemaal mee eens, maar ze snapte wel dat haar dochter er zo over dacht.

'Hij begrijpt helemaal niets van onze band. Hij praat zelf nooit met zijn ex-vrouw. Ze hebben geen kinderen.' Maar met Blake ging het niet alleen om de kinderen. Op hun manier hielden ze nog steeds van elkaar, maar het was in iets anders getransformeerd, in iets als een familieband, die ze voor geen goud kwijt wilde. Net zomin als ze hem wilde opgeven voor Charles. Ze wilde dat hij er begrip voor had, en dat had hij niet.

'Je gaat toch nog wel naar Marokko?' vroeg Daphne met ongeruste blik. Ze vond dat haar moeder ondanks alles moest gaan, om haar vader en die arme kindertjes te helpen.

'Ja, reken maar. Ik mag hopen dat Charles een beetje bijtrekt.'

'Boeie!' zei Daphne en ze strooide ontbijtgranen in een kom, terwijl Zellie wat kleine pannenkoekjes voor haar maakte.

'Voor mij is dat best belangrijk,' zei Maxine. 'Ik hou van Charles.' En voor de zoveelste keer wenste ze dat haar kinderen dat op een dag ook zouden doen. Zo gek was het niet dat kinderen in het begin een hekel aan een stiefvader of -moeder hadden, zeker rond deze leeftijd. Maar al was dat vaak het geval, het maakte het nog niet makkelijker om ermee om te gaan.

Maxine was een vol halfuur te laat op kantoor, en het lukte haar niet die tijd in te lopen. Daarom had ze ook geen minuut over om het er nog eens met Charles over te hebben. Ze werd bedolven onder het werk, moest een eindeloze stroom patiënten aanhoren en zo veel mogelijk afspraken van vrijdag afzeggen of verzetten. Zodra ze thuis was belde ze Charles, maar tot haar teleurstelling was hij nog precies zo ontstemd als die ochtend. Ze stelde hem zo veel mogelijk gerust en vroeg of hij misschien wilde komen eten. Ze schrok toen hij antwoordde dat hij haar wel zou zien als ze terug was. Hij strafte haar eigenlijk voor de reis die door Blake georganiseerd was, en hij piekerde er niet over bij haar te komen voor ze vertrok.

'Ik zou je toch heel graag gedag zeggen voor ik wegga,' zei ze zacht. Maar Charles hield voet bij stuk. Maxine vond het vreselijk dat ze weg zou gaan terwijl hij nog kwaad op haar was, maar hij weigerde toe te geven. Hoe kinderachtig ze het ook vond, ze besloot toen maar hem af te laten koelen terwijl ze het land uit was. Een andere keuze was er niet. Toen ze hem later terugbelde, bleek hij de telefoon uitgezet te hebben. Hij voelde zich verongelijkt en zij moest daarvoor boeten. Desondanks was de sfeer aan tafel erg gezellig.

Na een hectische donderdag in haar praktijk probeerde ze Charles nogmaals te bellen. Deze keer nam hij op.

'Ik wilde je toch gedag zeggen,' zei ze zo kalm als ze kon. 'Ik ga nu naar het vliegveld.' Ze vlogen vanuit Newark, waar Blake altijd landde met zijn vliegtuig.

'Pas een beetje op jezelf,' zei Charles knorrig.

'Ik heb je Blakes mobiele nummer en dat van zijn BlackBerry gemaild, en je kunt mijn nummer ook gebruiken. Ik denk dat hij wel werkt als ik daar bezig ben,' zei ze behulpzaam.

'Als je maar niet denkt dat ik jou op zijn nummer ga bellen,' stoof Charles op. Hij kon het niet verkroppen dat ze wegging. Hij zou een bijzonder beroerd weekend hebben. Ze snapte best waarom, en ze vond het vervelend genoeg, maar het speet haar wel dat hij het niet kon laten rusten en wat meer begrip toonde. Zij raakte juist enthousiast voor de reis en wat ze zou doen in Marokko. Hoe hartverscheurend de situaties ook waren, ze leverden toch altijd een soort beroepsmatige kick op. Hulp verlenen bij catastrofes gaf je het gevoel dat je leven zin had. Ze begreep dat het ook heel gezond was voor Blake, al was het de eerste keer dat hij zich erin stortte, en dat was nu net de reden waarom ze wilde meewerken. Ze wilde hem niet laten stikken en ze wilde deze wending die zijn leven scheen te nemen alleen maar versterken. Het was allemaal te veel voor Charles. En Daphne had blijkbaar toch gelijk. Hij had wel degelijk een hekel aan Blake en was van het begin af aan afgunstig geweest.

'Ik probeer je in elk geval te bellen,' zei Maxine verzoenend. 'En ik heb jouw nummers aan Zelda gegeven voor het geval er hier iets mocht gebeuren.' Ze nam aan dat hij in de stad zou blijven, aangezien zij een paar dagen weg was.

'Nou, ik was eigenlijk van plan om naar Vermont te gaan,' antwoordde Charles. Het moest er prachtig zijn in juni. Aangezien hij over een maand of twee hun stiefvader zou zijn, zou het zo fijn geweest zijn als hij een goede band met haar kinderen had gehad en ook gezellige dingen met ze deed als zij er niet bij was. Maar daar scheen hij geen behoefte aan te hebben. En dat was wederzijds. Wat jammer toch. Ze zouden nog een lange weg te gaan hebben voor beide partijen leuk met elkaar om konden gaan. Zij zou daarbij de brug moeten vormen. 'Pas nou maar op, rampgebieden zoals dit kunnen gevaarlijk zijn. En het is wel Noord-Afrika, niet Ohio,' waarschuwde hij haar tot besluit.

'Doe ik, maak je geen zorgen.' Ze glimlachte. 'Ik hou van je, Charles. Maandag ben ik terug.' Bedrukt hing ze op. Dit was duidelijk een flinke hobbel in de weg geweest. Ze hoopte maar dat het niet meer was dan dat en ze vond het jammer dat ze geen afscheid had kunnen nemen voor haar vertrek, omdat hij dat niet wilde. Het was nogal kinderachtig en bekrompen dat hij er zo koppig over deed. Toen ze haar kinderen een afscheidskus kwam brengen, bedacht ze dat alle mannen uiteindelijk net kleuters waren, hoe oud ze ook waren of hoe volwassen ze ook overkwamen.

Hoofdstuk 17

*D*onderdagavond, even na achten, steeg Blakes vliegtuig op van de luchthaven van Newark. Maxine nestelde zich in een van de weelderige, zachte stoelen en ze nam zich voor om niet te laat een van de twee slaapkamers in te duiken om eens lekker lang te slapen. De kamers waren ingericht met grote tweepersoonsbedden, prachtige lakens, donzen dekbedden, warme wollen dekens, en er lagen grote, veren kussens. Een van de twee stewardessen bracht haar een drankje en wat te knabbelen, en kort daarna een lichte maaltijd bestaande uit een omelet met gerookte zalm die aan boord bereid was. De purser gaf haar de gegevens van de vlucht, die zevenenhalf uur zou duren. Ze zouden halfacht lokale tijd aankomen, waarna een auto met chauffeur haar naar het dorp aan de rand van Marrakech zou brengen waar Blake en een aantal andere hulpverleners een kamp hadden opgezet. Het Internationale Rode Kruis had daar ook een volledig bemande post.

Maxine bedankte de purser voor de informatie, at haar maaltijd en ging om negen uur naar bed. Ze wist dat ze zo veel mogelijk rust moest nemen voor ze aankwam, wat geen probleem was met al die luxe van Blakes vliegtuig. Het was stijlvol ingericht met beige en grijze stoffen en leersoorten. Kasjmieren dekens hingen over elke stoel, de banken waren van zacht mohair en de vloerbedekking was van dikke grijze wol. De slaapkamer was in zachte geeltinten uitgevoerd en Maxine viel in slaap zodra haar hoofd het kussen raakte. Ze sliep zes uur lang als een roos en toen ze wakker werd moest ze meteen aan Charles denken. Het zat haar nog steeds niet lekker dat hij zo giftig op haar was geweest, maar ze twijfelde geen moment aan haar besluit toch naar Marokko te gaan.

Ze kamde haar haar, poetste haar tanden en deed haar zware laarzen aan. Ze had ze al een tijdje niet nodig gehad en had ze uit het achterste deel van haar inloopkast moeten vissen, waar ze kleren bewaarde voor dit soort omstandigheden. Ze had praktische kleding meegenomen en vermoedde dat ze de komende dagen zou slapen in wat ze aanhad. De opwinding over wat haar te wachten stond steeg. Ze hoopte dat haar aanwezigheid verschil zou uitmaken en dat ze Blake op weg zou kunnen helpen. Opgefrist en uitgerust kwam ze haar slaapkamer uit en ze genoot van het ontbijt dat de stewardess voor haar neerzette. Er waren verse croissants en brioches, yoghurt, en een mandje vers fruit. Na het eten las ze wat, maar de landing was al ingezet. Ze speldde nog even een esculaapteken op haar boord, zodat ze in het rampgebied als arts herkend kon worden. Ze was er helemaal klaar voor toen ze landden, met haar haar in een stevige vlecht en met een oud bruin safarishirt onder haar dikke trui. Ze had ook T-shirts en een dikke jas bij zich. Jack had op internet de weersverwachting in het gebied opgezocht voor ze vertrok. Voor ze van boord ging had ze haar veldfles met Evian gevuld, werkhandschoenen aan haar riem vastgemaakt en mondmaskers en rubberhandschoenen in haar zakken gepropt. Ze was klaar om aan de slag te gaan.

Zoals Blake beloofd had, stond er een jeep met chauffeur voor haar klaar toen ze het vliegtuig verliet. Ze droeg een kleine schoudertas met schoon ondergoed voor als ze kans zou zien te douchen bij haar kamp, en ze had medicijnen bij zich voor als ze ziek mocht worden. De mondmaskers had ze meegenomen voor het geval de stank van rottende lichamen haar te veel werd, of als er besmettelijke ziekten zouden zijn uitgebroken. Ook had ze doekjes met alcohol bij zich. Ze had geprobeerd overal aan te denken voor ze vertrok. Het had altijd iets weg van een militaire operatie als ze naar een rampgebied afreisde, zelfs al was het daar één grote chaos. Op haar horloge na droeg ze geen sieraden. Ook haar verlovingsring van Charles had ze thuisgelaten. Soepel sprong ze in de wachtende jeep, die meteen wegreed. Haar Frans was maar magertjes, maar het lukte haar toch om onderweg een paar woorden met de chauffeur te wisselen. Ze begreep dat er veel mensen gestorven waren, duizenden zelfs, en er ook veel gewond waren geraakt. Hij vertelde over de lijken die in de straten lagen omdat ze niet snel begraven konden worden, dus vermoedde Maxine dat binnen de kortste keren ziekten en eventueel epidemieën konden uitbreken. Je hoefde geen arts te zijn om die conclusie te trekken en haar chauffeur wist het ook.

De rit van Marrakech naar Imlil duurde drie uur. Na twee uur rijden bereikten ze het stadje Asni in het Atlasgebergte. Na nog een uur rijden over hobbelige weggetjes zouden ze Imlil bereiken. Het was koeler onderweg dan in Marrakech en het landschap was dan ook een stuk groener. De huisjes waren opgebouwd uit bakstenen van modder, en ze zag geiten, schapen en kippen die op de weg rondscharrelden, mannen op ezeltjes, en vrouwen en kinderen met grote bundels takken die ze op hun hoofd droegen. Ingestorte hutten en andere schade die de aardbeving had aangericht werden zichtbaar tussen Asni en Imlil. Ook de meeste voetpaden tussen de dorpjes en steden waren verwoest. Vrachtwagens uit andere gebieden versleepten mensen van de ene naar de andere plaats in hun laadbak.

Toen ze Imlil naderden zag Maxine opeens overal ruïnes van moddstenen opdoemen, en mensen die onder het puin naar overlevenden zochten, soms met hun blote handen omdat ze geen gereedschap hadden om het efficiënter te doen. Ze klauwden huilend tussen de brokstukken op zoek naar dierbaren en de tranen schoten Maxine in de ogen. Het was haast onmogelijk niet mee te leven, want ze wist maar al te goed dat ze zochten naar hun vrouwen, kinderen, broers, zusters of ouders. Het bereidde haar voor op wat ze te zien zou krijgen wanneer ze Blake zou bereiken.

In de buitenwijken van Imlil zag ze medewerkers van het Rode Kruis en van de Marokkaanse Rode Halvemaan aan het werk bij de ingezakte modderhuisjes. Er leek geen gebouw meer overeind te staan en honderden mensen dwaalden langs de kant van de weg. Ezels en andere dieren liepen los rond, waardoor het verkeer extra werd gehinderd. De laatste kilometers naar Imlil vorderden ze toch al traag. Alle soorten en maten van reddingswerkers, zoals brandweerlieden en soldaten, waren ingezet door de Marokkaanse regering en die van andere landen. Helikopters vlogen snorrend laag over. Het kwam haar allemaal bekend voor uit de andere rampgebieden waar ze had gewerkt.

Veel van de dorpen hier hadden zelfs in de normale situatie al geen elektriciteit of stromend water. De omstandigheden waren dus verre van ideaal, zeker verder de bergen in, in het gebied ten noorden van Imlil. Haar chauffeur legde haar alles uit over de streek, terwijl ze zich tussen dorpelingen, evacués en het vee op de weg een weg baanden. De mensen uit Ikkiss, Tachddirt en Sidi Chamharouch, in de bergen, waren naar Imlil gekomen om hulp te zoeken. Imlil was de toegangspoort tot de centrale Hoge Atlas en de vallei van Tizane, waar de Jebel Toubkal, met zijn 4167 meter de hoogste berg van Noord-Afrika, het gebied beheerste. Maxine zag dat de Atlasbergen verderop zelfs nu met sneeuw bedekt waren. De bevolking in dit gebied bestond uit mohammedanen en Berberstammen. Ze spraken Arabisch en Berberdialecten, en Maxine had al gemerkt dat slechts enkelen van hen ook nog Frans spraken. Blake had haar tijdens hun telefoongesprek verteld dat hij met de bevolking voornamelijk in het Frans of via tolken communiceerde. Tot nu toe was hij behalve de mensen van het Rode Kruis niemand tegengekomen met wie hij Engels kon praten. Maar omdat hij jaren de wereld rondgereisd had, sprak hij bijna vloeiend Frans.

De chauffeur gebaarde naar de Kasbah du Toubkal, het voormalig zomerpaleis van de gouverneur. Het lag op zo'n twintig minuten lopen van Imlil. Of je moest het per muilezel doen, wat ook de manier was waarop ze gewonden uit de dorpjes hier brachten.

De mensen die hier rondliepen of op de grond zaten droegen allemaal djellaba's, de lange gewaden met kap van de Berbers. En iedereen zag er uitgeput en stoffig uit na hun reis per ezel, uren lopend over de bergpaadjes, of het uitgraven van mensen. Dicht bij Imlil zag Maxine dat zelfs betonnen gebouwen compleet verwoest waren door de aardbeving. Hier en daar zag ze al tenten die het Rode Kruis als veldhospitaal had ingericht of als opvang voor de talloze slachtoffers. Niets was blijven staan. Van de typische huisjes van modderbaksteen en leem was slechts stof over. Met de woningen van beton en cement was het niet veel beter gesteld. Langs de kant van de weg groeiden wilde bloemen, waarvan de schoonheid in scherp contrast stond met de totale verwoesting erachter.

De chauffeur vertelde Maxine dat het hoofdkwartier van de Verenigde Naties in Genève ook een team had gestuurd dat de omvang van de ramp moest vaststellen en advies gaf aan het Rode Kruis en de vele internationale reddingsteams die hulp aanboden. Maxine had al diverse malen samengewerkt met de VN en ze bedacht dat als ze met een internationale organisatie aan langetermijnoplossingen wilde werken, ze dat hoogstwaarschijnlijk bij hen moest aankaarten. Een van de grootste zorgen was momenteel de angst voor malaria in de verwoeste dorpen, want de muggen kwamen af en toe in dit gebied voor. Besmet water en gebrekkige hygiëne zouden ook het gevaar van cholera en tyfus vergroten. Lijken werden weliswaar zo snel mogelijk begraven volgens de tradities van de streek, maar aangezien er nog veel lichamen op straat lagen, was de verspreiding van besmettelijke ziekten zeker niet uitgesloten.

Bovendien was het zelfs voor Maxine bijzonder ontmoedigend te zien hoeveel werk er verzet moest worden en hoe weinig tijd ze zou hebben om Blake te vertellen wat er het best kon gebeuren. Ze had precies tweeënhalve dag om te doen wat ze kon. Het speet Maxine opeens enorm dat ze geen weken in plaats van dagen kon blijven, maar het was nu eenmaal niet anders. Ze had haar verplichtingen, verantwoordelijkheden en haar eigen kinderen in New York, en ze wilde Charles niet bozer maken dan hij al was. Maar Maxine wist dat de reddingsteams en internationale organisaties hier nog maanden zouden blijven. Ze vroeg zich af hoe lang Blake het nog zou volhouden.

Eenmaal in Imlil zagen ze meer ruïnes, omgevallen vrachtwagens, diepe spleten in de bodem en mensen die hun doden beweenden. Het werd steeds erger naarmate ze dichter bij de plek kwamen waarvan Blake had gezegd dat hij daar op hen wachtte. Hij was aan het werk bij een van de Rode Kruistenten. Stapvoets rijdend naar de noodtenten werd Maxine de gruwelijke, bittere stank van de dood gewaar, die ze al in andere verwoeste gebieden had geroken en die ze nooit zou vergeten. Ze trok een van de mondmaskers uit haar tas en deed het om. Het was net zo erg als ze had gevreesd, en ze bewonderde Blake des te meer om zijn aanwezigheid. Ze vermoedde wel dat dit een schokkende ervaring voor hem moest zijn.

De jeep bracht haar naar een centraal deel van Imlil, waar het puin, huisraad en glas overal in de rondte lagen, lichamen in rijen waren neergelegd, sommige met doek overdekt, andere niet, en waar mensen stil en in shock rondstrompelden. Kinderen huilden terwijl ze kleuters en baby's mee torsten, en ze zag Rode Kruisvrachtwagens waar thee en voedsel werd uitgedeeld. Er was een grote tent met een rood kruis erop, waaromheen kleinere tenten een soort kamp vormden. Ze klommen uit de jeep en de chauffeur wees haar op een tent, waar ze te voet heen ging.

Kinderen met klitten in het haar en vieze gezichtjes staarden haar aan. De meesten van hen hadden geen schoenen aan, anderen zelfs geen kleertjes, aangezien ze 's nachts het huis hadden moeten ontvluchten. Gelukkig was het mooi weer, dus ze deed haar trui uit en bond die om haar middel. De lucht van dood, urine en uitwerpselen hing om alles heen en ze stapte een tent in, op zoek naar een bekend gezicht. Ze kende er hier maar één en ze vond hem al na een paar minuten, terwijl hij op zijn hurken in het Frans met een klein meisje sprak. Blake had haast al zijn kennis van het Frans in de nachtclubs van Saint Tropez opgedaan en alleen om vrouwen te versieren, maar het bleek hier toch te werken, dacht Maxine en ze glimlachte zodra ze hem zag. In een mum van tijd stond ze naast hem en toen hij opkeek, stonden de tranen hem in de ogen. Hij sprak nog even tegen het meisje en wees op het groepje andere kinderen dat door een vrijwilliger van het Rode Kruis werd opgevangen. Toen stond hij op en omhelsde Maxine. Vanwege het lawaai van de bulldozers buiten kon ze hem nauwelijks verstaan. Ze waren op verzoek van Blake overgevlogen vanuit Duitsland en hielpen de reddingsmensen die nog steeds levende slachtoffers hoopten uit te graven.

'Ik ben zo blij dat je gekomen bent,' zei hij, overstelpt door verdriet. 'Het is zo afschuwelijk allemaal. Tot nu toe zijn er meer dan vierduizend kinderen van wie de ouders verdwenen of dood zijn. We weten het niet zeker, maar waarschijnlijk komen er nog heel wat bij voor we hier klaar zijn.' Ruim zevenduizend kinderen waren omgekomen. En bijna tweemaal zoveel volwassenen. Iedere familie was getroffen en had gezinsleden verloren. Hij vertelde dat het nog erger was in het dorp dat verder op de berg lag, waar hij de afgelopen vijf dagen had proberen te helpen. Daar waren eigenlijk helemaal geen overlevenden, en de paar die er waren had men naar beneden gebracht. De oude mensen en zwaargewonden werden naar het ziekenhuis in Marrakech vervoerd.

'Het ziet er inderdaad zeer ernstig uit,' beaamde ze. Hij knikte en met haar hand in de zijne leidde hij haar rond in het kamp. Overal zaten kinderen te huilen, en haast elke vrijwilliger had een baby op de arm. 'Wat gaat er met hen gebeuren?' vroeg Maxine. 'Heeft de regering al ergens voor gezorgd?' Ze wist dat ze eerst moesten wachten op de officiële bevestigingen dat de ouders overleden waren en dat er geen andere familieleden waren. Tot die tijd zou het één grote chaos zijn.

'De overheid en het Rode Kruis en de Rode Halvemaan zijn ermee bezig, maar het is een vreselijke bende momenteel. Alle info is van horen zeggen of wat mensen ons komen vertellen. Ik ben daar verder niet bij betrokken, ik concentreer me op de kinderen.' Al weer kwam dat nogal vreemd op haar over, omdat hij de laatste vijf jaar zo weinig tijd met zijn eigen kids had doorgebracht. Maar wat hij nu op zijn gevoel deed was oké en zijn hart zat op de juiste plaats.

De volgende uren brachten ze zwervend in het kamp door en in haar beste Frans probeerde ze met mensen te praten. Ze bood haar diensten aan in het noodhospitaaltje en ze stelde zich aan de arts voor als psychiater, gespecialiseerd in psychische trauma's. Hij liet haar met een aantal vrouwen en een bejaarde man praten. Een van de vrouwen was zwanger geweest van een tweeling en was ze kwijtgeraakt toen ze viel in het huis dat om haar heen instortte. Haar man was bedolven geraakt onder het puin en was ook dood. Op de een of andere manier had hij haar leven gered door zijn leven te geven, begreep Maxine. Ze had nog drie andere kinderen, maar niemand had ze kunnen vinden. En zo waren er tientallen gevallen in het kamp, zoals het knappe tienermeisje dat haar beide armen verloren had. Ze huilde smartelijk om haar moeder en Maxine ging bij haar zitten en bleef haar haar strelen, terwijl Blake zich weer aangedaan omdraaide.

De zon ging bijna onder toen zij en Blake naar de Rode Kruisvrachtwagen gingen voor een dampend glaasje zoete muntthee. Stilstaand hoorden ze vanuit de voornaamste moskee de mystieke oproep tot het gebed, die door het hele vernietigde dorp echode. Het was een onvergetelijk geluid. Ze had beloofd laat in de avond terug te gaan naar de hospitaaltent om wat plannen op te zetten om de getraumatiseerde mensen te helpen, maar dat betrof haast iedereen daar, de reddingsmensen inbegrepen. Sommigen van hen hadden verschrikkelijke dingen meegemaakt. Iedereen had op dit moment zoveel basale hulp nodig, dat het eigenlijk geen zin had om volwaardiger oplossingen te vinden. Het enige wat je kon doen was een voor een naar al die mensen luisteren, hoewel zij en Blake nog geen minuut rust hadden gehad in de uren dat ze aan het werk waren. Toen ze een tweede glas thee dronken dacht Maxine opeens aan Arabella. Ze vroeg hoe het met haar was en of ze nog steeds een relatie hadden. Hij knikte en glimlachte.

'Ze had een grote opdracht en kon niet meekomen. Maar ik ben blij toe. Ze is een beetje overgevoelig en valt al flauw als ze een druppeltje bloed ziet. Dit is niks voor haar. Ze werkt in mijn huis in Londen.' Een paar maanden geleden was ze officieel bij hem ingetrokken, wat voor hem ook de eerste keer was. Gewoonlijk logeerden zijn vriendinnen een tijdje bij hem en verdwenen na korte tijd uit zijn leven. Maar nu, na zeven maanden, woonde Arabella er nog steeds. Maxine was onder de indruk.

'Dus dit is echte liefde?' vroeg ze met een brede glimlach, en ze dronk het laatste slokje thee op.

'Zou kunnen,' zei Blake nogal schaapachtig. 'Wat dat ook moge betekenen. Ik ben niet zo dapper als jij en ik heb geen behoefte aan een huwelijk.' Hij had bewondering voor haar sprong in het diepe, maar het was wat ze wilde. 'O, dat was ik haast vergeten. Ik wilde jou en Charles de traditionele generale repetitie voor het diner aanbieden in Southampton. Dat ben ik je toch wel verschuldigd.'

'Je bent me helemaal niets verschuldigd,' zei ze zacht, met haar mondkapje bungelend tegen haar borst. Het stonk nog steeds verschrikkelijk in de omgeving, maar anders kon ze haar thee niet drinken. Ze had ook een maskertje en latex chirurgenhandschoenen aan Blake gegeven. Dat hij ziek zou worden was wel het laatste wat ze wilde, en je liep maar al te snel iets op in plaatsen zoals deze. Soldaten hadden de hele dag mensen staan begraven, omringd door weeklagende mensen. Het was een on- heilspellend, gekweld geluid, dat gelukkig af en toe door de zwoe- gende bulldozers overstemd werd.

'Ik doe het graag voor je. En het kan best leuk worden. Zijn de kids al aan het idee gewend?'

'Nee,' zei ze eerlijk. 'Maar dat komt heus wel. Charles is een goe- de kerel. Hij voelt zich alleen een beetje opgelaten met de kin- deren.' Ze vertelde Blake het verhaal van hun eerste afspraakje en hij moest er erg om lachen.

'Ik zou er als een haas vandoor zijn gegaan,' bekende Blake, 'en het zijn nog wel mijn eigen kinderen.'

'Ik sta er nog versteld van dat hij dat niet deed.' Ook Maxine glimlachte. Ze hield haar mond maar over hoe ziedend Charles was geweest toen ze hem verteld had dat ze naar Marokko ging. Blake hoefde dat niet te weten, misschien kwetste hem dat wel, of anders zou hij, net als Daphne, geconcludeerd hebben dat Charles een lul was. Maxine wilde hen allebei beschermen. Want zij vond het allebei goede kerels.

Vervolgens vertrok ze weer naar de hospitaaltent om te helpen een plan van aanpak op te stellen en ze legde de verpleegkundi- gen uit wat de symptomen van ernstige psychische schade wa- ren. Helaas was het op dit moment een druppel op een gloei- ende plaat, het was niet erg effectief en men deed maar wat.

Vrijwel de hele nacht bleef ze op met Blake, die de meeste da- gen hiervoor al nauwelijks geslapen had, maar uiteindelijk vie- len ze in de jeep die haar gebracht had in slaap, tegen elkaar aan als een stel puppy's. Ze dacht er niet eens over na wat Charles' reactie zou zijn als hij dat hoorde. Daar ging het namelijk hele- maal niet om, en het was van geen belang. Als ze thuiskwam zou ze tijd genoeg hebben om hem gerust te stellen. Nu had ze be- langrijker zaken aan haar hoofd.

Vrijwel de hele zaterdag brachten ze bij de weeskinderen door. Zo veel mogelijk kinderen liet ze praten en soms hield ze ze alleen maar tegen zich aan, vooral de hele kleintjes. Veel kinderen leken nu al ziek te worden, en ze wist dat er een aantal zou sterven. Ze stuurde er minstens tien naar de hospitaaltent met de vrijwilligers. Het was pikdonker voor zij en Blake even op adem kwamen.

'Wat kan ik doen?' Blake zag er zo hulpeloos uit als hij zich voelde. Maxine was er meer aan gewend dan hij, maar ook zij was nogal van slag. Hier was zo ontzaglijk veel hulp nodig, en ze had maar zo weinig te bieden.

'Wil je het echt weten? Niet veel. Je doet zoveel als je kunt.' Ze had al gehoord dat hij bakken geld en allerlei machines had geschonken om de reddingspogingen te vergemakkelijken, maar momenteel vonden ze alleen nog maar doden, geen overlevenden.

En toen zei hij iets waarvan ze schrok. 'Ik wil een stel van die kinderen meenemen naar huis,' zei hij zacht. Het was een standaardreactie. Anderen in dit soort omstandigheden hadden precies hetzelfde gezegd. Maar zij wist dat het adopteren van kinderen in deze situaties niet zo gemakkelijk was als het leek.

'Dat willen we allemaal,' zei ze rustig. 'Je kunt ze niet allemaal mee naar huis nemen.' De regering zou ongetwijfeld noodweeshuizen voor hen opzetten en ze op hun eigen manier opvangen. Sommigen zouden inderdaad aan de internationale bureaus ter adoptie worden aangeboden, maar dat zou maar een heel klein groepje zijn. Kinderen zoals deze bleven gewoonlijk in hun eigen land en cultuur. Veel kinderen waren moslim, die zouden door mensen van hun eigen geloof worden opgevangen. 'Dat is het allermoeilijkste van dit werk: weggaan. Er komt een punt dat je alles gedaan hebt wat in je macht ligt en dan moet je weer vertrekken. Zij blijven hier.' Het kwam wreed over, maar zo lagen de zaken nu eenmaal.

'Dat is het hem nu juist,' zei hij droevig. 'Dat kan ik niet. Ik heb het gevoel dat ik bij ze in het krijt sta. Ik kan hier niet zomaar een lekker zomerhuis neerzetten om een stel rijkelui te entertainen. Als mens ben ik verschuldigd ze wat te geven. Je kunt niet je hele leven blijven nemen.' Het was een hele ontdekking voor hem, en hij had er zijn halve leven over gedaan zover te komen. 'Waarom help je ze dan niet gewoon hier, in plaats van ze mee te nemen naar huis? Dan kun je wel eens de rest van je leven in administratieve rompslomp verwikkeld blijven.'

Hij keek haar bevreemd aan, alsof er nu pas iets bij hem opkwam, wat op lange termijn veel effectiever was. 'Als ik mijn paleis nu eens openstel als weeshuis? Ik zou het kunnen financieren, en dan zouden ze onderdak en onderwijs krijgen. Als ik het huis in Marrakech verbouw, kan ik er waarschijnlijk een stuk of honderd in kwijt. Ik heb tenslotte huizen genoeg. Waarom heb ik daar niet eerder aan gedacht?' Er gleed een brede glimlach over zijn gezicht en Maxine kreeg er tranen van in haar ogen.

'Meen je dat nou?' Maxine was verbluft. Op die manier zou het best kunnen lukken. Hij had nog nooit zoiets gedaan. Het was een project dat puur op anderen was gericht en het was een prachtig idee. Het was voor hem zeker een haalbare kaart, als hij wilde. Hij zou zijn paleis prima kunnen inrichten als weeshuis, personeel kunnen laten zoeken, de hele zaak kunnen financieren en het leven van honderden weeskinderen de komende jaren in positieve zin veranderen. Voor al deze kinderen zou het een wonder zijn, en het was veel nuttiger dan er een paar te adopteren. Want door zijn huis erop in te richten en de juiste mensen te vinden door er genoeg geld in te steken, zou hij er veel, veel meer kunnen helpen.

'Ja, ik meen het.' Hij keek haar doordringend aan. Ze was verbijsterd door wat ze nu zag. Blake was volwassen geworden. Hij was geen kind meer. Peter Pan was verdwenen, net als Casanova. 'Het is een geweldig plan,' zei ze met bewondering in haar stem. Hij keek haar enthousiast aan en ze zag lichtjes in zijn ogen die ze nooit eerder had gezien. Haar hart zwol van trots.

'En help je me dan met een inschatting hoe erg deze traumatische ervaring voor de slachtoffertjes heeft uitgepakt? Dat wordt een van je researchprojecten in het klein. Ik wil ze alle hulp bieden die ik bij elkaar kan krijgen. Psychologische, medische en onderwijskundige ondersteuning.'

'Natuurlijk,' zei ze zacht. Het was een prachtproject. Ze was te aangedaan om hem te vertellen hoezeer ze onder de indruk was. En het zou haar nog veel tijd en bezoekjes aan hem kosten om de situatie voor hem te beoordelen.

Die nacht sliepen ze opnieuw samen in de jeep en de volgende dag maakten ze samen hun ronde. De kinderen die ze spraken waren zulke schatten, maar verkeerden ook in zulke abominabele omstandigheden, dat zijn idee om zijn huis open te stellen als permanente kinderopvang met het uur urgenter leek te worden. De komende maanden zou er nog zoveel ander werk verzet moeten worden. Blake had meteen zijn architect gebeld en probeerde overheidsinstanties om de tafel te krijgen om zijn plan in te passen in hun maatregelen.

Haar laatste uur bracht Maxine weer in de hospitaaltent door. Ze had het gevoel dat ze nauwelijks iets had kunnen uitrichten in die paar dagen, maar dat gevoel had je altijd bij dit soort rampen. Toen de dag zijn einde naderde, liep Blake met haar mee naar de jeep die haar weg zou brengen. Hij was bekaf, dat was duidelijk. Hij had ook zoveel aan zijn hoofd.

'Wanneer ga je weer terug?' vroeg ze met een bezorgde blik.

'Weet ik niet. Als ze me niet meer nodig hebben. Over een paar weken, een maand. Ik heb zoveel te regelen hier.' Ze zouden zijn hulp nog lang nodig hebben, maar uiteindelijk zou er een dag aanbreken dat de ergste crisis voorbij was, en dan zou hij terugkeren naar Londen, waar Arabella geduldig op hem zat te wachten. Hij had het zo druk gehad dat hij nauwelijks de tijd vond om haar te bellen, maar ze was lief en vol begrip als hij het deed. Ze vertelde hem steeds hoe geweldig hij was en wat een held hij was en wat een ontzag ze voor hem had gekregen. En dat voelde Maxine ook. Hij had diepe indruk op haar gemaakt door zijn inspanningen en plannen om een weeshuis te maken van zijn paleis in Marrakech.

'Vergeet niet dat de boot de hele maand juli van jou is,' bracht hij haar in herinnering. Echt gemakkelijk vonden ze het niet om het er hier over te hebben. Een gesprek over vakantie op een superjacht was behoorlijk misplaatst in deze omgeving. Ze bedankte hem er wel voor. Charles zou deze keer met hen meegaan, al stond hij niet te springen, maar ze had uitgelegd dat het nu eenmaal traditie bij haar was, en de kinderen zouden teleurgesteld zijn als het niet doorging. En hij hoorde nu tenslotte bij de familie. Ze had gezegd dat ze niet direct allerlei zaken ging veranderen nu ze gingen trouwen. Daar was het te vroeg voor, en trouwens, er was geen plaats voor hen in zijn huis in Vermont. 'Hé, en vergeet je proefdinertje niet. Ik laat mijn secretaresse die van jou wel bellen. Ik wil echt iets geweldigs voor jou en Charles organiseren.' Het ontroerde haar dat hij het niet vergeten was, vooral op dit moment. Dus ze zei dat ze ernaar uitzag de legendarische Arabella te ontmoeten. Ze wist zeker dat ze veel aardiger was dan Daphne ooit zou toegeven.

Ze omhelsde Blake voor ze instapte en bedankte hem hartelijk voor het voorrecht dit te hebben meegemaakt en dat hij haar hier had laten komen.

'Ben je gek? Ik moet jou bedanken dat je helemaal hierheen wilde komen om me drie dagen te helpen.'

'Je doet iets geweldigs hier, Blake.' Ze gaf hem een schouderklopje. 'Ik ben vreselijk trots op je, en de kinderen zijn dat vast ook. Ik kan niet wachten om ze te vertellen wat je hier allemaal doet.'

'Vertel ze nog maar niks. Ik wil de hele zaak eerst op poten hebben en dat zal nog wel wat voeten in de aarde hebben.' Het was een enorme klus om zowel de bouw van het weeshuis te regelen als de mensen te vinden die de zaak zouden laten draaien. Een gigaklus.

'Let toch maar een beetje op jezelf, straks word je nog ziek,' zei ze waarschuwend. 'Pas maar op.' Malaria, cholera en tyfus waren haast niet tegen te houden nu de zomerse hitte toenam.

'Ja, ik zal oppassen. Ik hou van je, Max. Pas jij ook goed op jezelf en geef de kinderen een dikke knuffel van me.'

'Zal ik doen. Ik hou ook van jou,' zei ze, en ze omhelsden elkaar voor de laatste keer. Hij wuifde haar na terwijl zij er snel vandoor ging in de jeep.

Het was al donker toen ze bij het vliegtuig aankwam. De bemanning stond haar op te wachten en had een piekfijn diner voor haar klaarstaan. Maar na alles wat ze had meegemaakt kon ze geen hap door haar keel krijgen. Lange tijd staarde ze de nacht in. Op de punt van de vleugel balanceerde een heldere maan in een door sterren verlichte hemel. Alles wat ze de afgelopen dagen had gezien en gedaan voelde zo onwerkelijk aan. Ze liet de beelden aan zich voorbijtrekken, ook van Blake en wat hij tot stand bracht, terwijl ze pijlsnel naar New York vlogen. Uiteindelijk viel ze in haar stoel in slaap en ze werd pas wakker bij de landing in Newark, om vijf uur in de ochtend. Meer dan ooit leken de dagen die ze in Marokko had doorgebracht op één lange droom.

Hoofdstuk 18

*O*m zeven uur sloop Maxine haar appartement binnen. De kinderen sliepen nog en Zelda was nog in haar kamer. Ze nam een douche en kleedde zich om voor haar werk. Ze had goed geslapen in het vliegtuig dus ze was redelijk uitgerust, hoewel de gedachten aan haar reisje door haar hoofd raasden. Het was een heerlijk juniochtend, dus wandelde ze naar haar praktijk en kwam daar even na achten binnen. Ze had nog een uur voor haar eerste patiënt verwacht werd, dus belde ze Charles om te zeggen dat ze veilig was aangekomen. Hij nam al na de tweede beltoon op.

'Hé, met mij,' zei ze zacht, in de hoop dat hij wat gekalmeerd was.

'En wie mag dat wel zijn?' vroeg hij nors. Ze had hem driemaal vanuit Marokko gebeld, maar had geen gehoor gekregen, dus ze had ingesproken op zijn antwoordapparaat. Eigenlijk maar goed ook, want ze had niet moeten denken aan een internationale telefonische ruzie. Ook in Vermont had hij niet opgenomen en daar was geen mogelijkheid om een boodschap in te spreken. Ze rekende erop dat hij zich wat had kunnen ontspannen in de vier dagen dat ze weg was.

'Nou, de toekomstige Mrs. West natuurlijk,' plaagde ze. 'Dat hoop ik tenminste.'

'Hoe was het?' Aan zijn stem te horen was hij wel gekalmeerd, vond ze. Maar als ze de blik in zijn ogen had kunnen zien, zou ze wel beter hebben geweten.

'Overweldigend, vreselijk, triest en hartverscheurend. Je had het moeten zien. De kinderen zijn er zo erg aan toe, maar de volwassenen natuurlijk ook.' Ze vertelde hem nog maar niets over Blakes plannen om er een weeshuis op te zetten. Dan zouden ze meteen weer terug zijn bij af. Ze praatte dus maar over de aardbeving in het algemeen en wat die allemaal vernietigd had. 'Zoals elke keer is het maar goed dat het Rode Kruis er is.' En vlak Blake niet uit, dacht ze, maar dat zei ze er niet bij. Dan zou Charles zo weer op de kast zitten.

'Ben je erg moe?' vroeg hij meelevend. Dat moest ze wel zijn. Ze was in drie dagen de halve wereld om gevlogen en hij was ervan overtuigd dat de omstandigheden slecht en de trip in het algemeen behoorlijk afmattend moesten zijn geweest. Hoewel hij kwaad was vanwege haar beweegredenen en vanwege degene die haar had gevraagd te komen, was hij toch eigenlijk best trots op haar dat ze gegaan was. Maar dat sprak hij niet uit.

'Valt wel mee. Ik heb in het vliegtuig geslapen.' Met een scheut ergernis schoot het door hem heen dat ze met Blakes privévliegtuig had gereisd.

'Zou je vanavond met me uit eten willen gaan, of heb je last van een jetlag?'

'Ja, heel graag,' zei ze maar snel. Het was duidelijk een gebaar van verzoening en verder wilde ze hem echt graag zien.

'Ons vaste stekkie?' Hij bedoelde natuurlijk La Grenouille.

'Wat dacht je van Café Boulud? Het is niet zo stijfjes, en het is wat dichter bij huis.' Ze vermoedde dat ze vanavond wel moe zou zijn na een dag op kantoor met een uitputtende tocht achter de rug. En ze wilde natuurlijk haar kinderen nog spreken.

'Ik haal je om acht uur op,' zei hij snel, en hij vervolgde: 'Ik heb je gemist, Maxine. Ik ben blij dat je terug bent. Ik was een beetje ongerust.' Dat hele weekend in Vermont was ze niet uit zijn gedachten geweest.

'Dat had niet gehoeven.'

En toen vroeg hij zuchtend: 'Hoe was het met Blake?'

'Hij doet zijn uiterste best om wat tot stand te brengen, en dat is niet makkelijk. Dat is het nu eenmaal nooit in dat soort situaties. Maar ik ben blij dat ik ben gegaan.'

'We hebben het er vanavond nog wel over,' beëindigde hij het gesprek. Ze hingen op en ze begon de boodschappen op haar bureau door te nemen voor de eerste patiënt zich zou melden. Zo te zien was er niets dramatisch gebeurd het afgelopen weekend. Thelma had haar gemaild dat al Maxines patiënten zonder problemen het weekend door waren gekomen, en er was niemand opgenomen. Ze was opgelucht, want ze was er wel af en toe bang voor geweest.

De rest van de dag verliep gladjes, en het lukte haar zelfs al om zes uur thuis te zijn om de kinderen te spreken. Zelda had die dag een afspraak gehad en kwam vlak na haar binnen in een net pakje met hoge hakken. Het was een opvallend gezicht.

'Waar heb jij gezeten?' vroeg Maxine met een glimlach. 'Het lijkt wel of je met een lekker ding uit bent geweest.' Zo had ze Zelda in geen jaren gezien.

'Ik moest even naar een notaris. Niks bijzonders.'

'Alles oké met je?' vroeg Maxine bezorgd, maar Zelda stelde haar gerust.

Maxine vertelde de kinderen alles over het werk dat hun vader in Marokko deed en dat maakte veel indruk op hen. Maar over het weeshuis sprak ze met geen woord. Ze had Blake beloofd er niet over te praten, en daar hield ze zich aan.

Op het laatste nippertje kleedde ze zich om, zodat ze helemaal klaarstond toen Charles haar stipt om acht uur kwam ophalen. Hij groette de kinderen, die wat terug mompelden en snel hun kamer in doken. Ze deden nog afstandelijker dan voordat er van

trouwplannen sprake was geweest. Hij was in één klap hun gemeenschappelijke vijand geworden.

Maxine stoorde zich er niet aan en ze liepen naar het restaurant
op East 76th Street. Het was een zoele avond en ze droeg een
blauw linnen jurkje en zilverkleurige open schoentjes, het tegenovergestelde van haar legerdumpkleren en de gevechtslaarzen
die ze vierentwintig uur geleden nog aan had gehad, in die andere wereld met Blake. Hij had haar die middag opgebeld om
haar nogmaals te bedanken. Hij zei dat hij al contacten had gelegd voor zijn plan. Hij begon hier met net zoveel vastberaden-
heid, energie en concentratie aan als aan andere projecten waarmee hij door de jaren heen zoveel succes had geboekt.

Halverwege hun diner begon Maxine over het generale-repeti-
tiediner dat Blake voor hen wilde verzorgen de avond voordat
ze zouden trouwen. Charles leek te verstenen met de vork halverwege zijn bord en zijn mond.

'Wát zei je?' Hij was net ontdooid en zijn genegenheid voor haar
was weer gestegen, dus de klap kwam hard aan.

'Ik zei dat hij het proefdiner wil geven, de avond voor we trouwen.'

'Dat is iets wat mijn ouders mij gegeven zouden hebben als ze
nog geleefd hadden,' zei Charles met enige spijt. Hij legde zijn
vork neer en ging rechtop zitten. 'Wil je liever dat ik het betaal?'
Hij leek nogal onthutst door het hele idee.

'Nee hoor.' Maxine glimlachte. 'Volgens mij is het voor zo'n
tweede huwelijk niet zo ontzettend belangrijk. Blake is toch zo'n
beetje familie. De kinderen zullen het geweldig vinden dat hij
het organiseert.'

'Nou, ik niet,' zei Charles botweg en hij schoof zijn bord van
zich af. 'Wanneer komen we nou eens van die kerel af, of blijft
hij zijn leven lang achter ons aan lopen? Je zei dat jullie een prettige relatie met elkaar hadden, maar dit loopt de spuigaten uit.
Het lijkt wel alsof ik ook met hem trouw.'

'Nou, dat is niet het geval. Maar hij is wel de vader van mijn kinderen. Geloof me nu maar, Charles, het is veel beter zo.'

'Voor wie?'

'Nou, voor de kinderen.' En ook voor haar. Ze zou het vreselijk gevonden hebben geen normaal contact met haar ex te hebben en alleen maar ruzie te maken over de kinderen.

Charles staarde haar met half toegeknepen ogen aan. Ze had nog nooit iemand zo jaloers zien kijken, en ze vroeg zich af of het om Blake ging en wat hij had bereikt, of dat zij met hem getrouwd was geweest. Ze kwam er niet achter.

'En als ik nee zeg tegen dat proefdiner, vinden je kinderen me natuurlijk een vervelende zak.' Dat vonden ze nu ook al, maar daar hield ze haar mond maar over. 'Wat ik hierbij win is me een raadsel.'

'Dat valt wel mee. Als je hem dat diner laat geven, kunnen de kinderen hem er fantastisch bij helpen. En hij weet alles van feesten geven.' Terwijl ze dat uitlegde werd Charles' blik met de minuut dreigender. Maxine had nooit kunnen denken dat hij zo van de kook zou zijn. Blake hoorde bij haar familie, en ze had verwacht dat Charles dat zo langzamerhand wel zou begrijpen. 'Misschien moet ik toch mijn ex-vrouw maar uitnodigen.'

'Daar zou ik niets op tegen hebben,' zei Maxine vriendelijk, terwijl Charles gebaarde dat hij wilde afrekenen. In een dessert had hij geen trek meer en Maxine kon het niet schelen. De jetlag sloeg nu toch wel toe en voor een ruzie met Charles over Blake of wie dan ook had ze geen puf meer.

Zwijgend liepen ze naar haar flat en hij ging niet met haar mee naar boven. Hij zei dat hij haar de volgende dag wel zou zien, hield een taxi aan en vertrok zonder verder een woord te zeggen.

Ze hoopte maar dat het plannen van het huwelijk de stress tussen hen niet zou verhogen. Dit weekend zouden ze immers met de cateraar in Southampton spreken. Charles had al laten weten dat hij zowel een tent als een torenhoge bruidstaart een beetje in de papieren vond lopen, wat ze belachelijk vond omdat zij had gezegd dat zij allebei voor haar rekening zou nemen. Maar

Charles was nu eenmaal een beetje gevoelig op dat punt, terwijl Maxine gewoon wilde dat alles soepel en feestelijk verliep tijdens hun bruiloft.

Terwijl ze met de lift naar boven ging, dacht ze er even over om Blake te vragen om dat repetitiediner maar niet te organiseren, maar ze wist dat hij dan erg teleurgesteld zou zijn. De kinderen zouden er ook niets van snappen, als ze erachter kwamen. Ze hoopte maar dat Charles aan het idee zou wennen en uiteindelijk vrede zou hebben met Blakes bestaan. En als iemand daar een handje bij kon helpen, was het Blake wel. Hij kon het met Jan en alleman goed vinden en niemand had ooit zijn charme en gevoel voor humor weten te weerstaan. Als Charles dat wel kon, zou het een primeur zijn.

Ondanks de spanningen die de avond ervoor ontstaan waren, moest Maxine Charles de volgende morgen uitnodigen om die avond langs te komen om de trouwkaarten en andere bruiloftszaken door te nemen. De cateraar had om meer informatie gevraagd om een dinervoorstel klaar te hebben voor zaterdag. Niet van harte kwam Charles na het avondeten even langs, waarbij hij zijn slechte humeur niet kon verbergen. Dat proefdiner zat hem behoorlijk hoog en dat reisje van haar naar Marokko was hij ook nog niet vergeten. Er was de afgelopen tijd een beetje te veel Blake Williams in zijn leven; zelfs op zijn eigen huwelijk zou hij niet ontbreken. Charles kon dat maar moeilijk verteren. Hij schoof aan terwijl de kinderen hun toetje aten. Zelda had een appeltaart gemaakt die ze met een bolletje vanille-ijs serveerde. Ook hij nam graag een portie aan en hij moest toegeven dat het heerlijk was.

Net toen ze wilden opstaan van tafel, schraapte Zelda haar keel. Het was duidelijk dat ze iets wilde vertellen, al had niemand een idee waarover het kon gaan.

'Ik... eh... het spijt me dat ik het juist nu moet zeggen. Met die bruiloft die op stapel staat en zo...' Ze keek verontschuldigend naar Maxine, die er opeens van overtuigd was dat Zelda ontslag wilde nemen. Dat was wel het laatste wat ze kon gebruiken. Met haar huwelijk in augustus en Charles die bij hen introk, moest de rest van hun leven echt stabiel en onveranderlijk blijven. Dit was niet het moment voor een grote verandering of voor het vertrek van een belangrijke figuur uit hun leven. Maxine had nu al zoveel jaar op haar kunnen bouwen. Zelda hoorde gewoon bij de familie. Vertwijfeld keek Maxine haar aan. De kinderen, die niet wisten wat ze moesten verwachten, keken Zelda met grote ogen aan. Alleen Charles at onverstoorbaar zijn laatste stuk appeltaart op. Wat Zelda ook te melden had, met hem had het niets te maken, vond hij. Wie Maxine ook in dienst nam of wilde houden was haar zaak. Het was zijn probleem niet, hoewel hij niets tegen haar had en ze een goede kokkin was bovendien. Maar niemand was tenslotte onvervangbaar. Daar dachten Maxine en haar kinderen echter heel anders over.

'Ik… Ik heb er lang over nagedacht…' zei Zelda, schutterig met een theedoek draaiend. 'Kijk, jullie worden al zo groot,' zei ze met een blik op de kinderen, 'en jij gaat trouwen,' met een blik op Maxine, 'maar ik heb het gevoel dat ik iets mis in mijn leven. Ik word er ook niet jonger op en ik denk niet dat er nog grote veranderingen in mijn leven zullen komen,' zei ze met een scheef lachje. 'Ik denk dat de prins op het witte paard mijn adres kwijt is… dus heb ik besloten… dat ik een baby wil en als jullie daar niet mee kunnen leven, dan begrijp ik dat wel en dan neem ik ontslag. Maar mijn besluit staat vast.' Perplex staarde iedereen haar aan. Maxine dacht even dat Zelda onlangs een bezoekje aan de spermabank had gebracht en nu zwanger was. Zo klonk het tenminste.

'Ben je dan zwanger?' vroeg Maxine met een brok in haar keel. De kinderen bleven zwijgen, net als Charles.

'Nee. Was ik het maar,' zei Zelda met een spijtig lachje. 'Dat zou perfect zijn. Ik heb erover nagedacht, maar de laatste keer dat jij en ik het erover hadden, Max, zei ik dat ik mijn hele leven van andermans kinderen gehouden heb. Dus is adoptie geen enkel probleem voor me. Waarom zou ik zo nodig misselijk en dik moeten worden? En op deze manier kan ik blijven werken. Dat zal ik wel moeten. Kinderen zijn niet goedkoop.' Ze keek hen lachend aan. 'Ik ben vier keer naar een notaris geweest om de juridische procedure voor adoptie door te nemen. Er is een sociaal werkster langs geweest om de omstandigheden hier in huis te controleren. Ik heb een check-up gehad om te kijken of ik gezond ben en ik ben voor alles goedgekeurd.' Ze had het hier nooit met één woord over gehad.

'En wanneer zou je dan een kind toegewezen kunnen krijgen?' Maxine hield haar hart vast. Stel je voor dat er nu een baby in huis kwam, dat kon ze er nu even niet bij hebben. En wanneer wel eigenlijk? Het zou haar leven goed op zijn kop zetten, met ook nog een nieuwe inwonende echtgenoot.

'Het kan twee jaar duren...' zei Zelda, en Maxine slaakte een zucht van opluchting, '... als ik kies voor een designerbaby.'

'Een designerbaby?' vroeg Maxine niet-begrijpend. Ze was nog steeds de enige die vragen stelde. De anderen waren te verbijsterd. 'Blank, blauwe ogen, gezond, beide ouders afgestudeerd aan Harvard die een baby niet in hun levensstijl vinden passen. Geen alcohol of drugs, bovenmodaal inkomen. Zo'n baby vind je niet een-twee-drie. Tegenwoordig zijn die meisjes niet op hun achterhoofd gevallen en worden ze niet zwanger, of ze doen een abortus of ze houden de baby. Dat soort topbaby's is behoorlijk zeldzaam. Twee jaar is een optimistische schatting, zeker voor een ongetrouwde, werkende vrouw van boven de veertig. Designerbaby's zijn in de eerste plaats voor mensen zoals jullie.' Ze keek naar Maxine en Charles, en uit haar ooghoek zag Maxine hoe hij huiverde en even van nee schudde.

'Nee, dank je wel,' zei hij met een glimlach. 'Niet voor mij. Of ons.' Hij glimlachte naar Maxine. Wat kon hem het schelen of Zelda over twee jaar een baby wilde adopteren, designerkind of wat dan ook. Nee, zijn probleem was het niet en hij was blij toe. 'Dus je denkt over een jaar of twee, Zellie?' vroeg Maxine hoopvol. Dan zou Sam een jaar of acht zijn, Jack en Daphne veertien en vijftien en nog op middelbare school, en dan zouden ze wel weer zien.

'Nee. Ik vind niet dat ik daarop moeten gokken. Ik zou meer kans hebben op een adoptiekindje uit een arm land. Dus heb ik me daarin verdiept. Maar daar zitten weer veel haken en ogen aan en het is bovendien veel te duur voor me. Ik heb geen geld om ergens in Rusland of China drie maanden rond te hangen om te wachten tot een weeshuis me een of ander driejarig kindje geeft, dat later misschien de meest vreselijke psychische problemen blijkt te hebben. Ze laten je niet eens je eigen kind uitkiezen, ze kiezen het voor jou uit, en de meeste zijn een jaar of drie, vier. Ik wil een baby, liefst pasgeboren, zodat niemand het nog heeft kunnen verpesten.'

'Behalve in de baarmoeder dan,' waarschuwde Maxine haar. 'Je moet precies weten wat je krijgt, Zellie, en er zeker van zijn dat er geen alcohol en drugs zijn gebruikt tijdens de zwangerschap.'

Zelda keek wat schaapachtig naar opzij.

'Nou, daar gaat het nu net om,' zei Zelda en ze keek haar weer aan. 'Op een kind waaraan wat risico's kleven, maak ik waarschijnlijk de meeste kans. Ik bedoel geen baby die bijzondere zorg nodig heeft, zoals met een open ruggetje of met een downsyndroom of zo. Dat zou ik ook niet aankunnen. Maar een normaal ongewenst kind van een meisje dat misschien een keertje wat drugs heeft gebruikt of een paar biertjes heeft gedronken tijdens haar zwangerschap.' Ze keek er volslagen rustig bij toen ze dat zei, in tegenstelling tot haar werkgeefster.

'Ik vrees dat dat een grote vergissing van je is,' zei Maxine resoluut. 'Je weet niet half in wat voor problemen je je stort, vooral als de moeder drugs heeft gebruikt. Ik zie de resultaten ervan elke dag weer in mijn praktijk, want veel kinderen die ik behandel zijn geadopteerd en hadden drugsverslaafde biologische ouders. Dat is tot op grote hoogte erfelijk en je kunt er later de grootste ellende mee krijgen.'

'Dat neem ik op de koop toe.' Zelda keek haar recht in de ogen. 'Of eigenlijk, dat héb ik op de koop toe genomen.'

'Wat bedoel je daarmee?' Maxine fronste haar voorhoofd terwijl Zelda haar verhaal vervolgde. Charles begon nu ook beter op te letten, en de kinderen spitsten hun oren. Je kon een speld horen vallen toen Zelda begon.

'Er wordt binnenkort een baby geboren. De moeder is vijftien jaar oud en was gedurende een deel van de zwangerschap dakloos. De eerste drie maanden heeft ze drugs gebruikt, maar nu is ze afgekickt. De vader zit in de bak omdat hij dealer was en auto's heeft gejat. Hij is negentien en heeft geen enkele interesse in de baby noch in het meisje, dus hij doet geheid afstand. Dat heeft hij zelfs al gedaan. Haar ouders willen niet dat ze het kind houdt, ze hebben er geen geld voor. Zij is best een lief kind. Ik heb haar gisteren ontmoet.' Opeens vielen de hoge hakken en het pakje dat Zelda gisteren aanhad op hun plaats. 'Ze heeft erin toegestemd mij haar baby te geven. Het enige wat ze wil is één keer per jaar een paar fotootjes. Ze zegt dat ze hem niet op zal zoeken, wat geweldig is, want dan gaat ze me ook niet aan het hoofd zeuren of het kind in verwarring brengen. Drie stelletjes hebben hem al afgewezen, dus als ik hem wil, is-ie van mij. Het is een jongetje,' zei ze, terwijl de tranen van emotie over haar stralende gezicht biggelden. Het brak Maxines hart. Ze kon zich nauwelijks voorstellen dat iemand zo dolgraag een baby wilde, al leverde dat nog zoveel risico op, dat ze een kind adopteerde dat mogelijk voor zijn leven beschadigd was. Ze stond op en sloeg haar armen om Zellie heen.

'O, Zellie... Ik vind het echt een prachtig gebaar van je. Maar je kunt zo'n kindje echt niet accepteren. Je hebt geen idee wat je op je neemt. Dat kun je niet aan.'

'Dat kan ik wel en dat doe ik ook,' zei ze koppig, en Maxine zag dat ze het meende.

'En wanneer?' vroeg Charles. De kern van de zaak was hem duidelijk: het zou een ramp worden.

Zelda haalde diep adem. 'De moeder is dit weekend uitgerekend.'
'Wánneer zeg je?' riep Maxine geschrokken uit, en de kinderen
verstarden. 'Nu? Over een paar dagen? Hoe zie je dat voor je?'
'Door de rest van mijn leven met heel mijn hart van hem te houden. Ik noem hem James. Jimmy.' Maxines maag draaide zich
bijna om. Dit kon toch niet waar zijn! Maar dat was het wel. 'Ik
verwacht niet dat jullie achter me staan. Zelf ben ik er ook niet
helemaal gelukkig mee dat het zo op stel en sprong is. Maar anders ben je zo weer twee jaar verder. Dus gisteren belden ze me
en vandaag heb ik ja gezegd. Dus nu moest ik het jullie wel vertellen.'
'Ze hebben je gisteren pas gebeld omdat niemand anders hem
wilde,' constateerde Charles zakelijk. 'Dit is het stomste wat je
kunt doen.'
'Ik geloof dat dit voorbestemd was,' zei Zelda melancholiek, en
Maxine wilde eigenlijk in tranen uitbarsten. Het klonk haar allemaal als een enorme vergissing in de oren, maar wie was zij
dat ze mocht beslissen hoe anderen hun leven wilden inrichten? Zíj zou het nooit gedaan hebben, maar zij had dan ook
drie gezonde kinderen, en wie weet wat zij had gedaan als ze in
Zelda's schoenen had gestaan. Het was beslist een goede daad,
al was het beetje onalledaags, en Zelda zette heel wat op het
spel. Alleen heel moedige mensen durfden zoiets aan. 'Als je me
op staande voet wilt ontslaan, dan ga ik wel pakken,' zei Zelda kalm. 'Ik kan het niet terugdraaien. Maar ik kan je ook niet
dwingen de baby in huis te nemen. Als je het accepteert en me
laat blijven, dolgraag natuurlijk, en dan komen we er vast wel
uit. Maar als je wilt dat ik ga, moet ik nu wat gaan regelen en
uitzoeken waar ik dan onderdak kan vinden. Dat moet ik dan
wel heel snel doen, want de baby kan dit weekend al geboren
worden.'
'O, mijn god,' zei Charles en hij stond op. Hij keek Maxine
doordringend aan.
'Zellie,' zei Maxine rustig, 'we vinden er wel wat op.' Terwijl ze

dat zei sprongen de kinderen joelend overeind en vlogen lachend op Zellie af.

'We krijgen een baby!' gilde Sam verrukt. 'Een jongetje!' Hij sloeg zijn armen om Zelda's middel en ze barstte in tranen uit. 'Dank je wel,' fluisterde ze tegen Maxine.

'We zien wel hoe het gaat,' zei Maxine flauwtjes. Het antwoord van de kinderen was duidelijk, maar nu moest ze Charles nog meekrijgen. 'We moeten het voorlopig maar gewoon proberen en hopen dat het lukt. Als het misloopt, moeten we iets anders verzinnen. Maar zoveel problemen kan een baby toch niet veroorzaken?' Zelda vloog haar om de hals en omhelsde haar zo heftig dat Maxine amper kon ademhalen.

'Bedankt, bedankt,' zei ze door haar tranen heen. 'Dit is het enige wat ik altijd gewild heb. Een baby van mezelf.'

'Weet je het echt zeker?' zei Maxine ernstig. 'Je kunt ook wachten op een kindje dat minder risico's loopt.'

'Ik wil niet meer wachten,' zei ze onwrikbaar. 'Ik wil hem.'

'Het kan een grote vergissing zijn.'

'Maar dat is het niet.' Ze was zo vastbesloten dat Maxine inzag dat niets haar nog van haar voornemen af kon brengen. 'Ik moet morgen meteen een wieg en andere dingen kopen.' Maxine had Sams wieg al jaren geleden weggegeven, anders had ze die wel aangeboden. Het was onvoorstelbaar dat ze over enkele dagen een baby in hun midden zouden kunnen hebben. En toen Maxine omkeek, merkte ze dat Charles verdwenen was. Ze vond hem in de woonkamer, kokend van woede, en zijn ogen schoten vuur.

'Ben je nou helemaal gek geworden?' riep hij haar toe. 'Ben je niet goed bij je hoofd? Ben je werkelijk van plan een crackbaby in huis te nemen? Want je snapt natuurlijk wel dat het dat is. Niemand met een greintje verstand zou een baby met zo'n achtergrond adopteren, maar dat mens is zo wanhopig dat ze alles in huis zou halen. En dat is wel het huis van jou! En van mij!' voegde hij eraan toe. 'Hoe wáág je het zo'n beslissing te nemen zonder er eerst met mij over te spreken?' Hij stond te trillen van woede en Maxine kon het hem niet kwalijk nemen. Zij stond ook niet bepaald te juichen, maar ze hielden nu eenmaal van Zelda. Charles niet. Hij kende haar nauwelijks. En hij had geen flauw idee hoeveel ze voor hen allemaal betekende. Voor hem was het gewoon een oppas. Maar voor Maxine en de kinderen was ze familie.

'Het spijt me vreselijk dat ik het jou niet heb gevraagd, Charles, maar ik zweer je, het flapte er gewoon uit. Ik was zo aangedaan door wat ze vertelde, en ik had zo'n medelijden met haar. Ik kan haar toch niet vragen nu te vertrekken, na twaalf jaar, en hoe dacht je dat de kinderen het zouden vinden? We zouden allemaal radeloos zijn.'

'Dan had ze je maar eerder moeten vertellen wat ze van plan was. Dit gaat alle perken te buiten! Je moet haar ontslaan,' zei hij koeltjes.

'Wij houden van haar,' zei Maxine zacht. 'Mijn kinderen zijn met haar opgegroeid. En zij houdt ook van hen. Als het misloopt, kunnen we haar altijd nog wegsturen. Maar nu er toch al zoveel verandert in huis – ons huwelijk, en dat jij hier komt wonen – vind ik het beter dat ze blijft.' De tranen stonden Maxine in de ogen. Die van Charles waren kil en hardvochtig.

'En wat verwacht je nu van mij? Dat ik in één huis ga wonen met een crackbaby? Luiers ga verschonen? Dit kun je niet maken.' Zij vond het evenmin makkelijk. Maar voor de kinderen was het de enige optie. Zij hadden Zellie veel te hard nodig, crackbaby of niet.

'Waarschijnlijk merk je er helemaal niets van,' probeerde Maxine hem gerust te stellen. 'Zelda's kamer ligt helemaal achter in het appartement. Die baby zal waarschijnlijk de hele dag op haar kamer zijn, zeker de eerste maanden.'

'En daarna? Komt-ie tussen ons in bed liggen, net als Sam?' Het was de eerste keer dat hij een hatelijke opmerking over een van haar kinderen maakte. Ze zag het maar door de vingers, hij was ook zo uit zijn doen. 'Het is wel het ene drama na het andere bij jou, hè? Het ene moment vlieg je even naar je ex in Afrika, het volgende moment organiseert hij ons huwelijksdiner, en nu nodig je de nanny uit om haar crackbaby mee naar huis te nemen. En je dacht werkelijk dat ik dat allemaal zou slikken? Ik lijk wel getikt ook.' Hij keek haar strak aan terwijl hij de hal in liep. 'Nee, jíj bent getikt, dat is het.' Hij strekte zijn vinger naar haar uit. De deur sloeg achter hem dicht.

'Was dat Charles?' vroeg Zelda zenuwachtig, toen Maxine met een verbeten trek de keuken in kwam. Iedereen had die deur in het slot horen slaan. Maxine knikte zonder iets te zeggen. 'Je hoeft dit niet te doen hoor, Maxine,' zei ze verontschuldigend. 'Ik vind wel iets.'

'Nee, dat is nergens voor nodig,' zei Maxine en ze legde haar armen om haar schouders. 'Wij houden van je. We gaan het proberen en we zorgen dat het lukt. Ik hoop maar dat je een schat van een baby meebrengt en dat hij een beetje gezond is,' zei ze oprecht. 'Daar gaat het om. Charles moet zich maar een beetje aanpassen. Dat moeten we allemaal. Het is allemaal een beetje nieuw voor hem.' En ze begon te lachen. Wat zou hun nog meer te wachten staan?

Hoofdstuk 19

oals afgesproken gingen Charles en Maxine dat weekend naar Southampton. Ze regelden de catering voor hun bruiloft, maakten hand in hand een strandwandeling, bedreven een paar keer de liefde en toen het weekend ten einde liep, was Charles weer gekalmeerd. Maxine had beloofd dat als de baby van Zelda hem te veel zou worden, ze naar een andere betrekking moest zoeken. Alles was weer koek en ei tussen de twee toen ze naar huis reden. Hij had gesmacht naar een paar rustige dagen met haar en haar volledige aandacht, want dat betekende veel voor hem. En na een heel weekend met haar alleen, was hij weer helemaal opgefleurd.

'Weet je, wanneer we zo samen zijn,' zei hij toen ze terugreden naar de stad, 'klopt alles weer als een bus. Maar als ik in dat gekkenhuis van jou zit en zie dat je leeft als in een soap, dan word ik krankzinnig.' Dat kwetste haar wel.

'Het is geen gekkenhuis, Charles. En ons leven is geen soap. Ik ben een alleenstaande moeder met drie kinderen en een carrière, en die dingen gebeuren nu eenmaal. Bij iedereen gebeurt wel eens wat,' zei ze heel redelijk. Maar hij keek haar aan alsof zij werkelijk krankzinnig geworden was.

'Hoeveel mensen ken jij dan wel die een nanny hebben die rus-

tig meedeelt dat ze over drie dagen een crackbaby in huis wil opnemen? Sorry, hoor. Dat is niet bepaald de gewoonste zaak van
de wereld.'

'Oké, je hebt gelijk,' zei ze met een glimlach in zijn richting.
'Dat zal niet vaak vertoond zijn. Maar zo staan de zaken nu eenmaal. Ze is belangrijk voor ons, vooral in deze periode.'

'Overdrijf niet zo,' zei hij. 'Die kinderen van je zouden zich prima redden zonder haar.'

'Dat betwijfel ik en ik zou me ook geen raad weten. Ik leun meer
op haar dan je weet. Ik kan het gewoon niet alleen af.'

'Je hebt mij nu toch,' zei hij onbevangen, waarop Maxine moest
lachen. 'Ja natuurlijk, maar hoe goed ben je met wassen, strij-
ken, elke avond lekker koken, carpoolen, afspraakjes maken om
ergens te gaan spelen, de kinderen naar school brengen, tussen-
doortjes maken, lunchpakketjes maken, toezicht houden op py-
jamafeestjes, en voor hen zorgen wanneer ze ziek zijn?'

De boodschap kwam over, maar hij was het toch nog steeds niet
met haar eens. 'Volgens mij zouden ze veel zelfstandiger kunnen
zijn, als je dat maar toeliet. Er is geen enkele reden waarom ze de
meeste dingen niet zelf zouden kunnen doen.' Dat werd gezegd
door een man die nooit zelf kinderen had gehad en ze nauwelijks
van dichtbij had meegemaakt voor hij die van haar ontmoette.
Hij was ze zijn hele leven uit de weg gegaan. Hij had dat bekende,
arrogante, onrealistische standpunt van mensen die geen kinderen
wilden en zich niet meer konden herinneren hoe ze zelf ooit waren geweest. 'Trouwens, je kent mijn oplossing voor dit probleem,'
bracht hij haar in herinnering. 'Kostschool. Geen problemen
meer, en je hebt ook geen hulp met een crackbaby meer nodig.'

'Ik ben het niet met je eens, Charles,' zei ze direct. 'Mijn kinderen gaan de deur niet uit voor ze naar de universiteit gaan.'
Ze wilde het hem nu eens en voor altijd duidelijk maken. 'En
Zellie adopteert geen "crackbaby". Daar weet je nog helemaal
niets van. Een risicobaby hoeft echt niet verslaafd te zijn.'

'Maar het is niet uitgesloten,' hield hij vol, al had hij haar mening over kostschool eindelijk begrepen. Maxine liet haar kinderen niet los en stuurde ze ook niet weg. Als hij niet zoveel van haar had gehouden, had hij er korte metten mee gemaakt. En als zij niet van hem hield, had ze niet zo om kunnen gaan met alles wat hij zei. Ze zag het gewoon als een van zijn rare trekjes. Maar hij was in de wolken van het vredige, kinderloze weekend dat hij net met haar had doorgebracht. Maxine had haar kinderen echter wel gemist, al was het weekend nog zo fijn geweest. Ze begreep dat hij, kinderloos als hij was, dat nooit zou begrijpen, dus zei ze er maar niets over.

Ze waren net de bakjes van de afhaalchinees aan het openmaken toen Zellie binnen kwam rennen.

'O mijn god… o mijn god… het komt… het komt eraan!' Heel even wisten ze niet waar ze het over had. Zelda rende als een kip zonder kop de keuken rond.

'Wat komt eraan?' vroeg Maxine. Ze had geen flauw idee.

'De baby! De moeder is aan het bevallen! Ik moet direct naar het Roosevelt Hospital.'

'O god,' zei Maxine nu ook en iedereen stond op en begon te roepen alsof het hun baby was. Charles bleef zitten, at zijn tjaptjoi en schudde het hoofd.

Zelda had in een mum van tijd haar jas aan en was vertrokken, terwijl iedereen er nog over praatte. Toen ze uitgegeten waren, gingen de kinderen naar hun kamers. Maxine bleef bij Charles aan tafel zitten.

'Bedankt dat je het zo goed opvatte,' zei ze dankbaar. 'Ik weet dat het geen lolletje voor je is.' Het speet haar dat dit juist nu moest gebeuren, maar ze maakte er maar het beste van. Ze had geen keus. Nou ja, geen aanvaardbare keuze, want ze wilde Zelda's baby alleen maar welkom heten.

'Voor jou zal het ook geen pretje zijn, als die baby het hele huis bij elkaar gilt. Als hij verslaafd geboren wordt, wordt dat een nachtmerrie voor jullie allemaal. Ben ik even blij dat ik pas over twee maanden bij jullie intrek.' Net zo blij als zij.

En tot haar grote spijt had Charles het bij het rechte eind gehad. De draagmoeder had veel meer drugs gebruikt dan ze had beweerd en de baby werd verslaafd aan cocaïne geboren. Hij bleef nog een week in het ziekenhuis om af te kicken, en Zelda kwam elke dag langs om hem vast te houden en te wiegen. En toen hij thuiskwam, huilde hij dag en nacht. Hij dronk te weinig en sliep nauwelijks, en ze mocht hem niet neerleggen, anders gilde hij nog harder. Het enige wat hij deed was huilen. Het arme kind had het vanaf zijn eerste ademtocht niet makkelijk gehad, maar was wel in de armen van een liefhebbende adoptiemoeder terechtgekomen.

'Hoe gaat het ermee?' vroeg Maxine op een ochtend. Zelda zag er na de zoveelste slapeloze nacht uit alsof ze vijftien kilometer over een landweggetje had gestrompeld. Elke nacht hield de baby haar wakker, terwijl ze hem in haar armen wiegde.

'De dokter zei dat het wel een tijdje kan duren voor die drugs helemaal uit zijn lijfje verdwenen zijn. Maar ik vind dat het al iets beter gaat,' zei Zelda terwijl ze verrukt naar haar zoontje keek. Ze had een band met hem opgebouwd alsof ze hem zelf het leven had geschonken. De mensen van het adoptiebureau en van jeugdzorg waren een paar keer komen kijken en ze hadden alleen maar kunnen opmerken hoe toegewijd Zelda was. Voor de anderen was het echter geen lolletje. Maxine was blij dat ze over een paar weken op vakantie kon, en als ze geluk had zou Jimmy zijn draai gevonden hebben als ze terugkwam. Dat was het enige wat ze mocht hopen. Zellie was een perfecte mama, net zo geduldig en vol liefde als toen Jack en Sam geboren werden. En kleine Jimmy was een stuk lastiger.

In de tussentijd werd er hard aan de bruiloft gewerkt. Maxine had nog geen goede jurk gevonden, en ze had er voor Daphne ook een nodig. Daphne weigerde deel te nemen aan het hele festijn en dreigde helemaal niet te komen opdagen bij het huwelijk, wat Maxine als de zoveelste uitdaging moest opvatten. Ze verzweeg dit voor Charles. Hij zou het er maar moeilijk mee hebben. Dus ging ze in haar eentje de bruidswinkels af, in de hoop iets voor hen allebei te vinden. Voor de jongens had ze al kaki pakken gevonden, en ook een voor Charles. Dat kon ze tenminste afvinken.

Blake had haar vanuit Marokko gebeld om te vertellen wat hij allemaal voor elkaar had gekregen na haar vertrek. De transformatie van paleis in een thuis voor honderd kinderen was volop aan de gang. Het zoeken van personeel en de leiding van het toekomstige weeshuis had hij uitbesteed aan een stel zeer competente mensen, en daarmee was zijn taak eigenlijk afgelopen. Hij had afgesproken elke maand even langs te komen om te zien of alles volgens planning verliep. Hij stond dus op het punt om weer naar Londen te vertrekken en hij zei tegen Maxine dat de boot helemaal in orde was gebracht voor hun komst. Zij en de kinderen konden niet wachten. Het was elk jaar hun leukste vakantie. Charles had zijn bedenkingen erover.

Blake had Arabella op de hoogte gehouden van de plannen voor het weeshuis. Ook zij vond het een schitterend gebaar.

Hij besloot haar te verrassen toen hij terugvloog naar Londen. Hij was een week eerder teruggegaan dan hij oorspronkelijk had gedacht. Hij had gedaan wat hij kon doen en hij moest nodig aan het werk in Londen, vooral met de financiële kant van het weeshuis en de kinderen.

Om middernacht landde hij op Heathrow, en veertig minuten later kwam hij bij zijn huis aan, waar hij zichzelf binnenliet. Het was donker in huis, en Arabella had gezegd dat ze het erg druk had, dus nam hij aan dat ze lag te slapen. Ze had verteld dat ze nauwelijks uit was geweest, omdat er zonder hem geen barst aan was. Ze verlangde erg naar zijn terugkeer.

Blake was uitgeteld na de vlucht naar Londen en van alles wat hij de afgelopen weken tot stand had gebracht. Zijn gezicht en armen waren diepbruin geworden. Maar op de plaats waar zijn t-shirt gezeten had, was hij spierwit. Het enige wat hij wilde was bij Arabella in bed duiken en haar in zijn armen nemen. Hij had haar vreselijk gemist. Op zijn tenen liep hij de slaapkamer binnen voor het geval ze al sliep. Hij ging zitten naast de gestalte onder het laken en boog zich voorover om haar te kussen. Met een ruk deinsde hij terug toen hij ontdekte dat er twéé lichamen in plaats van een in zijn bed lagen, ineengestrengeld en half in slaap. Hij sperde zijn ogen open en deed het licht aan om te zien of het waar was. Want hij kon het nauwelijks geloven en hoopte dat hij zich vergist had. Hij had zich niet vergist. Een uitzonderlijk knappe donkere man zat met een panische blik rechtop naast haar in bed. Blake had het vermoeden dat het een van die belangrijke kennissen uit India was, of misschien was het wel een nieuwe. Niet dat het uitmaakte. Hij lag met haar in Blakes bed.

'Het spijt me vreselijk,' zei de man beleefd en hij trok het laken om zich heen dat losgewoeld op bed lag, waarop zo te zien flink tekeergegaan was, en verdween uit de kamer zo snel hij kon. Arabella keek Blake vol afgrijzen aan en barstte in tranen uit.

'Hij kwam alleen maar langs,' zei ze zwakjes, wat overduidelijk gelogen was, omdat hij nu twee alligatorleren koffers aan het pakken was in Blakes kleedkamer. Hij was er dus al een tijdje geweest. Vijf minuten later verscheen hij weer in een kostuum van fantastische snit. Hij was bijzonder aantrekkelijk.

'Dank u wel, en nogmaals sorry,' zei hij tegen Blake. 'Tot ziens,' groette hij Arabella en toen liep hij halsoverkop met zijn koffers de trap af. Even later hoorden ze de buitendeur dichtslaan. Zonder enige schaamte was hij in Blakes huis ingetrokken.

'Mijn bed uit,' zei Blake ijzig. Ze beefde en stak haar hand naar hem uit.

'Het spijt me zo verschrikkelijk... Het was niet de bedoeling... Ik zal het nooit meer doen...'

'Opstaan en ophoepelen,' zei Blake kortaf. 'Je had op zijn minst het fatsoen kunnen hebben het in je eigen huis te doen. Dan zou ik het niet geweten hebben. Dit is eigenlijk een beetje onbeschoft, vind je niet?' Ze was uit bed gekomen en stond voor hem in al haar naakte schoonheid. Ze was een oogverblindende meid, met tatoeages en al. Het enige wat ze droeg was de rode bindi tussen haar ogen. Het kon Blake niet meer bekoren. 'Je krijgt vijf minuten,' zei hij. 'Ik laat je wel nasturen wat je vergeten bent.' Hij pakte de telefoon en belde een taxi. Ze verdween in de badkamer en kwam terug in een spijkerbroek en wit heren-T-shirt. Ze had hooggehakte gouden sandaaltjes aan en zag er verpletterend sexy uit. Maar de uiterste houdbaarheidsdatum was verstreken. En ze had gelogen. En behoorlijk ook.

Terwijl de tranen over haar wangen biggelden stond ze voor hem, maar hij keek haar niet aan. Het was een beroerd tafereel. Geen van de vrouwen met wie hij iets gehad had was zo stom geweest om iemand anders in zijn bed uit te nodigen. En hij had langer een relatie met Arabella gehad dan met wie ook. Zeven maanden, dus dit kwam aan. Hij had haar vertrouwd en was verliefder op haar geweest dan op al die anderen samen. Hij moest zijn uiterste best doen haar niet uit te schelden terwijl ze de trap af klikte. Hij liep naar zijn bar en schonk zichzelf een flinke borrel in. Hij hoefde haar niet meer te zien. Ze probeerde hem die nacht nog te bellen, en nog dagen daarna, maar hij nam niet op. Arabella was verleden tijd. Ze was in rook opgegaan, met haar bindi, tatoeages en de rest.

Hoofdstuk 20

*M*axines verwoede zoektocht naar de perfecte trouwjurk duurde voort tot begin juli. Ze was inkopen aan het doen voor hun vakantie, toen ze er toevallig tegenaan liep. Het was precies wat ze wilde. Hij was van Oscar de la Renta en bestond uit een enorme champagnekleurige rok van organza, een lavendelblauwe satijnen sjerp en een beige bustier vol piepkleine kraaltjes. De rok viel zó dat er een zweem van een sleep ontstond, die niemand als overdreven kon betitelen. Ze vond bijpassende schoentjes en besliste onmiddellijk dat ze crèmekleurige orchideeën voor het bruidsboeket wilde. De volgende dag had ze het geluk een prachtig lavendelblauw zijden strapless jurkje voor Daphne te vinden. Nu was alles klaar voor het huwelijk. Ze was opgetogen over haar bruidsjurk en de jurk voor Daphne. Maar ze zou hem pas aan haar laten zien wanneer ze terugkeerden van vakantie. Daphne dreigde immers nog steeds dat ze niet naar het huwelijk zou komen. Maxine had stille hoop dat Blake haar zou weten over te halen. Hij kon haar bepraten als niemand anders. Toen hij Maxine de dag voor ze vertrokken opbelde, had ze het meteen even laten vallen, en hij had beloofd dat hij zijn best zou doen. Hij belde eigenlijk om nogmaals te bevestigen dat het jacht klaarlag om te vertrekken in de thuishaven Monaco. Zellies baby lag zoals gewoonlijk te krijsen toen hij belde. Het kind had het nog altijd zwaar en zelfs Zelda werd het af en toe wat te veel.

'Wat is dat voor lawaai?' vroeg Blake verbaasd, en Maxine lachte even berouwvol. Rustig was het niet meer in huis vandaag de dag. Het leek wel alsof er een paar maal per uur een alarm afging.

'Dat is Jimmy,' legde ze uit. 'Zellies baby.'

'Heeft Zelda een baby gekregen?' vroeg hij verbouwereerd. 'Wanneer dan?'

'Drie weken geleden.' Ze dempte haar stem zodat niemand haar zou horen. Ze vond het vervelend toe te geven dat Charles gelijk had gehad, maar het gegil zou niet eeuwig kunnen duren. Ze was wel erg bij dat Zelda een kamer achter in het appartement had. Het kind had longen als Louis Armstrong. 'Ze heeft een baby geadopteerd, maar hij is verslaafd aan cocaïne. Ze vertelde het me vier dagen voor het werd geboren. Ze bood aan om te vertrekken, maar dat vond ik nou ook weer overdreven. We mogen haar veel te graag. En dan, wat zouden we zonder haar moeten?'

'Ik snap het,' zei Blake, nog steeds op verbaasde toon. 'Hoe neemt Charles dit allemaal op?'

'Niet zo best. We moeten duidelijk allemaal aan elkaar wennen.' Ze vermeldde maar niet dat hij een groot voorstander was van het kostschoolidee; dat hoefde Blake niet te weten. 'Het vereist ook aardig wat aanpassing.'

'Eerlijk gezegd zou ik nou ook niet staan te springen,' zei Blake. Hij vervolgde met de uitvoering van de plannen in Marokko. Het was een idee uit duizenden geweest en alles verliep voorspoedig.

'Wanneer kom je deze kant op?' vroeg ze.

'Maak je geen zorgen, ik zal ruim op tijd zijn voor je huwelijk. En dat proefdiner is ook bijna helemaal geregeld.' Hij had een fantastische club afgehuurd. 'Ik kom een paar dagen van tevoren aan.'

'En komt Arabella mee?'

'Eh…' Tot Maxines verbazing klonk er een aarzeling door. 'Eigenlijk niet.'

'O, jammer. Ik wilde haar toch wel eens een keer ontmoeten. Heeft ze het te druk?'

'Geen idee. Eerlijk gezegd zal het me worst wezen. De avond dat ik thuiskwam lag ze in mijn bed met een adembenemende vent uit India of zo. Hij was bij haar ingetrokken. In mijn huis. Diezelfde avond heb ik haar eruit gegooid, en sindsdien heb ik haar niet meer gezien.'

'Verdorie, wat spijt me dat voor je, Blake.' Hij bracht het luchtig, maar ze kon zich voorstellen dat het pijn gedaan had. Ze had het langer uitgehouden dan de anderen. Veel langer. Maar hij scheen het goed op te nemen.

'Ja, mij ook. Het was toch een leuke tijd. Maar nu ben ik weer zo vrij als een vogeltje, op mijn honderd weesjes in Marokko na dan.' Hij lachte.

'Dat zal Daphne wel plezier doen, dat van Arabella.'

'O, die staat te juichen natuurlijk. Hoe gaat ze trouwens tegenwoordig met Charles om?' informeerde hij.

'Ongeveer hetzelfde. Ik hoop maar dat ze op de boot een beetje bijdraait. Ze krijgen genoeg tijd om elkaar te leren kennen. Hij is een aardige man, maar kan soms wat erg volwassen uit de hoek komen.'

'Die baby van Zellie zal hem wel klein krijgen, zo te horen.' Ze moesten er allebei om lachen. 'Hoe dan ook, fijne vakantie op de boot, Max. De grote dag komt eraan, hè? Ben je zenuwachtig? Geen koudwatervrees?' Hij wenste haar alle goeds, maar was wel nieuwsgierig.

'Welnee. Ik weet dat dit goed zit. Ik geloof echt dat hij de man voor me is. Ik wou alleen dat die aanpassing wat sneller verliep, voor iedereen.' De twee partijen nader tot elkaar brengen betekende een constante druk op haar. Blake benijdde haar niks.

'Ik denk niet dat ik het nog eens zou kunnen,' zei Blake eerlijk. 'Ik denk dat Arabella me voorgoed genezen heeft.'

'Dat hoop ik niet voor je. Jij vindt de ware nog wel.' Hij was behoorlijk veranderd de afgelopen maanden. Ze vroeg zich af of hij nu klaar was voor een volwassen vrouw, in plaats van al die domme blonde giechelmeiden. Het zou zomaar kunnen. Ze hoopte het maar. Het zou fijn zijn te zien dat hij eindelijk rust kreeg en meer tijd zou maken om bij zijn kinderen te zijn.

'Ik bel je als je op de boot bent,' beloofde hij, en ze hingen op.

Die avond aten Charles en Maxine bij haar ouders. Charles had elk middel tegen zeeziekte dat hij kon vinden ingeslagen en knarsetandde nog steeds bij het idee vakantie te vieren op de boot van Blake. Hij deed het voor Maxine en bekende die avond dat hij er eigenlijk weinig zin in had.

'Volgens mij zal het je best meevallen,' zei haar vader opgewekt tegen hem, toen ze wat babbelden over medische kwesties en golf. 'Het is me nogal een boot! En Blake is een aardige vent. Heb je hem al eens ontmoet?' vroeg Arthur Connors zijn toekomstige schoonzoon.

'Nee, nog niet,' zei Charles wat gespannen. Hij kreeg er zo langzamerhand schoon genoeg van. Maxine en die kinderen hadden het altijd en eeuwig over Blake, en nu begon haar vader ook al. 'En ik denk dat ik daar ook geen behoefte aan heb. Maar veel keus schijn ik niet te hebben op dit gebied. Hij komt op ons huwelijk en geeft het proefdiner ook.'

'Echt iets voor hem,' zei Arthur met een glimlach. 'Hij is een groot kind in het lichaam van een man. Kijk, voor Maxine was hij hopeloos, en hij is een vader van niks, maar hij is een prima kerel. Een beetje onverantwoordelijk doordat hij op te jonge leeftijd miljonair werd. Dat heeft hem de das omgedaan. Hij heeft sinds die klapper geen dag de handen meer uit de mouwen gestoken, dus verspilt hij zijn tijd aan vrouwen en onroerend goed. Ik noemde hem altijd "schavuit".'

'Niet direct iemand aan wie je je dochter uithuwelijkt,' zei Charles stijf en hij voelde zich weer onzeker worden. Waarom mocht iedereen die Blake toch zo graag? Daar klopte toch geen hout van, met dat onverantwoordelijke gedrag van hem. Wat had je aan een man die alleen pleziertjes najaagde en de ene na de andere filmster versierde?

'Nee, daar heb je gelijk in,' was Arthur het met hem eens. 'Dat vond ik ook toen ze met hem trouwde. Toen was hij ook al een vrolijke gast, met de meest wilde ideeën. Maar ze waren gelukkig.' Hij keek Charles aan en glimlachte. 'Ik ben heel blij dat ze deze keer met een arts in zee gaat. Volgens mij vormen jullie een perfect stel.' Charles straalde toen hij dat hoorde. 'En hoe gaat het met jou en de kinderen?'

'Ja, daar moet ik soms nog wat aan wennen, aangezien ik ze nooit zelf gehad heb.'

'Dan zul je wel blij zijn dat ze je zomaar in de schoot vallen,' zei Arthur opgewekt bij de gedachte aan zijn kleinkinderen, op wie hij dol was. 'Het zijn fijne kinderen.' Charles beaamde dat beleefd en een paar minuten later werden ze aan tafel geroepen. Het was een zeer aangename avond en Charles voelde zich na afloop ontspannen en gelukkig. Hij mocht haar ouders erg graag, wat haar ook goeddeed. Dat was tenminste iets waarop ze op één lijn zaten. Met de kinderen wrong het echter nog steeds en hij was jaloers op Blake. Maar hij was gek op Maxine, zoals hij steeds weer herhaalde. En met haar ouders kon hij goed opschieten. Ze namen aan dat de rest een kwestie van tijd was voor alles op zijn plaats zou vallen, zeker als die baby van Zelda zou ophouden met schreeuwen. Hopelijk wanneer ze terugkwamen van vakantie.

Hoofdstuk 21

*C*harles, Maxine en de kinderen hadden een rechtstreekse vlucht van New York naar Nice. Toen ze vertrokken huilde Jimmy nog steeds.

Het was een ontspannen reis geweest. Drie van Blakes bemanningsleden en de kapitein wachtten hen op in de haven van Nice en namen het hele gezin in twee auto's mee naar de boot. Charles had geen flauw benul wat hij kon verwachten, maar was aangenaam getroffen door de fris gesteven uniforms en de professionaliteit van de bemanning. Dit was kennelijk geen gewoon schip. Blake Williams was dan ook geen gewone man. Het jacht heette *Sweet Dreams* en Maxine hield haar mond maar over het feit dat Blake de boot voor haar had laten bouwen. De naam was bijzonder toepasselijk. Het was een zeiljacht van bijna vierenzeventig meter lang en Charles keek dan ook zijn ogen uit. Er waren achttien personeelsleden aan boord en luxe hutten die mooier waren dan menige woonkamer of kamer in een duur hotel. De gepolitoerde houten wanden waren behangen met de kostbaarste kunstwerken. De kinderen amuseerden zich altijd kostelijk aan boord. Ze holden er rond alsof het hun tweede huis was, en in zekere zin was het dat ook.

Ze waren blij de bemanning weer te zien, en ieder van hen vond het even leuk hen weer aan boord te hebben. Ze waren in staat in elke behoefte te voorzien en de gasten op de meest uiteenlopende manieren te verwennen. Geen wens was te onbelangrijk of werd genegeerd. Het was de enige tijd van het jaar dat Maxine van top tot teen in de watten werd gelegd en zich zonder schuldgevoel kon ontspannen. De bemanning hield de kinderen bezig en haalde het speelgoed bij elke stop tevoorschijn. Er waren jetski's, kleine zeilboten, speedbootjes en vlotten die achter het schip aan werden getrokken, en een heliplatform voor als Blake even langs wilde komen. 's Avonds was er altijd iets te zien in de filmzaal, de conditie kon bijgehouden worden in de fitnessruimte, waar een masseur hen allemaal heerlijk onder handen kon nemen.

Charles zat aan dek toen het enorme zeilschip de haven verliet. Hij zag er enigszins overdonderd en ongemakkelijk uit. Een stewardess bood hem een drankje aan en een andere vroeg of ze hem mocht masseren. Hij sloeg alles af en staarde naar Monaco, dat kleiner en kleiner werd, terwijl koers werd gezet naar Italië. Maxine en de kinderen zaten benedendeks hun bagage uit te pakken. Het was een geluk dat geen van hen ooit zeeziek werd, en Charles had het idee dat hij er ook geen last van zou hebben op zo'n groot schip. Toen Maxine even later naar boven kwam en naast hem ging zitten, had hij de verrekijker op de kust gericht. Ze had een roze T-shirtje en een short aan. Iemand had Charles al beleefd verzocht zijn schoenen uit te doen op het teakhouten dek. Hij nipte wat van zijn bloody mary en glimlachte terwijl Maxine zich tegen hem aan nestelde en hem een kus in de nek gaf.

'Alles goed?' Ze zag er gelukkig en ontspannen uit en was knapper dan ooit.

Hij knikte en lachte een beetje schaapachtig. 'Sorry dat ik zo moeilijk deed en zei dat ik niet mee wilde. Ik begin te begrijpen waarom je zo gek bent op deze boot. Iedereen zou er jaloers op zijn. Ik vond het alleen een naar idee dat-ie van Blake is. Net of ik in zijn schoenen moet stappen. Het is niet makkelijk om zijn opvolger te zijn. Hoe moet ik ooit indruk op je maken als je met dit soort zaken verwend bent?' Hij luchtte zijn hart en kwam bescheiden over, en dat ontroerde haar. Het was echt prettig met hem op vakantie te gaan, al was het dan op Blakes schip. Ze was er met Charles en niet met Blake, en dat was precies met wie ze hier wilde zijn.

'Op zo'n manier hoef je geen indruk op me te maken. Je maakt indruk op me omdat je jezelf bent. Vergeet niet dat ik van dit alles ben weggelopen.'

'Iedereen zal wel gedacht hebben dat je van lotje getikt was. Zou ik tenminste gedacht hebben.'

'Ik wist wat ik deed. We pasten niet bij elkaar. Hij was er nooit. Hij was een hopeloze man. Het gaat niet alleen om materiële zaken, Charles. Ik mag hem graag, maar hij is zo'n mafketel. Hij was niet de juiste echtgenoot voor me, uiteindelijk niet.'

'Weet je het echt zeker?' Charles weifelde nog altijd. 'Hoe kan een mafketel dan miljoenen verdienen?' Hij had een punt.

'Hij is goed in zaken. En hij is niet bang om alles op het spel te zetten om te winnen. Hij is goed in gokken, maar dat maakt hem nog geen goede echtgenoot of vader. En hij nam de gok met mij, en verloor. Hij dacht dat ik altijd bij hem zou blijven, al was hij nooit thuis, en dat hij kon doen wat hij wilde en kon verschijnen als het hem uitkwam. Maar na een tijdje had ik daar genoeg van. Ik wilde een man, niet alleen zijn naam. Dat was in feite het enige wat ik van hem had.'

'Het is geen slechte naam.' Charles dronk zijn glas leeg.

'Ik heb liever die van jou,' fluisterde ze, en hij boog zich naar haar toe om haar te kussen.

'Ik ben een gelukkig man,' zei hij met een stralend gezicht.

'Zelfs als ik drie kinderen heb die het je soms behoorlijk lastig maken, plus een praktijk die me helemaal opslurpt, een ex-man die zo gek als een deur is en een kindermeisje dat meldt dat ze over een vier dagen een crackbaby zal adopteren?' Ze keek hem in de ogen. Ze had soms haar twijfels over zijn tolerantie ten opzichte van haar leven. Het verschilde behoorlijk van zijn rustige, geregelde bestaan. Niet zo wild als dat van Blake natuurlijk, maar heel wat levendiger dan hij ooit had meegemaakt. Maar haar aanwezigheid maakte hem ook levendiger en ondanks al zijn klachten was hij stapelgek op haar. Dat voelde ze ook.

'Mag ik daar even over nadenken?' was zijn antwoord op haar opsomming. 'Ja, ondanks dat alles hou ik van je, Maxine. Ik heb wel meer tijd nodig dan ik dacht om eraan te wennen. Vooral de kinderen. Met hen voel ik me nog niet zo op mijn gemak.' Een eerlijk antwoord. 'Ik had niet gedacht dat ik ooit verliefd zou worden op een vrouw met drie kinderen. Maar ach, over een paar jaar gaan ze toch de deur uit.'

'Nou, dat duurt nog wel even hoor,' waarschuwde ze. 'Sam is pas zes. En de andere twee moeten hun middelbare school nog afmaken.'

'Misschien kunnen ze een jaartje overslaan,' plaagde hij haar. Het stoorde haar soms een beetje dat hij zich zo verheugde op de dag dat ze zouden vertrekken. Dat was wat haar het meest verontrustte aan hem. Het was zo belangrijk voor haar. Tot nu toe had ze voor haar kinderen geleefd, en ze was niet van plan dat te veranderen, ook niet voor Charles.

Ze vertelde hem toen maar over Blakes weeshuis in Marokko en drukte hem op het hart het niet aan de kinderen te verklappen. Het moest een verrassing voor ze blijven.

'Wat moet hij nou met honderd weesjes?' vroeg Charles verbaasd. Wie deed er nu zoiets? Al had je zoveel geld als Blake, dan was nog niemand zo gek om zich daarmee in te laten.

'Hij geeft ze een dak boven hun hoofd, onderwijs, eten en veiligheid. En stuurt ze te zijner tijd naar de universiteit. Hij heeft een stichting in het leven geroepen voor het weeshuis. Het is vooral een aardig gebaar van hem. En een uitzonderlijk geschenk voor de kinderen die alles kwijt zijn. Hij kan het zich permitteren, hij merkt niet eens dat hij er geld aan kwijt is.' Dat wilde

Charles wel geloven als je keek naar het schip, dat een lieve duit gekost moest hebben. Afgaand op wat hij had gelezen over Blake, was hij een van de allerrijkste mensen ter wereld. Charles snapte niet dat Maxine geen cent van hem aannam en gelukkig was met haar leven op wat menselijker schaal. Niet veel vrouwen zouden de verleiding hebben weerstaan om hem kaal te plukken als ze vertrokken. En hij vermoedde dat dat de grondslag was van haar vriendschappelijke relatie met Blake, omdat ook hij wist wat een goed mens ze was. Daarvan was Charles zich terdege bewust.

Ze bleven nog een tijdje op het zonnedek liggen tot het tijd was voor de lunch. Ze waren van plan die avond buiten Portofino het anker uit te werpen. Het schip was te groot om de haven binnen te varen en de kinderen waren er toch bijna nooit voor te porren om ergens aan land te gaan. Vanuit Portofino zouden ze een paar dagen naar Corsica gaan, dan naar Sardinië, Capri en terug via Elba. Ze hadden dus een leuke tocht voor de boeg en ze zouden het grootste deel van de reis op de boot blijven.

Maxine keek ervan op toen ze Charles die avond samen met de kinderen zag kaarten. Nog nooit had ze hem zo ontspannen meegemaakt. Sam was onlangs verlost van zijn gips en zijn ribben waren ook niet meer zo gevoelig, dus kon hij zich vrij over de boot bewegen. En Charles nam hem de volgende dag mee op een van de jetski's. Hij zag er zowaar zelf als een kind uit. Daarna ging hij duiken met een lid van de bemanning, want hij had lang geleden een certificaat gehaald. Hij nam Maxine na de lunch mee uit snorkelen. Samen zwommen ze naar een afgelegen strandje, waar ze zich neervlijden op het witte zand. Jack en Daphne bespiedden hen met de verrekijker, maar toen ze begonnen te kussen zette Daphne de hare met een vies gezicht weg. Daphne was nog steeds een lastig portret wat Charles betrof, maar ze kon hem moeilijk uit de weg gaan op de boot. En langzaamaan begon ook zij te ontdooien, vooral nadat hij haar waterskiën had geleerd. Hij was er vrij goed in en had haar een paar trucjes laten zien waardoor ze het snel onder de knie kreeg.

Maxine was verrukt te zien hoe Charles steeds enthousiaster met de kinderen optrok. Het had een tijd geduurd, en ze hadden het ook niet echt makkelijk voor hem gemaakt. Op Sam na dan, die het met iedereen goed kon vinden en een beetje medelijden met hem had. Hij vond dat Daphne vaak gemeen tegen hem deed en zei dat ook tegen Charles.

'O, vind je dat?' zei Charles lachend. Hij was in een opperbeste stemming sinds ze op de boot waren. Hoewel hij er van tevoren erg gereserveerd tegenover had gestaan, moest hij Maxine nageven dat ze gelijk had en dat het de beste vakantie was die hij ooit had gehad. Dat zag ze ook wel; alle spanning leek uit hem weggevloeid.

De tweede dag had Blake hen even gebeld. Hij wilde er zeker van zijn dat het hun aan niets ontbrak en liet Maxine de groeten aan Charles doen. Toen ze die overbracht verstarde hij op slag.

'Waarom trek je je dat toch allemaal zo aan?' vroeg Maxine, maar Charles schudde chagrijnig zijn hoofd. Wat ze ook zei om hem gerust te stellen, hij was en bleef stinkend jaloers op Blake. Ze begreep het wel, maar het was allemaal zo onnodig. Ze was verliefd op Charles, niet op Blake.

Ze praatten af en toe over het huwelijk, en ze kreeg e-mails van de cateraar en de bruiloftsorganisator. Alles was onder controle. Bij Corsica zwommen ze in prachtige baaien en genoten van de zon op witte zandstrandjes. Daarna legden ze aan bij Sardinië, waar het een stuk gezelliger was en waar bovendien meer grote boten lagen. Maxine en Charles dineerden op het eiland voor ze naar Capri vertrokken. Daar hadden vooral de kinderen het altijd naar hun zin. Ze reden in koetsjes rond en winkelden wat, en Charles verraste haar met een schitterende turkooizen armband. En voor de zoveelste keer vertelde hij op de terugweg naar de boot hoe hij genoot van deze vakantie. Ze straalden rust en geluk uit. Blake had hun geen groter geschenk kunnen geven dan de bruikleen van de boot. Jack en Daphne schenen Charles eindelijk te accepteren, al zeurde Daphne af en toe dat hij zo krampachtig deed. Maar vergeleken bij haar relaxte vader gedroeg bijna iedereen zich krampachtig. Charles was nu eenmaal een door en door verstandig mens, maar hij had inmiddels wel geleerd te genieten en grapjes te maken, en op een avond dansten hij en Maxine aan dek de sterren van de hemel op de heerlijke muziek die de bemanning voor hen draaide.

'Maakt het je nou echt niet uit dat je op zijn boot bent met een ander?' vroeg Charles benieuwd.

'Absoluut niet,' antwoordde ze. 'Hij is hier al met de helft van alle vrouwen op aarde geweest. Het is al eeuwen voorbij tussen Blake en mij. Ik zou toch ook niet met jou willen trouwen als dat niet het geval was.' Charles geloofde dat best, het leek alleen alsof Blake steeds over zijn schouder meekeek, waar hij zich ook bevond. Overal stonden en hingen foto's van hem, en een paar van Maxine en een heleboel van de kinderen. Allemaal in fraaie zilveren lijstjes.

De weken vlogen voorbij en opeens brak de laatste avond aan. Ze gooiden in de buurt van St. Jean Cap Ferrat het anker uit en zouden de volgende dag naar Monte Carlo gaan, om van daaruit naar huis te vliegen. Het was een prachtige maanverlichte avond, de kinderen keken naar een film en zij en Charles zaten zachtjes te praten in hun dekstoelen.

'Ik heb totaal geen zin om naar huis te gaan,' bekende ze. 'De boot verlaten is altijd net of je uit het paradijs verdreven wordt. Het echte leven komt zo hard aan.' Ze lachte toen ze dat zei, maar hij was het met haar eens. 'Bovendien zullen de komende weken vanwege de bruiloft nog eens zo druk zijn,' waarschuwde ze, maar hij scheen zich geen zorgen meer te maken.

'Daar had ik al rekening mee gehouden. Ik verstop me wel ergens als het me allemaal te veel wordt.'

Maxine had uitgedokterd dat ze twee weken zou werken om al

haar kantoorzaken op orde te krijgen en na te gaan hoe haar patiënten ervoor stonden. Dan zou ze augustus weer vrij kunnen
nemen voor de bruiloft en de huwelijksreis. Thelma en haar praktijk zouden zoals altijd de spoedgevallen voor hun rekening nemen.

Wanneer ze thuiskwamen zouden er nog vier weken te gaan zijn
voor de grote dag aanbrak. Ze had er echt zin in. Begin augustus zouden Maxine en de kinderen naar Southampton vertrekken, en Charles zou snel volgen. Zelda en de baby gingen ook
mee en Maxine hoopte maar dat het geen problemen zou geven.
Charles zou een flinke dosis realiteit voor zijn kiezen krijgen,
maar hij zei dat hij zich erop had voorbereid. Ze verheugden zich
erg op de bruiloft, ook omdat haar ouders het weekend waarin
alles moest plaatsvinden bij hen zouden blijven slapen. Zo had
Charles iemand om mee te praten, terwijl Maxine zich met de
puntjes op de i kon bezighouden. De enige keer dat Charles niet
bij hen zou zijn was de avond voor het huwelijk, dus na het
proefdiner. Ze had erop aangedrongen dat hij een kamer in een
nabijgelegen hotel nam, zodat hij haar niet zou zien voor het huwelijk voltrokken zou worden. Het was allemaal bijgeloof van
haar, maar ze stond erop. Hij vond het een beetje kinderachtig,
maar hij ging ermee akkoord omdat het maar voor één nachtje
zou zijn.

'Waarschijnlijk is het trouwens de enige fatsoenlijke nacht slaap
die ik krijg, met al dat volk dat je in huis haalt.' Het stond in
schril contrast met zijn vredige houten huisje in Vermont.
Maxine wilde er voorlopig niet meer heen omdat er geen plaats
was voor de kinderen, in tegenstelling tot het ietwat bouwvalli-
ge, maar gezellige huis van haar in de Hamptons, waar ze gemakkelijk met zijn allen in konden en nog gasten konden laten
logeren ook.

De volgende ochtend vroeg manoeuvreerde de kapitein de boot
de haven van Monte Carlo in en ze lagen al aangemeerd voor er
ook maar iemand wakker was. Ze gebruikten hun laatste ontbijt

aan boord, voordat de bemanning hen met hun bagage naar het vliegveld zou rijden. Vlak voor ze in de auto stapten draaide Maxine zich nog eenmaal om, om een laatste blik op het schitterende zeiljacht te werpen.

'Je bent echt verliefd op dat schip, hè?' vroeg Charles en ze knikte.

'Ja, ontzettend,' zei Maxine zacht. 'Ik vind het echt naar om weg te gaan.' Ze keek hem aan. 'Ik heb een droomvakantie met je gehad, Charles.' Ze boog zich naar hem toe en kuste hem, waarop hij haar terug kuste.

'Ik ook met jou.' Hij sloeg een arm om haar middel, en zo liepen ze samen weg van de *Sweet Dreams*, en stapten in. Het was uiteindelijk toch een perfecte vakantie geworden.

Hoofdstuk 22

*D*e laatste tien dagen van juli was het druk, druk, druk in Maxines praktijk. Wanneer zij begin augustus vrij zou nemen, zouden ook de meesten van haar patiënten op zomervakantie gaan met hun ouders. Maar ze zou een hele maand weg zijn en ze wilde de acute en zware psychische gevallen nog minstens één keer zien voor ze hen aan Thelma zou overdragen. Bovendien wilde ze haar vriendin zo nauwkeurig mogelijk verslag uitbrengen.

De eerste werkdag na Maxines vakantie spraken de twee vrouwen af voor de lunch. Thelma vroeg meteen of ze het leuk had gehad met Charles. Ze had hem tweemaal ontmoet, maar wist niet precies wat ze van hem moest denken. Op het eerste gezicht leek hij haar vrij afstandelijk. Ze had ooit kennisgemaakt met Blake en liet zich ontglippen dat die twee mannen van elkaar verschilden als dag en nacht.

'Je valt niet bepaald op één type,' plaagde Thelma haar. 'En als dat wel zo is, zou ik niet kunnen zeggen wat dat voor type dat is.'

'Dat van Charles waarschijnlijk. We lijken meer op elkaar. Blake was gewoon een vergissing,' zei Maxine nonchalant, maar ze verbeterde die uitspraak snel. 'Nee, dat is niet eerlijk. Toen we jong waren werkte het prima. En toen werd ik volwassen, en hij niet, en toen liep het uit de klauwen.'

'Nou, dat zou ik niet zeggen. In die periode heb je drie geweldige kinderen gekregen.' Thelma had ook twee prachtige kinderen. Haar man was een Chinees uit Hongkong en hun kinderen waren diep crèmekleurig, met enorme amandelvormige ogen. Ze combineerden het mooiste van twee werelden. Haar dochter was een tienermodel en Thelma's zoon scheen alle meisjesharten van school te breken. In de herfst zou hij net als zijn moeder jaren geleden naar Harvard vertrekken, en vervolgens voor arts studeren. Thelma's man was cardioloog en afdelingshoofd van New York University. Het was een goed huwelijk. Maxine had tientallen malen geprobeerd om een etentje met zijn vieren te plannen, maar tot dusverre was het niet gelukt iets af te spreken. Ze waren alle vier te druk met hun werk.

'Charles kwam wel erg serieus op me over,' merkte Thelma op, en Maxine was het met haar eens.

'Dat is hij ook, maar hij heeft ook een heel lieve kant. Hij is dikke maatjes met Sam.'

'En met de anderen?'

'Hij werkt eraan.' Maxine glimlachte. 'Daphne is niet de makkelijkste.'

'Tienermeiden zijn een ramp.' Thelma rolde met haar ogen. 'Jenna heeft al de hele week de pik op me. Dat heeft ze al twee jaar eigenlijk, maar goed. Soms denk ik dat het nooit meer overgaat. Meestal heb ik geen flauw idee wat ik nu weer verkeerd doe, maar wat haar betreft heb ik het al verpest voor ik ook maar één oog open heb gedaan. Het enige waar ik volgens haar goed voor ben is schoenen kopen. Kan zij ze allemaal stuklopen.' Maxine moest lachen om de beschrijving. Met Daphne had ze dezelfde problemen, al was die twee jaar jonger en nog niet zo chagrijnig. Maar dat zou niet lang meer duren. Het zou een hele klus worden. 'Hoe gaat het met die baby van je oppas, trouwens?'

'Gilt nog steeds. Zelda zegt dat de kinderarts heel tevreden is, maar afkicken is nu eenmaal niet eenvoudig. Laat staan voor een baby. Ik heb oordopjes voor Charles gekocht voor als we in Southampton zijn. Ik doe ze zelf ook altijd in. Het is het enige wat helpt. Zelda wordt nog stokdoof als dat kind niet heel gauw ophoudt.' Maxine glimlachte warm bij de gedachte.

'Vrolijke boel bij jullie,' zei Thelma, en ze moesten allebei lachen. Het was zo prettig om even te kunnen ontspannen tijdens de lunch. Maxine deed het niet vaak, en ze had het ook zo druk in haar praktijk dat ze zich eigenlijk schuldig voelde. Maar Thelma was zo'n goeie vriendin en bovendien de enige aan wie Maxine haar praktijk toevertrouwde.

Zoals was afgesproken droeg Maxine op 1 augustus de praktijk aan Thelma over en vertrok de hele familie in een karavaan van auto's naar Southampton: de hare, die van Charles en de gehuurde stationcar van Zelda. De kinderen reden met Zellie mee, aangezien Maxines wagen propvol met spullen voor de bruiloft zat. Charles reed alleen in zijn onberispelijke BMW. Hij had het niet met zoveel woorden gezegd, maar Maxine had wel door dat hij de kinderen liever niet in zijn wagen toeliet. Bovendien vonden ze het geen probleem met Zelda mee te rijden, aangezien gebleken was dat Jimmy alleen in een rijdende auto ophield met huilen en prompt in slaap viel. De opluchting na die ontdekking was groot geweest. En als hij de longen weer eens uit zijn lijfje krijste, had Maxine Zelda meerdere keren gevraagd om alsjeblieft de auto te pakken om een paar rondjes door de buurt te rijden. Dat had ze gedaan en na een tijdje bleek het te werken. Het speet Maxine erg dat ze dat niet de hele nacht kon volhouden. Jimmy was een schattig ventje met een lief gezichtje. Het was moeilijk een band met hem te krijgen omdat hij zo verschrikkelijk huilde, maar de afgelopen week was het heel langzaam weer een beetje beter gegaan. Er was dus hoop. Als ze echt geluk hadden, zou het voorbij zijn wanneer Charles na de huwelijksreis bij hen zou intrekken. Hij had het verhuizen van zijn kleding uitgesteld tot het zover was.

Charles deponeerde zijn koffers in haar slaapkamer zodra ze aankwamen in Southampton. Ze wees hem welke kast hij kon gebruiken en begon die van haar vol te hangen met de kleren die ze van huis had meegebracht. Maar haar trouwjurk, die goed ingepakt zat, hing ze op in een van de logeerkamers, naast Daphnes lavendelkleurige jurk, die ze tot nog toe weigerde te passen. Ze beweerde dat ze lak had aan het huwelijk en in haar kamer zou blijven zitten. Na de bootvakantie was ze weliswaar niet meer zo negatief meer over Charles, maar dat betekende nog niet dat ze het ermee eens was dat hij met haar moeder zou trouwen. Ze bleef Maxine voorhouden dat ze een grote vergissing beging, omdat Charles een dooie pier en een zenuwenlijder was.

'Hij is geen dooie pier, Daffy,' zei Maxine rustig. 'Hij is verantwoordelijk en betrouwbaar.'

'Nee, dat is-ie niet,' hield haar dochter vol. 'Hij is oervervelend en dat weet je best.' Maar Maxine verveelde zich nooit met hem. Hij was altijd geïnteresseerd in haar werk en door de bank genomen hadden ze het over medische zaken. Met Thelma deed ze dat nooit. Maar dat vonden zij en Charles juist inspirerend.

Die eerste week moest Maxine duizend-en-een dingen regelen met de catering en de bruiloftsorganisator. Haast iedere dag overlegde ze met de bloemisterij. Ze zouden overal witte bloemen aanbrengen en hagen en bakken met buxusfiguren waarover orchideeën waren uitgestrooid. Het zou er eenvoudig maar stijlvol uitzien, en enigszins formeel. Precies wat Maxine graag wilde. Charles had geen interesse in al die bruiloftsdetails en vertrouwde Maxine graag alles toe.

's Avonds gingen Charles en Maxine uit eten of namen ze de kinderen mee naar de bioscoop. Overdag hingen de kinderen op het strand met hun vrienden. Alles liep op rolletjes, totdat Blake arriveerde in de tweede week van hun verblijf. Zodra hij binnenkwam veranderde Charles in een blok ijs.

Blake kwam even langs om haar en de kinderen te zien en ze stelde Charles aan hem voor. Maar ze had Charles nog nooit zo stijf en onaangenaam gezien. Hij reageerde stekelig op alles wat Blake zei, al trok Blake zich daar niets van aan en was hij net zo charmant als altijd. Blake nodigde hem uit voor een partijtje op de tennisclub, wat Charles tot Maxines grote spijt bits afsloeg. Blake kletste gewoon vrolijk door alsof hij het niets bijzonders vond. Charles wist zich geen houding te geven als hij Blake alleen maar zag, en hij maakte ruzie met Maxine om helemaal niets. Blake had ergens in de buurt voor de hele week een huis gehuurd, aan het strand maar met zwembad, wat Charles schandalig overdreven vond.

'Ik weet niet waar je je zo kwaad over maakt,' was Maxines reactie. 'Hij was ontzettend vriendelijk tegen je.' Ze vond Charles op zijn minst onredelijk. Per slot van rekening had hij de hoofdprijs en was hij de bruidegom.

'Je doet net of je nog met hem getrouwd bent,' zeurde hij.

'Hoe kom je erbij?' Ze keek geschokt. 'Hoe durf je zoiets te zeggen?'

'Je slingerde je meteen om zijn hals om hem te omhelzen. En hij kan zijn vingers niet van je af houden.' Charles was witheet van woede, maar het begon haar een beetje de keel uit te hangen. Die beschuldigingen waren zo onterecht. Zij en Blake waren altijd hartelijk tegenover elkaar, maar dat was alles en het was in al die jaren niet meer geweest dan dat.

'Wat een belachelijke aantijgingen zijn dat.' Ze was razend. 'Hij behandelt me als een zuster. En hij heeft zijn uiterste best gedaan om normaal met je te praten, maar jij hebt nauwelijks twee woorden teruggezegd. Hij betaalt ons diner, dus je kunt op zijn minst proberen een beetje beleefd tegen hem zijn. We hebben verdorie net twee hele weken op zijn boot doorgebracht.'

'Alsof dat mijn idee was!' tierde Charles. 'Je hebt me gewoon gedwongen. En je weet wat ik van dat proefdiner vind. Daar ben ik sowieso altijd al tegen geweest.'

'Je had het anders best naar je zin op die boot,' bracht ze hem in herinnering.

'Ja, meestal wel,' gaf hij toe. 'Maar ik vraag me af of het wel in je is opgekomen, hoe het moet zijn om met je verloofde te vrijen in het bed waarin ze vroeger met haar echtgenoot sliep. Je leven komt nogal ranzig op me over, Maxine.'

'O jezus, doe alsjeblieft niet zo opgefokt. Het is maar een béd. Hij sláápt toch niet bij ons?'

'Dat moest er nog bij komen!' snauwde Charles en hij beende de kamer uit. Die avond pakte hij zijn koffers in, en de volgende ochtend vertrok hij naar Vermont. Hij zei dat hij op tijd terug zou zijn voor het huwelijk.

Dat begon dus al goed. Hij liet twee dagen lang zijn mobieltje uit staan, waardoor Maxine zich gekrenkt voelde. Toen hij haar eindelijk belde, piekerde hij er niet over om zich te verontschuldigen voor zijn overhaaste vertrek. Hij klonk afstandelijk en kil. Zijn beschuldigingen zaten haar nog steeds dwars en Charles ergerde zich wild aan Blake, die het huis in en uit kwam wandelen zoals het hem beliefde. Blake deed volgens hem of het nog steeds van hem was, waarop ze woedend reageerde en vroeg hoe hij in godsnaam bij die onzin kwam.

'Zo, en waar is de bruidegom?' vroeg Blake, rondkijkend toen hij de volgende morgen even langskwam.

'Die is naar Vermont gegaan,' antwoordde ze verbeten.

'Uh-oh. Ruik ik hier iemand die de zenuwen krijgt nu puntje bij paaltje komt?' plaagde hij haar en ze gromde.

'Nee, je ruikt iemand die woest op de bruidegom is omdat-ie zich gedraagt als een klein kind.' Ze hield zich nooit in bij Blake. Bij hem kon ze eerlijk zijn over haar gevoelens, al moest ze zich voor de kinderen altijd inhouden. Ze had gezegd dat Charles een beetje rust nodig had en even alleen wilde zijn voor de bruiloft en Daphne had haar ogen laten rollen. Die was allang blij dat hij opgehoepeld was.

'Waarom ben je zo boos, Max? Het lijkt me een goeie kerel.'

'Hoe kun je dat nou zeggen? Hij heeft nauwelijks een woord met je gesproken gisteren. Ik vond hem onbeschoft tot en met en dat moest ik even aan hem kwijt. Hij had op zijn minst een beetje met je kunnen kletsen. En hij snauwde je af toen je hem uitnodigde te gaan tennissen.'

'Misschien voelt hij zich een beetje ongemakkelijk met je ex zo dicht in de buurt. Niet iedereen is zo relaxed als wij tweeën,' zei hij lachend. 'Of zo knettergek.'

'Zo denkt hij er inderdaad over.' Ze glimlachte weer. 'Hij vindt ons allemaal hartstikke geschift. En Zellies baby werkt hem op de zenuwen.' Ze wilde eraan toevoegen: 'Net als onze kinderen,' maar dat liet ze maar achterwege. Ze wilde liever niet dat Blake zijn twijfels over Charles zou krijgen. En zij bleef ervan overtuigd dat Charles en de kinderen ooit aan elkaar zouden wennen, en elkaar over een tijd niet meer zouden kunnen missen.

'Ik moet zeggen, dat kind van Zellie heeft een stel goede longen.' Hij grijnsde en keek haar aan. 'Zou ze soms de volumeknop nog niet gevonden hebben? Die moeder van hem moet wel zwaar aan de crack zijn geweest.'

'Zeg dat maar niet waar ze bij is. En het wordt al beter. Het kost meer tijd dan we dachten.'

'Nou, ik kan het hem niet echt kwalijk nemen dat-ie er nerveus van wordt,' zei Blake, redelijk als hij was. 'En hoe zit het met jou? Slaat jou de angst al af en toe om het hart?' Hij plaagde haar maar en ze gaf hem een duw, als twee kinderen in de zandbak. 'O, hou toch op. Ik ben gewoon pissig. Ik ben nergens bang voor.'

'Zou je wel moeten zijn!' zei Daphne over haar schouder toen ze de kamer door liep naar buiten.

'Beetje dimmen, jongedame!' Maxine schudde haar hoofd. 'Brutaal nest. Heb je ze al over je plannen met het weeshuis verteld?' vroeg ze.

'Nee, dat wilde ik vanavond doen. Ik hoop dat ze het prachtig vinden en het niet verkeerd opvatten. Ze hebben hun mening snel klaar tegenwoordig. Jack liet me net nog weten dat mijn broek te kort is, mijn haar te lang, en dat ik absoluut geen conditie heb. Misschien heeft-ie gelijk, maar het viel me wel rauw op mijn dak.' Hij glimlachte toen Sam de kamer in kwam lopen en hem van top tot teen opnam.

'Nou, ik vind dat je er best mee doorkan.' Hij knikte goedkeurend.

'Dank je wel, Sam.' Blake knuffelde hem en Sam rende vrolijk naar buiten.

'Wil je vanavond mee pizza eten?' vroeg hij Maxine.

'Tuurlijk. Gezellig.' Ze had toch niets anders omhanden. Ze genoot ervan dat iedereen kwam en ging in haar huis in Southampton en deed wat-ie wilde, en ze vond het ook niet vervelend dat Blake hier een paar dagen rondhing. Het was zo jammer dat Charles zich niet kon ontspannen en zich kon vermaken. Maar toen hij wegging had hij verklaard dat het hem allemaal veel te ingewikkeld was. Hij had het gevoel dat hij in een circus terechtgekomen was waar hij drie ballen tegelijk omhoog moest houden. Af en toe had ze de neiging hem flink door elkaar te rammelen, zoals nu, vlak voor de bruiloft. Al die spanning en kleinigheden brachten het slechtste in hen naar boven. Haar geduld raakte sneller op dan anders en ze vond hem maar een sukkel, om zogenaamd gekwetst naar Vermont te sjezen zodra Blake op het toneel verscheen. Terwijl Blake juist zo aardig tegen hem was. Maxine wist eerlijk gezegd niet wat ze aan dat minderwaardigheidscomplex van Charles moest doen. Ze hoopte maar dat het snel over zou gaan.

Blake haalde haar en de kinderen op om naar de pizzeria te gaan en zoals besproken vertelde hij ze alles over Marokko en zijn weeshuis. Ze keken hem even met open mond aan, maar begrepen al snel wat een goed idee het was en hoe snel hij dat allemaal georganiseerd had. Maxine was trots dat ze zo waardeerden wat hun vader voor elkaar kon krijgen.

'Mogen we een keer op bezoek komen, pap?' vroeg Sam nieuwsgierig.

'Waarom niet? We gaan wel een keertje met zijn allen naar Marrakech. Het huis zit nou nog in de verbouwing, maar als het er een beetje op gaat lijken, neem ik jullie allemaal mee.' Hij vond ook dat ze wat van de wereld moesten weten. Het zou hun geen kwaad doen te zien hoe kinderen die niet in zo'n veilige, luxe omgeving als zij leefden zich staande hielden.

Blake vertelde ook hoe geweldig hun moeder geholpen had toen ze dat weekend naar Marokko was gekomen. Hij legde precies uit wat ze deden, en wat ze gezien hadden, en de kinderen luisterden geboeid. En toen vroeg Daphne zomaar hoe het met Arabella ging.

'Die heb ik opgezegd,' zei hij eenvoudig. Het hoe en waarom hoefden ze niet te horen.

'Zomaar ineens?' vroeg Jack, en Blake knikte en knipte met zijn vingers.

'Zomaar ineens. Ik zei: hocus, pocus pilatus pas, ik wou dat je ergens anders was! En weg was ze. Het leek wel tovenarij. Hup, verdwenen.' Hij keek hem met een mysterieuze blik aan en ze moesten allemaal lachen. Maxine merkte dat hij er alweer overheen was. Hij kwam er altijd snel bovenop. Zijn gevoelens voor de vele vrouwen in zijn leven waren altijd nogal oppervlakkig geweest, al voelde hij voor Arabella meer dan voor de meeste. Maar dat het zo vervelend af moest lopen, had hem wel degelijk geraakt. Ze wist dat hij het de kinderen niet zou vertellen, en zij zou haar mond er ook over houden. Zoals hij het nu had opgelost was erg handig van hem.

'Ben blij toe,' zei Daphne met een zucht.

'Dat wil ik wel geloven,' zei haar vader. 'Wat was jij een gemeen kreng daar in Aspen.'

'Helemaal niet,' verdedigde Daphne zich vurig.

'O, écht wel!' riepen Sam, Jack en Blake alle drie tegelijk en iedereen schoot in de lach, zelfs Daphne.

'Oké, een beetje misschien, maar ik vond het een trut.'

'Ik zie niet in waarom,' merkte Blake op. 'Ze was best aardig tegen je.'

'Ze deed maar alsof. Net als Charles, als hij aardig tegen ons doet. Hij meent er geen barst van.' Maxine zette grote ogen op bij die opmerking.

'Hoe kom je daar nou bij, Daffy? Hij doet niet alsof, hij is hoogstens wat afstandelijk,' protesteerde ze.

'Hij doet maar alsof. Hij heeft de pest aan ons. Hij wil alleen zijn met jou.'

'Nou, dat is nogal logisch,' kwam Blake ertussen. 'Hij is verliefd op haar. Hij wil niet altijd met jullie opgescheept zitten.'

'Hij wil nóóit met ons opgescheept zitten,' zei Daphne nors. 'Dat zie je zo.'

Onvermijdelijk schoot Maxine te binnen hoe lovend hij herhaaldelijk over kostscholen had gesproken. Verbazingwekkend dat kinderen een instinct voor zoiets leken te hebben. Ze besloot er niet meer op te reageren. 'En Arabella wilde ons ook uit de weg hebben. Ik snap maar niet waarom jij en mam niet gewoon weer gaan trouwen. Jullie zijn allebei veel aardiger dan die mafkezen met wie jullie een relatie hebben. Jullie pikken steeds van die walgelijke types uit, allebei.'

'Je wordt bedankt, Daphne,' antwoordde Blake grijnzend uit beider naam. 'Soms ga ik echt wel met leuke meiden uit, hoor.'

'Dat geloof je toch zeker zelf niet? Het zijn allemaal domme blondjes,' vuurde Daphne terug en ze moesten allemaal lachen. 'En mam is weer dol op saaie, opgefokte houten klazen.'

'Dat is een reactie op mij,' legde Blake met genoegen uit. 'Kijk, ze vond mij niet volwassen genoeg, dus pikt ze de meest volwassen man uit die ze kon vinden, niet, Max?' Ze keek een beetje verlegen naar haar bord en gaf geen antwoord. 'Trouwens, jullie moeder en ik vinden het heel goed gaan op deze manier. We zijn gewoon erg goeie vrienden. We maken geen ruzie. We vinden het leuk als jullie erbij zijn. En ik heb mijn domme blondjes en zij heeft haar houten klaas. Wat wil je nog meer?'

'Dat jullie weer met elkaar trouwen,' antwoordde Daphne.

'Daar komt niks van in,' zei haar moeder zacht. 'Volgende week trouw ik met Charles.'

'En dan geef ik een proefdiner,' voegde Blake eraan toe, van onderwerp veranderend. De conversatie werd een beetje te moeilijk voor hem. Maxine was zich er echter van bewust dat alle kinderen wilden dat hun ouders weer bij elkaar zouden komen, en een huwelijk met een ander boorde die hoop meestal de grond in. 'Dat proefdiner wordt helemaal te gek,' vervolgde Blake om de ongemakkelijke stilte na Daphnes opmerking en Maxines antwoord te doorbreken. 'Ik heb een grote verrassing voor jullie in petto die avond.'

'Kom je in je blootje uit een taart springen?' vroeg Sam verrukt en de sfeer werd onmiddellijk beter toen iedereen in lachen uitbarstte.

'O, dat zou Charles echt gewéldig vinden!' Maxine gierde het uit.

'Eigenlijk best een goed idee. Dat ik daar niet aan gedacht heb,' zei Blake met een stalen gezicht, en hij stelde toen voor naar zijn strandhuis te gaan voor een afterdinner-zwempartij. Iedereen was meteen enthousiast. Ze zochten hun zwemkleding in Maxines huis bij elkaar en gingen vervolgens naar zijn huis om te zwemmen. Ze hadden de grootste lol en de kinderen besloten bij hem te blijven slapen. Hij nodigde Maxine natuurlijk ook uit.

'Dat zou ik wel willen,' zei Maxine, 'maar als Charles erachter komt springt hij uit zijn vel. Ik kan beter naar huis gaan.' Dus reed ze het korte stukje terug naar huis en liet de kinderen achter bij Blake. Het was een heerlijke avond geweest en zijn verhaal over het weeshuis had veel bijval gevonden. Maxine zag ernaar uit om de ouderloze kinderen te spreken en ze te helpen met de psychische trauma's die ze hadden opgelopen.

De rest van de week pendelde Blake heen en weer tussen haar en zijn huis. Maxine was achteraf blij dat Charles er niet was, het was een stuk makkelijker zo. Hij belde haar maar twee, drie keer vanuit Vermont en zij belde hem helemaal niet. Het leek haar het beste om hem een beetje te laten betijen; vroeg of laat zou hij wel weer opduiken. De bruiloft was al over een paar dagen.

Charles keerde terug op de dag van het proefdiner. Hij kwam binnenlopen alsof hij even naar de winkel was geweest voor een pak melk. Hij gaf Maxine een kus, liep naar hun slaapkamer en pakte zijn koffer uit. En toen hij later die dag Blake bij het huis zag rondlopen, reageerde hij tot Maxines grote opluchting eigenlijk heel beschaafd. Charles was klaarblijkelijk tot inkeer gekomen na zijn vertrek. Of zoals Daphne Blake stiekem in het oor fluisterde: Charles zag eruit alsof hij die paal die hij had ingeslikt eindelijk uitgepoept had. Blake wist niet wat hij hoorde en fluisterde terug dat ze dat maar beter niet tegen haar moeder kon zeggen. Grinnikend om zijn dochter reed hij naar de club om na te gaan of alles voor het proefdiner geregeld was. Daphne had natuurlijk wel gelijk. Charles zag er een stuk beter uit. Blake hoopte maar dat Maxine gelukkig met hem zou worden. Hij wenste haar alle geluk van de wereld toe.

Hoofdstuk 23

*O*ok voor het proefdiner had Maxine een nieuwe jurk aangeschaft en Charles floot bewonderend toen ze daarin verscheen. Het was een zacht gouden, flinterdunne strapless avondjurk die als een sarong om haar lichaam gewikkeld zat. Ze leek precies een jonge Grace Kelly. Ze droeg er hooggehakte goudkleurige sandaaltjes bij. Blake had besloten dat iedereen in avondkleding moest komen op zijn diner.

Charles zag er correct uit in zijn zwarte smokingjasje. En toen ze op de club arriveerden zagen ze Blake in zijn witte double-breasted jasje met zwarte smokingbroek, zijn fraaie zwarte zelf-geknoopte strikje en patent lederen schoenen. Het viel Maxine meteen op dat hij geen sokken aanhad. Ze kende hem goed en het verraste haar dan ook niet. Zoveel mannen in Southampton droegen geen sokken. Het was een moderne studentikoze dracht, al zag Charles er het nut niet van in en had hij gewoon sokken aangetrokken. Blake zag er ongelooflijk knap uit met zijn zwarte haar en diep gebronsde huid, maar die had Charles ook. Het waren allebei aantrekkelijke mannen. En met haar lange blonde haar en zacht gouden japon zag Maxine er engelachtig uit. Blake zei dat alleen de vleugels ontbraken.

Blake had honderd gasten van Maxines lijstje uitgenodigd en nog een stuk of tien van zijn eigen vrienden. Er was een tienkoppige band ingehuurd die alles kon spelen, van Motown tot bigbandmuziek om op te dansen. En iedereen was in een feestelijke stemming. De champagne stroomde als water. Toen Maxine zag dat Daphne een glas van een blad pakte, maakte ze het gebaar van 'eentje maar' en Daphne had geknikt. Maxine besloot toch maar een oogje in het zeil te houden.

Ze vond het heerlijk om al haar oude vrienden en vriendinnen te zien en Charles voor te stellen aan degenen die hij niet kende. Haar ouders waren er ook: haar moeder in een lichtblauwe avondjurk met een kort jasje en haar vader in een wit smokingjasje, net als Blake. Ze waren een knap stel.

Maxines vader liep even met Charles op voor het diner zou beginnen en vroeg hoe de vakantie op het jacht bevallen was. 'Dat is nog eens een boot, waar of niet?' vroeg hij joviaal, en Charles gaf toe dat het een fantastisch schip was en dat hij het heerlijk had gehad. Het zou niet makkelijk zijn daarover te liegen.

Charles en Maxine begonnen de avond met een dans en ze zagen er ingelukkig en ontspannen uit, volkomen op hun gemak in elkaars armen. Ze waren een stralend paar. En het werd een geweldig feest. Blake had de club laten versieren met duizend witte rozen en elegante goud papieren lantaarntjes.

Hij hield een geestige speech voor het diner begon en vertelde grappige anekdotes over Maxine waarom iedereen uitgierde, zijzelf niet uitgesloten. Charles keek wat beteuterd, maar hij doorstond het in elk geval. Het viel hem zwaar dat Blake haar beter kende dan hij en zoveel dingen met haar beleefd had. Tot slot wenste Blake hun allebei het allerbeste en sprak de wens uit dat Charles haar gelukkiger zou maken dan hijzelf had gedaan. Het was een ontroerend moment en Maxine kreeg er tranen van in haar ogen. Na zijn slotwoorden stond Charles op en bracht een toost uit op hun zeer royale gastheer en beloofde er persoonlijk voor te zorgen dat Maxine voor altijd een voorspoedig en verrukkelijk leven zou leiden. Iedereen was aangedaan.

Tussen twee gangen door vroeg Blake Maxine ten dans en ze wervelden over de dansvloer als Fred Astaire en Ginger Rogers. Ze hadden elkaar altijd goed aangevoeld bij het dansen.

'Dat was ontzettend lief van je,' zei ze vermanend, 'maar ik kwam niets bij je tekort, hoor. Je hebt me heel gelukkig gemaakt, Blake. Ik zag je alleen te weinig en ik wist nooit waar je nu weer uithing. We groeiden uit elkaar nadat je kapitalen verdiend had.'

'We zijn nooit uit elkaar gegroeid, Max,' zei hij zachtjes. 'Ik was alleen nog niet naar je toe gegroeid. Ik was een nul en jij torende zo hoog boven me uit. Ik wist dat best, en het beangstigde me. Je was zoveel intelligenter dan ik en zo wijs in hoe je dingen aanpakte. Je hield altijd in het oog wat belangrijk was, zoals onze kinderen.'

'Dat deed jij ook,' zei ze grootmoedig. 'We wilden alleen andere dingen van het leven. Ik wilde werken en jij wilde spelen.'

'Ik geloof dat daar een Franse fabel over bestaat. En moet je nou zien wat er van me terecht is gekomen. Volgens Daphne ben ik bedolven onder domme blondjes.' Terwijl ze lachten om die opmerking sprong Charles tussen hen in en nam Maxine al draaiend mee in zijn armen.

'Waar hadden jullie zo'n plezier om?' vroeg hij argwanend. 'Jullie zagen eruit alsof jullie je wel bijzonder vermaakten.'

'O, een opmerking van Daphne, over hem en die domme blondjes van hem.'

'Dat ze zoiets over haar vader durft te zeggen,' zei hij afkeurend.

'Maar het is nog waar ook.' Maxine schoot alweer in de lach. De dans was uit en ze liepen weer naar de tafel. Ze had het vermoeden dat Charles niet echt met haar had willen dansen, hij had haar alleen bij Blake uit de buurt willen houden.

Blake had een uitstekende tafelschikking voor hen gekozen. Haar beste vriendinnen zaten aan haar tafel met Charles, en Blakes goede vrienden zaten bij hem. Hij had geen vriendin meegenomen, dus had hij Maxines moeder rechts van hem geplaatst, zoals het hoorde. Charles merkte dat ook op. Hij hield alles voortdurend in de gaten en keek de hele avond met argusogen naar Maxine of Blake. Hij zag er zorgelijk uit en scheen zich alleen te ontspannen wanneer Maxine met Jack of Sam danste.

Iedereen bleef tot twaalf uur dansen en precies om middernacht werden er vuurpijlen afgestoken. Blake had een hele vuurwerkshow voor hen georganiseerd en Maxine klapte verrukt in haar handen. Ze was dol op siervuurwerk, wat Blake natuurlijk wist. Het was een fantastische avond geweest en de laatste gasten verlieten pas tegen enen de club. Charles zou die avond volgens haar wens in het hotel slapen. Uiteindelijk vonden haar ouders het ook prettiger om daar ook een kamer te nemen dan bij haar te logeren. Maxine danste nog eenmaal met Blake en bedankte hem voor alles en vooral voor het vuurwerk. Ze vroeg hem de kinderen en Zellie even thuis te brengen. Zij zou Charles bij het hotel afzetten en hem in de kerk pas weer zien. Blake beloofde dat hij ze binnen het halfuur in bed zou hebben.

Toen de dans eindigde, ging ze met Charles naar de auto en ze reden weg.

Het huwelijk zou de volgende middag om twaalf uur voltrokken worden. Maar iedereen was het erover eens dat het proefdiner moeilijk overtroffen kon worden. Onderweg praatten ze nog even na over de avond. Charles had er weinig zin in om in het hotel te overnachten, omdat hij het maar een belachelijke traditie vond. Veel liever was hij bij haar thuis gebleven, maar Maxine hechtte nogal aan het ritueel. Hij kuste haar lang en teder goedenacht, en ze begreep weer waarom ze met hem wilde trouwen. Ze hield van hem, al noemde Daphne hem nog honderd keer 'houten klaas'. Ze zouden morgennacht naar Parijs vliegen en een week later een tocht door de Loire-vallei maken. Het zou een huwelijksreis uit duizenden worden.

'Ik zal je missen vannacht,' zei hij met omfloerste stem, en ze kuste hem voor de tweede maal.

'Ik jou ook,' fluisterde ze giechelend. Ze had behoorlijk wat champagne op maar ze was niet dronken, vond ze zelf. 'De vol-

gende keer dat ik je zie, ben ik tien minuten later Mrs. West,'
zei ze stralend. Het was een schitterende avond geweest.

'Ik kan niet wachten.' Charles kuste haar voor de laatste maal.
Met tegenzin stapte hij uit, liep naar het hotel en zwaaide haar
uit.

Toen ze thuiskwam, liep ze de woonkamer in en schonk zichzelf een laatste glas champagne in. Een paar minuten later hoorde ze Blakes auto de oprit oprijden. Jimmy was thuisgelaten met
een babysitter, die vertrok zodra Zelda weer thuis was. Ze joeg
de kinderen meteen naar boven en naar bed. Ze waren uitgeteld
en mompelden in het voorbijgaan goedenacht tegen hun ouders,
die op de bank waren neergeploft.

Blake was in een opperbest humeur en hij vond dat Maxine toch
een beetje boven haar theewater was, wat in de club nog niet het
geval was geweest. Lachend praatten ze na over de avond. Hij
probeerde deze keer ook zelf voorzichtig een glaasje champagne.
Blake had vrij veel gedronken, maar hij kon ook wel wat hebben. Hij zag er in zijn witte smokingjasje uit als een filmster.
Eigenlijk leken ze alle twee zo uit Hollywood te komen, terwijl
ze met elkaar proostten met hun lange glazen.

'Dat was echt een grandioos feest,' zei Maxine en ze begon de
kamer rond te zwieren in haar gouden jurk, tot ze al draaiend in
zijn armen terechtkwam. 'Je geeft altijd van die geweldige feesten. Zo chic en bruisend, vind je niet?'

'Je kunt maar beter blijven zitten. Dadelijk val je nog om, dronken tor,' plaagde hij haar.

'Ik ben niet dronken,' protesteerde ze heftig, wat er alleen maar
op wees dat hij gelijk had.

Hij was altijd al stapelgek geweest op haar als ze een beetje tip-
sy was. Ze was dan altijd zo grappig en sexy en het gebeurde
maar zo zelden, maar vanavond was een bijzondere gelegenheid
geweest. 'Denk je dat ik gelukkig word met Charles?' vroeg ze
hem ernstig. Ze kneep haar ogen even samen, want het kostte
haar opeens moeite om hem scherp te kunnen zien.

'Ik hoop het van ganser harte, Max.' Blake meende het echt. Hij had iets anders kunnen zeggen, maar dat deed hij niet.

'Hij is zo volwassen, hè? Een beetje zoals mijn vader.' Ze loenste een beetje terwijl ze Blake aankeek, maar ze zag er nog altijd liever uit dan ooit, en hij moest zichzelf bedwingen om geen misbruik te maken van de situatie. Dat zou niet eerlijk zijn. Hij zou haar nooit iets aandoen, zeker vanavond niet. Hij had zijn kans gehad, en die had hij verspeeld. In plaats van champagne nam hij een wodka en hij schonk haar het laatste bodempje champagne in dat in huis te vinden was.

'Ja, hij heeft veel weg van je vader,' antwoordde Blake. 'Allebei dokters.' Ook hij begon zich aangenaam dronken te voelen, maar het liet hem koud. Als hij dan toch dronken moest worden, dan moest dat vanavond maar gebeuren.

'Ik ben ook dokter,' deelde ze mee, en ze hikte luid. 'Een pzychiater. Ik behandel... trauma's. Hé, heb ik jou niet een tijdje geleden in Marokko gezien?' Ze schaterde het uit om haar eigen vraag en ook hij kon zijn lachen niet inhouden.

'Je ziet er anders uit dan in legerlaarzen. Ik vind die hoge hakken je beter staan.' Ze stak een welgevormd been de lucht in en bekeek haar sandaaltjes met de fijne gouden bandjes en knikte bevestigend.

'Ik ook. Ik zat onder de blaren van die kistjes.'

'Doe dan volgende keer je stiletto's maar aan,' adviseerde hij, nippend van zijn wodka.

'Doe ik. Beloofd. Weet je,' zei ze en ze nam een slokje champagne, 'we hebben zulke lieve kinderen. Ik hou zoveel van ze.'

'Ik ook.'

'Ik heb het idee dat Charles ze niet leuk vindt,' zei ze peinzend.

'Ze vinden hem ook niet zo leuk,' zei Blake, en ze kregen opnieuw de slappe lach. Toen kneep Maxine haar ogen weer tot spleetjes alsof ze hem van heel in de verte opnam.

'Waarom zijn wij ook alweer uit elkaar gegaan? Herinner jij je dat nog? Ik weet het niet meer. Heb jij iets stouts gedaan?'

'Ik was vergeten thuis te komen.' Hij glimlachte verdrietig.

'O, was het dat. Nou weet ik het weer. Ja, dat is wel jammer. Ik vind je echt heel... Eigenlijk hou ik van je,' zei ze met een verlegen lachje. Ze hikte weer.

'Ik hou ook van jou,' zei Blake teder, en toen speelde zijn geweten weer op. 'Misschien moest je maar eens naar bed gaan, Max. Morgen zit je met een kanjer van een kater op je eigen bruiloft.' Champagne verdween maar langzaam uit je systeem.

'Vraag je nou of ik met jou naar bed ga?' vroeg ze enigszins verward.

'Nee, gekkie. Als ik dat zou doen, zou Charles morgen ontzettend pissig op me zijn en zou jij je vreselijk schuldig voelen. Maar jij moet nu echt gaan slapen.' Ze dronk het bodempje uit haar glas en daaraan zag Blake dat ze nu goed dronken was geworden. Dat laatste glas was de druppel geweest en nu voelde hij zich ook behoorlijk kachel. Die wodka had hem de das omgedaan na een avond lang flink innemen, of misschien lag het ook aan haar: ze was zo duizelingwekkend in die gouden jurk. Ze maakte hem dronken. Dat effect had ze altijd op hem gehad. Plotseling schoot hem dat weer te binnen, en hij vroeg zich af hoe hij dat in hemelsnaam vergeten kon zijn.

'Waarom moet ik nou zo vroeg naar bed?' pruilde ze.

'Omdat, Assepoester,' zei hij vriendelijk terwijl hij haar optilde van de bank alsof ze een kind was, 'je anders in een pompoen verandert. En je moet morgen met je knappe prins trouwen, dus...' Hij begon haar naar haar slaapkamer te dragen.

'Nee hoor. Ik ga met Charles trouwen. Dat weet ik nog best! Hij is niet de knappe prins. Dat ben jij. Waarom ga ik dan met hem trouwen?' Ze fronste haar voorhoofd en Blake moest hard om haar lachen. Toen struikelde hij en liet haar bijna vallen, maar hij verplaatste snel zijn handen om haar beter vast te houden. Ze was zo licht als een veertje.

'Ik denk dat je met hem gaat trouwen omdat je van hem houdt,' zei hij terwijl hij haar slaapkamer in liep, haar zachtjes op bed legde en wat onvast op zijn benen naar haar bleef kijken. Ze waren allebei ladderzat.

'O, ja? Wat enig,' zei Maxine warm. 'Ik hou van hem. En ik zou echt met hem moeten trouwen. Hij is ook dokter.' En toen richtte ze haar ogen op Blake. 'Ik denk dat je te veel ophebt om naar huis te gaan. En ik ben te dronken om je te brengen.' Het was een heel aardige inschatting van de situatie. 'Je kan maar beter hier blijven.' Toen ze dat zei begon de kamer om hem heen te draaien.

'Ik ga alleen even liggen om een beetje te ontnuchteren, als je dat goedvindt. En dan rij ik zo naar huis. Dat vind je toch niet erg?' vroeg hij, terwijl hij zich naast haar uitstrekte met zijn smokingjasje, broek en schoenen nog aan.

'Helemaal niet,' zei ze en ze draaide zich naar hem toe en legde haar hoofd op zijn schouder. Ze had niet de moeite genomen haar gouden jurk en sandaaltjes uit te doen. '*Sweet dreams,*' fluisterde ze, terwijl haar ogen dichtvielen en ze langzaam insluimerde.

'Doet me denken aan de naam van onze boot,' mompelde Blake, die zijn ogen ook al dicht had en als een blok in slaap viel.

Hoofdstuk 24

*D*e telefoon rinkelde onophoudelijk in Maxines huis. Het was tien uur in de ochtend en hij rinkelde en rinkelde en niemand nam op. Iedereen sliep nog. Uiteindelijk was het Sam die er wakker van werd en uit zijn bed stapte om op te nemen. De rest van het huis was in diepe rust.

'Hallo?' zei Sam, met zijn pyjamaatje nog aan. Hij gaapte. Ze waren allemaal laat opgebleven en hij was nog een beetje moe. Hij had geen idee waar de anderen waren, maar hij wist wel dat Daphne de vorige avond te veel champagne had gedronken en overgegeven had. Hij had beloofd het niet te verklappen.

'Hoi, Sam.' Het was Charles. Hij was zo te horen klaarwakker. 'Mag ik je moeder even? Ik wil haar even goedemorgen wensen. Maar ik denk dat ze heel druk in de weer is met haar trouwjurk en zo.' Ze had hem verteld dat er iemand zou komen voor haar make-up en haar kapsel. En hij vermoedde dat het een drukte van belang was in huis. 'Kun je haar even roepen? Het is maar voor even.' Sam legde de hoorn neer en dribbelde op zijn blote voetjes naar haar slaapkamer. Hij keek door de kier van de deur en zag allebei zijn ouders op bed liggen, met hun kleren nog aan. Zijn vader snurkte. Hij wilde ze niet wakker maken, dus liep hij terug naar de telefoon en pakte de hoorn op.

'Ze slapen nog,' meldde hij.

'Ze?' Charles wist dat het Sam niet kon zijn, want daar sprak hij nu mee. Dus met wie lag ze op dit uur van de dag nog te slapen, op hun trouwdag nog wel? Hij begreep er geen snars van. 'Mijn vader is er ook. Hij snurkt,' deelde Sam mee. 'Ik zeg wel dat je gebeld hebt als ze wakker is.' Hij hoorde een klik voor hij zelf ophing en hij ging snel weer naar zijn kamertje boven. Aangezien niemand anders al wakker was, zag hij niet in waarom hij zou opstaan. Hij zette de tv aan en toen viel het hem pas op dat hij zelfs Zellies baby niet hoorde. Het leek wel of iedereen dood was.

Stipt om halfelf belden de kapster en de visagiste aan. Zelda liet hen binnen, besefte toen pas hoe laat het was en rende naar boven om Maxine wakker te maken. Verrast zag Zelda dat Blake naast haar lag te slapen. Maar ze snapte onmiddellijk wat er was gebeurd. Ze hadden allebei hun kleren nog aan. Ze waren allebei natuurlijk stomdronken geworden gisteravond. Ze schudde Maxine zachtjes aan haar schouder en na een keer of vijf draaide ze zich om en keek ze Zelda kreunend met half dichte ogen aan. Meteen kneep ze haar ogen weer dicht en greep naar haar hoofd. Blake was nog diep in slaap, hij snurkte tenminste als een os.

'O mijn god!' Maxine kneep haar ogen nog steviger samen tegen het licht. 'O jezus... ik heb een hersentumor. Ik ga dood.'

'Dat zal de champagne wel zijn.' Zelda hield met moeite haar lachen in.

'Schreeuw niet zo!' kreunde Maxine, nog altijd met haar ogen dicht.

'Je bent er inderdaad niet best aan toe,' beaamde Zelda. 'Je kapster en dat make-upmeisje wachten beneden op je. Wat moet ik tegen ze zeggen?'

'Ik hoef geen kapster.' Maxine probeerde overeind te komen. 'Ik heb een hersenschirurg nodig... O, god...' zei ze met een blik op Blake. 'Wat doet híj hier?' En toen schoot het haar weer te binnen. Ze keek Zelda verbouwereerd aan.

'Zo erg is het niet. Jullie hebben jullie kleren toch nog aan?'
Maxine schudde hem wakker. Hij bewoog zich en kreunde net als zij had gedaan.

'Misschien is er een hersentumorepidemie,' opperde Zelda, terwijl Blake zijn ogen opendeed en hen beiden met een grijns aankeek.

'Ze heeft me ontvoerd. Hé, hallo, Zellie. Waarom gilt die baby van jou niet meer?'

'Ik denk dat hij er geen energie meer voor heeft. Wat kan ik voor jullie doen?'

'Bel een dokter,' zei Maxine. 'O nee... shit... vergeet dat alsjeblieft. Als Charles ons nu ziet, wurgt-ie me.'

'Hij hoeft hier toch niets van te weten,' zei Zelda resoluut. 'Hij heeft er niets mee te maken. Je bent nog niet met hem getrouwd.'

'En dat gebeurt ook niet, als hij erachter komt,' kreunde Maxine. Blake bedacht dat dat niet eens zo'n ramp zou zijn. Toen stond hij op, testte zijn zeebenen, trok zijn jasje recht en liep wankelend naar de deur.

'Ik ga naar huis,' zei hij, alsof het een revolutionair plan was.

'Zet daar maar een grote pot koffie,' raadde Zelda hem aan. Ze leken haar nog steeds laveloos, of ze hadden de ergste kater die ze ooit had meegemaakt. 'Hoeveel hebben jullie eigenlijk gedronken?' vroeg Zelda Maxine toen ze de voordeur achter Blake hoorden dichtslaan.

'Veel. Champagne valt altijd verkeerd bij me,' zei Maxine terwijl ze zich van het bed liet glijden en Sam binnenkwam.

'Waar is papa nou?' vroeg hij en hij keek zijn moeder aan. Ze zag er nog slechter uit dan Daphne, die ook een spijker in haar kop had.

'Die is naar huis toe.' Maxine liep zo behoedzaam de kamer door alsof er bij elke stap een vuurpijl in haar hoofd afging. Het was een herhaling van gisteravond, maar een stuk minder aangenaam.

'Charles heeft gebeld,' verkondigde Sam, en zijn moeder stond meteen doodstil en keek hem verstijfd van schrik aan.

'Wat heb je gezegd?' zei ze schor.

'Ik zei dat je nog sliep.' Ze sloot opgelucht haar ogen. Ze durfde hem niet te vragen of hij iets over zijn vader had verteld. 'Hij wilde je alleen maar goedemorgen wensen en hij zou je wel zien bij de bruiloft, of zoiets.'

'Ik kan hem niet terugbellen. Ik voel me te ziek. Dan snapt-ie vast dat ik te veel gedronken heb gisteravond, en dan krijgt hij de zenuwen.'

'Je ziet hem wel voor het huwelijk,' zei Zelda. 'Je ziet er hopeloos uit. Ga maar snel douchen, dan zet ik koffie.'

'Goed... ja... oké, goed idee.' Ze zette de douche aan en het water voelde aan alsof ze door mesjes werd doorboord.

Terwijl zij onder de douche stond, rende Zelda naar boven om Jack en Daphne wakker te maken. Daphne zag er bijna net zo erg uit als haar moeder, en Zelda gaf haar een standje maar beloofde het niet te verklappen. Jack daarentegen sprong uit bed en rende naar beneden voor een stevig ontbijt. Met hem was niks aan de hand. Hij had één glas champagne genomen en voor de rest limonade, waardoor het lot van zijn zuster hem bespaard was gebleven.

Zelda zorgde ervoor dat Maxine twee koppen koffie opdronk en wat roerei at, onder protest. Ze gaf haar twee paracetamolletjes en de kapster nam haar aan de keukentafel onder handen. Zelfs make-up aanbrengen was een pijnlijke aangelegenheid, om over dat gepruts aan haar haar maar te zwijgen. Maar het moest nu eenmaal gebeuren. Ze kon moeilijk met een paardenstaart en zonder mascara op haar eigen bruiloft verschijnen.

Binnen een halfuur was Maxine fantastisch opgemaakt en zag ze er mooier uit dan ooit. Ze voelde zich als een dweil, maar dat was nergens aan te zien. De visagiste had uitstekend werk geleverd en Maxines gezicht leek te stralen. De kapster had haar haar in een simpele wrong vastgezet, waarin ze een streng pareltjes gevlochten had. Maxine was zo stijf als een plank toen ze opstond, en toen ze naar buiten keek, regende het scheermesjes tegen haar ogen.

'Ik zweer het, Zellie, ik geloof dat ik doodga.' Ze deed een minuutje haar ogen dicht.

'Het komt allemaal goed,' verzekerde Zelda haar. Daphne kwam de trap af. Ze was zo bleek als een vaatdoek, maar had haar haar mooi geborsteld en had wat lipgloss op, het enige wat ze van haar moeder op mocht doen. Maxine was zo misselijk dat ze niet opmerkte dat haar dochter ook een kater had, en Sam hield zijn lippen stijf op elkaar, net als Zellie.

Om tien over halftwaalf waren Sam, Jack en zelfs Daphne er klaar voor. Zelda had haar de lavendelkleurige jurk gegeven en gedreigd alles over haar dronkenschap te vertellen als ze hem niet snel aandeed. Het werkte. Toen haalde Zelda Maxines jurk en schoenen, terwijl de bruid nog steeds als een dood paard in de keuken stond, met haar ogen gesloten.

Maxine wrong zich in de schoenen en liet zich helpen met de jurk. Zelda deed de rits dicht en bond de sjerp strak om haar middel met een mooie strik. De kinderen keken haar met open mond aan. Ze leek wel een sprookjesprinses.

'Je ziet er prachtig uit, mam,' zei Daphne en dat meende ze.

'Dank je. Ik voel me afschuwelijk. Ik denk dat ik griep heb.'

'Jij en papa waren heel dronken gisteren,' zei Sam giechelend, en zijn moeder keek hem grimmig aan.

'Dat mag je tegen niemand zeggen, hoor je? Zeker niet tegen Charles.'

'Oké.' Hij was al vergeten dat hij Charles verteld had dat zijn vader zo snurkte.

Buiten stonden de auto's al op hen te wachten en een minuut later kwam Zelda terug in een roodzijden jurk, zwarte hoge hakken en met Jimmy op de arm. Hij spartelde wat tegen, maar hij hield zijn mond. Maxines hoofd zou in tweeën splijten als hij begon te gillen, en in stilte smeekte ze hem uit het diepst van

haar hart niet te gaan huilen. Haar ouders en Blake zouden haar
bij de kerk opwachten, Charles zou ze pas voor het altaar zien.
Het lag vast aan haar kater, dacht ze, dat ze opeens nog misse-
lijker werd bij de gedachte aan een kerkdienst en een trouwce-
remonie.

Er stond een trouwauto voor Zellie en de kinderen klaar en een
tweede voor haar. Ze legde haar hoofd tegen het koele leer en
hield haar ogen gesloten tijdens de rit naar de kerk. Zo'n kater
had ze van haar leven niet gehad. Ze was ervan overtuigd dat
God haar strafte omdat ze Blake de nacht met haar had laten
doorbrengen. Dat had nooit mogen gebeuren. Nog een geluk
dat er verder niets gebeurd was.

De limousine waarin ze zat parkeerde om vijf voor twaalf aan de
achterkant van de kerk. De auto met de anderen parkeerde erachter. Het was gelukt. Maxine wandelde zo recht als ze kon de
pastorie in, waar haar ouders op haar zaten te wachten. Blake
zou de kinderen ophalen en hij kwam vlak achter haar binnen.
Hij zag er slechter uit dan zij. Ze waren een mooi stelletje, twee
drankorgels op de dag na het feest. Ze glimlachte pijnlijk naar
hem, en hij gaf haar lachend een kus op haar voorhoofd.

'Je ziet er oogverblindend uit, Max. Met een stuk in je kraag.'

'Jij niet zeker?' Ze was blij hem te zien.

'Sorry van gisternacht,' fluisterde hij in haar oor. 'Ik had je dat
restje champagne niet moeten geven.'

'Verontschuldig je maar niet. Ik deed het toch zelf? Ik denk dat
ik dronken wilde worden.' Haar ouders luisterden belangstellend
naar de woordenwisseling, toen de deur van de pastorie wijd
werd opengesmeten en Charles binnenstormde. Met een ver-
wilderde blik keek hij naar de aanwezigen, tot zijn ogen op
Maxine in haar trouwjurk stuitten. Hij mocht hier helemaal niet
komen, het was de bedoeling dat hij bij het altaar stond! Terwijl
hij haar aanstaarde, reikte de bloemist haar het bruidsboeket aan
en deed een poging een orchidee op Charles' revers te spelden.
Met een agressief gebaar joeg Charles hem achteruit.

'Je bent de hele nacht bij hem geweest, of niet soms?' schreeuwde hij tegen Maxine, en hij wees op Blake. Toen ze dat hoorde
greep ze naar haar hoofd.
'O god, niet zo schreeuwen!'
Charles keek van haar naar Blake en terug, en het drong tot hem
door hoe ziek ze zich moest voelen. Zo had hij haar nog nooit
gezien.
'Ik heb te veel gedronken, en hij viel in slaap,' legde ze uit. 'Er
is niets gebeurd.'
'O, en dat moet ik zeker geloven!' Hij keek haar met half samengeknepen ogen aan. 'Jullie zijn volslagen krankzinnig, jullie
allemaal. Jullie doen constant of jullie nog getrouwd zijn. Jullie
kinderen zijn tuig. Crackbaby's, jachten, domme blondjes... Een
krankjorum stelletje, dat zijn jullie. En als je denkt dat ik met je
ga trouwen, Maxine, dan heb je het mis. Al kreeg ik geld toe.
Want alles wijst erop dat je al die tijd al met hem geslapen hebt!'
Tijdens zijn tirade was Maxine in tranen uitgebarsten, maar voor
ze iets terug kon zeggen, greep Blake Charles bij de revers van
zijn kaki pak en tilde hem zo van de grond op.
'Je hebt het anders wel tegen mijn vrouw, gefrustreerd stuk vre-
ten! En dat zijn mijn kinderen die je tuig noemde. En laat me
je één ding vertellen, uilenbal. Ze wil voor geen miljoen met jou
trouwen. Je bent nog niet goed genoeg om haar schoenen te
poetsen, dus sodemieter op voor ik je wat aandoe!' Hij wierp
Charles in de richting van de deur en Charles rende er als de ge-
smeerde bliksem vandoor. Maxine staarde Blake met grote ogen
aan.
'O god, wat moet ik nou?'
'Wilde je dan nog altijd met hem trouwen?' vroeg Blake haar geschrokken, en toen schudde ze haar hoofd, al deed dat nog zoveel pijn.
'Nee, niet echt. Daar kwam ik gisteravond opeens achter.'
'Lekker op tijd,' zei Blake lachend. Toen begonnen de kinderen
te joelen, want dit was de eerste keer dat ze hun vader in actie

hadden gezien en ze hadden ervan genoten hoe Charles met zijn staart tussen zijn benen was afgedropen. Wat hen betrof werd dat zo langzamerhand wel eens tijd.

'Nou, dat was een interessante manier om de dag te beginnen,' zei Arthur Connors met een blik op zijn ex-schoonzoon. 'En wat doen we nu, heb je een idee?' Veel spijt leek hij niet te hebben, maar hij wist even niet hoe het verder moest.

'Iemand moet het iedereen vertellen,' zei Maxine en ze zeeg neer op een vrije stoel. 'Dat het huwelijk afgeblazen is, bedoel ik.' Weer juichten de kinderen en Zelda glimlachte fijntjes. De baby had nog geen kik gegeven en was zelfs in slaap gevallen. Misschien had ook hij een hekel gehad aan Charles.

'Wel zonde van die schitterende jurk,' merkte Blake op, en hij keek haar aan. 'En die bloemen zagen er fantastisch uit toen ik net even binnengluurde. Wat dacht je ervan toch maar gebruik van de kerk te maken?' En hij keek haar diep in de ogen en dempte zijn stem toen hij tegen haar sprak, zodat niemand anders het kon horen. 'Ik beloof je, ik zwéér je dat ik deze keer thuis zal komen. Ik ben niet meer zo stom als vroeger. Aan mijn lijf geen domme blondjes meer, Max.'

'Oké,' zei ze kalm en ze keek hem ernstig aan. Ze was er zeker van dat hij deze keer de waarheid sprak en zou thuiskomen. Misschien bleef hij wel thuis. Hij was en bleef een schavuit, en daar was ze blij om, maar hij was eindelijk volwassen geworden. Nu waren ze dat samen. Ze verwachtte niet meer dat hij zou veranderen in een ander. En ze had ontdekt dat ze zich zelf veel beter voelde als ze bij hem was. Ze brachten het beste in elkaar naar boven.

'Max?' Hij beefde toen hij het haar vroeg. Het liep tegen half-een en de bruiloftsgasten zaten al een halfuur te wachten terwijl het orgel maar doorspeelde.

'Ja.' Ze fluisterde het woord en hij kuste haar. Dat was wat ze gisteravond al hadden willen doen. Dankzij Charles waren ze weer bij elkaar gekomen. Charles was precies wat een verstandig mens had willen hebben, maar alles wat ze wilde, en altijd gewild had, was Blake.

'Kom op dan!' Blake kwam meteen weer in actie. Vergeten was zijn kater en ook Maxine voelde zich plotsklaps een stuk beter. 'Jack, jij neemt oma mee het middenpad af naar de voorste bank. Sam, jij neemt Zellie. Daffy, jij loopt naast mij. Pa,' – hij keek naar zijn ex-schoonvader, en ze glimlachten tegelijkertijd – 'je hebt er toch geen problemen mee, hoop ik?' Niet dat het hun verder kon schelen, maar hij wilde niet dat Arthur zich buitengesloten voelde.

'Ze zou zich doodverveeld hebben met die andere vent,' zei Maxines vader met een brede glimlach naar Blake. 'En ik trouwens ook,' voegde hij eraan toe, en Maxine lachte blij.

'Geef ons vijf minuten, dan komen jullie twee naar voren toe.' De predikant stond zich al een tijdje af te vragen wat er allemaal aan de hand was.

Ze liepen snel naar de deur en de genodigden zag hen in een stoet het middenpad af lopen. Ze herkenden Blake allemaal, maar begrepen niet waarom hij en Daphne plaatsnamen vlak bij het altaar, even later gevolgd door Sam en Jack. Blijkbaar was dit een moderne bruiloft, waarbij zowel de vader als de ex-echtgenoot de bruid aan de bruidegom overdroeg. Ze keken er wel een beetje van op. Zellie en Maxines moeder namen plaats en Blake en de kinderen stonden op en wachtten tot de bruid en haar vader het middenpad af kwamen lopen. Plotseling veranderde de muziek en daar kwam ze, haar ogen op Blake gericht, met een stralende vader naast zich. Zij en Blake hadden enkel en alleen oog voor elkaar en zowel de goede als de slechte jaren werden samengebald tot één schitterend moment.

De predikant keek eens goed en begreep meteen hoe de vork in de steel zat. Blake liep even naar hem toe en fluisterde dat ze nog geen trouwvergunning hadden.

'Dan slaan we dat deel vandaag maar even over,' fluisterde hij terug. 'Haal hem maandag maar meteen op, dan nemen we het privé nog eens door. Wat vind je ervan?'

'Prima. Bedankt, dominee,' zei Blake eerbiedig en hij wendde zich weer tot zijn bruid en haar vader. Eindelijk hadden ze het altaar bereikt. Hij en Arthur schudden elkaar de hand, Arthur klopte hem op de schouder en fluisterde: 'Welkom terug.' Toen richtte Blake alle aandacht weer op Maxine en nam naast haar plaats. De kinderen zagen dat hun moeder vochtige ogen kreeg, net als hun vader.

De predikant richtte zich tot alle aanwezigen en keek hen ernstig aan. 'Geachte aanwezigen,' begon hij. 'We zijn vandaag bijeengekomen om getuige te zijn van de verbintenis van deze man en deze vrouw, en wat ik ervan begrijp, en kan zien, is dat ze al eerder in de echt verbonden zijn geweest' – hij keek glimlachend naar de kinderen – 'met een prachtig resultaat. En ik zou graag even willen stellen dat wanneer ík een huwelijksceremonie voltrek, die voor altijd is. Dus een derde keer zit er echt niet in.' Hij keek Blake en Maxine, die even warm naar elkaar glimlachten, recht in de ogen. 'Oké, daar gaan we dan.'

'We zijn vandaan bijeengekomen om getuige te zijn van de verbintenis van deze man en deze vrouw...' Maxine had alleen oog voor Blake, en hij zag alleen maar Maxine en ze waren zich alleen bewust van elkaar tegen de achtergrond van het gebonk van hun kater, toen ze beiden het jawoord uitspraken, elkaar kusten en het middenpad weer af liepen. En toen applaudisseerden niet alleen de kinderen en de dominee, maar ook alle anderen in de kerk.

Het was niet de bruiloft waarvoor ze gekomen waren of die ze hadden verwacht, ook Maxine en Blake niet, maar het was de bruiloft die altijd al de bedoeling was geweest en in hun lot besloten had gelegen. Het was de bruiloft van twee mensen die altijd van elkaar hadden gehouden en die elk op hun eigen manier volwassen waren geworden. Het was de perfecte verbintenis van een charmante, innemende schavuit en zijn dolgelukkige bruid.

Haar vader gaf hem een knipoog toen ze hem over het midden-pad passeerden. Blake knipoogde terug en Maxine lachte zoals ze in geen tijden gelachen had.

Bibliotheek Bijlmer
Bijlmerplein 93
1102 DA Amsterdam
Tel.: 020 - 697.99.16